新时代大学文科简明教材
编委会

总主编

张福贵

教育部中国语言文学类专业教学指导委员会主任委员
吉林大学资深教授,教育部长江学者特聘教授
国家"万人计划"哲学社会科学领军人才

编 委(按姓氏拼音排序)

崔希亮

教育部中国语言文学类专业教学指导委员会原副主任委员
中国书法国际传播研究院院长,北京市语言学会理事长

李 浩

教育部中国语言文学类专业教学指导委员会副主任委员
西北大学中国文化研究中心主任、教授

李伟昉

教育部中国语言文学类专业教学指导委员会委员
河南大学教授,国家"万人计划"哲学社会科学领军人才

李运富

教育部中国语言文学类专业教学指导委员会委员
郑州大学首席教授,国家语委汉字文明研究中心主任

刘利

中国国际中文教育基金会副理事长
教育部中国语言文学类专业教学指导委员会副主任委员

涂险峰

教育部中国语言文学类专业教学指导委员会委员
武汉大学文学院教授

吴春相

教育部中国语言文学类专业教学指导委员会委员
上海外国语大学教授

曾 军

上海大学文学院教授
国家"万人计划"哲学社会科学领军人才

张丛皞

教育部中国语言文学类专业教学指导委员会秘书长
吉林大学文学院教授

朱国华

教育部中国语言文学类专业教学指导委员会委员
华东师范大学中文系、国际汉语文化学院联聘教授

 新时代大学文科简明教材
总主编·张福贵

比较文学简明教程

主　编　◎李伟昉
副主编　◎李安光
参　编　◎宋虎堂　王　超
　　　　　董首一　蔡　熙

华中科技大学出版社
http://press.hust.edu.cn
中国·武汉

李伟昉

文学博士，博士后，二级教授，博士生导师。2008—2018年任河南大学文学院院长，现任《河南大学学报》编辑部主任、主编，河南大学明德特聘教授，河南大学莎士比亚与跨文化研究中心主任，中国语言文学博士点一级学科带头人、国家级一流本科专业负责人。享受国务院政府特殊津贴专家，国家"万人计划"哲学社会科学领军人才，中宣部文化名家暨"四个一批"人才，"百千万人才工程"国家级人选，国家"有突出贡献中青年专家"，中国比较文学与世界文学学科领域第一个全国优秀博士学位论文奖获得者，教育部高等学校中国语言文学类专业教学指导委员会委员，国家教材委员会学科专家组成员，国家社科基金重大项目首席专家，主持完成3项国家社科基金项目（含重点项目1项），河南省杰出专业技术人才，河南省高等学校教学名师，首届河南省高层次人才特殊支持计划"中原教学名师"，河南省特聘教授，首批"河南社科名家"，英国剑桥大学、美国哈佛大学访问学者，中国比较文学学会副会长、教学研究会副会长，中国外国文学学会理事、教学研究会副会长，中国外国文学学会莎士比亚研究会副会长，中国高等教育学会外国文学专业委员会副理事长，河南省外国文学与比较文学学会会长。主持、主讲国家级精品资源共享课"比较文学"、国家级视频公开课"莎士比亚在近现代中国"，主编教材多部，出版学术专著9部、译著1部，获省部级科研奖励12项，在《中国社会科学》《文学评论》《外国文学评论》《文艺研究》《外国文学研究》《中国比较文学》等重要学术期刊发表论文多篇。

内容提要

本教材在介绍比较文学的概念界定、历史发展等学科基本知识的基础上，对比较文学的基本原理做了体系化的概述与梳理，主要内容包括影响研究、平行研究一纵一横两类文学比较方法，还略论跨学科研究、变异学研究、总体文学与世界文学等方面的内容。在框架上，全书主要由比较文学基本理论和案例选文两部分构成，基本理论介绍力求简明扼要、线索清晰，案例选文力求通俗易懂、可读性强；另设置"论著导读""阅读实践""文化拓展"等特色模块，并有机融入思政内容。

本教材的读者对象为应用型本科层次院校中文系学生、理工科院校中文系学生、非中文专业学生、部分高校考研复习的学生以及对比较文学感兴趣的一般社会读者。

网络增值服务
使用说明

欢迎使用华中科技大学出版社人文社科分社资源网

1 教师使用流程

（1）登录网址：https://bookcenter.hustp.com/index.html（注册时请选择教师身份）

注册 → 登录 → 完善个人信息 → 等待审核

（2）审核通过后，您可以在网站使用以下功能：

浏览教学资源　建立课程　管理学生　布置作业　查询学生学习记录等

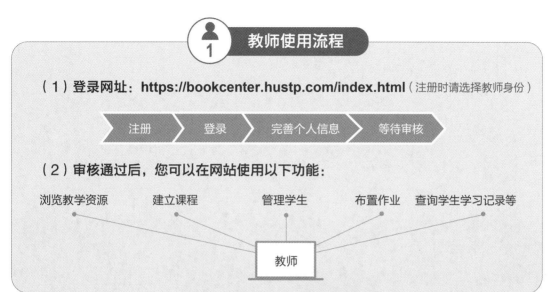

2 学员使用流程

（建议学员在PC端完成注册、登录、完善个人信息的操作）

（1）PC端学员操作步骤

① 登录网址：https://bookcenter.hustp.com/index.html（注册时请选择学生身份）

注册 → 完善个人信息 → 登录

② 查看课程资源：（如有学习码，请在"个人中心—学习码验证"中先验证，再进行操作）

首页课程 → 课程详情页 → 查看课程资源

（2）手机端扫码操作步骤

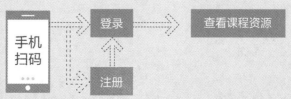

如申请二维码资源遇到问题，可联系编辑宋焱：15827068411

总　序

　　数字化时代如何进行传统人文教育和人才培养，是一个说起来容易做起来难的问题，人工智能、数字经济正改变着以汉语言文学为代表的传统文科教育模式。汉语言文学专业是最具中国特色的基础文科，从守正创新的思路出发，在数字化时代要积极适应新时代社会发展需要，建设一套具有赓续传统、融汇新潮的汉语言文学的专业教材，真正努力实现"宽口径、厚基础、重能力、求个性"的新型复合型人才培养的目标。

　　我国文科专业教材建设始终是高等教育中的重要环节，从20世纪50年代开始，文科教材编写进入高潮期，并开始成为一种"国家事权"，受到越来越明显的重视。进入20世纪80年代，在新时期的时代氛围中，各种统编教材、自编教材和规划教材等更是名目繁多，数量迅速增加。特别是前些年开始实施的"马工程"教材建设，具有顶层设计、名家协力、广泛使用的特点和优势，为中国文科教材建设起到了巨大的示范作用。

　　汉语言文学专业是我国开设高校最多的专业，截至2023年12月31日，全国有641所院校开设汉语言文学专业。从近年来专业教材使用的情况来看，有逐渐趋于一统的态势。但是，由于学科专业有些课程意识形态属性较强，教材编写难度较大，因此，汉语言文学专业的"马工程"教材编写比例和使用率不是很高。在这种情况下，如何在国家教材编写的基本宗旨指引下，系统地编写一套具有传统优势和新时代特色的汉语言文学的专业教材，是十分必要且有较大空间的。

　　如何在已有的数百种汉语言文学专业教材中确立新教材的价值与特色，是具有巨大挑战性的。特别是在数字文化和"新文科"理念的引领下，对已有教材进行客观分析，确定新教材编写的宗旨和原则，需要做出艰辛的努力。人才培养是在课程体系有效设定的基础之上实现的，课程设定又建立在教材之上。教材并非只是教学内容、方法与理念的载体，还是完成人才培养目标以及提升教学水平的主要保障。因此，新教材要融入新时代的新理念、新知识和新方法是所有教材的基本要求。但是对于传统文科特别是文史类教材来说，知识具有相对的固定性，关键在于对于知识的选择和理解。"新文科"建设应包含两个思路：一个是"新的文科"，一个是"文科之新"。前者是从"跨学科"的角度，创立和形成新的文科专业或者方向；后者则是从传统文科自身发展的角度，反思和调整现有文科的发展路向。对于汉语言文学这类传统的基础学科，我们更要守正创新，既要融入新知，又要回归传统和经典。当然，这种回归不只是教材知识内容的选择，更在于对于学生学习经典环节的强调和安排。这也是针对数字化时代人们的阅读和学习的新变化而考量的。现在随着知识的获得越来越便捷和简单，对于具体经典的阅读、理解相对也越来越被忽视。特别是人工智能突飞猛进一日千里的发展，经典甚至思想有被装置和边缘化的趋向。汉语言文学专业教材建设必须面向当前，又直指未来，为不断优化教材体系、完成新文科发展目标、提升教学水平、培养综合型人才提供重要的基础与保障。

教材编写的核心问题是内容的选取问题，而内容的选取在于价值立场和教学理念的确定。作为新时代文科教材，首先，要坚持以马克思主义为指导，贯彻习近平总书记关于文化建设的重要论述，坚持正确的政治方向、价值取向和学术导向。这是时代政治的需要，也是历史逻辑的需要。以"中国现当代文学史"为例，其发展过程就完整地体现了政治逻辑、历史逻辑、学理逻辑和伦理逻辑的融合。所谓"历史的选择"和"人民的选择"通过具体的"红色经典"而艺术化地表现出来。其次，作为最具中国特色的基础文科教材，汉语言文学教材要强调中华优秀文化的传承与发展，从语言文学的历史流脉来理解当代文科知识体系中不能缺少的优秀传统文化的源流。最后，新时代汉语言文学教材内容不单是历史知识的重复，更要以新的理念来理解这些知识。这就需要从"全人类共同价值"观出发，对于知识源流、经典意义、审美风尚等进行符合人类性和人性的理解和阐释。阶级的立场、民族的立场和人类的立场不是对立的，而是融合的。这不只是一种价值理念，也往往是一种历史事实。

新教材的编写要经受三种检验：第一，是政治的检验。教材编写和使用不是简单的教学环节，而是思想和品格的养成过程。因此，正确的政治理念是文科教材编写和使用的入门证和验收单。第二，是学理的检验。新时代汉语言文学教材有新的政治要求，理性的政治本身就具有科学性和逻辑性。"课程思政"是所有课程和教材的统一要求，但是不同专业教材的"课程思政"具有不同的特点和方式。汉语言文学教材的"中国特色"本身就具有本色的"课程思政"色彩，不是简单地将"课程思政"进行"穿靴戴帽"式的外加，是"一加一等于一"而不是"一加一等于二"。"课程思政"要通过历史逻辑、学理理解来体现。

因此，新教材必须坚守学理逻辑，只有实现充分的"学术释权"，才能更好地实现"国家事权"。第三，是历史的检验。如果历史的产物最终都要被历史本身进行检验和选择，新编教材能否经受住这种历史的考验，关键在于是否能够很好地实现前两种检验。历史本身就是一个不断选择甚至淘汰的过程，符合政治标准的同时，也符合人类意识、人性逻辑、学理逻辑和审美逻辑的教材才能与世长存。

新时代汉语言文学专业简明教材除了具有以上文科教材共有的属性和逻辑之外，还应该努力形成本专业的特点。无论是教材编写还是专业教育，都应该秉承这样一种原则：基础知识标准化，核心问题个性化，专业背景多元化。这是教材内容、教学过程和人才培养共同的原则。这是本套"新时代大学文科简明教材"努力追求的方向。

张福贵[①]

2024 年 1 月

[①] 教育部中国语言文字类专业教学指导委员会主任委员，吉林大学资深教授，教育部长江学者特聘教授，国家"万人计划"领军人才。

前言

在全球化趋势愈演愈烈的今天,东西方文化与文明的交流、交融更加频繁。实际上,我们每个人都已自觉不自觉地陷入了这个东西交汇的大潮之中,也都必然在东西文化与文明的交汇与比较中生活着。我们的教学实践和学术研究自然也不可能脱离这一大潮,东西文化与文学的比较相比以往显得更加迫切。比较文学是当今世界跨文明沟通必不可少的重要平台,也是立足本土弘扬中华民族优秀传统文化、推动中华文化更好走向世界的重要助推力量;比较文学还可以实现文明互鉴,促进世界文明和谐共生,因而也是21世纪构建人类命运共同体的重要途径。

在我国,比较文学作为一门年轻的学科,其发展历程不足四十年,但取得了令世人瞩目的杰出成就。进入改革开放新时期以来,随着东西方经济、政治和文化交流的进一步加强,随着我国几代比较文学学者的不断开拓创新,当前我国比较文学在国内学界地位显要。特别是近年来,随着我国文化强国战略的不断推进以及文化自信的不断增强,比较文学中国学派已然形成并越来越受到国际学者的重视,国际比较文学也进入了一个离不开中国学者参与的新阶段。因而无论从比较文学学科自身的发展意义来讲,还是从国家人才培养和文化强国战略而言,高校学生(无论何种高校、何种专业)、社会上的一般读者,都有必要了解和学习比较文学这门课程。比较文学以其跨文化、跨学科的视野,有效揭示了中外文学的内在联系和发展规律,挖掘出文学现象背后的文化原因;更能在强调差异性的基础上,凸显本民族文学与文化的独特价值,使其更好地"走出去"。学习比较文学可以提高学生的文学修养,开阔其人文视野,培养其文学、文化的比较意识和发散性创新思维能力,更能培养学生的大局观念、责任担当、爱国情怀、文化自信,帮助学生树立正确的世界观与人生观。

本教材在介绍比较文学的概念界定、历史发展等学科基本知识的基础上,对比较文学的基本原理做了体系化的概述与梳理,主要内容包括影响研究、平行研究一纵一横两类文学比较方法,影响研究主要关注有事实联系的作家作品之间的关系,涵盖流传学、渊源学、媒介学等方法，重在找出确凿证据证明其关联；平行研究主要探讨没有事实联系的作家作品之间的关系，涉及主题学、形象学、文类学、比较诗学等，重在找出异同并探究原因；此外，还略论跨学科研究、变异学研究、总体文学与世界文学等方面的内容。在框架上，全书主要由比较文学基本理论和案例选文两部分构成；基本理论介绍力求简明扼要、线索清晰，案例选文力求通俗易懂、可读性强。教材还设置了"论著导读""阅读实践""文化拓展"等特色模块，用以启发学生的开拓性思维；思考与练习题的设置力求突出重点，系统归纳相关知识；利用比较文学课程特有的教学资源，有机融入相关思政内容。

本教材具有如下几个特点：第一，在章节内容上，突出比较文学学科发展的历史脉络；第二，在语言表述上，深入浅出讲明比较文学的基本知识；第三，在理论阐释上，配套案例解释比较文学的理论方法；第四，在价值导向上，将学科知识讲解与思政建设相结合。为此，在教材编写过程中，我们始终把握以下三个原则。一是内容章节的编写上突出比较文学学科的基本发展脉络，彰显不同重要发展阶段的方法论特征，简洁明了，不做过多的设计。二是用通俗的语言阐释比较文学基本理论，以大量实例来解读不同方法的具体运用。譬如说媒介学、形象学等方法，为了简明扼要介绍其基本内容和特点，主要通过相关的实例来解释相关方法是如何运用到具体的作家作品当中的，让学生通过实例的阅读，一方面拓展其对文学史上重要作家作品的认识，特别是在开阔的比较视域中获得更为新颖的解读和认知；另一方面又让学生在感性中加深对相关基本原理的理解，更让学生们看到这种方法是如何运用到具体作家作品的阐释中的。诸多实例已形成一个知识的网络，有机融入教材课程体系当中。三是润物细无声地将相关课程思政内容与具体学术操守、精神有机融合，彰显了课程的思想深度。

总之，本教材以知识传授为根本，用丰富的实例充分调动学生学习的积极性和主动性，将课程思政与方法创新相结合，融入文化自信教育和社会主义核心价值观，实现专业知识传授与价值塑造的有机融合，其简明、基础、通俗的编写方式必会带来一个轻松而有益的阅读和学习体验。

本教材的读者对象为应用型本科层次院校中文系学生、理工科院校中文系学生、非中文专业学生、部分高校考研复习的学生以及对比较文学感兴趣的一般社会读者。读者朋友们在阅读和学习时，要注意将基本理论识记和文献材料阅读相结合，知识掌握和思政培养相结合，理论学习与创新研究相结合。如是，方能取得事半功倍的效果，并在今后的跨文化接受与传播中大显身手、游刃有余。

编　者
2024 年 5 月

目 录

导论 /001
- 第一节　什么是比较文学 /002
- 第二节　比较文学的可比性 /003
- 第三节　与比较文学相关的几个术语 /007

第一章　比较文学的学科发展史 /009
- 第一节　比较文学产生的基本条件 /010
- 第二节　比较文学学科的产生与法国学派 /012
- 第三节　比较文学学科的发展与美国学派 /023
- 第四节　比较文学学科的新拓展与中国学派 /033
- 第五节　比较文学学科理论的发展特征及当前比较文学研究的新动向 /045

第二章　影响研究 /052
- 第一节　流传学 /053
- 第二节　渊源学 /057
- 第三节　媒介学 /062
- 第四节　译介学与翻译研究 /065
- 第五节　形象学 /077
- 第六节　影响研究与变异学 /086

第三章　平行研究 /095
- 第一节　主题学 /096
- 第二节　文类学 /109
- 第三节　比较诗学 /117
- 第四节　平行研究与变异学 /132

第四章　跨学科研究　/140
第一节　文学与人文社会科学　/141
第二节　文学与自然科学　/161

第五章　比较文学研究中值得注意的三个问题　/173
第一节　实证方法与审美批评的关系　/174
第二节　比较文学作为文学史分支的学理依据　/181
第三节　跨学科研究与影响研究的关系　/190

参考文献　/199

后记　/207

导论

学习目标	知识目标：掌握比较文学及其可行性的定义（内涵）；理解、辨识国别文学、世界文学和总体文学的联系与区别 能力目标：能够利用自己先前已学的文学（理论）基础知识，形成初步自觉的比较文学理论思维与意识 情感价值目标：形成比较与融通的思维意识，养成将中国文学放置于世界文学大格局中审视的初步自觉，学会使用恰当的方法比较中外文学，促进文明互鉴，推动构建人类命运共同体
重难点	1. 比较文学的定义 2. 可比性的内容
推荐教学方式	课堂讲授
建议学时	4
推荐学习方法	文献查阅、阅读研讨
必须掌握的理论知识	比较文学及其可行性
必须掌握的阅读（语言）技巧	重点记诵与全面了解相结合

情境导入

同学们，今天我们将开始学习一门崭新的课程——"比较文学"。那么，什么是比较文学？比较文学都研究些什么？为什么会产生比较文学？它经历了哪些发展阶段？等等。这些问题都是本教材无法回避且必须回答的重要问题。

基础知识（理论阐释）

比较文学作为一门年轻的学科，先后在欧洲、美洲和亚洲经历了三个不同的发展阶段，并形成了对比较文学及其可比性内涵的不同理解。法国学派注重影响研究，认为比较文学就是国际文学关系史，突出实证性与事实联系，其可比性是同源性；美国学派强调无事实联系的平行比较以及跨学科研究，其可比性是类同性；而中国学派更注重跨越异质文明的比较文学研究，因而其可比性是异质性和变异性。同时，我们还必须辨明比较文学与国别文学、世界文学以及总体文学之间的区别与联系。

比较文学作为一门学科产生于19世纪末期，迄今虽然仅有一百多年的短暂历史，但它无疑已成为当今世界上颇有活力、广受瞩目的学科之一，并且取得了世所公认的骄人成就，其研究理念与方法深刻地影响了中国文学及相关领域的研究。那么，何谓比较文学？比较文学的可比性的含义是什么？与比较文学相关的术语有哪些？在全书开篇，我们先就比较文学学科的这三个基本问题做一个简单介绍。

第一节　什么是比较文学

关于比较文学是什么这一问题，学界众说纷纭、莫衷一是，至今没有一个统一答案。法国著名比较文学学者基亚（Marius-François Guyard，1921—2011）在其专著《比较文学》中说，比较文学是一门名字被误称的学科。世界各国学者都试图给它正名，于是便有了"全球文学""国际文学""世界文学""各国文学的历史研究""国际文学关系史"等多个名称。一门学科在不长的时间内就被赋予如此之多的名称，的确耐人寻味。更值得注意的是，这门学科始终处在动态的、开放的"进行时"状态，其间它的名称、研究对象、研究方法不断受到争议，这是持续引发比较文学危机的重要原因。

"比较文学"这一命名之所以容易受到指责，原因是多方面的，其中最主要的原因有二。首先，对西方语言系统而言，"比较"一词在不同的语言中具有不同的语法形态，比如法语用的是过去分词（comparée），英语用的是形容词（comparative）。一般而言，过去分词强调比较的结果，形容词则强调比较的性质，语法形态的歧异往往导致理解上的歧异。其次，西方语言中"文学"（literature）一词的含义经历过一个由宽趋窄的过程。它本来含义很广，几乎包括所有的文字作品，既包括文学作品，也可包括文学史、文学批评、文学理论，更可以包括哲学、历史等方面的著作，因此很容易直接用这个词来指作为学科的文学研究。直到19世纪，"文学"的含义才被逐渐缩小到特指创造性或想象性的作品的层面。比较文学在19世纪命名之初，多少还受广义的文学概念的影响，包含有文学研究的意义在内。随着"文学"含义的越来越狭窄化，"比较文学"这一名称也就越来越给人名不副实之感。

1931年，傅东华从英文转译法国学者洛里哀的专著《比较文学史》，首次将"comparative literature"直译为"比较文学"。与西方语言相比，汉语中的"比较"二字更容易让人想到比较的动作；同时，汉语中的"比较文学"在字面上也没有文学研究的含义，这就使"比较文学"在汉语中更容易引起片面的理解。

那么，"比较"的内涵是什么？它在比较文学中究竟有什么特殊性呢？据《辞海》解释，比较是"确定事物同异关系的思维过程和方法"。事实上，比较方法的运用存在于一切学科之中，察同辨异是一切学术研究的基础和出发点。然而，比较文学中的"比较"在比较文学展开的过程中已经不再局限于仅仅确定事物同异关系的一般意义，而是旨在跨越和打通既定的界限，在不同的参照系中考察文学现象，具有了跨越性的视域融合的开阔眼界与宏大目标。这种跨越必须与"跨国家""跨学科""跨文明"等内涵联系在一起，离开了这些意义上的比较，就不再是比较文学的"比较"了。

纵观世界比较文学研究的发展，其大致经历了三大阶段。

第一阶段是法国学派的影响研究。它注重研究跨国家的文学之间曾经发生过的事实联系和精神交往。这种研究属于同源性研究，因为它主要通过"放送者"（起点）、"接受者"（达到点）、"媒介者"（传递者）的途径，考察跨国家的两种或两种以上的文学之间的同源性关系。这种"同源性"就是影响研究的可比性的基础。

第二阶段是美国学派的平行研究。它拓宽了法国学派比较文学研究的领域，即从有事实联系的跨国文学关系研究延伸到了无事实联系的跨国家的文学研究，这种研究旨在考察不同国家的文学在主题、形象、情节、风格、艺术形式、思潮流派乃至文学规律等方面所表现出来的相似点；同时，美国学派还提出了文学与其他学科的比较研究。这种类同性研究和综合性（跨学科）研究成为美国学派比较文学研究的可比性的基础（通常简称"类同性"）。

第三阶段是中国比较文学的跨文明研究。它充分吸收和借鉴法国学派与美国学派的研究方法，真正超越了法国学派与美国学派均属于同一欧洲文化体系内部研究的界限，从跨越东西方异质文明的视野，深入研究异质文学之间的关系，并努力寻求自身文学与异质文学之间的对话、沟通和互补交融的有效途径。跨文明研究不是简单的同中求异和异中求同的比较，而是从浅层次的同异比较走向深层次的文化探源。因此，"异质性"或"差异性"是中国比较文学跨文明研究的可比性的基础。

综上所述，我们认为，比较文学是一种跨国家、跨文明、跨学科的文学研究，它旨在更全面地考察和理解文学作品，更好地探讨文学规律，积极促进国际文化交流与繁荣。

第二节　比较文学的可比性

可比性是比较文学的逻辑起点，是比较得以进行的基本依据。不过，比较文学的可比性并非一个静止不变的概念，而是一个动态的构建过程，随着比较文学发展到不同阶段而不断加以调整和丰富。因此，可比性原则的探求与确立，就蕴含在比较文学不同发展阶段所呈现出来的不同的价值追求和旨趣之中。"同源性""类同性"和"异质性"（或"差异性")标志着比较文学研究进程中可比性探寻的三个重要阶段,不仅共同奠定了比较文学的可比性基础,而且充分证明了比较文学方法论构建是在可比性基础上进行的,没有可比性意识,就难以形成比较文学的方法论。

一 同源性

诞生于19世纪末期的法国比较文学,从一开始就致力于探寻比较研究可比性的学理依据及其方法路径。法国学派第一位代表人物巴登斯贝格(Fernand Baldensperger,1871—1958,又译巴尔登斯伯格)针对此前一百五十年里人们对文学"比较什么"和"如何比较"存在的问题批评道:"仅仅对两个不同的对象同时看上一眼就作比较,仅仅靠记忆和印象的拼凑,靠一些主观臆想把可能游移不定的东西扯在一起来找点类似点,这样的比较决不可能产生论证的明晰性",这种比较不会产生任何价值,只是"那些隐约相似的作品或人物之间进行对比的故弄玄虚的游戏"。① 在巴登斯贝格看来,比较文学不能沦为不着边际的空谈和没有原则的滥比,于是他开始尝试着对欧洲不同国家间有渊源与影响关系的文学作品展开实证性研究,以期得出符合实际的可靠结论。伽列(Jean-Marie Carre,1887—1958,又译卡雷)也特别强调,"并非随便什么事物,随便什么时间地点都可以拿来比较",只有在"曾存在过的跨国度的精神交往与实际联系"的不同国家和民族的作家作品之间才能进行比较,所以从这个意义上说,比较文学不是简单的"文学的比较"。② 梵·第根(Paul Van Tieghem,1871—1948)同样指出:"'比较'这两个字应该摆脱全部美学的涵义,而取得一个科学的涵义。"③ 可见,巴登斯贝格、伽列和梵·第根都是在要求比较文学者不能单纯凭个人主观意志随便拿来两部不同的文学作品进行比较,必须依靠科学的实证方法,能够发现两者之间客观存在的而非主观想当然的跨国事实影响与精神联系,即发现两者之间因影响而产生的相同性事实存在的时候,才能进行比较研究。这就是法国学者规划的"同源性"可比性。这种"同源性"的可比性成为法国学派构建其方法论的基础。

于是,梵·第根在已有学术研究成果的基础上对比较文学研究的范围予以限定,以影响研究理念为指导,用实证方法作统领,规划并总结出了流传学、渊源学和媒介学的具体研究领域及其配套方法模式,分别从三个不同的观察点进入,来探讨具有"同源性"的不同作家作品之间具体的跨国度的精神交往与事实联系。三者之间既相互区别,又彼此联系,形成了有效支撑影响研究的更为具体的理论与方法体系。流传学以放送者为中心,考察作为放送者的作家作品、思潮流派等跨国后的命运历程、声誉成就及其深层次文化成因。具体操作方式可选择从诸如个体间的影响、个体对整体的影响、整体对个体的影响、整体间的影响等路径展开。渊源学以接受者为终点,通过文字的渊源、口传的渊源、旅行

---

① [法]巴登斯贝格. 比较文学:名称与实质[G]. 徐鸿,译.//干永昌,廖鸿钧,倪蕊琴选编. 比较文学研究译文集. 上海:上海译文出版社,1985:32-33.

② [法]J-M·伽列.《比较文学》初版序言[G]. 李清安,译.//北京师范大学中文系比较文学研究组选编. 比较文学研究资料. 北京:北京师范大学出版社,1986:42.

③ [法]提格亨. 比较文学论[M]. 戴望舒,译. 上海:商务印书馆,1937:17.

的渊源、孤立的渊源、集体的渊源等途径回溯其可能受到影响的来源探寻。媒介学则以接受者与放送者之间的传递者作为考察中心，通过文字媒介（如译著、译介文字、评论文章、杂志与日报等）、个人媒介（如译者）、团体媒介（如文学团体、学会等）探讨其在接受者与放送者之间所起到的重要中介沟通作用。当然，还包括从贝茨、梵·第根、伽列特别是基亚等法国学者主张中派生出来的、后来同样产生广泛影响的形象学研究。

应该说，法国学派为避免大而无当、似是而非的空泛之论与不着边际、难以判断的主观臆测，贡献了一套以实证为核心的宏观与微观兼具的方法论体系。正是这一套方法论体系，构建起了体系严密、行之有效的影响研究学术规则，确保了作为独立学科的比较文学的存在价值，其方法论也被广泛传播运用于其他相关人文社会科学学科的学术研究，在不断的危机声浪中赢得了难以被颠覆的巨大的国际影响力。

二 类同性

兴起于20世纪50年代末的比较文学美国学派致力于打破法国学派影响研究的学术藩篱，更新观念，明确地把被法国学派完全排除在比较文学影响研究范围外的平行研究和跨学科研究正式纳入比较文学研究范围内，进而极大地丰富了比较文学研究的学科内涵，彰显了美国学者对比较文学学术理念及其宏观的方法论意识的探求与开拓精神。美国学派倡导的跨国研究包含了法国学派影响研究，但重要差别在于更为强调被法国学派"颇为蔑视"的"'仅仅'作比较、'仅仅'指出异同的研究"①，即无影响关系的平行比较，由此指出"纯比较性的题目其实是一个不可穷尽的宝藏，现代学者们几乎还一点也没有碰过"，强调"这门学科的名字叫'比较文学'，不是'影响文学'"。② 因此，无影响关系的平行研究成为美国学派致力于经营的主要方向之一，寻找比较对象间的"类同性"也就成为平行研究可比性的逻辑起点。

美国学者雷马克（Henry Remak，1916—2009）在阐释跨学科研究时，三次提到了"比较性"。他指出："假如的确存在某一题目的'比较性'难以确定的过渡区域，那么我们将来必须更加严格，不要随便把这种题目算作比较文学的范围。"③ 正是这个"比较性"，让我们敏锐地感觉到雷马克讨论的比较文学也不是随便什么内容都可以比较的，同样有其限定性。那么，这个"比较性"又如何确定呢？他认为："讨论金钱在巴尔扎克的《高老头》中的作用，只有当它主要（而非偶然）探讨一种明确的金融体系或思维意识如何渗透进文学作品中时，才具有比较性。探讨霍桑或麦尔维尔的伦理或宗教观念，只有涉及某种

---

① [美] 亨利·雷马克. 比较文学的定义和功用 [G]. 张隆溪, 译. //北京师范大学中文系比较文学研究组选编. 比较文学研究资料. 北京：北京师范大学出版社, 1986：1.
② [美] 亨利·雷马克. 比较文学的定义和功用 [G]. 张隆溪, 译. //北京师范大学中文系比较文学研究组选编. 比较文学研究资料. 北京：北京师范大学出版社, 1986：2.
③ [美] 亨利·雷马克. 比较文学的定义和功用 [G]. 张隆溪, 译. //北京师范大学中文系比较文学研究组选编. 比较文学研究资料. 北京：北京师范大学出版社, 1986：6.

有组织的宗教运动（如伽尔文教派）或一套信仰时，才可以算是比较性的。"①这就是说，只有当文学和某个与文学有一定关联的学科进行系统比较且以文学问题为中心的研究，才具有"比较性"。这个"比较性"显然是指两者间有影响关联的相同性。而雷马克所说的"纯比较性"，则指的是没有"同源性"关系的"类同性"。这种相似或相同的"类同性"正是平行研究和跨学科研究的可比性基础。而这种可比性，正如雷马克在《比较文学的法国学派和美国学派》一文中说的那样，主要是通过"类比和对照"②的方法来展开研究。类比着眼于无影响关系的作家作品间共性特征的比较，对照则是对作家作品间不同点的比较。雷马克虽然同时谈到了类比和对照，但其关注的重点还是寻找相同性的类比。他强调："这种分析类比研究不仅像对属于不同国度的两部或多部杰作进行平行比较可能做到的那样有助于认识作品的美学价值和提供一般性解释，而且有助于从文学史的角度进行研究并做出结论"③，同时还可以把这些"有意义的结论""集中起来""贡献给别的学科，贡献给全民族和全世界"。④

所以，比较文学美国学派旨在通过"类同性"寻找来实现综合，进而获得对文学整体的认识。

三 异质性

无论是起于影响思维、强调实证的法国学派的"同源性"研究，还是起于平行思维、注重审美批评的美国学派的"类同性"研究，它们都是基于"同"的研究，这种"同"的研究又主要是在同一文明系统内进行的，并且旨在把这种同一文明系统内的相同性推广至其他文明圈，形成所谓欧洲中心主义或西方中心主义的普世价值。这种普世价值的推广不仅在客观上遮蔽了不同文明间的差异性特征，而且事实上流露出了一种居高临下的文化优越感，也必然造成跨文明沟通和对话的心理障碍。最初，西方学者多不认同差异性之间的比较，例如美国著名比较文学学者韦斯坦因（Ulrich Weisstein, 1925— ）就认为，"只有在一个单一的文明范围内，才能在思想、感情、想象力中发现有意识或无意识地维系传统的共同因素"，"而企图在西方和中东或远东的诗歌之间发现相似的模式则较难言之成理"⑤。后来，包括韦斯坦因在内的不少西方学者的态度才渐渐地有了转变，认为确实需要

---

① [美] 亨利·雷马克. 比较文学的定义和功用 [G]. 张隆溪，译.//北京师范大学中文系比较文学研究组选编. 比较文学研究资料. 北京：北京师范大学出版社，1986：6.
② [美] 亨利·雷马克. 比较文学的法国学派和美国学派 [G]. 郭建，译.//北京师范大学中文系比较文学研究组选编. 比较文学研究资料. 北京：北京师范大学出版社，1986：73.
③ [美] 亨利·雷马克. 比较文学的法国学派和美国学派 [G]. 郭建，译.//北京师范大学中文系比较文学研究组选编. 比较文学研究资料. 北京：北京师范大学出版社，1986：73.
④ [美] 亨利·雷马克. 比较文学的定义和功用 [G]. 张隆溪，译.//北京师范大学中文系比较文学研究组选编. 比较文学研究资料. 北京：北京师范大学出版社，1986：3.
⑤ [美] 乌尔利希·韦斯坦因. 比较文学与文学理论 [M]. 刘象愚，译. 沈阳：辽宁人民出版社，1987：5-6.

"优先考虑文化差异,而不是去回避"①。

实际上,对不同国家文学之间类同性的总结,虽然是对文学普遍性因素的把握以及寻求走向世界文学的支撑,但仅仅只有类同性是不够的,还必须进入各自文学的文化传统深处探寻各自独特的存在性。如果仅仅关注类同性,仅仅囿于类同性的罗列和阐释,那么各自的特色势必难以真正敞开,其阐释的力度与深度自然也会大打折扣。代表着比较文学发展第三阶段的中国比较文学,不仅重视相同性,而且更为关注以跨越东西方异质文化为特色的研究,强调异质性探寻是比较的重要方向,其创新价值就在于鲜明地提出了区别于法、美学派求同思维的求异思维。因为中国学者意识到了跨文明研究首先面对的就是明显的差异,异质性构成了一个民族国家独有的文化生态,是其赖以存在的价值理由。强调异质性,就像客观看待自然界生物多样性一样,是对世界文学文化多样性的平等认同,是对不同个性特色的相互尊重。正是基于对异质性比较的重要性的认识,中国比较文学才主要不是因为相同而是因为相异而比较,并通过差异双方的比较来寻找彼此的共同点,在异中有同、同中有异中搭建沟通对话、宽容理解的桥梁,进而实现取长补短、互补皆荣、平等共处的和而不同的文化共同体。"异质性"的确立意味着中国比较文学从原来法国和美国学派的求同思维推进到求异思维的学科理论的新构建。

重视异质性这一可比性原则,就需要我们改变高低优劣比较的惯性思维,远离非此即彼的二元对立判断,比较不以高低优劣为根本,不拿地位等级设限制,跨越国家文学文化交流互鉴中的彼此照亮、相互成就,应该成为比较的共识。如此,根深蒂固的西方中心观念才有可能从根本上得以扭转,多元话语汇聚和世界文学文化的多样性才能共生并持续。

需要重申的是,可比性并非"纯粹的客观存在,而是作为一个范畴,反映人们对客观事物或对象的本质与关系的一种概括,一种思维结果"②。显然,这种"概括"和"思维结果"绝不是随便对一些相同性的泛泛比较,而是在有针对性的问题意识引导下的具体细腻的严谨比较,是为进一步的理性追问提供事实证据。只有理性把握可比性,才能从不同角度较为全面、深入、系统地接近比较双方的真相与本质。

第三节 与比较文学相关的几个术语

通常来说,与比较文学相关的术语主要有三个:国别文学、世界文学和总体文学。

一 国别文学

国别文学指以"国家"这样的政治概念来加以相互区别的文学,例如中国文学、俄国

---

① [英]苏珊·巴斯奈特.比较文学批评导论[M].查明建,译.北京:北京大学出版社,2015:53.
② 曹顺庆,等.比较文学论[M].成都:四川教育出版社,2002:58.

文学、英国文学、法国文学、德国文学、美国文学等。国别文学是形成比较文学研究基础的基本单元,如果没有各自不同的国别文学的产生与发展这个前提,就不可能有比较文学。

与国别文学相联系的另一个术语是民族文学。民族文学指以"民族"概念来加以区分的文学。对于由单一民族构成的国家来说,民族文学等同于国别文学,如英国文学、法国文学等;但在由多民族组成的国家里,民族文学显然不等于国别文学,例如,我国就有汉族文学、满族文学、蒙古族文学、藏族文学等。有观点认为,一国之内的跨族际文学研究也属于比较文学。不过关于这个问题,学术界的意见并不一致。

二 世界文学

对于世界文学,目前学术界一般有三种理解:一是指世界各国各民族文学的总和;二是歌德率先提出的"世界文学"术语,希望世界各国各民族文学在保持各自特点与个性的前提下发展成为一种和谐的整体;三是指那些已经获得了世界性声誉的作家和作品,例如,荷马、但丁、塞万提斯、莎士比亚、歌德、巴尔扎克、托尔斯泰等,他们的不朽名著已经广为流传。从这个意义上说,世界文学将二三流作家和作品排除在外,而只包括经典作家和不朽名著。比较文学则视野开阔,不忽视二三流作家和作品。

三 总体文学

总体文学最早由法国学者梵·第根提出。他认为,国别文学限于一国之内,比较文学探讨两个国家的文学问题,总体文学专门研究三个以上国家的文学中共同存在的事实。美国学者如韦勒克(René Wellek,1903—1995)、雷马克等反对比较文学与总体文学的这种划分,因为比较文学研究包括了总体文学研究。雷马克还认为,比较文学与世界文学之间存在明显的差别:第一,比较文学包括跨学科研究,世界文学则没有;第二,比较文学要求进行系统的比较,世界文学则不必如此要求。目前,比较文学研究很少使用总体文学这一术语。

◇ 思考与练习

1. 如何理解比较文学的内涵?
2. 比较文学的可比性主要包含哪些方面?

《比较文学简明教程》"爱课程"网课 1

《比较文学简明教程》"爱课程"网课 2

第一章
比较文学的学科发展史

 教学导航

学习目标	知识目标：了解比较文学的学科发展简史，熟知比较文学三大学派的基本理论特征及其代表性人物和观点，总结比较文学学科理论的总体发展特征，把握当前比较文学研究的新动向 能力目标：引导学生在比较文学学科发展历史的线性梳理中，掌握该学科三大学派的基本理论观点与方法，归纳其总体的发展特征 情感价值目标：通过了解比较文学三大学派的发展历程，凸显"文化软实力"的重要性，激发学生对祖国文学与文化的热爱，增强对中华民族文化的自尊心与体认感
重难点	1. 比较文学三大学派的基本理论特征 2. 比较文学学科理论发展的总体特征与规律
推荐教学方式	课堂讲授、案例分析
建议学时	10
推荐学习方法	文献查阅、分组研讨
必须掌握的理论知识	法国学派、美国学派、中国学派、"涟漪式"发展特征
必须掌握的阅读（语言）技巧	重点记诵与全面了解相结合

 情境导入

同学们，在进入比较文学各种基本理论知识的学习之前，我们有必要首先全面了解和

梳理一下比较文学作为一门学科的总体发展历程，通过学科史的学习，方能从整体上认识该学科的一些基本问题，比如，它与其他学科相比在研究内容、理论方法上有何不同？各个发展阶段又有哪些明显的区别与联系？总体而观，比较文学的学科发展历史呈现出哪些基本特点？

基础知识（理论阐释）

比较文学产生于19世纪70年代，欧洲特有的文学与文化语境以及19世纪的实证主义哲学思想和达尔文的进化论思想共同促进了它的诞生。比较文学肇始于19世纪后期的法国学派，发展于20世纪中期以来的美国学派，并在20世纪80年代以来发展起来的比较文学中国学派手中获得了前所未有的拓展与创新。纵观比较文学的学科发展史，我们会发现其具有一种层叠累进式的"涟漪式"结构，三大学派呈现包容性、继承性的发展路径。当前比较文学研究更加凸显跨文明异质性和变异性研究，传统研究领域不断深化，形象学、翻译研究、流散文学以及海外汉学研究不断涌现并取得了一系列令人瞩目的研究成果。进入21世纪以来，比较文学研究蓬勃发展、方兴未艾！

第一节 比较文学产生的基本条件

比较文学既是研究跨越两个或两个以上国家文学的学科，那么其诞生势必满足两个基本条件：其一，国别文学的充分发展，经文艺复兴、古典主义到浪漫主义，欧洲各国文学均已获得充分发展；其二，跨文化视域的形成，19世纪，欧洲文学研究者的视域已经开始试图跨越国家文学界限，将欧洲范围内的各国文学及其发展作为一个整体来研究。1827年，歌德提出了"世界文学"这一对比较文学的产生至关重要的概念。歌德在与爱克曼的谈话中敏锐地预感到"世界文学的时代已快来临"，并且呼吁"每个人都应该出力促使它早日来临"。[①] 尽管歌德所提出的世界文学的概念还十分含糊，他也只是天才般地预感到了文学在世界范围中共同发展的可能性，但这一概念的出现本身就表明了世界文学发展的大趋势，可能性中隐含着必然性。1848年，马克思和恩格斯在《共产党宣言》中进一步从人类物质生产的世界性必然导致人类精神生产的世界性这一前提出发，对歌德世界文学概念中蕴含的必然性进行了有力的论证：

> 资产阶级，由于开拓了世界市场，使一切国家的生产和消费都成为世界性的了。……旧的、靠本国产品来满足的需要，被新的、要靠极其遥远的国家和地带的产品来满足的需要所代替了。过去那种地方的和民族的自给自足和闭关自守状态，被各民族的各方面的互相往来和各方面的互相依赖所代替了。物质的生产是

---

① [德]爱克曼辑录. 歌德谈话录[M]. 朱光潜，译. 北京：人民文学出版社，1978：113.

如此，精神的生产也是如此。各民族的精神产品成了公共的财产。民族的片面性和局限性日益成为不可能，于是由许多民族的和地方的文学形成了一种世界的文学。①

尽管这里"文学"的含义与我们今天所说的文学还有较大的差别，尽管这里"世界文学"的概念仍然很模糊，但从这种论证过程本身，我们可以看出，到19世纪，跨国家、跨文化的文学文化交流已是大势所趋，成为一种世界性的潮流，比较文学学科的诞生已经成为历史的必然。

不过，比较文学学科的产生还需要19世纪这个特殊时代的激发。19世纪是西方思想成熟和收获的世纪，自古希腊开始两千多年的发展，至此结出硕果。有几个重要因素构成了比较文学学科建立的直接动因。

首先，18世纪末兴起于德国、19世纪初盛行于欧洲的浪漫主义文学思潮对比较文学的产生有重大影响。浪漫主义秉承歌德的"世界文学"观念，接受了法国浪漫主义的先驱斯达尔夫人注重文学发展和社会状况之间相互关系的观点，要求用历史比较方法代替古典主义纯文学批评的思想，强调描写异国风光，表现异国情调，颇为注意文学的国际性，往往从整体出发，探索作者的环境、性格以及不同作者与作品之间的影响关系，注意文学与时代、与其他意识形态间的联系。② 正如日本学者大塚幸男所言："18世纪至19世纪初期掀起的浪漫主义潮流，因其国际性特征的缘由，形成了即使在研究一国文学之际，也不能无视它同外国文学关系的风气。这样，便催发了比较文学这门新兴学科的萌生。"③ 另外，浪漫主义作家向往中世纪，重视民间文学，这不仅促进了民间文学的整理和研究工作，而且促进了民俗学的兴旺发展。如德国的一些语言学家和《格林童话集》的整理者格林兄弟，运用历史比较的方法研究欧洲的民间故事，并探索到它们的共同源泉——古老的神话，对诸如唐·璜、浮士德等典型人物在各国的流传、假借、变形进行了比较研究。这些研究在方法上给比较文学以启发，其中一些也成为比较文学中"渊源学""主题学"的重要组成部分。无疑，民俗学的发展对比较文学的形成起了促进作用。

其次，比较文学的产生受到实证主义哲学的影响。实证主义是法国哲学家孔德所创立的一个重要哲学流派，在哲学和社会学方面均有较大影响。其基本信念认为社会科学与自然科学并无根本区别，常用类比法证明社会对象与自然对象在本质上是相同的。在哲学上，实证主义只研究具体的事实和现象，研究现象间的外部联系，强调知识的"实证性"，试图用自然科学中的实证精神改造一切科学部门。在社会学方面，实证主义擅长运用比较的方法，通过比较同时居住在不同区域的各族人民的生活，以了解社会发展的一般规律；通过比较人类社会与动物世界，以了解人与动物之间的异和同。法国文学批评家勃吕纳狄尔把实证主义用于文学研究，最早把一部作品对另一部作品的影响提到首位，认为真正的

---

① 马克思，恩格斯. 共产党宣言［M］//马克思恩格斯选集（第一卷）. 北京：人民出版社，1995：276.
② 下一节会对此详细论述。
③ ［日］大塚幸男. 比较文学原理［M］. 陈秋峰，杨国华，译. 西安：陕西人民出版社，1985：12.

影响与相互作用只有在单一的文化系统中才有可能产生。因此，崇尚实证，重视考据，注意现象间的外部联系，这是孔德实证主义哲学给予法国比较文学的法宝，对其形成和发展影响深远。

再次，达尔文进化论思想对比较文学的产生有重大影响。达尔文学说的形成本身就颇富启发性，它综合融汇了马尔萨斯的人口论、霍布斯的哲学、古典经济学关于自然竞争的理论等多种学说的影响而自成体系，体现了19世纪中叶科学发展中哲学、自然科学、社会科学相互渗透的新趋势。达尔文的《物种起源》援引大量证据，说明在自然选择作用下的物种进化规律，提出了生物通过自然选择、优胜劣汰而不断进化的学说。他在《人类的谱系》一书中，进一步把生物进化论从一般动物应用到人类的起源问题上，论证人类是从低级物种到高级物种的漫长历史进化过程的产物。这一进化论思想提出之后，在欧洲乃至整个人类思想和精神的各个方面立即产生了难以估量的影响。文学方面的进化论思想也在这个时期应运而生。文学进化论认为，世界上的一切事物包括文学在内都不是孤立存在的，而是相互依存、相互联系和发展变化的。法国勃吕纳狄尔在著作《文学史中的文学类型演讲》中试图用进化论的观点来解释文学的发展，认为文学类型也像生物的种属一样，有其诞生、成长、演变、衰亡的过程，并会在分解后参与新类型的形成。英国波斯奈特写的世界第一部比较文学理论专著《比较文学》，采用社会生活逐步扩大的方法，即从氏族扩大到城邦、从城邦扩大到国家、再扩大到世界大同的进化顺序，依次论述了"氏族文学""城邦文学""国别文学""世界文学"及其进化与发展，明显留下了进化论影响的痕迹。

最后，19世纪欧洲各国的各个学科都出现了"比较热"，各种各样的比较研究著作纷纷问世，例如居维叶的《比较解剖学》、布朗维尔的《比较生理学》、科斯特的《比较胚胎形成学》、缪勒的《比较神话学》、德热兰多的《哲学系统比较学》、索伯里的《比较绘画和文学教程》等。这种"比较热"也使得"比较文学"应时提出并正式形成。

总之，在上述条件下，比较文学学科在19世纪末的欧洲建立起来就顺理成章、水到渠成了。正如恩格斯所言，在各种科学研究中，资料的积累及学科交叉，"使得运用比较的方法成为可能，同时也成为必要"①。

第二节　比较文学学科的产生与法国学派

一　比较文学诞生的文学渊源

比较文学作为一门独立的学科诞生于19世纪末期的欧洲，其标志是学科理论和方法的确立、学术团体的形成、学科杂志的创办以及进入高等学校的课堂。然而学科的产生不可能一蹴而就，在此之前，文学领域内不自觉的、零散的比较研究则是长期存在的，其历

---

① 恩格斯.自然辩证法[M]//马克思恩格斯选集(第四卷).北京：人民出版社，1995：269.

史几乎跟文学批评和文学研究自身一样长久。究其原因，文学和文化活动本身就存在着跨民族、跨语言、跨文化和跨学科的现象，"比较"更是一种基本的思维方式和研究方法，所以在比较文学正式建立之前，文学领域内的比较研究已经有很长的发展史，具有深厚的文学渊源。

早在古罗马时期，当时著名的文艺理论家贺拉斯等注意到罗马文学与希腊文学之间的传承关系，强调罗马作家要借鉴和模仿古希腊人。许多罗马作家也确实在各个方面师法希腊作家，最典型的例子是维吉尔《埃涅阿斯纪》对《荷马史诗》的模仿。正因为许多作家模仿希腊人，一些学者在论述中就会自然而然地比较两个时代、民族和语言等在文学上的异同。进入中世纪以后，由于共同的基督教信仰和共同的拉丁语语言，欧洲各民族之间文化交流频繁，它们之间的统一性大于差异性，几乎形成了一个文化共同体。文人学者一般把这一时期的欧洲看作一个统一的拉丁化世界，但也有学者意识到民族文化之间的差异。例如，但丁在《论俗语》中，运用全欧的视角，按照方言的不同把欧洲文学划分为北、南、东三个部分，并把南部的意大利俗语文学、普罗旺斯俗语文学、西班牙俗语文学加以对照。

文艺复兴时期，人文主义的思想家和艺术家们从民间和地下发掘出的古代遗址中，搜集古希腊罗马的手抄本和艺术品，并将古代文化与中古文化进行对比，发现了古代文化的灿烂光辉，提出了复兴古代文化的口号。但他们提倡的"复兴"并不是简单地对古希腊罗马文化进行模仿，而是在人文主义思想的指导下吸收民族文化和民间文化的精华，对优秀古典文化加以继承和发扬。因此，这场遍及欧洲的文艺复兴运动，标志着各民族文化的相互借鉴和启发。欧洲各地的学者、作家纷纷拜访意大利，亲近古典文化，各民族之间的文化交流也随之加强。例如，意大利学者斯卡里格在《诗学》一书中对维吉尔和荷马、维吉尔和其他希腊诗人、奥维德和一些希腊作家进行对比，以证明罗马文学的优越性。文艺复兴时期的作家大都具有较强的民族意识和民族自尊心，因此在比较本民族文学与外民族文学时，往往贬低外民族的文学，抬高自己民族的文学。与此同时，文学不断随社会的发展而发展的观念也逐渐增强，今人胜于古人的思想在整个文化领域里逐渐占据了主导地位。

18世纪的启蒙运动，也是一场遍及欧洲各国的思想文化运动。它继承了文艺复兴时期的人文主义思想，提倡信仰和精神的自由，强调以理性来衡量一切、检验一切。在这场思想解放运动中，欧洲各民族之间的文化联系进一步加强。当时，法国以古典文学的卓越成就引起了一些欧洲国家的重视，各国纷纷向法国学习。法国启蒙思想家孟德斯鸠、伏尔泰、狄德罗、卢梭等人的作品被译成各种文字，传遍欧洲。此外，英国也因其优秀的思想文化成就开始受到瞩目，莎士比亚的戏剧不但被翻译成各种文字，而且长久地占据了各国的舞台。英国理查逊的书信体小说《克莱丽莎》（1747—1748）对法国卢梭的《新爱洛伊斯》（1761）和德国歌德的《少年维特之烦恼》（1774）都产生了影响。

在这样的历史条件下，比较文学的理论和方法逐渐萌芽。有些学者提出的看法对下一个世纪比较文学发展成为一门独立的学科，产生了积极的影响。如伏尔泰在《论史诗》（1733）中指出，文艺复兴以来，欧洲古希腊罗马作家"在某种程度上已将所有的欧洲人联合起来置于他们的支配之下，并为所有各民族创造了一个统一的文艺共和国（Republique des lettres）"。他接着补充说："在这个共同的领域之中，各个国家引进了各自特殊的欣赏趣味。"① 伏尔泰的话是对文艺复兴以来欧洲文学的性质和面貌的高度概括：一方面，欧洲各民族文学来自同一个古希腊罗马文学母体，因此形成了一个统一的"共和国"；另一方面，各民族文学又在此基础上各自发展，形成了自己的特色。值得注意的是，伏尔泰还对东方文学感兴趣。元杂剧《赵氏孤儿》传入欧洲之后，他将此剧和欧洲同类剧作进行比较，认为中国的杂剧更富有美好的"理性"，并根据自己的思想，将其改编为《中国孤儿》，在欧洲产生了很大影响。

在伏尔泰之后，比较文学的意识继续萌发，莱辛就是其中的一个突出代表。在《汉堡剧评》中，莱辛运用比较的方法对欧洲戏剧进行了探讨。他通过细致的分析和比较，认为古典主义者歪曲了亚里士多德的学说，把《诗学》中非本质的东西说成是本质的东西，并号召德国戏剧家师法莎士比亚，而不是伏尔泰、高乃伊和拉辛。莱辛指出："莎士比亚作品的各部分，甚至连最细微的地方，都是按照历史剧的宏大篇幅裁剪的，这跟具有法国趣味的悲剧相比，犹如一幅广阔的壁画和一副绘在戒指上的小品画。"② 他认为只有向莎士比亚学习，把他的现实主义戏剧思想发扬光大，德国才能建立起自己的民族戏剧。莱辛还具体比较了《哈姆莱特》中的鬼魂和伏尔泰《塞密拉密斯》中的鬼魂，指出后者由于违背了惯例，失去了存在的依据，没有产生动人的艺术效果。这可以视为比较文学平行研究的一个尝试。除此之外，莱辛还将伏尔泰的《墨洛珀》和意大利剧作家马菲的《墨洛珀》进行比较，认为伏尔泰的《墨洛珀》明显受到了马菲的影响，没有马菲，伏尔泰便写不出《墨洛珀》。莱辛对马菲、伏尔泰就同一题材处理的比较，成为后来比较文学影响研究的范例。

浪漫主义运动的前驱赫尔德被称为比较文学真正的创始人。他认为，文学史是一个整体，应该由不同民族的文学共同构成，应该能够说明不同地区、不同时代、不同作家的不同风格，能够反映文学的起源、发展、变化和衰亡。赫尔德的观念在某种程度上对歌德"世界文学"的设想产生了积极影响，包含了现代比较文学的萌芽。为了实践自己的理论，他编写的《民歌集》一书收集了德、法、英、意、西、希腊、丹麦、冰岛、瑞典、波兰等许多民族的民歌，是一本较为丰富的"世界文学"选集。

如上节所述，德国作家歌德对比较文学的贡献是不言而喻的。歌德是一位学识渊博、视野开阔的思想家和文学家，他不仅十分熟悉本国文学和西方文学，还热衷于了解欧洲之外的文化。例如，他的诗剧《浮士德》明显受到了印度《沙恭达罗》的影响。歌德晚年更是十分欣赏东方文学特别是中国文学。1827 年，歌德第二次阅读中国小说《好逑传》以及《玉娇梨》《花笺记》等，并在和爱克曼的谈话中表达了他对中国文学的赞赏。例如，他认为："中国人在思想、行为和情感方面几乎和我们一样，使我们很快就感到他们是我们的同类人，只是在他们那里一切都比我们这里更明朗，更纯洁，也更合乎道德。"③ 也是在这次谈话中，歌德明确提出了"世界文学"的概念："民族文学在现代算不了很大的一

---

① ［法］伏尔泰. 论史诗［G］//伍蠡甫主编. 西方文论选（上卷）. 上海：上海译文出版社，1979：322.
② ［德］莱辛. 汉堡剧评［M］. 张黎，译. 上海：上海译文出版社，1981：375.
③ ［德］爱克曼辑录. 歌德谈话录［M］. 朱光潜，译. 北京：人民文学出版社，1978：112.

回事，世界文学的时代已快来临了，现在每个人都应该出力促使它早日来临。"① 歌德在这里表达了各民族文学相互交流、融合的愿望，憧憬各民族文学结合为一个统一的、互相联系的整体，这一观念对早期比较文学的萌芽具有启示作用。

施莱格尔兄弟和斯达尔夫人进一步发展了赫尔德和歌德的思想。奥古斯特·威廉·冯·施莱格尔在早期的讲座中，从总体上描述了整个西欧的文学史，他把西欧文学分成古典和浪漫两个部分。在《论戏剧艺术和文学》一书中，他进一步论述了二者的区别。在他看来，古典的文学艺术是机械的、有限的、简单的、封闭的、文类分明的，浪漫的文学艺术却是有机的、无限的、复杂的、开放的、文类混杂的。依据这一原则，他划分、比较了欧洲各个时期的文学。他认为古希腊文学、文艺复兴时期的文学是浪漫的文学，而古罗马文学、17 世纪欧洲各国的文学则是古典的文学。尽管施莱格尔试图保持公正的态度，但他对浪漫主义文学的赞赏是显而易见的。他的弟弟弗里德里希·冯·施莱格尔在以比较的视野研究西欧文学的基础上，还对东方文学产生了兴趣。他的《印度人的语言和智慧》是一本比较语言学的巨作。

与施氏兄弟交好的法国流亡作家斯达尔夫人的《论文学》（1800）和《论德国》（1810）也是比较文学学者经常提及的两本著作。在《论文学》中，她把欧洲文学划分为南方和北方两种类型，并提出了文学取决于社会生活和地理环境的著名论点。她认为，以荷马为代表的南方文学与南方清新的空气、浓密的森林、清澈的溪流以及明朗的气候相关，而以莪相为代表的北方文学则与北方的海滨、灌木、荒原以及多雾的气候有关。在《论德国》中，斯达尔夫人对德法两国的文学传统、社会生活和客观环境进行了比较。从长远的角度来看，《论德国》对法国和比较文学的贡献不仅在于对德法两国文学所做的比较，还在于让法国人认识了德国，并因此重新认识了自己和自己的民族偏见。

丹麦文学家勃兰兑斯是对比较文学研究做出重要贡献的学者，他在《十九世纪文学主流》中把文学运动看作一场进步与反动的斗争，概述了从 19 世纪初叶起欧洲德、法、英几个主要国家的文学发展状况，并始终把这些国家的浪漫主义运动联系起来加以考察。例如，在论述法国浪漫派时，他讨论了莎士比亚、司各特、拜伦、雪莱、歌德、霍夫曼等英、德作家对法国浪漫主义的影响。线索清晰、材料翔实和论证有力是这部著作的主要特征，这同他自觉地运用比较文学的研究方法密切相关。

除上述思想家和文学家之外，还有一批热情的学者在自觉和不自觉地探索比较文学的道路。例如，1816 年，两位法国编辑家诺埃尔和拉普拉斯出版了一部法国文学与外国文学作品的选集，题名为《比较文学教程》。这部选集虽然没有探讨比较文学的理论和方法，但为比较文学研究提供了便利和鼓励。1827 年至 1830 年，著名历史学家和文学批评家维尔曼（Abel-François Villemain，1790—1870）运用比较的方法在巴黎大学讲授中世纪和 18 世纪的法国文学，并开设了第一个具有比较文学性质的讲座"18 世纪法国作家对外国文学和欧洲思想的影响"。② 1830 年，安贝尔（Jean-Jacques Ampère，1800—1864）继维尔曼之后，做了名为"各国文学的比较史"的讲座，又于 1832 年在巴黎大学讲授"论中

---

① ［德］爱克曼辑录. 歌德谈话录［M］. 朱光潜，译. 北京：人民文学出版社，1978：113.
② 按：维尔曼因其在比较文学形成之际所做的贡献，被誉为"比较文学之父"。

世纪法国文学同外国文学的关系"。1836 年，基内（E. Quinet，1803—1875）在里昂大学做了名为"比较文学"的讲座。1828—1841 年期间，维尔曼和安贝尔编撰文学作品选，出版了欧洲文学范围内的研究论文。

上述比较文学的先驱为本学科的诞生开辟了道路。19 世纪中叶以后，比较文学作为一个学科产生的时机已经成熟。

二 比较文学学科的正式建立

19 世纪 70 年代，比较文学在欧洲受到越来越多的关注，开始作为一门独立学科走上历史舞台。一般认为，以下一系列事件标志着比较文学学科的正式建立。1870 年，俄国"比较文学之父"维谢洛夫斯基在圣彼得堡创办总体文学讲座，从事比较文学研究。1871 年，意大利的桑克蒂斯在那不勒斯主持比较文学讲座。同年，美国的查尔斯·沙克福德在康奈尔大学开设"总体文学与比较文学"讲座，丹麦文学史家勃兰兑斯亦在这一年开设具有"比较"精神的课程。1877 年，匈牙利的梅茨尔在罗马尼亚创办了第一份比较文学杂志。1886 年，英国学者波斯奈特出版专著《比较文学》，这是公认的世界上第一部比较文学理论著作。1887 年，德国比较文学学者科赫在德国创办《比较文学杂志》。1892 年，戴克斯特在里昂大学创办了正式的比较文学常设讲座；1895 年，他完成了第一部法国比较文学博士论文《让-雅克·卢梭和文学世界主义的起源》；该论文全面考察了在卢梭生活的时代英国文学对法国文学的重要影响，探讨了卢梭为促进法国文学接受外来影响所做的贡献，并证明了 18 世纪末文学世界主义思潮以及浪漫主义运动受到了卢梭思想的巨大影响。在这一时期，另外一位重要的法国学者当属贝茨。他在 1895 年完成博士论文《海涅在法国》，对当时的比较文学界产生了一定的影响。1899 年，贝茨发表《比较文学目录初稿》，收录了两千多条书目，后经过修订，书目增至三千多条，该书的完成对于比较文学史的研究具有重要的文献参考价值，也为后来巴登斯贝格和弗里德里希编订更大规模的《比较文学书目》奠定了基础。

比较文学学科在欧洲确立以后，法国出现了一批卓有成就的比较文学研究者和理论家，例如巴登斯贝格、梵·第根、伽列、基亚、艾金伯勒（René Étiemble，1909—2002，又译安田朴、艾田伯）等。他们以一系列独具特色的研究成果，逐渐形成具有自身特点的理论和方法论体系，对比较文学的早期发展产生了决定性的影响，并得到国际文学研究界的普遍承认。他们的理论也就是比较文学史上所谓"法国学派"的理论，这一时期成为世界比较文学学科发展的第一个阶段。

法国学派的第一位代表人物是巴登斯贝格。巴登斯贝格出生于法国，后来在瑞士的德语区求学，并一度旅居德国。他从小就熟悉德法两种语言和文化，确实是那种"站在各国之间的交叉路口上"[①] 的人。1901 年，巴登斯贝格在里昂大学接替戴克斯特主持比较文学讲座，并先后去欧洲诸国讲学。1921 年，他和巴黎大学的另一位比较文学教授阿扎尔（Paul Hazard，1878—1944）共同创办了《比较文学杂志》，该杂志刊登了法国和欧洲其

[①] ［美］勒内·韦勒克. 比较文学的危机［G］. 黄源深，译.//北京师范大学中文系比较文学研究组选编. 比较文学研究资料. 北京：北京师范大学出版社，1986：55.

他国家许多比较文学学者的论文，是法国学派重要的理论刊物。1930年，他在阿扎尔和梵·第根等学者的协助下，在巴黎大学创办了现代文学兼比较文学研究所，使巴黎大学在此后的数十年间成为国际比较文学研究的中心。这一事件标志着法国学派的正式形成，而巴登斯贝格也成为法国学派的第一位领袖人物。

巴登斯贝格在比较文学方面著述颇丰，其研究课题主要集中在外国文学对法国文学的影响，尤其擅长德法文学的比较研究。其代表著作有《歌德在法国》(1904)、《文学史研究》（三卷集，1907、1910、1939)、《1787—1815年间法国流亡贵族中的思想动向》(1925)、《巴尔扎克作品中的外国倾向》(1927)等。他注重不同文学之间的相互关系和一些文学接受的事实。他主张对文学关系进行深入细致的调查研究，找出实际存在的相互影响，这也直接影响了法国比较文学重实证影响的研究倾向。他认为："仅仅对两个不同的对象同时看上一眼就作比较，仅仅靠记忆和印象的拼凑，靠一些主观臆想把可能游移不定的东西扯在一起来找点类似点，这样的比较决不可能产生论证的明晰性。"[1] 巴登斯贝格的治学态度十分认真，总是用充分的实际材料来支持他的结论。他曾花了五年多的时间来查阅、分析1770—1880年在法国出版的主要报纸、杂志、书籍，从中捕捉最细微的迹象，追踪言论的动向。他的许多重要著作都是在细致考证的基础上写成的。他突出的学术成就为他赢得了声誉，使他成为比较文学研究的典范。除此之外，他对比较文学的书目也做出了巨大贡献。1904年，他增补了前辈学者贝茨的《比较文学目录》，使之从原先的三千多条增加到六千多条。1950年，他与弗里德里希共同编订出版了更为详细完备的《比较文学书目》。这本书目尽管存在着编排不甚合理、检索不易等缺点，但仍然是一本比较文学学者不可或缺的工具书。值得一提的是，1935年至1945年，巴登斯贝格在美国讲学，对美国比较文学的建立也起了很大的推动作用。

与巴登斯贝格一起创办《比较文学评论》的阿扎尔也是法国学派的代表人物。他最初在巴黎大学讲授比较文学。1925年，他前往法兰西公学开设比较文学讲座。阿扎尔是在巴登斯贝格的指导下成为比较文学家的，但他的研究方向与巴登斯贝格有所不同。巴登斯贝格研究的重点是法国文学，而阿扎尔则把着眼点放在欧洲总体文学上，特别是18世纪欧洲文学。他的兴趣广泛，著述丰富，一生写的专著、论文以及其他文章共有五百多种。在代表作《欧洲思想的危机（1680—1715）》(1935)中，阿扎尔把比较文学作为一种总体文学来研究，致力于研究欧洲各民族思想之间的共性和感情倾向，是从宏观的角度来研究欧洲各民族文学的一种尝试。

在法国比较文学史上，第一个系统、全面地阐释法国学派观点的学者是梵·第根。他不仅是法国学派的泰斗，而且是比较文学史上一个杰出的理论家。其代表性著作《比较文学论》(1931)是公认的法国学派的集大成之作，长期以来一直是比较文学的入门书。该书1933年被戴望舒译成中文，1937年由商务印书馆出版。《比较文学论》共分"比较文学之形成与发展""比较文学之方法与成绩""总体文学之原则与任务"三个部分，对比较文学的历史、方法和成果进行了系统的探讨。

---

[1] ［法］巴登斯贝格. 比较文学：名称与实质 [G]. 徐鸿，译.//干永昌，廖鸿钧，倪蕊琴选编. 比较文学研究译文集. 上海：上海译文出版社，1985：33.

梵·第根首先对比较文学的性质进行了定义，他认为比较文学应该像一切历史科学一样，把尽可能多的、来源不同的事实采纳在一起，以便充分地对每一个事实做出解释。这就为法国学派"比较文学是文学史的一个分支"的观点定下了基调。他不赞成把"比较"和审美研究联系在一起，他所谓的"比较"，实质上就是要"摆脱全部美学的涵义，而取得一个科学的涵义"。他认为比较文学的任务就是要研究作家受到的外来影响与各国文学作品之间的相互关系，这就在理论上为影响研究注重探讨各种文学间的"事实联系"，排斥美国学派提出的没有直接关系的类同研究奠定了基础。同时，他把"精细和准确的考证"规定为比较文学的研究方法。梵·第根认为，比较文学的中心课题是研究各国文学作品之间的相互关系。他把欧洲各种文学之间的关系划分为三类：希腊文学和拉丁文学之间的关系；中世纪以来近代文学和古代文学的关系；近代各国文学之间的关系。他认为最后一类关系最广泛、最复杂，所谓比较文学，就是要着重研究这一类文学关系。他把比较文学的研究对象分为三种类型，即"输出者""接受者""传递者"。"输出者"就是对于其他国家的文学产生影响的作家、著作、思想；"接受者"指的是接受影响的作家、作品、思想或情感；"传递者"指的是沟通"输出者"和"接受者"的媒介，包括翻译和模仿等。梵·第根还对比较文学的各种领域进行了划分，将其大体上分为两类：第一类是他称之为"物质"的部分，包括体裁、风格、题材、主题、典型、传说、思想、情感等，他把体裁的研究称为"体类学"（génologie），把题材、主题、典型、传说等的研究称为"主题学"（thématologie）；第二类是关于文学交流的研究，他把作家、作品在外国的影响及其传播和被模仿的研究称为"誉舆学"（doxologie），把作家和作品的"渊源"的研究称为"源流学"（crénologie），而关于"媒介者"的研究则称之为"媒介学"（mésologie）。梵·第根认为，第二类研究对象是最重要的，法国学者在这方面做出了尤其出色的贡献。他还对"总体文学"进行了界定，认为研究两国文学关系的是"比较文学"，而研究两国以上文学关系的是"总体文学"。从今天来看，他的一些观点虽然有偏颇之处，但其基本观点仍旧适用，仍为比较文学学者所遵循。可以说，梵·第根的比较文学理论对于法国学派具有十分重要的意义。

伽列和基亚继承并发展了梵·第根的理论，确立了法国学派的体系。伽列是巴登斯贝格的学生，20世纪30年代中期，巴登斯贝格赴美以后，他曾接替老师主持巴黎大学的讲座，并领导现代文学兼比较文学研究所的工作，同时担任《比较文学评论》的主编。由于巴登斯贝格去了美国，阿扎尔去世，伽列成为法国学派的主要代表人物，对第二次世界大战前后的比较文学研究产生了很大的影响。基亚是伽列的学生，1951年，他出版了《比较文学》一书。此时，法国学派的比较文学理论虽然仍被奉为正宗，但是已经遭到了新的挑战。伽列在为基亚《比较文学》所写的那篇纲领性序言中，提出了法国学派中的一个著名的比较文学定义："比较文学是文学史的一个分支，它研究在拜伦与普希金、歌德与卡莱尔、司各特与维尼之间，在属于一种以上文学背景的不同作品、不同构思以至不同作家的生平之间所曾存在过的跨国度的精神交往与事实联系。"①

---

① ［法］J-M·伽列.《比较文学》初版序言［G］. 李清安，译.//北京师范大学中文系比较文学研究组选编. 比较文学研究资料. 北京：北京师范大学出版社，1986：43.

这一定义明确说明了法国学派学者对于比较文学主要特征的看法：它的性质是文学史的分支；其研究对象与范围是不同国家的作家与作品之间的相互关系；其研究方法是强调"事实联系"的实证主义方法。伽列明确将三种研究倾向排除在比较文学的领域之外：其一，比较文学不是没有事实关系的"文学比较"，而是"文学史的一个分支"；其二，比较文学不是"评定作品的原有价值"，而是侧重于"每个民族、作家所借鉴的种种发展演变"的外部事实研究；其三，比较文学不是总体文学，虽然它已"在美国被作为研究目标"，但具有总体文学视野的概括性词语如人文主义、浪漫主义、古典主义等，往往"失于刻板"，"过于空泛"，带有"随意性和空洞性"，并有可能"导致抽象"。① 尽管伽列对比较文学中大规模的综合性研究表示怀疑，但他自己似乎摆脱了这一理论的约束。他的著作《歌德在英国》（1920）就是比较文学综合研究的一个典范。而且他以一个法国人的身份比较研究德国文学和英国文学，这在法国学者中也是罕见的。伽列不像巴登斯贝格那样津津乐道于精细的考证工作，而是着重于探讨作家之间的相互理解。他也清醒地认识到，影响研究有时可能是难以估量的，而且可靠性不强，而研究作品的成功、作家的际遇、大人物的命运，以及两国人民之间的相互看法、旅行、幻象等则比较可靠。因此，他以后的研究兴趣便转移到上述几个方面上来了。他撰写了许多研究作家生平的书，其中有歌德、兰波、斯蒂文森的传记，还有研究米什莱的书。1928年，他在开罗大学讲学，开设了一门名为"法国旅行家和作家在埃及"的课程，并于1933年将讲课的材料整理成书出版。1947年，在《法国作家和德国幻象》一书中，他着重探讨了法国是如何"误读"地接受了德国的形象以及这种"误读"对法国文学界所造成的消极影响，被后人视为比较文学"形象学"的先导。因此，可以说伽列的观点和著作明确和扩大了法国学派的研究范围。

基亚毕业于法国高等师范学院，获得文学博士学位，1980年起开始在新巴黎大学担任教授。基亚的著作《比较文学》是法国青年读者的启蒙读物，但几乎各种版本的百科全书和比较文学专著都将它列为参考书。他在《比较文学》一书中的观点和梵·第根的观点基本上是一致的。但是，两书写作的年代间隔了二十年之久，比较文学在这一时期内特别是第二次世界大战前后发展很快，因此，基亚所代表的法国学派的观点与20世纪30年代法国学派的观点相比，还是有了一定程度的变化。基亚认为，比较文学实际上是国际文学关系史，比较文学的对象首先应该是国际文学关系的工具（翻译、旅行）和使用这些工具的人（译者、旅行家），这些均为媒介因素，其次则应该研究文学关系本身。他把比较文学的研究对象分为七类，依次探讨了媒介、体裁、主题、作家、渊源、思想动向、国与国之间的固有看法等问题。他认为，研究作家及其作品对外国文学的影响是法国学派最喜爱的课题。他对梵·第根的总体文学的观点持不同意见，认为梵·第根的总体文学实际上就是他所说的"思想动向"。基亚的"思想动向"则指的是重大的国际潮流，包括思想、学说、情感，这一点与梵·第根的观点有很大不同。在比较文学中研究国与国之间的固有看法，这是伽列和基亚提出的新观点。他们认为，影响研究不足以说明一个国家对另一个国家的影响，而研究国与国之间的固有看法则能加深两国之间的相互理解与认识。这表明基

---

① ［法］J-M·伽列.《比较文学》初版序言［G］.李清安，译.//北京师范大学中文系比较文学研究组选编.比较文学研究资料.北京：北京师范大学出版社，1986：42-44.

亚和他的老师伽列一样，对比较文学研究领域的理解较之他们的前辈已经有了一些新的发展。

此时，比较文学经过巴登斯贝格、梵·第根、伽列和基亚等人的努力，已经成为一门具有完整方法论体系的学科，法国学派也逐步发展成熟。但是，由于法国学派过分受制于19世纪的唯事实主义、唯科学主义和历史相对论，而忽视文学艺术的美学本质，受到了美国学派的代表人物韦勒克、雷马克、奥尔德里奇（Owen Aldridge，1915—2005）等人的猛烈抨击。同时，法国学者狭隘的研究范围以及他们在研究中流露出来的沙文主义、地方主义也受到了批评。

三 法国学派的新发展

20世纪70年代以后，法国比较文学进入了一个新的阶段。且不说美国学派的兴起，法国学派自身对比较文学也有了新的认识。学者们开始意识到实证主义和影响研究是法国学派的特点，但并非法国比较文学的全部，同时民族主义也应该让位于更加开放的观点，甚至是豁达的世界主义。在这一阶段，法国学派出现了几位新的代表人物。

艾金伯勒是真正拓展法国学派理论的人物。他是法国当代作家，历任美国芝加哥大学、埃及亚历山大大学、法国蒙彼利亚大学和巴黎大学教授，是法国当代比较文学界权威之一。1963年，他出版了《比较不是理由》一书，为法国学派与后起的美国学派的观点逐渐接近打下了基础，是法国比较文学研究进入新阶段的标志。美国学者对该书评价很高，认为这是"在一场学术争论的暴风雨过后象征着学术界和平的彩虹"。《比较不是理由》由"紧要的问题""比较文学的目的、方法、规则"和"结论"三部分组成。在书中，艾金伯勒明确提出了比较文学的发展方向："要将历史方法与批评精神结合起来，将案卷研究与文本阐释结合起来，将社会学家的审慎与美学家的大胆结合起来，从而最终一举赋予我们的学科以一种有价值的课题和一些恰当的方法。"① 他承认并正视了美国学派与法国学派的争论和对峙，着重批评了法国学派狭隘的地方主义、沙文主义、政治干扰等倾向，提出比较文学是人文主义的观点，主张把各民族文学看作全人类共同的精神财富，看作相互依赖的整体，以世界文学的总体观点看待各民族文学及其相关关系，把比较文学看作能促进人们相互理解、有利于人类团结进步的事业。他还批评了法国学派只注重文学作品的外部联系而忽视它的内在价值和规律的倾向，认为文学的比较不应当局限于"事实联系"的研究，从而勾勒出更为广阔和更注重文学性的比较文学研究规划。正因为如此，他才能在展望比较文学研究的前景时提出这样的一些课题："法国实证主义对拉丁美洲的影响；犹太教徒、基督教徒、伊斯兰教徒在安德路西亚的接触；明治维新时期的西方影响；日本的发现在光明世纪的自由主义思想形成中所起的作用；美洲和黑非洲被发现以来欧洲的种族主义思想的发展；俄国和美国影响之下二十世纪欧洲小说的发展；二十世纪美国电影对法国（或德国、或英国）文学的影响；'能乐'和悲剧（或'狂言'和闹剧）的比较诗学；殖民地国家使用两种语言的现象；使用两种语言对文学的影响；十八世纪到二十世纪期间

---

① 转引自朱维之主编. 中外比较文学[M]. 天津：南开大学出版社，1992：56.

道家学说在欧洲的传播（或者甚至于禅宗）；俄语（或法语、或英语）句法对'白话'发展的影响。"① 从这些课题中可以看出，艾金伯勒提出的比较文学观念是建立在一个广泛的基础之上的，他已经超越了民族的界限，触及世界上几乎所有文明之间的文学比较研究。

同时，艾金伯勒十分重视东方文学研究，尤其是中国、日本文学研究。他认为，必须刻不容缓地扩大文学视野和文化视野。在《（真正的）总体文学论文集》（1974）一书中，艾金伯勒倡导学习汉语、孟加拉语和阿拉伯语，以建立一门比较诗学，对文学进行全球范围的研究。他强调开展中西文学的比较研究，认为没读过《西游记》就像没读过托尔斯泰和陀思妥耶夫斯基的作品一样，不能奢谈小说理论。艾金伯勒不仅提出了影响研究与平行研究的结合，而且提出了中西比较文学的发展前景，这就彻底改变了欧洲中心论。艾金伯勒向传统的法国学派的保守观点提出了挑战，因此被归为"激进派"和"超美国学派"。

20世纪80年代，布吕奈尔（又译布律内尔）、比梭瓦、卢梭合著的《何谓比较文学》（1983）影响很大。这本书是对1967年比梭瓦、卢梭合写的《比较文学》一书的修订和完善。《何谓比较文学》包含七个部分的内容，分别是"诞生和发展""国际文学交流""总体文学史""思想史""关于文学的思考""主题研究和主题学"和"诗学"。这本书内容丰富，参照了梵·第根《比较文学论》和比梭瓦、卢梭《比较文学》的基本框架，形成了完整的逻辑体系。例如在第一部分中，作者主要谈论了比较文学学科发展史，他们认为："比较文学在其科学发展的最初阶段，特别多亏'先行者'的努力，在西欧和中欧，同时在美洲，他们在一些大学里进行了正规的比较文学教学，同时拥有比较文学杂志及书目。他们的努力使比较文学终于在这些地区取得了较高的文学地位。"② 在该书的第二部分，作者主要强调了国际文学交流研究的重要性，认为对国际文学交流的研究以其悠长的历史和众多的出版物而保持了重要的地位，比较文学研究者应该重视这一问题。在"关于文学的思考"一章中，作者对总体文学、认识论、文学理论、文学水平等问题进行了思考，例如，在论及总体文学时，认为梵·第根虽然是总体文学概念的倡导者，但他在著作中混淆了文学通史和总体文学。他认为："总体文学研究巧合，研究相似；比较文学研究影响；但是总体文学仍然是比较文学。而且即使人们认为后一术语指事实关系的研究的话，人们发现它们两者是不可分离的。"③ 而在最后一章"诗学"中，作者阐发了对比较诗学的理解，那就是文学实践的比较，这种比较主要涉及两个方面：一是文学形态学；二是翻译美学。在论述前者时，作者指出，对文学作品的体裁进行确认是非常重要的，而且比较文学学者只有通过对文学作品的考察，才能试图为体裁下定义，基于此，作者将体裁划分为现实的体裁、潜在的体裁和有用的体裁三种；在论述后者时，作者强调，比较文学工作者必须处理好翻译、模仿和创作之间的关系，把比较文学术语学和思想史结合起来。

---

① ［法］艾金伯勒.比较文学的目的，方法，规划［G］.戴耘，译.//干永昌，廖鸿钧，倪蕊琴选编.比较文学研究译文集.上海：上海译文出版社，1985：118-119.
② ［法］皮埃尔·布律内尔，［法］安德烈·米歇尔·卢梭，［法］克洛德·皮舒瓦.何谓比较文学［M］.黄慧珍，王道南，译.上海：上海社会科学院出版社，1991：10.
③ ［法］皮埃尔·布律内尔，［法］安德烈·米歇尔·卢梭，［法］克洛德·皮舒瓦.何谓比较文学［M］.黄慧珍，王道南，译.上海：上海社会科学院出版社，1991：99.

总之,《何谓比较文学》的主旨在于强调比较文学是一种方法论艺术,它研究各国各民族文学之间的联系,研究它们的相似之处、渊源及相互之间的影响。它既对文学和其他艺术及其学科领域做横向研究,又超越时间和空间的距离,对各个民族、各种文化的历史与文学做纵向研究,从而更好地描述、理解和欣赏各国各民族的文学。这部学术专著广泛地吸收了西方文学理论和文学批评的新成果,反映了世界比较文学发展的新趋势,代表了法国比较文学研究的最新水平,是对法国学派研究特色的全面总结。显然,这本著作既是法国比较文学自身逻辑发展的结果,也是与代表新生力量的美国学派碰撞、对话与相融的产物。

著名的比较文学学者伊夫·谢弗勒在1989年发表的《比较文学》一书的前言中强调,这本书要接替基亚在1951年以同样书名所写的作品。他承认基亚的《比较文学》是比较文学研究的重要参考资料,其地位不是轻易能取代的,但他仍然试图阐释自己对于比较文学的认识。这本小书因被收录到闻名遐迩的《我知道什么》丛书而备受关注。这本书共分为六章。在第一章"定义"中,作者首先给出了他对比较文学的定义。他认为比较文学是研究多种文本的一种方法,一种学理假设和通途,这也是比较文学与其他学科的主要区别。他提出,比较文学学者通过对他者的研究可以更好地认识自己。第二章的标题是"外国作品",在这一章中,作者突破了狭隘的民族主义倾向,以全球化视野来看待他者的文学。在第三章"比较文学史学的赌注"部分,作者论述了比较文学基本方法论的选择,涉及比较文学"从影响到接受"的研究方法。作者还强调,比较文学是一门方法论的学科,它处于不断发展变化之中。在第四章"文学神话"里,伊夫·谢弗勒主要探讨了与文学想象相关的问题,例如神话叙事、虚构创造等。在第五章"艺术形态:文学的疆域"中,作者全面考察了文学与副文学(包括口头文学、通俗文学、儿童文学等)、文学与非言语艺术之间的关系。在第六章"走向比较诗学?"中,可以发现作者对文本文学性的强调。最后,伊夫·谢弗勒在结论中指出,比较文学是一门不断发展的学科,它不能自囿于本身既定的范围,比较研究势必继续发展前进,在可见的将来,它还会遇到更多问题,并逐步为人们所接受。与梵·第根的《比较文学论》(1931)以及后来基亚的《比较文学》(1951)相比,不难看出,到了20世纪80年代末90年代初,法国比较文学界已经有了飞跃的发展。

综上所述,法国学派作为世界上最早形成的一个比较文学学派,有着十分鲜明的特征。这些特征主要体现在研究对象和研究方法两个方面。在研究对象上,它主要研究两个民族或国家的文学相互之间的直接影响及事实联系,包括主题、题材、体裁、情节、人物类型、艺术手法甚至思想感情之间的相互影响。它把比较文学的研究范围局限于事实描述的范围之内,认为只有发生直接影响关系的两国文学才能相比。可见,法国学派的影响研究是以"事实联系"作为前提条件的,而不大注重并无事实联系的作家或作品之间的异同。在研究方法上,法国学派崇尚实证,重视考据,要求通过实际材料阐述两国文学之间的渊源传播与接受情况,以具体事实证明"影响"与"关系"确实存在。法国比较文学学者确实以积极的态度和严谨的实证方法,大力研究欧洲各民族文学之间相互影响的关系,对国别文学史的研究进行了必要的补充,也为比较文学开辟和确立了自己的研究领域。正由于法国学派反对随心所欲、毫无事实根据的比附,比较文学才得以成为一门独立的学科。更为重要的是，这有助于养成良好的学风，防止比较文学从一开始就落入空泛之谈，以印象和感觉代替严谨的考证和有根据的思考。这种研究民族、国家文学之间影响、关系的方法，迄今仍然是一种重要的被广泛使用的研究手段。

当然，法国学派也有自身的局限性。首先，法国学派把比较文学定义为国际文学关系史，这个定义一方面强调了比较文学不同于民族文学或国别文学，其学科的特点在于跨语言、跨民族、跨文化与跨国界的开放性；另一方面，在强调比较文学是国际文学关系史的表述下，潜藏着一种以法国为中心的文化沙文主义倾向，不利于欧洲各国文学与欧洲以外其他国家、其他民族文学之间的比较研究。其次，法国学派过分强调实证、考据，不重视作品本身的美学价值，确实表现出严谨的学术风格，但也否定了从美学的高度对两种不同语言文化背景下没有事实关系的作家、作品进行价值批评的可能性，这就势必限制了比较文学的研究视域。正是由于这些历史局限性，法国学派自然遭到后起的美国学派的批评。

不过，随着世界各国比较文学研究的发展，法国比较文学学者也开始在研究实践中注意汲取其他学派的成就，不断有所突破，使自身更加完善和科学。上文已经谈到，20世纪六七十年代以来，法国学者已经在许多方面打破了原有的束缚，并且不断对新领域进行开拓。从法国学派学者们对比较文学的探索来看，他们并没有不断翻新自己的理论，而是从自身内部出发，一步步推动比较文学这门开放性学科的健康发展。正如基亚在为伊夫·谢弗勒的1989年法文版本的《比较文学》所写的序言中所言，比较文学在这段为期不短的时间内，在法国乃至世界各地，一直不断地发展，目前已经枝繁叶茂。不仅如此，比较文学的方向也已有所转变。这些年来比较文学在自己开拓的道路上已脚踏实地地循序前进，并获得显著成果。基亚进一步指出，即使已经取得了一些成就，比较文学也不应该局限于既定的研究范围，因为在前进的道路上，比较文学大道跟副文学或诗学等其他大道是相交会的。这应该是今后法国学派发展的正确方向和道路。

第三节 比较文学学科的发展与美国学派

比较文学界的通行看法认为，比较文学学科发展的第一阶段是法国学派，主要代表人物包括巴登斯贝格、梵·第根、伽列、基亚等学者，法国学派为比较文学学科的形成和理论建构做出了重要的贡献，此部分已经在上一节中悉数提及。而正如美国比较文学学者雷马克所言："没有任何一个学科像比较文学那样有一个从未间断的传统，即专家们对自己的领域存在的合理性不断地提出怀疑。"① 比较文学作为一门不断发展的学科，自然就会有来自不同国家的学者质疑、批判比较文学的理论体系和方法论的局限性，而这些质疑与批判的声音无疑是比较文学学科发展的重要推动力。比较文学美国学派正是在质疑、反思和批判法国学派的局限性，并以法国学派的学说为基础不断建构和扩充的条件下最终形成专属于自己的独具特色的理论体系的。可以说，美国学派的崛起是比较文学史上的大事。

---

① [美] 亨利·雷马克. 比较文学的法国学派和美国学派 [G]. 郭建，译.//北京师范大学中文系比较文学研究组选编. 比较文学研究资料. 北京：北京师范大学出版社，1986：64.

一 初步探索的发轫期

比较文学美国学派历史悠久，早在 19 世纪末比较文学学科在欧洲确立之时，美国就已开始了比较文学的探索。学界一般认为，首开美国比较文学研究先河的是康奈尔大学教授沙克福德（Charles Shackford，1815—1895），他于 1871 年开设了题为"总体文学与比较文学"的学术讲座，这是美国国内有关比较文学的第一次正式讲座。与法国学派早期学者的比较文学讲座题目截然相反，美国早期的比较文学讲座已经表现出了明显的总体文学视野，这也在一定程度上奠定了美国学派的学术研究特色。

自沙克福德在康奈尔大学开设学术讲座后，又有一批大学如加利福尼亚大学、哈佛大学、哥伦比亚大学等都相继开设了此类讲座，如 1890—1891 年哈佛大学正式开设的比较文学讲座。同时，还有一些学校正式建立比较文学系：1899 年，哥伦比亚大学成立了美国最早的比较文学系，由乔治·伍德贝利（George Woodberry，1855—1930）担任主任；1904 年，哈佛大学比较文学系宣告成立，肖菲尔德连任系主任达 15 年之久；1912 年，学者查理·盖莱（Charles Mills Gayley，1855—1932）在加州大学建立比较文学系，但四年后与该校英文系合并。

20 世纪初，美国国内一批比较文学刊物和丛书陆续出版，代表性作品包括 1903 年问世的第一本英文比较文学杂志《比较文学学报》（后因财源不济，出版四期后停刊）、1900 年查理·盖莱与另一位合作者完成并出版的著作《文评方法与素材入门：美学与诗学基础》及 1910 年肖菲尔德主编的《哈佛比较文学研究》丛书等。不过，从整体上来看，在 20 世纪 40 年代以前，美国比较文学的发展进退反复，影响有限。

1942 年，全国英语教师协会成立了比较文学委员会，同年又创办了《比较文学通讯》，这是由哥伦比亚大学讲授英文与比较文学的阿瑟·克里斯蒂（Arthur Christy）呼吁与推动的。1945 年，美国比较文学学会创始人、北卡罗来纳大学比较文学系教授弗里德里希发表论文《论比较文学》，希望借此培养比较文学研究人才，建立更多比较文学研究机构，并提出了比较文学课程改革计划。在他的推动下，现代语言协会共成立了七个比较文学小组：散文、民间文学、亚瑟王文学、文艺复兴、英法文学关系、英德文学关系、法德文学关系。现在美国比较文学学者学习和从事研究的基础性工作，在很大程度上得益于他当时的创造性劳动。1949 年，《比较文学杂志》在俄勒冈大学创刊；次年，巴登斯贝格和弗里德里希合编的《比较文学书目》由北卡罗来纳大学出版社出版。从以上情况足以看出，20 世纪 40 年代以后，美国比较文学有了长足的进步。

二 蓬勃发展的繁荣期

20 世纪 50 年代，美国比较文学发展的主要标志体现在三个方面：第一，几乎所有的研究生院都将比较文学列为研究课程，许多大学也纷纷设立了比较文学系或专业课程；第二，《比较文学研究》等大型学术性刊物纷纷创办，比较文学学术论文集不断出版；第三，美国比较文学协会作为国际比较文学协会的分会正式成立。这些变化预示了比较文学美国学派的诞生,这个时期也被认为是世界比较文学学科发展的第二个阶段。

这一时期美国比较文学的迅猛发展,同样离不开对先前比较文学学说的批判与更新。"从发生学上来说,这一发展乃是直接针对当时受制于科学主义、唯事实主义和历史相对论的比较文学法国学派所产生的应激反应。在法国学派那里,尤其是从梵·第根到伽列和基亚,他们一步步将比较文学窄化为了通过科学实证方法而展开的国际文学关系史研究,将原本属于人文学科的比较文学削减为了沉积在冷冰冰的客观事实之中的类自然科学。"① 1952年,美国学者韦勒克在《比较文学与一般文学年鉴》创刊号上发表的《比较文学的概念》一文,批评了法国学派的实证主义以及超出单纯学术层面的文化民族主义和欧洲中心主义,从此揭开了两个学派的论战。1958年9月,他又在国际比较文学协会第二次年会上做了题为《比较文学的危机》的发言,可谓一次对法国学派的强烈批判。他一针见血地指出,"内容和方法之间的人为界线,渊源和影响的机械主义概念,以及尽管是十分慷慨的但仍属文化民族主义的动机,是比较文学研究中持久危机的症状"②,而法国学派把比较文学仅仅局限于文学史的研究,把文学史、文学批评、文学理论三者人为地分离是错误的,即便是最简单的文学史问题,也需要做出判断、思考、比较、分析、区别、选择,而这些活动无不是批评活动。因此,"在方法和方法论见解方面,比较文学已成为一潭死水"③。

韦勒克的这次大胆而具有挑战性的发言,被视为美国学派的宣言书,这次批评在学术观点层面谴责法国学派抛弃了对文学本体的研究,而仅仅关注文学作品间影响与交流的外部事实。此外,他在《比较文学的名称和实质》中又针锋相对地提出:"文学作品当是丰碑而不是文献。"④ 法国学派为了确保比较文学研究的科学性,避免随意比附,将比较文学的研究对象和内容限定为两个国别文学之间实际存在的事实性联系,即"影响"与"被影响"的史实,然而韦勒克从维护文学作品的整体性和意义出发,认为其他国别文学作品中的原材料在进入新的文学作品后就已经同化于新结构之中,因为"通过自由想象孕育而成的艺术作品是一个整体,如果把它们割裂成渊源和影响,它的完整性和含义就要受到破坏了"⑤。因此,法国学派执着于文学作品的来源和影响,把比较文学变成了文学研究的"外贸",不但对判别和理解作品的美学价值和质量毫无益处,反而会破坏它的完整性和意义。

韦勒克又在《比较文学的名称和实质》中强调:"比较也不能仅仅局限在历史上的事

---

① 李伟昉主编. 比较文学 [M]. 北京:北京师范大学出版社,2017:52.
② [美]韦勒克. 比较文学的危机 [G]. 黄源深,译.//干永昌,廖鸿钧,倪蕊琴选编. 比较文学研究译文集. 上海:上海译文出版社,1985:130.
③ [美]韦勒克. 比较文学的危机 [G]. 黄源深,译.//干永昌,廖鸿钧,倪蕊琴选编. 比较文学研究译文集. 上海:上海译文出版社,1985:132.
④ [美]勒内·韦勒克. 比较文学的名称和实质 [G]. 刘象愚,译.//北京师范大学中文系比较文学研究组选编. 比较文学研究资料. 北京:北京师范大学出版社,1986:29.
⑤ [美]韦勒克. 比较文学的危机 [G]. 黄源深,译.//干永昌,廖鸿钧,倪蕊琴选编. 比较文学研究译文集. 上海:上海译文出版社,1985:125.

实联系中,正如最近语言学家的经验向文学研究者表明的那样,比较的价值既然存在于事实联系的影响研究中,也存在于毫无历史关系的语言现象或类型的平等对比中。"① 由此,平行研究和审美批评等代表美国学派的理论标志得以浮现。实际上,韦勒克绝不是主张取消比较文学影响研究,而是开拓了新的研究领域即平行研究,这也使法国学派的影响研究和美国学派的审美批评与平行研究共存于比较文学研究领域之中。

不过,在学理层面,韦勒克则试图摧毁法国学派的理论主张。在他看来,文学作品是创作者想象和构思的结晶,法国学派所强调的简单的来源和影响的事实根本无力解释文学作品的成因,"在文学方面,这种因果解释,几乎不能完全成功地确立任何因果关系所首先必具的条件,即'当 X 发生时,Y 必然发生'"②。于法国学派而言,这一抨击是近于致命的,因为法国学派在追溯文学作品的来源和影响方面事实上已经背离了自己所为人称道的科学性诉求。

紧接着,韦勒克又进一步从政治层面批评了法国学派对两国文学间尤其是法国与欧洲其他国家文学间事实联系的执着,尽管法国学派的这种倾向是基于其科学性主张,但也不可不谓是出于文化民族主义的狭隘心理。"法、德、意等国很多比较文学研究中的基本爱国主义动机,造成了使比较文学成为文化功劳簿这样一种奇怪现象,产生了为自己国家摆功的强烈愿望——竭力证明本国施与他国多方面的影响,或者用更加微妙的办法,论证本国对一个外国大师的吸取和'理解',胜过其他任何国家。"③ 这一批评的确有助于比较文学研究超越国别文学研究,增强世界性、开放性,但也同样存在超越纯粹学术论证而将学术问题扣上政治帽子的失误与不足之处。

作为美国极有影响的文学理论家、文学批评史家和比较文学家,韦勒克在促进比较文学美国学派的发展中所做出的贡献是不容置疑的,有学者这么评价他:"姑且不论韦勒克的评价是否完全合理,毕竟他打破了法国学派一统天下的局面,将研究者从习以为常的研究范式中解放出来,使比较文学的观念得到极大充实和更新,当然也激发了美国比较文学学者更进一步思考比较文学的定义和功用等基本问题,推动美国学派的比较文学理论走向成熟。"④ 此后,更多的学者源源不断地为美国学派的理论学说添砖加瓦。

如果说韦勒克在《比较文学的危机》中对比较文学的着眼点以批判为主,那么对美国学派的方法体系不断完善并加以系统性论述,使美国学派能够与法国学派分庭抗礼的是著名的比较文学家雷马克、奥尔德里奇、列文(Harry Levin,1912—1994)和韦斯坦因等。以这些学者为代表的美国学派在批判了法国学派人为地收缩比较文学研究范围之后,提出了自己的比较文学定义,奠定了美国学派的基本理论特征及方法论基础。

1962 年,美国学界出版了第一部比较文学论文集《比较文学的方法和观点》,载有印

---

① [美] 勒内·韦勒克. 比较文学的名称和实质 [G]. 刘象愚,译.//北京师范大学中文系比较文学研究组选编. 比较文学研究资料. 北京:北京师范大学出版社,1986:28-29.

② [美] 韦勒克. 比较文学的危机 [G]. 黄源深,译.//干永昌,廖鸿钧,倪蕊琴选编. 比较文学研究译文集. 上海:上海译文出版社,1985:125.

③ [美] 韦勒克. 比较文学的危机 [G]. 黄源深,译.//干永昌,廖鸿钧,倪蕊琴选编. 比较文学研究译文集. 上海:上海译文出版社,1985:129.

④ 李伟昉主编. 比较文学 [M]. 北京:北京师范大学出版社,2017:54.

第安纳大学教授雷马克的《比较文学的定义和功用》一文。雷马克在这篇文章中简要阐明了美国学派的观点,并给出了自己对比较文学的定义:

> 比较文学是超出一国范围之外的文学研究,并且研究文学与其他知识和信仰领域之间的关系,包括艺术(如绘画、雕刻、建筑、音乐)、哲学、历史、社会科学(如政治、经济、社会学)、自然科学、宗教等等。简言之,比较文学是一国文学与另一国或多国文学的比较,是文学与人类其他表现领域的比较。①

这一定义继承了韦勒克对比较文学的文学研究属性的界定,强调了比较文学研究仍然属于文学研究,旨归在于"艺术理解和评价"②,在于"阐明文学作品的实质"③;而且比较文学的研究范围和内容也由此扩大到了超越一国以及跨越单一学科的范围。所谓的"超出一国范围"的定义则更具弹性,既可以包括存在事实联系的不同国别文学之间关系的研究,也可以包括无事实联系的跨国界文学研究。对前者而言,既可以是包含法国学派影响研究所倡导的两个国别文学间关系的研究,也可以是两个以上的国别文学关系的研究。对后者而言,倡导无影响、无实证的平行研究,摆脱了法国学派以影响和事实联系为基础的理论限制。

从比较文学定义发展史来看,雷马克的定义较之于法国学派的定义有着不小的差异。

首先,雷马克认定比较文学是文学研究。从表面上来看,雷马克的这一观点似乎是与法国学派相通的,但对其在文章中的论述加以分析可以看出,他在言及比较文学是文学研究时实际潜藏着与法国学派不同的另一种理解:"影响研究如果主要限于找出和证明某种影响的存在,却忽略更重要的艺术理解和评价的问题,那么对于阐明文学作品的实质所做的贡献,就可能不及比较互相并没有影响或重点不在于指出这种影响的各种对作家、作品、文体、倾向性、文学传统等的研究。"④法国学派把比较文学定义到文学史研究的层面上,在方法论上崇尚文献学与考据学;美国学派则定义到了文学研究的文学批评与文学理论层面上,在方法论上崇尚美学与文学批评。在这一方法论上,美国学派对法国学派的批评有着自身明确的理论,韦勒克认为"比较文学也不能仅仅局限在文学史中而把文学批评与当代文学排除在外"⑤,韦斯坦因在《比较文学与文学理论》一书中的表述更有着相当的代表性:"如果文学研究降格为一种纯粹的材料堆砌,那就丧失了它的神圣性,因此文学

---

① [美]亨利·雷马克. 比较文学的定义和功用[G]. 张隆溪,译.//北京师范大学中文系比较文学研究组选编. 比较文学研究资料. 北京:北京师范大学出版社,1986:1.
② [美]亨利·雷马克. 比较文学的定义和功用[G]. 张隆溪,译.//北京师范大学中文系比较文学研究组选编. 比较文学研究资料. 北京:北京师范大学出版社,1986:2.
③ [美]亨利·雷马克. 比较文学的定义和功用[G]. 张隆溪,译.//北京师范大学中文系比较文学研究组选编. 比较文学研究资料. 北京:北京师范大学出版社,1986:2.
④ [美]亨利·雷马克. 比较文学的定义和功用[G]. 张隆溪,译.//北京师范大学中文系比较文学研究组选编. 比较文学研究资料. 北京:北京师范大学出版社,1986:2.
⑤ [美]勒内·韦勒克. 比较文学的名称和实质[G]. 刘象愚,译.//北京师范大学中文系比较文学研究组选编. 比较文学研究资料. 北京:北京师范大学出版社,1986:29.

作品的美学特征就不再被看重了。"① 理解这一点对于初涉比较文学者来说十分关键，只有理解了法美双方在文学研究内部的分庭抗礼，才能更准确地理解美国学派的平行研究如何区别于法国学派的影响研究。

其次，雷马克认为比较文学研究是跨越两种以上国家文学而完成的，因为比较文学是"超出一国范围之外"的文学研究。在这一点上，他与法国学派似乎又是彼此相通的，但必须指明的是，雷马克关于"超出一国范围之外"的说法在学理层面并不完全准确。国家是一个政治地域概念，跨国家并不等于跨民族、跨语言与跨文化。以美国为例，作为一个由世界多国移民整合的新兴国家，人民的国家意识远远重于民族意识，而雷马克企图在这种思维惯性下以"超出一国范围之外"的国家概念来界说比较文学的跨民族、跨语言与跨文化的研究性质，这在学理上并不准确。

最后，雷马克的定义与法国学派最大的差异性是明确地把比较文学研究的界限扩展到其他相关学科中去，从而大大拓宽了比较文学的研究视域。比较文学不再是简单的"文学＋比较"，而是以跨越为首要前提，以开放为特征，兼顾文学与其他知识和信仰领域关系的文学研究。雷马克将比较文学视为联结本质上有关而表面上分开的人类创造活动各个领域的桥梁，为使人们"更好、更全面地把文学作为一个整体来理解，而不是看成某部分或彼此孤立的几部分文学"，就需要"不仅把几种文学互相联系起来，而且把文学与人类知识的其他领域联系起来，特别是艺术和思想领域；也就是说，不仅从地理的方面，而且从不同领域的方面扩大文学研究的范围"。② 为了避免在文学与其他学科研究中无休止地跨越，雷马克还述说了跨学科的系统性："我们必须弄确实，文学和文学以外的一个领域的比较，只有是系统性的时候，只有在把文学以外的领域作为确实独立连贯的学科来加以研究的时候，才能算是'比较文学'。学术性研究不能仅仅因为讨论了必然反映在全部文学里的人生与艺术某些固有的方面，就划入'比较文学'的范畴。"③ 雷马克所提出的这种学科间的交叉研究被称为科际整合，在此理论视域下，追索文学与哲学、宗教、艺术、心理学等学科间的关系以及彼此的共性，成为比较文学跨学科研究的重要方法论。

严格地讲，雷马克的定义没有全面说明美国学派对于比较文学所赋予的意义。1970年，韦勒克在《比较文学的名称和实质》中丰富了"比较文学"这一概念的定义：

---

① Ulrich Weisstein. *Comparative Literature and Literary Theory* [M]. Bloomington and London：Indiana University Press，1973：4.

② [美] 亨利·雷马克. 比较文学的定义和功用 [G]. 张隆溪，译.//北京师范大学中文系比较文学研究组选编. 比较文学研究资料. 北京：北京师范大学出版社，1986：7. 需要指出的是，晚年的雷马克仍然坚持自己的跨学科主张，他在《比较文学：再次处于十字路口》这篇论文中更明确地说明了跨学科研究的整体步骤：通过把各种文学现象与最基本、最密切的其他相关艺术进行系统比较，与历史学、历史编纂学、哲学、心理学、宗教和神学等其他人文学科进行比较，然后与社会学和社会科学进行比较，再后与自然和自然科学进行系统比较（比较文学的次序大体如上所述），相互砥砺，促使我们更清楚地而不是模糊地理解各种文化现象。参见 [美] 亨利·雷马克. 比较文学：再次处于十字路口 [J]. 姜源，译. 中国比较文学，2000（01）：17-30.

③ [美] 亨利·雷马克. 比较文学的定义和功用 [G]. 张隆溪，译.//北京师范大学中文系比较文学研究组选编. 比较文学研究资料. 北京：北京师范大学出版社，1986：6.

比较文学将从一种国际的角度研究所有的文学，在研究中有意识地把一切文学创作与经验作为一个整体。按照这一提法（我是赞同这一提法的），比较文学就与独立于语言学、人种学和政治范围之外的文学研究成了同一个概念。它的方法也不仅是一种：除了比较之外，还可以有描写、重点陈述、转述、叙述、解释、评价等。比较也不能仅仅局限在历史上的事实联系中，正如最近语言学家的经验向文学研究者表明的那样，比较的价值既存在于事实联系的影响研究中，也存在于毫无历史关系的语言现象或类型的平行对比中。①

应当注意到，韦勒克的定义与法国学者梵·第根关于"比较文学的特质"的定义一样，在学术语言的表述上具有一定的描述性。我们可以从韦勒克的这段话中提取出关于比较文学定义的五个层面的重要理论特征：① 比较文学研究者应该从国际学术视域研究所有的文学；② 比较文学属于文学研究；③ 比较文学应该自觉地把文学创作与经验作为一个整体来研究；④ 比较文学不局限于有事实联系的影响研究，应该从美学与批评的高度对毫无历史关系的文学现象进行类型的平行比较研究，追问两者之间的美学价值关系；⑤ 在法国学派影响研究的文献与考据方法之外，具体给出了平行研究的方法——描写、重点陈述、转述、叙述、解释与评价等。

如果把梵·第根与韦勒克这两位重要学者关于比较文学的描述性定义放置在比较视域中，对法国学派以及美国学派进行双向的会通性透析，就可以总结归纳出一个共通之处，即两者把比较文学定位于从"国际学术视域"进行"文学研究"，在这两点上，他们是达成共识的。当然在"国际学术视域"这一概念下又包含着先前提及的跨语言、跨民族、跨文化与跨国界四个层面的意义。正如前一节中梵·第根的定义所言："'比较'这两个字应该摆脱了全部的美学含义，而取得一种科学的含义的。而那对于用不相同的语言文字写的两种或许多种书籍、场面、主题或文章等所有的同点和异点的考查，只是那使我们可以发现一种影响，一种假借，以及其他等等，并因而使我们可以局部地有用一个作品解释另一个作品的必然的出发点而已。"② 如果借用这一定义，在这里可以给出一个转喻性的评价：其实这种共识也是在法国学派与美国学派之差异性（异点）中保留的共同性（同点）。由此可见，从"国际学术视域"进行"文学研究"这一理论特征，是比较文学在国际学术界被公认且不可撼动的内质之一。于是，法国学派与美国学派在比较文学定义方面所持有的最大争议在于：法国学派主张影响研究，美国学派主张平行研究；法国学派的理论背景是孔德的实证主义，实证主义要求把文学现象还原为具体的文献材料，美国学派的理论背景是英美新批评，新批评要求把文学看作一个自洽的美学价值系统；梵·第根主张比较文学研究拒斥美学，以凸显比较文学研究的科学性而削弱了文学性和审美性，所以在美国学派的比较文学研究观念中，美学与文学批评成为从抽象的价值判断高度同时对不同民族的文学进行体系化研究的方法论。

奥尔德里奇也是比较文学美国学派的主要代表人物之一。他曾长期执教于伊利诺伊大

---

① ［美］勒内·韦勒克. 比较文学的名称和实质［G］. 刘象愚，译. //北京师范大学中文系比较文学研究组选编. 比较文学研究资料. 北京：北京师范大学出版社，1986：28-29.

② ［法］提格亨. 比较文学论［M］. 戴望舒，译. 上海：商务印书馆，1937：17-18.

学，曾任美国比较文学协会主席、国际比较文学协会顾问、《比较文学研究》杂志主编。他著作等身，主要代表作有《伏尔泰与启蒙思想》《比较文学：内容与方法》《世界文学的再现：亚洲与西方研究》等。奥尔德里奇完全认同雷马克的观点，所不同的是，他强调比较文学提供了一种研究文学作品时使人们视野开阔的方法，而不只是单纯地把不同民族的文学一一比较，文学具有世界的普遍性，而比较文学的作用正在于克服种种狭隘的理解，使人们对东西半球的杰作能够互相沟通、共同享受。他也主张研究的范围要跨学科，从一门或几门知识学科的相互关联中研究文学现象。他的理论中最引人瞩目之处，是对无实证影响与接触关系的"纯粹比较"的论述。所谓"纯粹比较"，其中既包括探讨作品的类同，也包括探讨作品的对比。类同指的是两部没有必然关系的作品在风格、结构、情调或思想上表现出的相似之处；对比则不仅仅在于寻求共同点，还在于研究歧义点。这也是平行研究的重要方面之一。在阐述和发展美国学派的精神实质方面，奥尔德里奇做出了巨大的贡献。

除韦勒克、雷马克和奥尔德里奇之外，列文和韦斯坦因也是美国学派的重要成员。

列文从20世纪40年代执掌哈佛大学比较文学系之后就锐意改革，为比较文学确立了跨系科研究的目标。在50年代进行的法美两个学派的论争中，他始终站在韦勒克一边，批评法国学者从实证主义出发的影响研究，指出其"兴趣不在文学本身，而是在文学的外缘"[①]。同时，他还严厉批驳出于狭隘的民族主义把本国文学看作向外辐射影响之中心的思想。他的主张大致与韦勒克相同，强调比较文学要从国际的高度来研究文学，提倡在较高的层次上增进国际合作。

在对比较文学研究的贡献方面，列文提出了"主题学"的界定方式，并在该领域进行了大量实践。他认为过去所谓的"主题学"研究，即德国学者提出的"题材史"以及民俗学者对民间故事按照母题进行分类的研究，由于重点在探讨某些题材、主题的来源和流变，在本质上仍然趋近于法国学派的影响研究，而真正的主题学研究应当和思想史的研究紧密联合起来，通过题材、主题的流变来探讨主题与作家创作的关系、人们思想观念的变化以及时代的特征。

韦斯坦因是美国印第安纳大学比较文学教授，其代表性著作是1973年出版的专著《比较文学与文学理论》。[②] 该著作主要探讨了比较文学与文学研究中的各种理论问题，诸如影响与模仿、接受与效果、时代与潮流、文类学、主题学、各种艺术的相互阐发等。韦斯坦因既不同意法国学派拘泥于"事实联系"、忽略文学作品的审美价值的狭隘观点，也不赞成美国学派中浅薄而仓促的跨学科研究与过于宽泛、往往流于臆断的平行研究，他要求对比较文学研究范围做出明确的界定，强调保持学术研究的可靠性，反对纯粹以臆想为依据的历史的平行类比。他重温了巴登斯贝格的警告："仅仅对两个不同对象同时看上一眼就作比较，仅仅靠记忆和印象的拼凑，靠主观臆想把一些很可能游移不定的东西扯在一

---

① Harry Levin. *Grounds for* Comparison (*Study in Comparative Literature*) [M]. Cambridge, Mass: Harvard University Press, 1972: 82.

② 1968年，韦斯坦因出版了德文版的《比较文学导论》，后来经过修订在1973年出版了英文版，更名为《比较文学与文学理论》。

起来找类似点，这样的比较决不可能产生论证的明晰性。"① 可以说，他甚至肯定了比较文学研究中进行实证研究的必要性，认为在对各对象之间的关系进行历史和批评的研究时，最好首先从事实联系开始。

对跨学科研究，韦斯坦因忧心忡忡地指出："显然，在比较文学作品和非文学作品时，浅薄比附的闸门常常会被冲开，文学史家或批评家常常会发现，他们对自己力图与文学作比较研究的学科并不很了解，缺乏这方面富有见解的第一手材料……用一个浮士德式的比喻来说，我以为把研究领域扩展到那么大的程度，无异于耗散需要巩固现有领域的力量。因为作为比较学者，我们现有的领域不是不够，而是太大了。我们现在所患的是精神上的恐泛症。"② 因此，韦斯坦因主张比较文学既可以研究哲学、史学、艺术，也可以研究文学演变史和批评，但主要应以文学为中心，凡和文学有关的各方面均可纳入研究范围，与文学无关的科目则不应该作为研究对象。这一观点无疑是极有见地的，它打破了比较文学的狭隘定义，纠正了过于宽泛的倾向，注重文学本身的研究，标志着美国学派平行研究理论的进一步发展。

在经过有关平行研究的散漫性和可能缺乏科学性、可靠性的弊端的警告后，美国比较文学的学者们试图不再过于强调比较文学的具体研究内容或学科之间的界限，而是从国际性的研究视野和精神倾向来肯定和界定比较文学。例如，奥尔德里奇在他的定义中重申了比较文学的跨国别、跨学科视野："比较文学并不是把民族文学拿来一国对另一国的比较，而是在研究一部文学作品时，比较文学提供了扩大研究者视野的方法——使他的视野超越民族疆域的狭隘的国家界线，看到不同民族文化的倾向和运动，看到文学与人类活动其他领域之间的关系。"③ 勃洛克则更为直接地说："在给比较文学下定义的时候，与其强调它的研究内容或者学科之间的界限，不如强调比较文学家的精神倾向。比较文学主要是一种前景，一种观点，一种坚定的从国际角度从事文学研究的设想。"④

三 美国学派的贡献与缺陷

美国学派的平行研究，明显地摆脱了法国学派把影响和关系作为研究基础的做法，不仅通过有影响的关系研究，也通过无影响的平行关系研究把不同国家的文学相互联系起来，内容包括主题、文体、风格、技巧、原型、神话、思潮、文学史等，而且把文学与其他学科领域联系起来，以价值关系作为研究重点，从对文学外在关系的历史实证，转向对文学内在结构的美学分析。从此，比较文学不再只是为了还原实证意义上的两国文学的关

---

① [美]乌尔利希·韦斯坦因．比较文学与文学理论[M]．刘象愚，译．沈阳：辽宁人民出版社，1987：5．
② [美]乌尔利希·韦斯坦因．比较文学与文学理论[M]．刘象愚，译．沈阳：辽宁人民出版社，1987：5．
③ [美]欧文·奥尔德里奇．比较文学：内容和方法[G]．刘介民，节译．//乐黛云，陈惇主编．中外比较文学名著导读．杭州：浙江大学出版社，2006：387．
④ [美]勃洛克．比较文学的新动向[G]．施康强，译．//干永昌，廖鸿钧，倪蕊琴选编．比较文学研究译文集．上海：上海译文出版社，1985：196．

系，而是在更宽广、更开放的国际视野中考察文学现象，在不同的国别文学、学科领域的参照系中进行比较，寻求人类文学的规律和民族特色。从这一意义上而言，美国学派是对法国学派的批判与继承。

那么，美国学派学者大力倡导平行研究，除了学科理论上的纠偏以外，是否存在民族主义的动机呢？是否出于美国文化软实力方面的原因呢？答案无疑是肯定的。正如马克思和恩格斯所认为的那样，经济基础决定上层建筑，一定的经济发展必然会推动文化意识形态的发展。第二次世界大战之后，美国经济实力大增，决定了美国文化也必然寻求相对应的文化话语权。客观地分析这种原因，对于认识美国学派的特点是有益处的。对于法国学者来说，影响研究有助于以比较文学研究之名为本国文学评功摆好；但对于美国学者而言，面临的却是国史不长、无影响之功可记的场面。影响研究无疑是以法国之长比美国之短，如果要进行实证性影响研究，那么美国只能讲欧洲对它的影响，这对来自经济实力和综合国力强盛的美国的学者来说显然是无法接受的，于是平行研究便应运而生。韦勒克自己也曾说过："这种文化扩张主义，甚至在美国也可以见到，虽然总的说来，美国对它有免疫力。这一半是由于美国值得炫耀的东西比人家少，一半由于它对文化政治不如别的国家感兴趣。"① 没什么值得炫耀的东西或许属实，对"文化政治不如别的国家感兴趣"就不见得了。二战后的美国由战前的经济大国一跃而成为政治、经济、军事等方面皆为世界领先的强国，成为西方资本主义世界的霸主。美国在国际政经舞台的中心地位，必然要求在国际文化上同样也要占据中心地位。因此，在具有国际交往意义的比较文学舞台，美国必然要求发出自己的声音，这也是上述"经济基础决定上层建筑"的证明之一。

因此，美国学派力图打破法国学派局限于事实联系的影响研究，展开各国文学之间相互对照比较的平行研究，把比较文学研究从文学史研究恢复到文学批评研究，这样一来，美国学派便占领了比较文学研究的学术制高点。也正因为这种比较文学的发展始终贯穿着世界主义胸怀与民族主义情绪的二律背反，导致了美国学派的西方中心主义倾向：一方面，学者们强调比较文学的理想和抱负——世界融合，沟通共识；另一方面，在实际的比较文学研究中，美国学者却总是流露出民族主义倾向和西方中心主义倾向。例如，韦斯坦因就认为不同文明之间的文学比较是不可行的，是没有可比性的："我不否认有些研究是可以的……但却对把文学现象的平行研究扩大到两个不同的文明之间仍然迟疑不决。因为在我看来，只有在一个单一的文明范围内，才能在思想、感情、想象力中发现有意识或无意识地维系传统的共同因素。……而企图在西方和中东或远东的诗歌之间发现相似的模式则较难言之成理。"② 韦斯坦因认为不同文明之间的文学不可以比较的原因是找不到它们的相似性，如果从这种西方比较文学学科理论的角度出发，东西方文学根本没有可比性，甚至东西方文学的比较是没有合法性的。显然，韦斯坦因的观点是狭隘的、片面的，完全排斥了不同文明之间的比较文学研究。这一看法典型地体现了美国学者的"西方中心"的比

---

① [美] 韦勒克. 比较文学的危机 [G]. 黄源深，译.//干永昌，廖鸿钧，倪蕊琴选编. 比较文学研究译文集. 上海：上海译文出版社，1985：129.

② [美] 乌尔利希·韦斯坦因. 比较文学与文学理论 [M]. 刘象愚，译. 沈阳：辽宁人民出版社，1987：5-6.

较文学观,极大地限制了比较文学的国际性或全球性。叶维廉指出,事实上,在欧美系统的比较文学中,正如韦斯坦因所说的,指的是单一的文化体系。因此,文化模式问题、跨文化问题,"在早期以欧美文学为核心的比较文学里是不甚注意的"[①]。

美国学派在自身理论的建设中存在诸多不够严谨之处,例如研究范畴过于宽泛,容易导致牵强附会的对比;受形式主义的影响,无法真正走出西方中心主义的藩篱和过分强调美学价值;等等。尽管如此,总体而言,美国学派大大拓宽了比较文学的领域。随着比较文学在世界范围内影响的进一步扩大,跨文明背景下的东西方文学之间的交流日益加强。2014年3月27日,习近平主席在联合国教科文组织总部发表演讲,指出了当前文明交流的重要意义:"文明因交流而多彩,文明因互鉴而丰富。文明交流互鉴,是推动人类文明进步和世界和平发展的重要动力。"[②] 在这种新形势下,继法国学派与美国学派之后,以中国学者、印度学者、日本学者、阿拉伯学者、韩国学者等为代表的亚洲学者也开始反思西方的比较文学学科理论,提出自己的新观点。例如,印度学者就提出了"比较文学印度学派"的观点。在这方面,中国学者的学科理论建设成就突出,得到了国际比较文学界的关注。

20世纪80年代以后,中国比较文学界开始较为系统地表达自己关于比较文学学科理论的创新性观点,尤其是中国学者提出的跨文明比较文学研究,打破了西方比较文学中心主义的狭隘立场,逐渐形成了一套比较文学学科理论体系与方法论。跨文明研究是中国比较文学学者与西方比较文学学者不同的历史境遇使然,也是中国比较文学的特色和亮点。跨文明研究打破了法国学派和美国学派的西方中心主义,以一种真正的世界性眼光关注世界各大文明,研究它们的交往、对话与冲突,并深入比较各文明间价值信仰、思维模式、民族风俗等文化模子的异同。在跨文明研究中,各文明之间的地位是平等的,没有高低优劣之分。它们各有特色,各自有看待世界和解释宇宙的方式。文学是一个国家在一个时期文化的浓缩、文明的见证,比较文学跨文明研究更提供了各大文明对话、交流的舞台。也就是说,跨文明研究打破了西方中心主义,让非西方文明也能发出自己的声音,展示自己的形象。

当然,在比较文学定义问题上,中国同样经历了一个由继承走向创新的曲折发展的过程。

第四节 比较文学学科的新拓展与中国学派

一 中国比较文学的萌芽

比较文学在中国的实践源远流长。19世纪下半叶至20世纪初,正值风云变幻的年代,

---

① 叶维廉. 比较诗学 [M]. 台北:台湾东大图书公司,1983:5-17.
② 习近平. 在联合国教科文组织总部的演讲 [N]. 人民日报,2014-03-28(3).

列强掀起了瓜分中国的狂潮，中国沦为半殖民地半封建社会，民族危机空前加重。在这样的背景下，中国人的民族意识开始觉醒，社会的各个阶层都在思考如何挽救中国这样一个重大问题。由此，产生了以曾国藩、李鸿章等为代表的主张"中体西用"的地主阶级洋务派；出现了以康有为、梁启超等为代表的主张走资本主义君主立宪道路的资产阶级改良派；激发了以孙中山等为代表的主张通过革命建立资产阶级政权的资产阶级革命派。伴随着这些政治方面的变革，在文化方面出现了向西方学习的热潮，这一过程主要表现为在思想文化领域里大量翻译、引介西方的各种著述，促成了译介西学的繁荣局面。从严复译《天演论》《原富》引起学界关注，到林译小说风靡一时，翻译对中国思想和文化的发展做出了重大贡献。

翻译的盛行带来文学观念的变化，引出了如何正确处理向西方学习和继承民族传统的问题。这一时期，在中西文化的激烈碰撞和交汇的过程中，"中西会通"和"中西融合"的呼声在思想学术界不绝于耳。王韬认为"天下之道"应"融会贯通而使之同"；章太炎提出"会通华梵圣哲之义谛，东西学人之所说"；杨昌济主张"合东西洋文明一炉而冶之"。更有梁启超、王国维、鲁迅等一大批学者比照西方著作与文化来反观中国传统文学，发出了中国比较文学的先声。

20世纪初，梁启超沿袭了从日本、英国而来的各种文学理论，提出了"诗界革命""文界革命"和"小说界革命"等主张。对于小说，梁启超不仅把中国历来地位低下的小说第一次提到了前所未有的位置，还比较了中西小说的优劣。他在《译印政治小说序》中说：

> 在昔欧洲各国变革之始，其魁儒硕学。仁人志士，往往以其身之所经历，及胸中所怀，政治之视论，一寄之于小说。于是彼中缀学之子，黉塾之暇，手之口之。下而兵丁，而市侩，而农氓，而工匠，而车夫马卒，而妇女，而童孺，靡不手之口之。往往每一书出，而全国之议论为之一变。彼美、英、德、法、奥、意、日本各国政界之日进，则政治小说为功最高焉。①

对于中西诗歌，梁启超将"革命"这一名词引入中国诗歌语境，冲击了诗在中国的传统文化里所占有的崇高位置，给当时的知识分子带来了巨大的灵感和挑战。他认为：

> （西方诗歌）勿论文藻，即其气魄固已夺人矣。中国事事落他人后，惟文学似差可颉颃西域……然其精深盘郁雄伟博丽之气，尚未足也。②

由于此时梁启超对西方文学的认识尚显浅显，研究方法尚显简单，其观点有失偏颇，但从总体上看，梁启超将中西文学进行比较的意图还是明显的，为以后比较文学在中国的继续发展开辟了道路。同时，梁启超"文学是无国界的，研究文学自然不限于本国"③的开放胸怀，为中国比较文学定下了兼收并蓄的基调。

---

① 梁启超.译印政治小说序[N].清议报（第1册），1898-12-23（54）．
② 梁启超.诗话[M]//梁启超.饮冰室合集（第5册）.北京：中华书局，1989：3．
③ 梁启超.译印政治小说序[N].清议报（第1册），1898-12-23（54）．

鲁迅对外来的理论知识进行理智的选择和充分的吸收，并内化为自身的文学理念进行文学创作。鲁迅于1907年完成的《摩罗诗力说》是典型的比较文学论文，其中涉及影响研究、平行研究、跨学科研究等诸多比较文学领域。这篇文章说明鲁迅当时已经具有明确的比较意识，在文章中，他比较了古今不同国家文学发展与政治兴衰之间的关系，然后指出：

> 意者欲扬宗邦之真大，首在审己，亦必知人，比较既周，爰生自觉。自觉之声发，每响必中于人心，清晰昭明，不同凡响。非然者，口舌一结，众语俱沦，沉默之来，倍于前此。盖魂意方梦，何能有言？即震于外缘，强自扬厉，不惟不大，徒增欷耳。故曰国民精神之发扬，与世界识见之广博有所属。①

这就是说，要想发扬民族精神，首先要认识自己民族文化的优秀，其次是在比较之中了解别人，见识世界的广博，从而寻找自己的道路。由此可见，鲁迅对比较研究的意义已有深刻的认识。1908年，鲁迅在《河南》杂志上发表的《文化偏至论》体现了鲁迅的文化观，在他看来，不论是东方文化还是西方文化都是"偏至"的，即不完美的、不完善的。正是这种人类文化现实形态的偏至性，人们就不会陷入对单一文化的绝对信仰的状态，不会认为单一文化是绝对神圣的。东方文化和西方文化各自都有缺陷，也有各自独特的价值，二者不可相互替代，它们在相互"比较"中相互补充，又在互相竞争中互相融合，同时保持着各自的独立性。鲁迅的文化偏至论，对建立多元发展的文化环境具有积极意义。1912年，正在日本的鲁迅在致许寿裳的信中就已提到法国学者洛里哀的《比较文学史》，这也许是中国文学史上第一次提到了比较文学。后来，他在译介外国文学、研究中外文学关系、探讨翻译理论等各个方面的努力，都对中国比较文学的发展做出了卓越的贡献。

王国维作为博古通今、融贯中西的大学问家，立足中国本土，以开阔的眼界吸收异域养料进行学术研究和文学批评活动。他采用"取外来之观念，与固有之材料互相参证"②的研究方法，创造性地将西方文艺理论的精华和中华传统文化的精华结合起来，先后撰成《红楼梦评论》《人间词话》和《宋元戏曲考》。王国维扎实地学习康德、叔本华、尼采的著作，不仅引进他们先进的观点，还学习他们的研究方法和表达方法。在发表于1902年的《红楼梦评论》中，王国维把《红楼梦》放在与歌德的《浮士德》同等地位进行考察，称二者都是"宇宙之大著述"，他依据叔本华的悲剧观，严密地论证了《红楼梦》是"悲剧中的悲剧"。王国维对西方哲学和文学的广泛涉猎使得他独具慧眼，"其见解之卓越，较之现代的新文学家，有过之而无不及"③，被称为"五四以后中国资产阶级学术和文学理论的祖师"④，他的研究成果给中国比较文学留下了一份宝贵的遗产。

---

① 鲁迅. 摩罗诗力说［M］//鲁迅全集（第1卷）. 北京：人民文学出版社，1981：65.
② 陈寅恪. 王静安先生遗书序［M］//陈寅恪集：金明馆丛稿二编. 北京：生活·读书·新知三联书店，2001：247.
③ 吴文祺. 文学革命的先驱者——王静安先生［J］. 小说月报，1926，17卷号外下.
④ 舒芜，陈迩冬，周绍良，等，编选. 中国近代文论选（上）［M］. 北京：人民文学出版社，1959：前言11-12.

19世纪末20世纪初，一批忧国忧民的知识分子自觉地引进国外的新文化、新思潮和学术思想。此时期他们虽然并无学科意识，但是都无意识地从事了比较文学研究，翻译介绍外国文学著作，探讨中外文化异同。与西方比较文学的纯学术性不同，中国比较文学的萌芽往往与社会、政治问题联系在一起，正如比较文学大家乐黛云说的："如果说比较文学当初在法国及欧洲是作为文学史研究的一个分支而产生的，它一开始就出现于课堂里，是一种纯学术的'学院现象'，那么，20世纪伊始，比较文学在中国却不是作为一种单纯的学术现象，也不是在学院中产生，它与中国社会，与中国文学从传统向现代的转型密切相关。"①

二 中国比较文学的兴起

中国比较文学正式兴起是在20世纪20年代到40年代。随着东西方文化的交流更加持久、深入，中国比较文学的理论引进和学术实践取得了进一步发展，研究视野渐趋开阔，研究内容更加深刻，研究方法更加明确，研究成果不断涌现，进入了学科自觉的发展阶段，比较文学在中国的发展越来越趋向成熟。

1918年10月，胡适在发表的《文学进化观与戏剧改良》中明确提出了"比较的文学研究"主张。1919年，章锡琛翻译日本本间久雄的《新文学概论》，其中有一节专门介绍波斯奈特《比较文学》和洛里哀《比较文学史》的主要内容。1920年1月，田汉在一篇文章的附言中也明确提到美国芝加哥大学教授莫尔顿（Richard Green Moulton）的《文学的近代研究》一书"为研究比较文学者必读之处"。1931年，法国比较文学家洛里哀的《比较文学史》由傅东华翻译，这是中国第一本比较文学译著。1935年，吴康的《比较文学绪论》一文发表，这是中国学者第一篇关于比较文学理论的论文。1937年，法国学派的代表人物梵·第根的《比较文学》由戴望舒译出，这是第一次在中国系统地、完整地介绍西方比较文学的理论、历史、方法，对当时中外文学的比较研究起到了理论上的引导作用。

更为重要的是，此时期出现了一批学贯中西的学者，其中百分之八九十的文化研究者都曾留学欧美和东洋，有的人甚至是系统地接受过国外比较文学知识的熏陶。这一时期的文化研究者不仅有着深厚的中华传统文化根基，而且对西方文化知识有着深切的了解，于是自然而然地将中国文学和西方文学做比较，将中国文学放到世界文学的大格局中去研究。除以上提到的学者以外，吴宓、茅盾、陈寅恪、朱光潜、钱钟书等一批学者不仅具有中西文学对比的意识，还有进行比较研究的能力，他们是此时期中国比较文学的先行者和开拓者。

1920年，正在美国留学、接受过比较文学影响的吴宓，在《留美学生季刊》上发表《论新文化运动》一文，其中特别介绍了当时颇有影响的法国学派的比较文学观。同时，吴宓还积极倡导在高校开设比较文学课程，他从哈佛大学比较文学系获硕士学位归国后，曾在东南大学、东北大学、清华大学等校执教。1924年，吴宓在东南大学开设了"中西

---

① 乐黛云. 比较文学发展的第三阶段 [J]. 社会科学, 2005 (09): 171.

诗之比较"的讲座,这是中国第一个比较文学讲座。此外,他讲过"世界文学史"及"希腊罗马文化""基督教文明""印度佛学哲理""中国儒学说",涉及四大文化传统,在授课过程中引导学生用比较的眼光来认识中国古典文化。在吴宓等学者的努力下,1929年12月,英国剑桥大学教授瑞恰慈(I. A. Richards)应邀为清华大学外文系讲授"比较文学",重点介绍比较文学理论与翻译。这是中国大学中首次出现正式以"比较文学"为名的课程,引起了学界的广泛关注。随后,北京大学、燕京大学、齐鲁大学、复旦大学、中国公学、岭南大学等高校也相继开设了类似的课程。

茅盾一生都在从事伟大的文化交流工作,他不仅翻译了大量的外国文学作品,而且写过许多介绍外国文学概况、中西文学比较的理论性文章。在茅盾的努力下,大量外部信息的传入,大大开阔了中国文艺界和中国青年的眼界,缩短了中国文学与世界文学的距离,使五四以后的中国文学向世界文学靠拢了一步。1919年,他写的《托尔斯泰与今日之俄罗斯》,以及在1920年写的《俄国近代文学杂谈》都运用了比较文学的方法。他把托尔斯泰和高尔基这两位伟大的俄罗斯作家与英国的狄更斯,法国的莫泊桑、雨果,北欧挪威的易卜生进行了对比,说明同一思潮在不同国家的演变状况及原因。茅盾在神话方面的研究也颇令人瞩目。1925年,他发表了《中国神话研究》《希腊神话》《北欧神话》等系列文章,在这些文章中,他根据"生活经验不同则神话各异"的原则,具体地将中国神话、北欧神话、印度神话、希腊神话进行比较。1929年,世界书局刊行了茅盾的《中国神话研究ABC》,此书一方面借鉴了西方比较神话学派的理论,另一方面从中国神话的具体情况出发,得出自己的结论,开创了现代中国神话研究的新局面。20世纪30年代,茅盾在为《中学生》杂志撰稿时,写过好多篇介绍外国作家及作品的文章,其中有几篇就涉及比较文学。例如在《"伊利亚特"和"奥德赛"》一文中,茅盾便把这两部伟大的史诗和古罗马维吉尔的《伊尼德》、巴比伦古国的《吉尔伽麦西》、印度的《摩诃波罗多》及《罗摩衍那》进行了比较研究。

陈寅恪作为一代史学大家,具有极强的考证意识和求真精神,他从具体问题入手,借助考证寻求事物发展的规律。陈寅恪在运用法国学派的影响研究时融汇多方面知识,从佛教对中国古代文学影响的角度入手,详尽考察佛经文学与中国文学的关系,仔细梳理中国古典小说与佛经故事之间的渊源。陈寅恪率先注意到对佛经与中国文学进行比较研究的重要意义,提出了佛经传讲与中国文学演变的总关系:

> 自佛教流传中土后,印度神话故事亦随之输入。观近年发现之敦煌卷子中,如维摩诘经文殊问疾品演义诸书,益知宋代说经,与近世弹词章回体小说等,多出于一源,而佛教经典之体裁与后来小说文学,盖有直接关系。①

在《三国志曹冲华佗传与佛教故事》一文中,陈寅恪指出,人们熟知的"曹冲称象"故事源于北魏吉伽夜共昙曜所译的《杂宝藏经》卷一"弃志国缘"中有关称象的记载,而神医华佗形象与佛经中所记载的神医耆域颇为相似。在《西游记玄奘弟子故事之演变》一

---

① 陈寅恪.西游记玄奘弟子故事之演变[M]//陈寅恪集:金明馆丛稿二编.北京:生活·读书·新知三联书店,2001:217.

文中，陈寅恪指出，《西游记》中孙悟空大闹天宫、猪八戒高家庄招亲、流沙河唐僧收沙和尚为徒等故事，都源于印度佛教故事。陈寅恪的这类文章，既考证精密，又富于理论意义，被视为比较文学影响研究的典范。在 20 世纪 30 年代初，陈寅恪在清华大学也开设了"中国文学中的佛教故事研究""佛教翻译文学"等课程。

此时期最能代表中国比较文学成就的当属两部中西比较诗学著作——朱光潜的《诗论》和钱钟书的《谈艺录》。两位学者都博通中外。朱光潜力求古今中外相通而无偏废，强调"一切价值都由比较得来"。他于 1942 年出版的《诗论》被称为中西比较诗学的开山之作。《诗论》以中国文学为主体全面论述了诗的起源、诗与谐隐、诗的情趣与意象、情感思想与语言文字的关系、诗与散文、诗与音乐、诗与绘画等各个领域。《诗论》在西方诗学的参照下，用多种实例深入分析中西文学现象的异同，并由表及里探索深层次的社会原因、历史原因、伦理道德原因等。而钱钟书坚定"东海西海，学术攸同"的学术观念，他曾明确指出："比较文学的最终目的在于帮助我们认识总体文学，乃至人类文化基本规律。"在发表于 1948 年的《谈艺录》中，他明确表达了"比较"与"求同"的意识，而且将中西方异质文化比较中常用的引证法发挥到极致，其引证材料跨地域、跨时间、跨学科、跨语言、跨文化，其广泛程度超过了我国当时任何一部诗学著作。但二者在对待中西文化的态度上存在着根本分歧。朱光潜以西为主，其研究的思路是"用西方诗论来解释中国古典诗歌，用中国诗论来印证西方诗论"[①]；钱钟书则始终坚持中国诗学的主体性立场，其立论的出发点与最后归宿均植根于本民族的传统文化，这对五四以来出现的盲目追随西方文化的倾向是一种矫正。

这一时期出现了一批前所未有的高质量的论著，反映出中国学者逐渐开始形成一种自觉的比较意识。涉足影响研究的专著着重探讨中印、中德、中英之间的文学关系。除去以上提到的陈寅恪的作品外，还有许地山的《梵剧体例及其在汉剧上底点点滴滴》（1927）、张沅长的《英国 16、17 世纪文学中之契丹人》（1931）、方重的《18 世纪的英国文学与中国》（1931）、霍世休的《唐代传奇文与印度故事》（1934）、陈铨的《中德文学研究》（1936）、范存忠的《17、18 世纪英国流行的中国戏》（1941）等。这一时期的平行研究也取得了十分明显的进步，论者不仅比较异同，而且能进一步分析产生异同的深层次原因，寻求文学发展的共同规律，如梁宗岱的《诗与真》（1935）和《诗与真二集》（1936）中关于德法文学的比较、朱光潜的《中西诗在情趣上的比较》（1934）、尧子的《读〈西厢记〉与 Romeo and Juliett 之一——中西戏剧基本观念之不同》（1935）等。跨学科研究也出现了不少值得关注的论著。探讨文学与艺术关系的文章有钱钟书的《中国诗与中国画》（1927）、丰子恺的《绘画与文学》（1934）、宗白华的《中国诗画所表现的空间意识》（1949）等，探讨文学与宗教关系的文章有周作人的《圣书与中国文学》（1922）、滕固的《中世人的苦闷与游仙的文学》（1929）、老舍的《灵的文学和佛教》（1941）等，探讨文学与历史关系的文章有闻一多的《文学的历史动向》（1941）等。

总的来说，从五四前后到新中国成立前二三十年的时间里，中国比较文学的研究成果不论是从质量上，还是从数量上，较前段时间都有了大幅度的提升，众多学者的努力创造

---

① 朱光潜. 诗论 [M]. 北京：生活·读书·新知三联书店，1998：1.

了中国比较文学史上的第一次小高潮，这是自觉的学科意识带来的结果。但受制于政治环境不稳定等诸多外部因素，中国比较文学尚且不足以独立发展成一个学派。

三 中国比较文学的沉潜

在新中国成立后相当长的一段时间里，由于以恢复生产及国民经济建设为重心的建国方针，学术研究受到影响，学术成果的数量和质量都大大降低。那时所研究的内容大多是谈中外文学关系，包括对中苏、中印、中英文学关系的梳理。另外，鲁迅与外国文学间的关系问题也引发了学者的关注。钱钟书的《通感》（1962）、范存忠的《〈赵氏孤儿〉杂剧在启蒙时期的英国》（1957）算是此时期较为突出的研究成果了。从20世纪60年代到70年代末，由于众所周知的原因，国内比较文学的研究处于停滞状态。直到1978年，党的十一届三中全会从根本上冲破了长期以来"左"倾思想的严重束缚，学术研究领域才得以拨乱反正。

四 比较文学中国学派的复兴

随着中国改革开放及文化的全面复兴，国内环境逐渐改善，中国比较文学复苏并走上正轨，展现出了勃勃生机。20世纪70年代末80年代初，大陆学者开始有意识地建构比较文学学科理论，而港台地区的这一步伐比大陆早十年左右。到20世纪80年代至90年代，这两大区域的研究相互交流并渐呈合一之势，历史发展到此时，中国的"比较文学"已是呼之欲出了。

从1967年起，台湾大学正式开设比较文学硕士班课程。1970年，英文刊物《淡江评论》在台北淡江大学创刊。这本学术期刊借用英文形式并"以比较文学的方法讨论中国文学"，其创立标志着比较文学在台湾的萌芽。同年，台湾大学开始招收比较文学博士，翌年招收学生。1971年7月18日至24日，台湾淡江大学召开第一届国际比较文学会议。会议期间，朱立元、颜元叔、叶维廉、胡辉恒等学者提出比较文学中国学派这一学术构想。这次会议的重大成就，在于它不仅揭开了认真地、系统地研究中西文学关系的序幕，而且促进了中西两个完全不同的文化形态的相互了解，加强了中西学者的交流。1972年6月，台湾大学外文系创办了《中外文学》月刊，这份刊物虽不以"比较"命名，但在创刊宗旨中提倡中外文学的比较研究，并刊发了一定数量的比较研究的论文，在比较文学界产生了一定的影响。1973年，台湾比较文学学会成立，以台湾大学外文系主办的《中外文学》为会刊。此外，该学会还举办了一系列比较文学的讲演，并于同年加入了国际比较文学协会。1976年，台湾比较文学学会在台湾大学召开了第一次大会，与会者达百余人，讨论十分热烈。1979年8月，台湾比较文学学会在淡江大学举办"东西比较文学国际会议"，袁鹤翔做了《对东西比较文学可能性的探讨》的长篇学术报告。

正式提出比较文学中国学派的是李达三、古添洪、陈慧桦（陈鹏翔）等台湾学者。1976年，古添洪和陈慧桦（陈鹏翔）编辑出版了台湾第一部比较文学论文集《比较文学的垦拓在台湾》。在序言中，他们提出：

法国派注重文学的影响，美国派注重类同与相异……在晚近中西间的文学研究中，又显出一种新的研究途径。我国文学，丰富含蓄；但对研究文学的方法，却缺乏既能深探本源又能平实可辨的理论；故晚近受西方文学训练的学者，回头研究中国古典近代文学时，即援用西方的理论方法，以开发中国文学的宝藏。由于这援用西方的理论与方法，既涉及西方文学，而其援用的亦往往加以调整，即对原理与方法作一考验、作一修正，故此种文学研究亦可目之为比较文学。我们不妨大胆宣言说，这援用西方理论和方法并加以考验、调整以用之于中国文学的研究，是比较文学的中国派。①

这是第一次在学术界明确提出中国学派，也是第一次从定义和研究方法上对中国学派进行系统的论述。同时，古添洪、陈慧桦（陈鹏翔）在其中提出的"阐发法"不仅仅是中国学者的一个成功策略和明智选择，更重要的是它开创了中国比较文学研究的新局面。

在港台任教的华裔美籍学者李达三是比较文学中国学派建构过程中的重要人物，他在平时授课的过程中就已提出建立比较文学中国学派的主张。相较其他台湾学者，李达三的观点更全面、更切中要害。1978年5月，李达三的论著《比较文学研究之新方向》出版，在该论著中，李达三直截了当地提出建立比较文学中国学派的根本目的："我们谨此提出一种新的观点，以期与比较文学中早已定于一尊的西方思维模式分庭抗礼。由于这些观念是源自对中国文学及比较文学有兴趣的学者，我们就将含有这些观念的学者统称为比较文学的'中国学派'。"② 作者用"新方向"称比较文学中国学派是因为他"相信东西比较文学研究无论在时间或空间上，都处于转折点的十字路口"，或者"东方袭用西方的理论与方法"，或者"我们鼓起勇气，向前迈进，以中国特有的观点，找出新的方向"。③《比较文学研究之新方向》首次显示出中国学者在比较文学上对西方强势话语的反抗。

在后续的发展过程中，比较文学研究者们对比较文学中国学派的立场和定位越来越清晰。比较文学中国学派的出现不是中国学者面对西方文化的"意气之争"，而是基于文化交流日渐深入以及学术发展的现实需要而产生的，旨在客观地认识中国文学乃至东方文学的价值，从而建立一个科学的有特点的比较文学体系。1986年，季羡林在写给《中国比较文学年鉴》的序中说：

什么叫比较文学的中国学派？我认为，至少有两个特点：第一个特点是，以我为主，以中国为主，决定"拿来"或者扬弃。我们决不无端地吸收外国东西；我们决不无端地摒弃外国东西。只要对我们有用，我们就拿来，否则就扬弃。这一点"功利主义"我看是必须讲的。第二个特点是，把东方文学，特别是中国文

---

① 古添洪，陈慧桦. 比较文学的垦拓在台湾 [M]. 台北：台湾东大图书公司，1976：序言1-2.
② 转引自李达三. 比较文学中国学派 [G] //黄维樑，曹顺庆编. 中国比较文学学科理论的垦拓——台湾学者论文选. 北京：北京大学出版社，1998：139.
③ 李达三. 比较文学研究之新方向 [M]. 台北：台湾联经出版社，1984：4.

学，纳入比较文学的轨道，以纠正过去欧洲中心论的偏颇。没有东方文学，所谓比较文学就是不完整的比较文学。①

香港的比较文学研究也开始于20世纪六七十年代。1964年，香港大学现代语文系开设了有关比较文学的课程，内容是关于法、德、西之间的文学关系。1973年至1975年，香港大学相继成立了中文及比较文学研究所、英文研究及比较文学系。1978年末，香港中文大学成立"比较文学与翻译中心"，开始进行系统的中外比较研究实践，后改名为"比较文学研究中心"，负责人是袁鹤翔教授，李达三为秘书长。同年1月，香港比较文学学会正式成立，并加入了国际比较文学协会。1980年9月，香港中文大学研究院成立首届比较文学硕士班，课程的主体是中西文学比较。该校除招收硕士研究生外，还与大陆学者有着较多的交流，直到现在，香港大学和香港中文大学一直是该地区比较文学研究的中心。

在大陆，随着对外开放政策的深入以及各国之间文化交流的频繁，比较文学也蓬勃发展起来。1979年钱钟书《管锥编》的出版标志着大陆比较文学复兴，揭开了中国比较文学迅速发展的序幕。《管锥编》全书一百三十余万字，作者采用古文笔记体的形式，立足《周易正义》《毛诗正义》《左传正义》等中国古代十部重要典籍，以世界文学为参照系，引用了八百多位外国学者的一千四百多种著作，熔铸古今、关照中外。在该书中，钱钟书提出了"打通"这一核心观点，以古今中外不同来源的材料分析某一文化现象，试图总结出中西文学发展的共同规律，彻底打破时间、地域、学科和语言的界限。《管锥编》可以说是中国比较文学史上一座几乎不可翻越的高峰。

1980年7月，季羡林、李赋宁和杨周翰等学者在成都召开的中国外国文学学会年会上，积极倡议成立比较文学研究会。同年，北京大学的《国外文学》创刊，该刊物在成立之初选登过不少比较文学方面的优秀论著，在推动大陆比较文学复兴方面做出了重要贡献。1981年春天，北京大学率先成立了比较文学研究会，这是新中国成立后大陆的第一个比较文学研究会，会长为季羡林，副会长为李赋宁，乐黛云任秘书长，钱钟书任学会顾问。同年3月，《北京大学比较文学研究通讯》创刊。自此以后，北京大学始终是中国比较文学研究的重镇，许多大学也都纷纷成立了比较文学研究中心或教研室。1982年，中国学者首次参加了在纽约召开的国际比较文学协会第十届年会。同年，北京师范大学成立比较文学研究组，广西大学成立比较文学教研中心。随后，南京大学、复旦大学、北京大学、中山大学、杭州大学、北京师范大学、厦门大学、山东大学、四川大学等高校相继开设比较文学课程。

1983年5月，广西大学创办的英文学术刊物《文贝——中国比较文学研究》出版。该学刊从全国公开发行的各种报刊著作中，选择具有中国比较文学研究特点的论文和著作，将之翻译成英文介绍给海外学者。同年8月，中美比较文学双边学者讨论会在北京举行。1984年，上海外国语学院和华东师范大学筹办的中国第一本比较文学刊物《中国比较文学》出版。同年10月，国内第一部比较文学教材《比较文学导论》由卢康华与孙景尧合

---

① 季羡林.比较文学与文化交流［M］//季羡林文集（第8卷）.南昌：江西教育出版社，1996：445.

著出版。1985年对中国比较文学至关重要，中国比较文学学会在这一年正式成立，季羡林任名誉会长，杨周翰任会长，乐黛云任副会长兼秘书长，《中国比较文学》被定为学会的机关刊物，标志着中国比较文学的全面复兴。学会成立之后，积极组织开展学术活动，在增进中外比较文学界之间的学术交流和研讨中起到了重要的作用，并出版了不少有影响力的论文集。在同年召开的第十一届国际比较文学协会大会上，杨周翰被选为副会长。法国比较文学大师艾金伯勒在会议上听闻中国比较文学学会将要成立的消息时难掩喜悦之情，在做《中国比较文学的复兴》的报告时不禁高呼"比较文学万岁"。这充分体现了国际比较文学学界对中国比较文学发展的期待，希冀中国比较文学学派在世界文学舞台上发出独特的东方声音。中国比较文学的队伍不断壮大，从此作为一个独立的学科走上了健康发展的轨道，汇入国际比较文学的洪流，成为其中的一个重要组成部分。

自20世纪70年代以来，中国比较文学研究呈现出一片繁荣的局面，一大批重要的比较文学研究专著及论集面世。除以上提到的作品外，还有范存忠的《英国语言文学论集》（1979），宗白华的《美学散步》（1981），季羡林的《中印文化关系史论集》（1982），金克木的《比较文化论集》（1984），杨周翰的《攻玉集》（1984）、《十七世纪英国文学》（1985），王佐良的《中外文学之间》（1984），王元化的《〈文心雕龙〉创作论》（1984），乐黛云的《比较文学与中国现代文学》（1987），饶芃子的《中西戏剧比较教程》（1989），乐黛云和王宁主编的《超学科比较文学研究》（1989）等。可以说，此阶段中国比较文学研究成果层出不穷、目不暇接，这些著述对比较文学的基本原理及方法论等重要问题都做出了深入的思索和探究，不论是从数量上还是从质量上都超过了以往的任何一个阶段，为推动中国比较文学研究者构建自己的学科理论铺平了道路。

五 中国比较文学的繁荣

从20世纪90年代至今这三十多年，随着东西方文明之间交流和碰撞的加深，中国比较文学学者在继承影响研究和平行研究理论的基础上，开始反观自身文化的特质，试图建构具有自身特色的理论话语，逐渐具备了自觉的学科创新意识。

中国比较文学学者逐渐实现了在学术实践和理论探索上的重要突破，涌现出了一大批研究成果。此时期的代表著作有乐黛云的《比较文学的国际性和民族性》（1996），孙景尧的《全球主义、本土主义和民族主义》（1997），黄药眠、童庆炳的《中西比较诗学体系》（1991），范伯群、朱栋霖的《1898—1949中外文学比较史》（1993），曹顺庆的《东方文论选》（1996），李万钧的《中西文学类型比较史》（1995）等。这些优秀研究成果对中国比较文学学者参与国际性的文化交流具有重要作用，使得中西文学之间得以平等交流和对话，有力地推动了世界比较文学体系的完善。

四川大学的曹顺庆是此时期比较文学中国学派的积极倡导者和核心人物，对比较文学中国学派的理论建构起到了重要的推动作用。他不仅创办了大陆唯一一份比较文学报纸《比较文学报》（1989），而且创办了英文比较文学刊物《比较文学：东方与西方》（*Comparative Literature：East and West*）。1995年是中国比较文学发展进程中的一个重要年份，曹顺庆在当年第1期《中国比较文学》杂志发表长篇论文《比较文学中国学派基本理论特征及其方法论体系初探》,这是总结中国比较文学大量研究实践经验、融汇了中外学者基本共识的集大成之作,被认为是"中国学派"的宣言书。他在文中系统地提出了与跨文化研究有关的理论,并提议将其作为比较文学中国学派的理论基础:

> 如果说法国学派以"影响研究"为基本特色,美国学派以"平行研究"为基本特色,那么,中国学派可以说是以"跨文化研究"为基本特色。……法国学派和美国学派已经跨越了两堵"墙":第一堵是跨越国家界线的墙,第二堵是跨越学科界线的墙。而现在,我们在面临着第三堵墙,那就是东西方异质文化这堵墙。跨越这堵墙,意味着一个更艰难的历程,同时也意味着一个更辉煌的未来。……"跨文化研究"(跨越中西异质文化)是比较文学中国学派的生命泉源,立身之本,优势之所在;是中国学派区别于法、美学派的最基本的理论和学术特征。中国学派的所有方法论都与这个基本理论特征密切相关,或者说是这个基本理论特征的具体化和延伸。①

跨文化研究的观点也得到了学界的广泛认可。乐黛云等所著《比较文学原理新编》,陈惇、孙景尧、谢天振所著《比较文学》,陈惇、刘象愚所著《比较文学概论》,杨乃乔主编的《比较文学概论》等,均将跨文化研究作为中国比较文学的基本理论特征。

对于提出跨文化研究观点的初衷,曹顺庆在《比较文学中国学派基本理论特征及其方法论体系初探》中说:

> 无论是法国学派或美国学派,都没有面临跨越巨大文化差异的挑战,他们同属古希腊—罗马文化之树所生长起来的欧洲文化圈。因此他们从未碰到过类似中国人所面对的中国文化与西方文化的巨大冲突,更没有救亡图存的文化危机感。作为现当代世界的中心文化,他们对中国等第三世界的边缘文化并不很在意,更没有中国知识分子所面对的中西文化碰撞所产生的巨大危机感和使命感。……这种状况决定了法、美学派不会,也不可能在跨越东西方异质文化的文学比较中做出令人瞩目的成就,更不可能去发现并创建系统的跨文化的比较文学理论体系。②

所属东亚文化圈的中国比较文学学者自然而然地要面对跨文化的问题,他们自觉地站在自身的文化立场上,担当起不同文明间平等沟通交流的神圣使命,学习、继承法国学派和美国学派的理论研究成果,弥补法国学派和美国学派的不足之处,完善世界比较文学学科体系。其实,历览中国比较文学的发展历程,从梁启超、鲁迅到茅盾、钱钟书等一大批学者的论著里都蕴含着"跨文化研究"的意识,他们吸收西方先进理论并为我所用,可以说中国比较文学从诞生起,"跨文化研究"就深深地融入了血脉里。

随后,中国比较文学在跨文化研究的基本理论特征之上,探索出多种研究方法,打破

---

① 曹顺庆.比较文学中国学派基本理论特征及其方法论体系初探[J].中国比较文学,1995(01):19-23.

② 曹顺庆.比较文学中国学派基本理论特征及其方法论体系初探[J].中国比较文学,1995(01):19-20.

了西方文化的霸权，形成了特色鲜明的学科体系，引领了国际比较文学发展的最新潮流。其中"双向阐发"的提出是比较文学中国学派研究方法成熟的标志性体现。

早在1976年，台湾学者古添洪和陈慧桦（陈鹏翔）就在《比较文学的垦拓在台湾》中提出"阐发法"。阐发法，又称阐发研究，即用西方文学理论来评论中国文学创作实践。不过，阐发法从一开始就饱受争议，成为中国学派争论中一个绕不开的焦点问题。显然，阐发法是一种简便易行、具有强烈的可操作性的方法。但是东西方文学及其文化传统毕竟截然不同，这种所谓的阐发不仅会让东方文化走样变形，而且容易导致西方中心主义。美国学者奥椎基提出："对运用西方批评技巧到中国文学的研究上的价值，作为比较文学的一通则而言，学者们存在许多的保留。……如果以西方批评的标准批判东方的文学作品，那是必然会使东方文学减少其身份。"① 孙景尧也曾一针见血地指出，阐发法常常套用西方文论为中国文学研究"添注新解"，"缺乏自己的特点和理论创见"。② 如果一味热衷于这种方法，不仅会让中国文学成为西方文学理论的"中国注脚本"，出现生拉硬扯、穿凿附会的现象，更会否定中国源远流长、自成体系、富有特色的文论与方法论。③ 鉴于这种"单向阐发"的弊端，陈惇、刘象愚在《比较文学概论》中提出"双向阐发"：

> 阐发研究绝不是仅仅用西方的理论来阐发中国的文学，或者仅仅用中国的模式去解释西方的文学，而应该是两种或多种民族的文学相互阐发、相互印证。这样说并不意味着每一个具体的研究都必须做到相互阐发，否则就不是"阐发研究"，而是说作为一种理论和方法，阐发的双向性、相互性是不容忽视的。④

陈惇、刘象愚等学者立足于本民族文学的立场和文化自信提出的"双向阐发"，即用西方的文学理论阐发中国的文学理论和文学作品的同时，也可以用中国的文学理论阐发西方的文学理论和文学作品。"双向阐发"的基本理论精神是平等和对话，它的提出不仅弥补了原来"阐发法"的不足，而且有利于继承和发扬中国传统文论的精神。

进入21世纪以来，曹顺庆进一步将上述中国学派"跨文化"研究的特征拓展、修正为"跨文明"研究，并在此基础上提出了比较文学的"变异学"研究理论，在国际学术界产生了较大的影响。而这也标志着比较文学中国学派经过多年孕育深耕，已然形成并蔚然成风。之所以进一步提出"跨文明"研究，曹顺庆认为"跨文化"这一提法有歧义，原因有三。一是"文化"的概念在当今已被滥用。当下中国好像很多东西都能被冠以"文化"之名而堂而皇之地在社会上流行，例如茶文化、酒文化、饮食文化、民俗文化、消费文化、二次元文化、大众文化、精英文化等，而这与我们比较文学的"跨文化"显然大相径庭。二是"跨文化"会产生误会，可能导致混淆国别文学研究与比较文学研究。三是同一文明圈内也有不同的文化（如汉文化、藏族文化、苗文化、中原文化、荆楚文化等），这

---

① 转引自古添洪. 中西比较文学：范畴、方法、精神的初探 [G] //中国社会科学院文学研究所科研处《文学研究动态》编辑组编选. 比较文学论文选集. 北京：中国社会科学院自版，1982：44.
② 孙景尧. 略论中国比较文学的理论基础 [J]. 广西大学学报（哲学社会科学版），1983（01）：8.
③ 参见卢康华，孙景尧. 比较文学导论 [M]. 哈尔滨：黑龙江人民出版社，1984：328.
④ 陈惇，刘象愚. 比较文学概论 [M]. 北京：北京师范大学出版社，1988：136-137.

样也就会造成与"跨国"这一比较文学定义的混淆。而"文明"是指具有相同文化传承（包括信仰体系、价值观念、思维方式等）的共同体，"文明"概念的含义是明确的，用"跨文明"替代"跨文化"更能彰显比较文学研究实践以及学科理论建构这一重大转折的基本特征。而且从国际学界来看，亨廷顿较早就提出了"文明冲突"的命题，杜维明倡导"文明对话"，乐黛云提出中西文明"和而不同"，因而，"跨文明"更能凸显比较文学中国学派的基本特征。

鉴于中西方异质文明之间的根本差异是普遍存在的，考虑到现代思想文化中诸如现象学、诠释学、接受理论、解构主义、后殖民主义等对"差异性"问题的关注，加之前述法国学派和美国学派自身在学科理论方面的明显缺陷，以及国内外比较文学界一直以来对"差异"的关注与探索，自 2005 年以来，曹顺庆就一直致力于比较文学中国学派基本理论的系统建构，从而形成了具有中国学术话语特色的创新性理论——比较文学变异学理论。2012 年，曹顺庆的英文专著《比较文学变异学》（*The Variation Theory of Comparative Literature*）由著名出版社施普林格（Springer）出版社出版，并由国际比较文学学会前主席杜威·佛克玛（Douwe W. Fokkema）作序。该著作一经出版即在国外比较文学界引起巨大的学术反响，比较文学中国学派的声音借此已然响彻他邦。变异学的理论核心是异质性与变异性，变异学强调异质性的可比性，是有着严格限定的。这种限定是在比较文学影响研究与平行研究可比性基础之上的一次延伸与补充，即在有同源性和类同性的文学现象之间找出异质性和变异性。对此，后文会专节予以详述。

此外，译介学、形象学也是新时期比较文学中国学派的重要研究内容，并有创新性理论观点涌现，其具体内容亦会在随后章节详细论述。

综上所述，比较文学中国学派的产生不仅是比较文学学科自身发展的产物，也是中国比较文学学者学科意识不断走向自觉、成熟的体现，更是基于民族文化自信的必然结果。虽然比较文学中国学派自诞生起就饱受争议，在外部环境与内部理论创新方面承受着双重压力，但一大批中国学者守住自身文化的底线，以开放的胸怀接纳他者文化，以积极的姿态搭建不同民族文化对话的桥梁，以扎实的理论成果为世界比较文学的大厦添砖加瓦。如今，在建设"一带一路"和推动构建人类命运共同体的大背景下，比较文学中国学派被赋予了更多的使命和责任，机遇与挑战并存，相信在未来中国比较文学学者一定能迎难而上，在中国传统文化"各美其美，美美与共"的指引下，坚守自身文化立场，吸取世界文化精华，获取继续前进的智慧和力量，在比较文学的道路上走得越来越坚定。

第五节 比较文学学科理论的发展特征及当前比较文学研究的新动向

通过上述几节的学习，我们可以看出现代意义上的比较文学学科发展以"跨越"与"沟通"为目标，大致经历了三个重要的学科理论发展阶段：以法国学派为代表的欧洲阶段，我们称之为比较文学的成形期；以美国学派为代表的美洲阶段，此为比较文学的转型期；以中国学派为代表的亚洲阶段，这是比较文学的拓展期。

一 比较文学学科理论的发展特征

纵观上述比较文学学科理论发展史,我们会发现其具有一个典型发展特征,即三大学派学科理论的发展是一种层叠式、累进式的发展进程,后一种新的学科理论都是在继承并扬弃前一学派学科理论的基础之上发展起来的,但这绝不意味着后一种新的学派理论否定和取代先前的学派理论,而是三者间形成"涟漪式"的包容性发展模式,逐步积累推进。①

具体而言,从美国学派到法国学派,再到中国学派,学科理论的先进性得到继承,缺陷性得到弥补,这是一种自觉的扬弃过程。法国学派强调实证研究,专注于国与国之间文学影响的事实联系,突出"科学性",从而有效地应对了以意大利著名学者克罗齐为代表的欧洲学者在比较文学兴起之初各种学科外的质疑和挑战,这对于早期比较文学学科的创立无疑是必需的,形成并彰显了法国学派独特的"影响研究"的学科理论特征。但随着比较文学的发展,法国学派问题突出,包括一味地人为设限,太过注重事实材料的搜集与论证,过于强调法国文学与文化对欧洲乃至世界文学与文化的影响与辐射,暴露出明显的狭隘民族文化沙文主义倾向等。随着法国学派自身的理论缺陷日益明显,以及20世纪中期美国学者学科创新意识的自觉,美国学派突出强调了无事实联系的平行研究与跨学科研究,以应对前期法国学派的各种理论弊病,这是比较文学学科理论的一次创新。但是美国学派的出现并不意味着法国学派所开创的"影响研究"的理论思维与方法过时了,或者说被完全抛弃了。相反,美国学派提出的新的学科理论是在法国学派的基础上产生的,法国学派的学科理论与方法仍为美国学派承继、发展与应用,它们之间是一种包容性关系,而不是完全的颠覆或否定关系。同理,随着美国学派"跨学科"研究的无边化倾向日益严重,出现了各种"泛文化"研究意欲取代比较文学研究的趋势,偏离了"文学性"这一中心。更有英国学者苏珊·巴斯奈特(Susan Bassnett)主张以翻译研究取代比较文学研究,而美国学者斯皮瓦克亦提出比较文学"作为一门学科之死"的警示。在此学术背景下,以中国学派为代表的亚洲学者基于"跨文明"的视域,将比较文学的"文学性"重置为研究的中心,提出了以"异质性和变异性"为代表的比较文学的变异学研究。这亦是一种对美国学派学科理论缺陷的纠偏。但中国学派与美国学派、法国学派之间也是一种承继、累进式的包容性发展关系,中国学派的"跨文明"变异学研究并不否认先前的影响研究和平行研究,对于传统的法国学派的实证性影响研究以及后来的美国学派的平行研究、跨学科研究,仍然将其视为研究的主要思维方法。事实上,在新的学科理论发展背景下,法国学派所开创的以事实材料为基础的实证性影响研究,仍是最纯正、最见学术功底的比较文学研究,这种扎实的影响研究当然亦愈具有学术价值。

我们可以把上述比较文学学科理论发展的"包容性"模式形象地称之为一种"涟漪式"结构,这就好比我们向水中抛下一颗石子,以石子为中心,在水面就会形成一层层的涟漪圈。如果说法国学派是最靠近石子中心点的第一层涟漪圈,那么美国学派、中国学派

---

① 参见曹顺庆.比较文学学科理论发展的三个阶段[J].中国比较文学,2001(03):1-17.

就是再向外的第二、三层涟漪圈,而石子入水的那个中心点就是比较文学研究中必须坚持的"文学性",具体如图 1-1 所示。

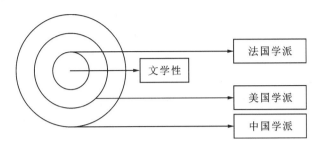

图 1-1　比较文学学科理论发展的"涟漪式"结构

二　当前比较文学研究的新动向

近年来,比较文学界出现了一些新的研究动向,其中有几个方面值得特别关注。

第一,跨越东西方异质文明的比较文学研究日益受到西方学者的重视。最初,西方学者多不赞成跨越不同文明体系的比较文学研究。例如,美国著名比较文学学者韦斯坦因的观点就颇具代表性:"我不否认有些研究是可以的……但却对把文学现象的平行研究扩大到两个不同的文明之间仍然迟疑不决。因为在我看来,只有在一个单一的文明范围内,才能在思想、感情、想象力中发现有意识或无意识地维系传统的共同因素。……而企图在西方和中东或远东的诗歌之间发现相似的模式则较难言之成理。"① 然而,随着东西方文学比较研究的大力开展,特别是在文化多元主义和全球化的背景下,许多具有远见卓识的西方学者日益感到,在同属西方基督教文化体系内的各国文学之间进行比较研究而得出的结论,不一定符合非基督教文化体系的各国文学的实际,其普遍性自然就会大打折扣,因此,跨越东西方异质文明的比较文学研究显得十分必要。美国学者昆斯特在《亚洲文学》一文中认为,亚洲的作品应该用来作为我们狭隘设想的矫正剂,通过对亚欧文学的比较研究,才能建立一种真正全面的文学理论。美国另一位著名比较文学学者伯恩海默在其"世纪之交的比较文学"的报告中,也明智地提出放弃欧洲中心论,将目光转向全球,强调比较文学的多元文化特色。意大利比较文学学者阿尔蒙多·尼希提出了"作为非殖民化学科的比较文学",认为西方文化必须深刻反省,并通过与其他文化相协作来实现比较文学的发展。美国学者厄尔·迈纳(Earl Miner)在其《比较诗学》一书中,对东西方诗学进行了有价值的比较研究。后来,韦斯坦因也改变了先前的看法,并为自己过去那种狭隘观念深感后悔。这都说明了在多元文化时代,不同文明之间的异质性问题必然受到重视。特别是最能代表比较文学中国学派的变异学理论,立足于"跨文明"的视域,突出东西方文明与文学之间的"异质性和变异性","'跨文明研究',或者说着眼于中西文明冲突、对话与

---

① [美]乌尔利希·韦斯坦因.比较文学与文学理论[M].刘象愚,译.沈阳:辽宁人民出版社,1987:5-6.

交流的跨越东西方文明的比较文学研究,将是中国比较文学乃至世界比较文学发展的必由之路"。①

第二,传统研究领域不断深化。20世纪上半期,是国际文学研究由外向内转变的时期,以形式主义和新批评为代表的潮流,扭转了19世纪文学批评的传统而引向以细读、文本研究为特点的文学内部研究。这种状况自20世纪50年代开始发生变化。加拿大学者弗莱的原型批评,开始把文学研究又引向文学的外部。70年代后这一趋势已成气候,精神分析批评、接受美学与读者反映批评、文化批评、新历史主义批评等,都从不同角度强调了语境或背景对于理解和阐释作品的重要意义。文学研究的"向外转"自然指向了文化。从文学研究到文化研究,几乎是当代文学研究各种派别的共同趋势。国际比较文学界兴起的文化研究,实际上包含了两个方面:一方面是文化理论的研究,另一方面是比较文学的具体研究中引入了文化比较。比较文学的传统研究领域在许多方面都受惠于文化研究并引发了自身的深化与突破。就影响研究而言,不仅有学者运用接受美学、心理学、发生学等多种理论观念和方法视角来深入探讨文学之间的相互影响关系及其深层原因和内在机制,而且学界对"影响"本身的看法也发生了质的变化,使得"影响"由原来的机械性、外部性、单向性向有机性、内部性、双向性转化,影响研究的范围、对象、方法等因此被大大地拓展和丰富了。就平行研究来说,学者们都能自觉地把研究深入到各自文化语境中去探寻不同文学间同异现象的深层原因和共同规律,且收获显著。正因为有了这些突破与深化,传统研究领域仍然是比较文学研究中最有成就的领域之一。

第三,形象学研究成果引人注目。形象学是比较文学研究中的一个重要领域,它主要研究一国文学对异国形象的塑造和描写。20世纪六七十年代以来,形象学研究异军突起,在欧美等国获得了长足发展。不过,形象学研究真正开始在中国得到传播和接受,却是20世纪末21世纪初的事情。1997年,德国著名汉学家顾彬(Wolfgang Kubin)在北京大学做了系列演讲,其演讲内容经过整理后由北京大学出版社出版,名为《关于"异"的研究》。该书涉及德国文学中的中国形象。1999年,北京大学出版社出版了乐黛云等主编的《文化传递与文学形象》,其中介绍了一些形象学研究成果。孟华是国内较早集中关注形象学研究的著名学者之一,2001年,北京大学出版社出版了她主编的《比较文学形象学》,该书集中收录了欧洲比较文学学者论述形象学或进行形象学研究的重要论文。上述三本著作促进了形象学在中国的发展。此后,一系列形象学研究成果不断面世,受到学界高度关注。其中,探讨异国文学中的中国形象的论著较多,例如,周宁编著的八卷本《中国形象:西方的学说与传说》、两卷本《天朝遥远——西方的中国形象研究》以及主编的《世界的中国形象》丛书等,全面探讨了西方文化里中国形象的生成和演变,研究的范围从西方的中国形象扩大到世界的中国形象,这是近年来中国学者形象学研究理论和实践探索中颇具代表性的重要成果。其他重要的成果还有欧阳昱的《表现他者——澳大利亚小说中的中国人:1888—1988》、姜智芹的《文化想象与文化利用——英国文学中的中国形象》等。探讨中国文学中的异国形象的论著虽然相对较少,但也有了可喜的进展,代表性成果有张

---

① 曹顺庆,等.比较文学论[M].成都:四川教育出版社,2002:335.

哲俊的《中国古代文学中的日本形象研究》、孟华主编的论文集《中国文学中的西方人形象》等。

第四，翻译研究（或称译介学）在比较文学学科中被提到非常重要的地位。翻译研究是从文化上对翻译特别是文学翻译所进行的一种跨文化研究。随着各国文化与文学交流的日益频繁，加之翻译天然地涉及两种或两种以上的文化形态，更能够集中体现出不同文化间的相互理解与交融、相互误解与排斥，以及因差异、误释而导致的文化扭曲与变形等，所以翻译研究很容易与当今学术界跨文化研究热点相呼应，从而越来越受到重视。与此相应，由于翻译研究的领域不断扩大，地位不断上升，以至于有学者主张把翻译研究作为一门主要学科来看待，并且将比较文学归属于翻译研究的范围内，成为翻译研究的一个分支。

第五，流散文学在21世纪的比较文学研究中成为一个不可忽视的重要领域。随着文化与人的全球化流动，流散文学也越来越引人注目，成为一种重要的文化现象，涉及历史学、社会学、人类学、传播学、文学、文化研究等诸多领域。探讨以漂泊流浪作家作品为主体的流散文学，能体现出本土与异国之间的一种既相互碰撞又相互渗透的文化张力，借以展开异国文化的对话和不同文化的相互诠释。国内不少学者已开始对这一领域进行多元的文化阐析，例如清华大学的王宁就从民族和文化身份角度对流散作家进行深入研究，认为流散写作在某种程度上促进了中华文化与文学的全球化进程，彰显了其全球性特征。此外，还有文学与其他人文社会科学甚至自然科学的跨学科研究，以及以中国文学与文化的海外传播研究为中心的海外汉学（中国学）研究等，亦是当下学界热衷探研的新课题。

◇ 论著导读

曹顺庆等著的《比较文学学科理论研究》（巴蜀书社，2001年版）是国内最早进行比较文学学科史的系统梳理以及比较文学学科理论的系统研究的专著。全书由绪论、上编（比较文学学科理论史）、下编（多元文化时代的跨异质文化比较文学学科理论）、结语四大部分构成。其中上编又分六章，分述比较文学学科理论史前史、法国学派、美国学派、苏联及东欧比较文学、印度阿拉伯日本等国家和地区的比较文学、中国学派，系统而完整地梳理了比较文学学科理论的发展历程。下编共分八章，包括多元文化时代与比较文学学科理论的第三阶段、从纵向的文学史观到纵向与横向相交错的文学发展史观、从二元到多元的比较文学学科理论、当前比较文学学科理论的危机与困惑、异质文明解析——从同质文化到异质文化的比较文学研究、异质文化之间多元文化对话理论、异质文化间文学的互释、异质文化间文学理论的融合，较充分地分析了法国学派与美国学派的弊端，以及在新的多元文化语境下中国学派崛起的原因及其学理上的合法性与正当性。该著作集学科史梳理、理论分析、文化研究于一体，深度还原了比较文学学科发展的前世与今生，进一步拓展了比较文学学科理论研究。

◇ 阅读实践

阅读实践1　比较文学的危机

◇ 文化拓展

纵观比较文学学科发展史，文化软实力的深层考量无疑是比较文学三大学派崛起的内在学术欲求，它是一个国家文化和学术自信的基石。我国目前正处于建设文化强国、实现中华民族伟大复兴的关键历史时期，继承和弘扬中华优秀传统文化，增强国家文化软实力，坚定文化自信，建设各学科的中国学派，重写文明史、各学科史，展现中国气象，无疑都是比较文学三大学派带给我们的深刻历史启示。

◇ 本章小结

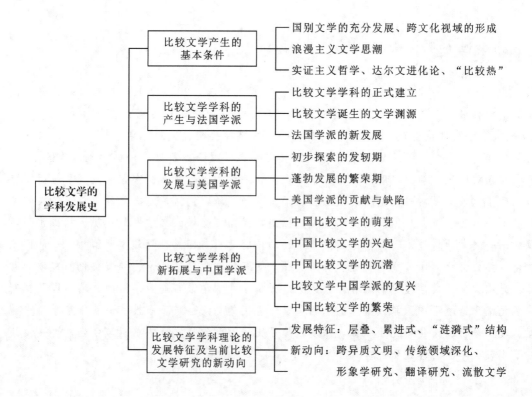

◇ 思考与练习

1. 比较文学诞生的基本条件有哪些？
2. 法国学派的基本理论观点及其缺陷是什么？
3. 美国学派的基本理论观点及其缺陷是什么？
4. 如何理解中国学派是对法国学派和美国学派的继承与发展？
5. 比较文学学科理论发展的基本特征是什么？

第二章
影响研究

学习目标	知识目标：了解影响研究的具体对象，掌握流传学、媒介学、渊源学、译介学、翻译研究、形象学以及影响研究中的变异等理论与方法 能力目标：运用本章所学的理论与方法，分析文学文本与阐析相关文学现象 情感价值目标：在认同民族文化的同时，理性思辨中西方文学之间的相互影响与差异，客观认识中国文学在世界文学中的深远意义，讲好中国故事，树立良好形象，增强文化自信
重难点	1. 流传学、媒介学、渊源学之间的内在关系 2. 译介学与翻译研究的联系与区别 3. 形象学、影响研究中的变异等理论与研究方法
推荐教学方式	课堂讲授、课堂研讨、案例分析、专题讲座
建议学时	14
推荐学习方法	文献阅读、小组讨论、思维导图、论文写作
必须掌握的理论知识	流传学、渊源学、媒介学、译介学、形象学、影响研究中的变异
必须掌握的阅读（语言）技巧	重点记诵与全面理解相结合

情境导入

同学们！让我们来想象一下：你置身于一个充满文学魅力的图书馆中，四周摆放着来自世界各地的文学作品。你开始思考，不同的文学作品是如何在不同的时空中产生影响和交流的呢？这些作品是通过何种媒介跨越国界和文化的障碍，被传播到全世界各地的呢？这些作品是如何产生影响并改变人们的生活的呢？

耐人寻味的是，为什么有些文学作品能够跨越国界和文化，产生深远影响，而有些作品却仅限于本土，鲜为人知？通过比较不同地域、不同历史时期下文学作品的流传、接受方式，我们或许可以更深入地理解文学作品在全球范围内的影响，以及这种影响是如何塑造了丰富多彩的全球文学格局。这就是比较文学影响研究所关注的核心问题。

基础知识（理论阐释）

早期的影响研究以法国学派的巴登斯贝格、梵·第根、伽列、基亚等人为代表，主张以实证的方法研究国别文学间的事实联系，形成了影响研究的三大分支学科：流传学、渊源学、媒介学。它们在基本理念、研究方法上相互关联，但各有不同。本章重点分析了比较文学译介学与翻译研究的区别和联系，探讨了形象学的理论与方法论问题；特别是详细梳理了对传统法国学派影响研究学科理论做出重大补充的变异学理论，探讨了影响研究中的各种变异问题。进入21世纪以来，影响研究在吸收新理论和新方法的基础上，拓展了研究范围与研究对象，从而发展到了一个新阶段。

第一节 流传学

一 流传学的界定与特征

流传学（Doxologie）又称"誉舆学"或"际遇学"，这个词最初本为宗教用语，指礼拜仪式上赞美上帝荣耀的颂歌。1931年，法国比较文学学者梵·第根将它引入比较文学领域。梵·第根指出："一位作家在外国的影响之研究，是和他的评价和他的'际遇'之研究，有着那么密切的关系，竟至这两者往往是不可能分开的。我们可以把这一类的研究称为'誉舆学。'"① 此后，流传学便作为影响研究的一种方法或类型而存在。基亚在《比较文学》一书中专设"影响和成就"一节，也探讨了影响研究的流传学，称其为"本国以

---

① ［法］提格亨. 比较文学论［M］. 戴望舒，译. 上海：商务印书馆，1937：136.

外的作家命运"的研究。日本学者大塚幸男也曾经指出，流传学"是一门研究作为发动者的某个作家在国外受到人们如何对待，对外国作家、文学流派及文学样式产生怎样影响的学问。用比较文学的术语讲，所谓名声学，就是探索、研究作家的成就（success）、命运（fortune）及影响（influence）的历史"①。流传学研究在西方相当普遍，以至于在相当长的一个时期内，人们认为这就是比较文学。

根据梵·第根所言，任何一个影响研究都必须沿着"放送者""传递者""接受者"的路线追根溯源。具体说来，流传学是"置身在放送者观点上""研究一件作品、一位作家、一种文体、一种国别文学在外国的'成功'、它们在那儿所生的'影响'，以及在那儿以它们为模范的各种模仿（在这些种种不同的表现之间，本位是在放送者那里的）"②。简言之，流传学是从流传起点——给予影响的放送者出发，旨在找寻其流传终点——接受者及其接受影响的研究，其研究的中心内容是作家在国外的际遇、成就和影响等。

如果说比较文学就是国际文学的关系史，那么文学关系作为比较文学的内核所在，实际上也是流传学的研究对象，因而流传学是一种"实证性"的"文学关系"研究，其基本特征如下。

从界限范围来看，流传学研究关注的是一国文学在国外的影响，或外国文学在国内的影响，以及各国文学之间的交流与影响等，旨在探究不同民族国家文学之间的事实联系。例如，莎士比亚戏剧对法国文学的影响，法国"大河小说"对李劼人的影响，中国文学对德国文学的影响，自然主义对茅盾创作的影响，狄更斯对老舍小说的影响，等等。

从方法路径来看，流传学研究强调以事实材料为依据，运用实证主义方法对事实材料进行钩沉辨别，由此证明影响关系是否存在，这使流传学的研究方法带有鲜明的实证特征。例如，在《中德文学研究》一书中，陈铨参考翔实的材料，细致分析了18世纪的德国作家歌德、席勒等人对中国文学的接触情况，介绍了歌德对中国小说《好逑传》《玉娇梨》《花笺记》的阅读认知，分析了席勒的《图兰朵》来源于《好逑传》的改写的文学事实。

二 流传学的范围与内容

流传学属于影响研究的范畴，考察的范围较为广泛，大体包括以下内容：接受者是怎样认识放送者的？接受者是直接读了那些作品，还是通过译本阅读，抑或读了有关作品的评介？作品的传播情况如何？在什么阶层流传最广？接受者、出版者与读者是如何接受这些作品的？在接受中有哪些特殊的感情与反应？作家、作品在接受者及其国家文学中占有怎样的地位？接受者受到放送者哪些具体作品的影响以及关于放送者的评价如何？对接受者产生的是短暂的影响还是持久的影响？接受者在受到影响前与影响后的变化是怎样的？接受影响的文化背景是什么？它们起了什么作用？又是如何产生作用的？其过程又怎样？等等。

---

① [日]大塚幸男. 比较文学原理[M]. 陈秋峰，杨国华，译. 西安：陕西人民出版社，1985：78.
② [法]提格亨. 比较文学论[M]. 戴望舒，译. 上海：商务印书馆，1937：164.

流传学主要研究放送者对接受者的各方面的影响，研究内容大体包括以下几个方面。

（一）主题、题材、思想的影响

在主题方面，欧洲文学中的普罗米修斯对于正义和自由的追求，浮士德永不满足、自强不息的精神等主题，依凭不同的民俗民情，通过不同的方法、技巧，出现在欧洲不少作家的作品中。在题材方面，唐·璜故事对欧洲诸多国家的文学都有影响，诸如对意大利作家希科尼尼（A. Cicognini）的剧作《石像的宾客》的影响，对法国剧作家莫里哀的剧作《唐·璜》的影响，对英国诗人拜伦的长诗《唐·璜》的影响，对俄国诗人普希金的诗剧《石雕客人》的影响等。在思想方面，法国的孟德斯鸠、伏尔泰、卢梭等作家以文学形式传播了启蒙思想，在国外产生了不凡的影响。弗洛伊德的精神分析理论、尼采的生命意志等思想，对20世纪欧美文学理论与创作产生了很大的影响。

（二）文体、形式、技巧的影响

文体、形式、技巧的影响主要体现在具体的作品中。例如，20世纪20年代，欧洲十四行诗被介绍到中国，对中国诗人冯至的诗歌创作产生了很大的影响，冯至所创作的二十七首十四行诗（集结为《十四行集》），不仅代表着十四行体在当时中国的最高水平，而且被视为中国十四行诗成熟的标志。这方面的例子在文学史上较多，诸如彼特拉克的十四行诗体、西班牙的流浪汉小说、伏尔泰的哲理小说、司各特的历史小说、福楼拜的现实主义、左拉的自然主义等，都为他国或后世的文学创作提供了新的创作技巧和艺术风格。

（三）精神、人格、气质的影响

精神、人格、气质的影响主要体现在放送者身上，并在很大程度上通过作品来实现。例如，法国作家卢梭的小说《忏悔录》中那种赤裸裸的自我袒露、自我忏悔、自我拷问以及讲真话的精神直接影响到巴金《随想录》的创作。在《忏悔录》开篇，卢梭就开诚布公地说道，自己要说真话，讲自己的憎与爱、善与恶，吐露内心无人知晓且难以启齿的隐私，展示出一个真实的自我，即"当时我是什么样的人，我就写成什么样的人：当时我是卑鄙龌龊的，就写我的卑鄙龌龊；当时我是善良忠厚、道德高尚的，就写我的善良忠厚和道德高尚"①。巴金则坦言，"从《忏悔录》作者那里我学到诚实，不讲假话"②。显然，巴金的《随想录》完全秉承了卢梭自我解剖、说真话的精神，是对自己灵魂的拷问与告白。在西方文学史上，拜伦"立意在反抗"的怀疑精神、斯威夫特苛刻的幽默、伏尔泰嘲讽的气质、歌德堂皇的明快、狄更斯颤动的敏感与无情的鞭挞等精神风格，都是放送者的精神人格气质影响他人的例子。

---

① ［法］卢梭. 忏悔录［M］. 范希衡，译. 北京：商务印书馆，1986：2.
② 巴金. 真话集［M］. 香港：生活·读书·新知三联书店，1982：65.

（四）"框范"、结构的影响

所谓"框范"影响是指文学作品所描写的某种特定的社会环境、时代风物、民族习俗等对后世文学产生的影响。比如，但丁的《神曲》中描绘的神秘而罪恶的地狱与炼狱。18世纪中期，《东方夜谈》传入欧洲，东方情调故事在整个欧洲风靡一时，而其格调、氛围、背景等与《东方夜谈》的影响不无关系；拜伦的诗歌描写了神秘的东方世界、大胆的海盗、动人的女囚、猛烈的热情等，影响了一代浪漫主义作品。在结构方面，古巴作家卡彭铁尔（Alejo Carpentier）的短篇小说《回归种子》从人物的死写到孕育出生的"回溯式"结构，对阎连科的小说《日光流年》的结构方式产生了重要影响；托尔斯泰的小说《战争与和平》那种以宏大场面开场、多条线索相互交织的结构艺术，则对茅盾的长篇小说《子夜》的结构方式产生了影响。

三 流传学的模式与形态

流传学研究重在从起点出发来重现、分析放送者对接受方的影响的实际状况，剖析影响发生时出现的变化以及变化发生的原因。由于放送者和接受者同样"可能是广泛的或少量的：一个国家、一个集体或一个作者"①，这样，放送者对接受者的影响可能既有个体对个体的影响，也有个体对群体的影响；既有群体对个体的影响，也有群体对群体的影响。

（一）个体对个体的影响

个体对个体的影响即"一对一"的影响，也可称为"单向/直线式"流传，主要考察一国的某个作家对国外某个作家的影响。例如，中国作家冰心受到印度作家泰戈尔的影响而创作了自由体小诗，中国作家沈从文在俄国作家屠格涅夫《猎人笔记》的影响下创作了《湘行散记》，英国作家乔治·莫尔受到左拉的影响而创作了《伊丝特·沃特斯》，中国作家老舍《老张的哲学》《骆驼祥子》《二马》等小说无不体现出英国作家狄更斯的影响。

（二）个体对群体的影响

个体对群体的影响即"一对多"的影响，也可称为"多向/辐射式"流传，主要探究一国的个别作家、作品对国外众多作家的影响。例如，挪威作家易卜生就对20世纪中国作家的创作产生了重要影响。胡适模仿《玩偶之家》写作的剧本《终身大事》，塑造了因反抗父母干涉婚姻自由而离家出走的亚梅形象，欧阳予倩的剧作《泼妇》讲述了主人公于素心为反抗男权而离家出走的故事，亚梅与于素心都被视为中国版的"娜拉"。熊佛西的剧作《新人的生活》、郭沫若的历史剧《卓文君》、白薇的剧作《打出幽灵塔》等塑造了一批出走者的形象，在中国被称为"娜拉剧"。美国作家爱伦·坡也对20世纪中国许多作家产生过影响。鲁迅曾坦言小说《药》《昨天》《伤逝》等就接受过爱伦·坡的《默》中的

---

① ［法］马·法·基亚. 比较文学［M］. 颜保，译. 北京：北京大学出版社，1983：13.

"默",借以用来象征悲哀和绝望。郁达夫的《青烟》《小春天气》《十三夜》等在手法和技巧上也受到过爱伦·坡的影响。而闻一多模仿爱伦·坡《钟声》中采用的拟声法,创作出了富有音乐效果的诗歌《渔阳曲》。

(三)群体对个体的影响

群体对个体的影响即"多对一"的影响,也可称为"焦点式"流传,主要考察一国的个别作家、作品同时受到多个国外作家、作品的影响。例如,以俄国作家对鲁迅的影响来说,果戈理、契诃夫影响了他的批判现实主义手法,陀思妥耶夫斯基影响了他对人物心理的细腻剖析,安特莱夫、迦尔洵使他接受了象征主义手法,普希金、莱蒙托夫使他醉心于"摩罗诗人"等。

(四)群体对群体的影响

群体对群体的影响即"多对多"的影响,也可称为"交互式"流传,主要考察一国众多的作家、作品对另一国众多作家、作品的整体影响,往往主要体现在文学流派、文学思潮的影响上。例如,以横光利一、川端康成为代表的日本新感觉派对20世纪30年代中国新感觉派的影响,以莎士比亚为代表的英国文学对法国的伏尔泰、狄德罗、卢梭等一大批作家的影响,法国存在主义文学对鲁迅的《野草》、钱钟书的《围城》、"新写实小说"等作品以及史铁生、阎连科等作家的影响。

此外,有时不仅放送者影响着接受者,接受者反过来也会对放送者产生影响,这种影响被称为"回返/循环"流传。基亚曾指出,这种影响研究"除了关注一个作家的对外影响问题之外,人们也想知道他给外国提供了些什么而又从外国吸收了些什么"[1]。例如,1935年,德国戏剧家布莱希特在莫斯科观看了梅兰芳的京剧表演后,受到启发而写了《中国戏剧的间离效果》,提出了"间离效果"的理论,但这种理论又在50年代通过中国内地导演、编剧黄佐临等人,反过来对中国的话剧表演产生了影响。法国作家波德莱受到美国作家爱伦·坡的启发,爱伦·坡又受到英国诗人柯勒律治的影响,而柯勒律治又借鉴了德国作家诺瓦利斯的诗学理念。

第二节 渊 源 学

一 渊源学的界定与特征

渊源学(Crenology)又称源流学或源泉学。渊源学的概念最早由梵·第根提出。在《比较文学论》一书中,梵·第根指出,"思想、主题和艺术形式之从一国文学到另一国文

---

[1] [法]马·法·基亚. 比较文学[M]. 颜保,译. 北京:北京大学出版社,1983:72.

学的经过,是照着种种形态而通过去的。这一次,我们已不复置身于出发点上,却置身于到达点上。这时所提出的问题便是如此,探讨某一作家的这个思想、这个主题、这个作风、这个艺术形式的来源,我们给这种研究定名为'渊源学'"①。因此,渊源学是从影响的接受者出发,对某一文学现象或文学作品的主题、题材、思想、人物、情节、风格及艺术形式等外来因素进行辨析和论证,并尽最大可能地对其中存在的外来因素进行溯源,重塑外来影响的源头、内容、形态和路径。

渊源学与流传学既有联系又有区别,这突出地表现在研究原点和内容方面。渊源学研究是从接受的终点到起点进行追溯研究,往往是在起点不明确的前提下展开。这就需要首先明确作为接受者的终点,才能追溯所受的思想、艺术等来源,探寻它的异国文学的源头,且一直溯源到起点。相反,流传学研究是从影响的起点到终点的路径(线路)研究,这就要求既要知道它的起点传播者,也要知道它的终点接受者,然后考察文学跨越不同国界之后的具体传播和流变,探究作家、作品、文学思潮等现象是如何影响到他者的过程。

渊源学与流传学的联系与区别,决定了渊源学有着与流传学一样的实证性特征,也有着与流传学不同的溯源性特征。

一是实证性。渊源学作为一种不同国家间文学关系史的研究,正如法国学者布吕奈尔等人强调的那样,要求研究者具有分寸和批评的洞察力,"应该采取这种审慎的态度,确定一种渊源的存在"②。因此,渊源学对外来渊源的探究并非接受者和放送者之间一种简单的"相似性"的比较,也不是一种以"类似性"为基础的接受者和放送者之间文学关系的想象,而是在对实证性资料进行收集、鉴别、分析和论证的基础上,考证一个作家及其作品中的某种思想与艺术现象来自何处,辨析事实材料内在联系的真伪。例如,陈寅恪以实证的方法,通过《敦煌本维摩诘经文殊师利问疾品演义跋》《西游记玄奘弟子故事之演变》《三国志曹冲华佗传与佛教故事》等重要论文,考辨了中国古代文学的外来渊源。

二是溯源性。渊源学作为一种实证性的影响研究,就要以实证性研究为根基,明确在本国文学传统中并不存在或从自身发展现状中无法得到解释、只有从外来文学中追根溯源才能找到其最终来源的因素,搞清楚这些因素的来龙去脉,深入探讨其发生过程与发展阶段。正如孙景尧指出的那样:"在研究过程中,把本国文学中所受外国文学影响的成分找出,据此追溯它们的出处,考据本国文学如何具体接触到外国文学,并努力证实这种外国文学正是本国文学所受影响的源头。"③

二 渊源学的对象与内容

笼统地说,渊源学研究的对象就是文学之间源与流的关系。从文学关系的层面来说,其内容具体可以分为以下几个方面。

---

① [法]提格亨.比较文学论[M].戴望舒,译.上海:商务印书馆,1937:170.
② [法]布吕奈尔,比叔瓦,卢梭.什么是比较文学[M].葛雷,张连奎,译.北京:北京大学出版社,1989:82.
③ 孙景尧主编.简明比较文学教程[M].南京:江苏教育出版社,2007:121.

（一）作品与作品之间的渊源关系

如果一部作品中存在的思想艺术因素从作家本人的创作历程及本国文学传统中难以得到说明，尤其是本国一部作品与国外某一部作品之间存在着明显的对应关系时，那么作品与作品之间在很大程度上就存在着渊源关系。例如，泰戈尔《飞鸟集》与冰心《繁星》之间的渊源关系。冰心在回忆文章中明确指出："我写《繁星》……因着看泰戈尔的《飞鸟集》，而仿用他的形式，来收集我零碎的思想（所以《繁星》第一天在《晨副》登出的时候，是在'新文艺'栏内）。"① 由此可以说，没有《飞鸟集》就没有《繁星》。再如，比较鲁迅的散文诗集《野草》与尼采的《查拉图斯特拉如是说》、鲁迅的小说《狂人日记》与果戈理的《狂人日记》，无论是在文体特征、诗性语言，还是主题思想、艺术技法等方面，它们之间都存在着密切联系。

（二）作家与作家之间的渊源关系

在文学史上，跨越国度的作家与作家之间的渊源关系是普遍存在的。例如，冯至与里尔克之间就存在着渊源关系。冯至曾经坦言："又如我写诗纪念教育家蔡元培逝世一周年，想起里尔克在战争时期听到凡尔哈仑与罗丹相继逝世的消息后，在一封信里写的一句话，'若是这可怕的硝烟消散了，他们将不再存在，他们将不能协助人们重新建设和培育这个世界了'，正符合我当时的心情，于是我在诗里写道：'我们深深感到，你已不能/参加人类的将来的工作——/如果这个世界能够复活，/歪扭的事能够重新调整。'我这么写，觉得很自然，象宋代的词人常翻新唐人的诗句填在自己的词里那样，完全是由于内心的同感，不是模仿，也不是抄袭。"② 冯至的诗歌正是在学习借鉴里尔克书信的基础上创作的，尤其是里尔克诗中具有哲理性的句子，对冯至诗歌语言的影响较大。

（三）国家与国家文学之间的渊源关系

国家与国家文学之间的渊源关系多种多样，既有西方民族国家之间的文学渊源，也有东方民族国家之间的文学渊源，还包括东西方民族国家之间的文学渊源、中外民族国家之间的文学渊源。例如，俄国文学的西方渊源、法国文学的古希腊渊源、德国文学的古罗马渊源、英国文学的东欧渊源，等等，这些都属于西方国家文学之间的渊源问题。而东亚国家文学的中国渊源、日本文学的中国渊源、中国文学的印度渊源、20世纪中国文学的日本渊源和印度渊源，等等，这些则属于东方国家文学之间的渊源问题。20世纪在东方各国出现的现实主义小说、新感觉派小说、象征派诗歌，以及现代主义、后现代主义文学，均可溯源至西方文学，这又属于东西方国家文学之间的渊源问题。杨宪益先生通过考证和假设，提出欧洲文艺复兴时期的诗体十四行诗源自波斯的"鲁拜体"，而"鲁拜体"可能

---

① 冰心. 我的文学生活 [M] // 卓如编. 冰心全集（第3卷）. 福州：海峡文艺出版社，1994：9-10.
② 冯至. 外来的养分 [J]. 外国文学评论，1987（02）：7.

又与唐诗中的"古风"存在关联。在越南,小说家阮攸的诗体小说《金云翘传》,直接来源于中国古典章回体小说《金云翘传》。经陈寅恪先生考证,华佗的形象和曹冲称象的故事,其源头可能在印度。这些则属于中外民族国家之间文学渊源的具体案例。

(四)思潮流派之间的渊源关系

纵览世界文学史,许多文学思潮流派跨越国界在异域传播,对他国的文学思潮流派产生了不同程度的影响。这种由影响形成的文学关系,若从接受者的角度溯源,就属于渊源学研究,是渊源学应该研究的对象。例如,郭沫若创作中的浪漫主义因子主要来自英国诗人雪莱、济慈以及美国诗人惠特曼与德国诗人歌德,田汉创作中的浪漫主义主要来自英国作家王尔德,郁达夫的浪漫主义则主要来自法国作家卢梭与德国哲学家尼采等。对上述作家所受影响的确切来源追溯,就要对思想流派之间的渊源关系进行探究。五四时期,中国浪漫主义文学思潮既来自西欧诸国,也有一部分来自美国、印度与日本。20世纪80年代以来,西方许多文学批评流派诸如形式主义、精神分析批评、新批评、结构主义、文化研究等,都在中国得到传播并产生了重要的影响。这些文学思潮与批评流派的跨国传播就是渊源学研究的重要对象。

三 渊源学的分类与类型

梵·第根曾从传递方式与存在范围角度将渊源学分为五种类型,即印象渊源、口传渊源、笔述渊源、孤立渊源和集体渊源。在此,参照梵·第根的分类,渊源学的研究类型分为以下五种。

(一)印象渊源

印象渊源是旅行或偶然经历所获的印象。梵·第根指出,文学的渊源"可能是在一些视觉的或听觉的'印象'中;风景、艺术品、音乐等,往往由于一种自然而常有的转移,心感起诗与小说,可引起情感和思想,使某一段文章有了它的色彩或它的特殊的音响。有一些外国的影响,是应该向这个领域中去找的(在这个领域中,艺术密切地接触到生活)"①。"印象"对作家来说是比较直接的一种体验,在作家的创作中发挥着重要的作用。

按照时间的长短,印象渊源大致可分为旅行、旅居、游学、留学等几类。一个作家在旅行、游学等过程中往往会被异国的自然风光、社会人情、艺术文化等唤起创作的冲动与激情,影响到他的创作实践,从而使作品具有了异国的色彩或特色。就以旅行来说,日本学者大塚幸男曾指出:"仅就欧洲文学而言,便有蒙田、歌德、夏多布里昂、司汤达的意大利之行,伏尔泰的英国之行,德·史达尔夫人、康斯坦、内尔瓦尔的德国之行,内尔瓦尔、福楼拜的近东之行,莫泊桑、纪德的非洲之行,夏多布里昂的美国之行,英国伟大诗人拜伦、雪莱、济慈(1795—1821)的大陆之行,海明威(1899—1961)从军去法国,海

---

① [法]提格亨.比较文学论[M].戴望舒,译.上海:商务印书馆,1937:145.

涅、屠格涅夫的法国之行。契诃夫的库页岛之行，冈察洛夫的日本之行，纪德的苏维埃之行。"①上述作家基本是通过旅行而创作出了一些优秀作品。如歌德从意大利归来，创作了《意大利纪行》；拜伦根据自己的两年欧洲之行，写成了长诗《恰尔德·哈洛尔德游记》；纪德在访问苏联归国不久，便发表了随笔集《访苏归来》；等等。

（二）口传渊源

口传渊源是作家文人间不见诸文字的一种传播渊源，它是许多民族国家早期文学作品里普遍存在的现象，即通过口耳相传的方式而造成的文学影响关系，这种关系主要体现在神话、传说、故事、歌谣、谚语等对作家文学创作所产生的影响方面。例如，阿拉伯文学《一千零一夜》就是最初由人民群众口头创作，随着阿拉伯历史的变迁，通过阿拉伯市井说书艺人的加工创作，并不断地融合波斯、印度、希腊、罗马等民族的神话、传说、寓言和故事等而形成。华裔作家汤亭亭小说里讲述的汉代蔡琰远嫁匈奴的故事以及花木兰代父从军的情节，多来自家里上一辈人的口述。阿拉伯旅美作家纪伯伦的创作风格，被批评界和读者赞誉为"纪伯伦风格"，对这一风格进行溯源，很大可能就来自纪伯伦与友人的谈话。

（三）笔述渊源

笔述渊源是见诸文字记录的渊源。比起其他渊源类型，笔述渊源是最为普遍的、相对容易实证的一种类型。笔述渊源的范围比较广泛，一般包括作家日记、创作手记、备忘录、作品的序和跋等第一手资料以及作家传记、评论等。

笔述渊源的研究主要从以下几个方面来进行。

一是思想渊源的研究，即对作家在外来思想、思潮方面所受影响的来源进行探究。如鲁迅接受了尼采的影响，巴金接受了无政府主义的影响等，他们所受影响都可以探寻到确切来源。雨果在《克伦威尔》序言中大胆地反对古典主义的艺术观点，其思想则源自德国文学理论家施莱格尔的《戏剧文学讲话》。

二是艺术渊源的研究，即对作家的艺术手法、表现技巧等所受影响的来源进行探究。如曹禺之所以被称为"中国的奥尼尔"，是因为曹禺在戏剧艺术方面深受美国现代戏剧创始人奥尼尔的影响，他的《原野》等剧作无不显示出《琼斯皇》中表现主义技巧的影响。

三是主题题材的渊源研究，即对作家接受、借鉴外国文学的素材、主题等所受影响的来源进行探究。如佛教经典对中国文学意境主题的影响、《西游记》中孙悟空形象的来历就是典型案例。

（四）孤立渊源

孤立渊源主要指从一部作品中找到另一国文学的根源，又被称为"直线式渊源"，即

---

① ［日］大塚幸男. 比较文学原理［M］. 陈秋峰，杨国华，译. 西安：陕西人民出版社，1985：93.

作为终点接受者的作家是个体，而作为起点传播者的作家也是个体，研究具体指向主题、情节、细节以及思想的渊源等方面的实证关系考证，是对接受者和放送者之间关系的一种直接的比较研究。例如，曹禺的剧作《雷雨》与古希腊悲剧《俄狄浦斯王》之间就存在直线的渊源关系，《雷雨》在悲剧的命运主题、回溯结构等方面，都体现出对《俄狄浦斯王》的借鉴学习。果戈理的《狂人日记》与鲁迅的《狂人日记》，无论是书名、体裁，还是形式、艺术等方面，后者都对前者有所借鉴，尤其是在"以狗喻人"、以疯子的眼光看待他人、以疯狂者的语言抨击现实等方面，形成了一条直线渊源关系。

（五）集体渊源

集体渊源是指在作家作品及其创作生涯中的外国文学根源，也被称为"圆形式渊源"。由于作为接受者的作家所接受的国外文学影响具有多源性，因而这种研究是对接受者所接触的全部文献资料进行考证，并不是仅仅局限于对他接受一部外国作品或者一国文学影响的研究上，而是要以大量实证性资料考证为研究基础。研究涉及的事实材料，一是要从作品及其作品序、跋中的说明，到自传、日记、笔记、书信中的记录，乃至个人阅读书目等进行清理爬梳；二是要对亲属、朋友的回忆录、书信，到评论者的评论、评传，乃至相关的口述资料进行整理辨析。例如，郭沫若的浪漫主义风格的形成，其来源并非只有一个，而是来源于三位外国浪漫主义作家及其作品：德国诗人歌德及其作品、美国诗人惠特曼及其作品、印度诗人泰戈尔及其作品。郭沫若的代表性诗歌《女神》的第一辑、第二辑与第三辑的划分，就是依据三位外国浪漫主义诗人及其作品对他所产生的影响来划分的。巴登斯贝格在其《巴尔扎克作品中的外国倾向》一文中，向读者呈现了许多小说家的外国源流，诸如巴尔扎克的小说创作受到过《天方夜谭》《少年维特之烦恼》《浮士德》的影响，还受到过历史小说、美洲小说，以及薄伽丘、霍夫曼等作家作品的影响。

第三节　媒　介　学

一　媒介学的界定与意义

媒介学（media studies）是介于渊源学与流传学之间的一种影响研究，是将重心置于"传递者"身上的一种研究形态，是研究文学传递的经过路线、文学流传的方式与途径，以及文学流传的因果规律的一门学问。

在《比较文学论》一书中，梵·第根除了将研究"经过路线的媒介者"作为与研究"放送者"和"接受者"并列的影响研究三大领域之一，同时还以"媒介"为标题，设专章对媒介学进行了探讨。按照梵·第根的说法，"在两国文学交换之形态间，我们应该让一个地位——而且是一个重要的地位——给促进一种外国文学所有的著作、思想和形式在一个国家中的传播，以及它们之被一国文学的采纳的那些'媒介者'。我们可以称这类研究为'中介学'"①。即是说，从"放送者"到"接受者"，经过路线往往是由一个媒介者来沟通的，研究从文学流传的起点到终点的经过路线、文学影响如何发生及其原因、文学流传的规律性等问题，就属于媒介学研究。

从逻辑上来讲，媒介学被视为比较文学研究的"第一道工序"，媒介学研究建立在文学交流媒介史实大量存在的基础之上，先有文学流传中种种媒介的发生，才有媒介学研究的产生，以及媒介学理论的提出与发展。在很大程度上，没有媒介产生的大量文学史事实，则没有媒介学研究。可以说，媒介学是影响得以形成的中介方式，是否存在"证据确凿"的"中介"，是判断影响关系是否存在的前提与基础，所以，媒介学旨在研究影响的中间环节。

梵·第根指出："整个比较文学研究的目的，是在于刻画出'经过路线'，刻画出有什么文学的东西被移到语言学的疆界之外去这件事实。"② 梵·第根所言，指出了媒介学研究的目的，更重要的是指明了媒介学研究所具有的意义。

大量的文学研究事实也已表明，媒介学具有重要的研究意义。一方面，媒介学研究有助于深入认识和把握不同民族国家的文学在流传过程中发生的变化及其原因，并且以此重新评价同一作品的思想艺术价值及其转换与实现途径。如托尔斯泰的长篇小说《复活》被翻译为中文后，中国读者就能感受到作品在主题思想方面的特点和叙事艺术方面的魅力。田汉与夏衍将《复活》改编成话剧演出后，观看该剧的观众又会发现《复活》所具有的戏剧品质。中国文学界对《复活》的评价研究，则是从深层次探究其思想意义与审美创造性。通过对《复活》的翻译、改编与评论等，《复活》的作品意义就会得到最大程度的开掘。另一方面，媒介学研究可以为文学的传播提供多样化的媒介选择与支持。以对古希腊悲剧的翻译为例，罗念生与陈中梅在翻译中之所以采取了不同体式，是因为出于对不同媒介方式的考虑，陈中梅是为了让译文更加符合原文，罗念生是为了实现最佳的艺术效果，这使他们的翻译呈现出不同的特点与风格。在可以预见的未来，媒介学的最新研究成果可以促使人们进一步认识到文学媒介的多样性意义与创造性价值。

二 媒介学的类型与方式

梵·第根将媒介的种类分为"个人""社会环境""批评、报章和杂志""译本和翻译者"四大类。基亚则将媒介分为书籍和人两大类。前者涵盖了译著、评论文章、杂志和日报、游记等文字媒介材料，后者涵盖了译者、个人和环境的文学媒介、旅游者。依据法国学派的媒介学研究及其发展，媒介的类型大致可以分为四大类：文字媒介、人的媒介、环境媒介、电子媒介。

（一）文字媒介

文字媒介是早期媒介学研究最为关注的对象，主要指向促成民族国家之间文学发生影

---

① ［法］提格亨. 比较文学论［M］. 戴望舒，译. 上海：商务印书馆，1937：182.
② ［法］提格亨. 比较文学论［M］. 戴望舒，译. 上海：商务印书馆，1937：74.

响的书籍、报纸、杂志、评论、文章等文字资料。

就书籍而言,译著是最为重要的文字媒介之一,可以说最具媒介学价值。在基亚看来,译著不仅可以使我们"了解译者的情况",还能"反映一个集团或一个时代的审美观","了解外国文化的情况"。① 这是因为,对大多数人而言,不可能掌握那么多的外语,了解外国文学文化的基本方式就是阅读译著。报纸、杂志对不同国家之间的文学也会产生重要的中介作用。基亚就认为,如果没有对报纸和杂志进行广泛的查阅,没有掌握第一手资料,就"不可能对影响和传播问题做任何认真的研究"②。如法国学派的巴登斯贝格,就曾花费五年时间查阅、分析了1770—1880年在法国出版的主要报纸、杂志等,此后才开启了一系列研究。评论和文章也是一种重要的文字媒介类型,一些关于外国文学的评论、介绍文章、译者序言,都有可能影响到作家作品在异国的传播与接受。如中国作家冰心对黎巴嫩作家纪伯伦的代表作《先知》的翻译,在带动纪伯伦文学在中国风行的同时,她所写的一篇短短的译本"前记",却带来了当代中国纪伯伦评论和译介的"误区",即忽视了纪伯伦创作的跨文化属性,习惯地将纪伯伦当作一位东方作家,往往从阿拉伯文学文化视角分析和评价纪伯伦。此外,对于很多作家和读者来讲,对外国文化的了解或许并不一定来自亲身经历,而是来自相关游记的阅读。因而,游记也是很多作家和读者接触异国文化文学的一种重要媒介。对文字媒介的研究,因建立在第一手资料的基础上,其研究成果更具实证性和较高的可信性,研究结论也往往具有原创性。

(二)人的媒介

人的媒介主要指向促成不同民族、国家间文学发生影响的个体或团体,具体来说,作家、学者、译者、旅行者、文学社团、文化使者、外交人员等都属于人的媒介,他们在文化文学交流中起到重要的桥梁作用。例如,20世纪上半期非西方世界的文化名人如严复、梁漱溟、辜鸿铭等,往往都是了解和引介西学的中介式人物。文学沙龙、学术团体、文学文化交流使团等团体,也能促进不同民族、国家间的文学发生影响。如20世纪二三十年代,在中国文学界,文学研究会、创造社、太阳社、未名社、语丝社等文学社团如雨后春笋般涌现,它们在介绍西方文学思潮、文学流派与作家作品等方面发挥了重要作用,同时在外来文学的熏陶影响下创作出了诸多杰作。在西方文学史上,18世纪以来那些小型的文学沙龙对引入和介绍外国文学所起到的推动作用也不能忽视。

(三)环境媒介

从古到今,无论是西方还是东方,环境都是一种重要的文学媒介。环境媒介主要是指促成国家、民族之间文学产生影响的社会环境与自然环境,在许多时候具有其他媒介所不能代替的意义。例如,赵毅衡在其《诗神远游——中国如何改变了美国现代诗》一书中所论及的快帆贸易、传教、辛亥革命、巴黎和会、美国诗人访华、中国人在美国等"非文学"的中

---

① [法] 马·法·基亚. 比较文学 [M]. 颜保,译. 北京:北京大学出版社,1983:20.
② [法] 马·法·基亚. 比较文学 [M]. 颜保,译. 北京:北京大学出版社,1983:21.

介，其实就属于社会环境的媒介形式。在世界文学交流史上，一些重要交通路线或枢纽，如沟通东西方世界的丝绸之路、新加坡与马来西亚之间的马六甲海峡、连通红海与地中海之间的苏伊士运河等，它们作为环境媒介所起的作用有目共睹。18世纪末19世纪初法国史达尔夫人于1795—1811年在巴黎创办的沙龙、20世纪前期美国作家斯泰因（1874—1946）在巴黎创办的沙龙，成为当时文化文学交流的重要形态。另外，作为一种特殊的环境媒介，许多重要的文学翻译机构如1862年开办的京师同文馆和1868年由曾国藩与李鸿章设立的江南制造局翻译馆，以及后来的商务印书馆等出版机构，为西学在中国的传播做出了重要贡献。

（四）电子媒介

电子媒介是随着科技的进步与通信的发展而产生的媒介形态，它不仅丰富了人类的生活，而且在重塑人类的思维方式与哲学观念方面起到了重要的作用。特别是当电影、电视、网络等媒体出现之后，文学艺术作品通过上述媒介，迅速成为社会公众生活的重要消费方式。电子媒介因其具有较强的时效性、生动性以及远播性等特性，极大地改变了人类的交流方式和获取信息的方式，使得文化文学的传播变得更加高效和广泛。例如，广播的出现延伸了文学传达的语言工具，使文学传达回归口语文学并有所超越；影视的兴起使文学传达向视觉形象转型，多样的艺术带来了丰富的生活体验，突破了文学传播以"历时"表现"共时"的局限；网络的迅猛发展使文学传达的主体走向大众化，使文学产生影响的方式走向立体化，增加了文学传播过程的互动性。在这方面，《哈利·波特》系列图书与相关电影的出现和传播，可以说就是一个呈现电子媒介作用的经典案例。如今，电子媒介已经成为不同于传统媒介的新的文化文学交流媒介，极大地颠覆了传统的文学艺术观念，使文学艺术的生产方式、结构方式、知觉方式、接受方式、传播方式、评价方式发生了深刻的变化。

随着时代的发展和传媒技术的突破，文学媒介并不是固定不变的，也不是单一孤立的，而是随着新的媒介方式的出现而不断地发生变化，并且呈现出多样性、多元化、立体性的特征。尤其在当今全球化的时代，互联网、动漫、网播剧等新的媒介形式，加快了信息的传播速度，拓展了信息的影响范围，已成为当代不同国家、民族之间的文学发生影响的一个重要乃至主导性的中介。

第四节　译介学与翻译研究

一　译介学的内涵界定

纵观西方比较文学的发展，"译介学"并没有正式的名称，但关于译介学的内容其实在媒介学中早已有之，只不过我们常见到的是一个意义相当宽泛的术语——翻译研究（translation studies 或 translation study）。中国学者谢天振在其专著《译介学导论》及有关教材中，使用了"译介学"这一概念。

何为译介学？按照谢天振的界定，"译介学最初是从比较文学中媒介学的角度出发，目前则越来越多是从比较文化的角度出发来对翻译（尤其是对文学翻译）和翻译文学进行的研究"。可以看出，以"译介学"这一术语来区别于语言层面的传统翻译研究，指代进入文化层面的翻译研究，即从比较文化的层面考察、审视翻译和翻译文学的诸多问题，更注重翻译实践的比较文学和文化研究价值。译介学不仅包括文学翻译、翻译文学的研究，也包括对外国作家、作品的介绍和评论的研究。简单来说，译介学是从比较文化层面对翻译、翻译文学进行的一种比较文学研究。

关于译介学的内涵界定，应从以下三个方面来理解。

第一，从渊源上看，译介学来自比较文学媒介学，由媒介学发展演变而来，所以译介学在性质上仍然归属于比较文学研究。第二，从对象上看，译介学以文学译介为研究对象，基于译介对文学的传播、接受、影响等方面进行研究，所以在内涵指向上仍然是一种文学关系研究。第三，从方法上看，译介学从文化层面来研究翻译，基于文化对语言的转换进行研究，所以在具体实践中，译介学不仅仅关注纯粹的翻译问题，也不仅仅止于翻译本身或文学翻译现象。谢天振指出，"也许从现在起应该跳出狭隘的单纯的语言转换层面上的研究，而更多地从广阔的文化层面上去审视翻译，去研究翻译，这样会更有意义"[①]。在某种程度上，尽管译介学研究继承和发展了当代西方的翻译理论，"译介学"与"比较文学的翻译研究"有时也出现通用的情况，但事实上，"译介学"的概念范畴比"比较文学的翻译研究"的概念范畴要大，因而二者在研究的对象、内容、方法方面存在的差异不能忽视。

作为比较文学学科内容的一个组成部分，译介学与传统的翻译研究既有联系又有区别。

首先，研究视角不同。在比较文学中，译介学将翻译视为一种文化现象，即基于不同民族、不同国家的文化，从文化交流的角度来对翻译进行探讨，关注点不在于审视翻译本身的长短优劣；传统的翻译研究将翻译作为一种语言形象，即基于不同民族、不同国家的语言，从语言之间的转换角度对翻译进行探讨，关注翻译的理论、经验、技巧等。

其次，研究重点不同。译介学与传统的翻译研究在研究内容上虽有交叉、相似之处，但是侧重点有所不同。译介学侧重于探究翻译在不同民族、不同国家之间文化的互识、互补、互证，关注翻译在文化层面的功能效果；而传统的翻译研究侧重于关注不同民族、不同国家的语言之间的转换，关注翻译在语言层面的水平和效果。

再次，研究目的不同。译介学将翻译作为不同民族、不同国家之间进行文化交流的一种手段，其落脚点在于构建平等和谐的文化生态，传播人文精神；传统的翻译研究将翻译视为不同民族、不同国家的语言之间的一种转化方式，其落脚点在于总结翻译理论、指导翻译实践以及提高翻译质量。

较之于传统的翻译研究，译介学将翻译视为一种文化现象，聚焦于在不同国家、不同民族之间进行文化交流、对话，以建构人类多元文化生态和文化共同体。

---

① 谢天振. 国内翻译界在翻译研究和翻译理论认识上的误区 [J]. 中国翻译，2001 (04)：3.

二 译介学的研究范畴

在很大程度上,译介学是在继承和发展当代西方翻译理论的基础上,对聚焦于语言转换层面的传统翻译研究的颠覆或者更新,本质上是一种比较文学视野下翻译的跨文化研究,更注重翻译实践的比较文学和文化研究价值。译介学主要研究以下几个方面。

(一)翻译中文化信息的失落与变形

由于不同民族国家之间文化存在的差异,在文学翻译过程中,就会出现文化信息的错位、文化内涵的失落和扭曲等现象。这是跨语际交流中的正常现象,同时也会促使我们去审视、反思这种现象,以促进中外文化交流,推动不同民族国家的文化文学得到有效的传播。

例如,美国意象派诗人庞德在翻译中国唐代诗人李白的《黄鹤楼送孟浩然之广陵》时,将其中的两句"故人西辞黄鹤楼,烟花三月下扬州",翻译为"Ko-Jin goes west from Ko-keku-o, The smoke-flowers are blurred over the river"。对照来看,庞德将"故人"译为人名"Ko-Jin",将"黄鹤楼"译为"Ko-keku-o",将标题中的"送孟浩然之广陵"改译为"Separation on the River Kiang"。尤其是,在中国古代,"扬州"作为一个文化意象,代表着风流之地、文人乐园;"三月"作为春天到来的标志,象征世间万物的新生。然而,在翻译过程中,庞德却将负载着浓郁文化意蕴的词汇"扬州""三月"漏译了。无论是否有意为之,不可否认的是,李白诗歌中原有的文化意象有意无意地发生了变形。

类似的例子还有,英语中的"a wolf in sheep's clothing",本意是"披着羊皮的狼",若将其译成中文里的"笑面虎",表面看似乎也可以,但这样一来就失去了该意象背后在伊索寓言中的内涵。英语中的"When you are at Rome, do as the Romans do",本意是"到了罗马,就照罗马人的规矩办",若将其译成"入乡随俗"也未尝不可,但原文的文化色彩已经丢失。若把"Talk of the devil, and he is sure to appear"(说到魔鬼,魔鬼就来)译成"说曹操,曹操到",意思似乎并没有发生偏差,但对于曹操这一具有中国特定民族文化色彩的历史人物,那样翻译就会使读者产生错误的联想。

再如,严复在翻译赫胥黎的《进化论与伦理学》时,将其书名"*Evolution and Ethics and Other Essays*"译为"天演论"。对比来看,书名后半部分的"Ethics"(伦理)被删去,仅保留了前半部分的"Evolution"(进化)。对此翻译,有学者指出:"进化论在当时西方社会已经是公认的……有些人(如斯宾塞等)要将进化论普遍化……严复从来接受的就是斯宾塞的普遍进化观,即用进化论可以翻译一切,包括伦理问题……所以他删去了伦理,而突出'天演',扩大'天演'的解释能力。这反映了他的普遍进化观点。"① 无疑,原文的文化信息在翻译中出现了失落与变形的现象。

---

① 王克非.中日近代对西方政治哲学思想的摄取——严复与日本启蒙学者[M].北京:中国社会科学出版社,1996:55.

（二）翻译中的"创造性叛逆"

"创造性叛逆"（creative treason）是由法国文学社会学家罗贝尔·埃斯卡皮（Robert Escarpit）提出的一个学术术语。埃斯卡皮指出，"如果大家愿意接受翻译总是一种创造性的叛逆这一说法的话，那么，翻译这个带刺激性的问题也许能获得解决"，"说翻译是叛逆，那是因为它把作品置于一个完全没有预料到的参照体系（指语言）里，说翻译是创造性的，那是因为它赋予作品一个崭新的面貌，使之能与更广泛的读者进行一个崭新的文学交流，还因为它不仅延长了作品的生命，而且赋予它第二次生命"。① 由此，对于译介学来说，翻译（尤其是文学翻译）中的创造性叛逆，是不同文化的交流、碰撞体现得尤为集中也最富于文化内涵的现象，创造性叛逆赋予了翻译更为广泛的含义，因而值得关注和研究。

创造性叛逆是对文学翻译特征的一个很恰切的概括，也是译介学一个重要的理论视角和研究的切入点。在语言转换层面，文学翻译强调的是语言转换的等值性，追求译作最大程度地忠实于原作，以尽力再现原作的精神风貌、文学意蕴和语言特色。在文学再创造的层面，文学翻译强调的是译者根据原作的意象、意境、艺术风格等，在译者解读、体会原作的基础上，遵循原作而进行的再度创作。不可否认的是，无论是在语言转换的层面，还是在文学创造的层面，即使译者在主观上尽最大努力追求全面地再现原作，实际上都不可能使译作与原作呈现出一模一样的形态来。这既有译者的文化心理、价值取向、审美心理、文学气质、认知能力和语言水平等对翻译过程的影响，也有译者出于政治、意识形态、审美或道德等原因的有意误译。如此，翻译中的创造性叛逆必然就会存在。更为重要的是，文学翻译总是在一定的文化语境中进行，译语文化中的政治、意识形态、文学观念、出版流通等因素，也会影响译者的翻译选择、翻译过程和翻译策略，这也使文学翻译中的"叛逆"不可避免，并且是一种"创造性叛逆"。

埃斯卡皮举例说明了文学翻译中的创造性叛逆现象，其中一个例子是斯威夫特的《格列佛游记》，另一个例子是笛福的《鲁滨孙漂流记》。在埃斯卡皮看来，《格列佛游记》是一部"十分辛辣的讽刺小说"，充满"哲理的悲愤"；《鲁滨孙漂流记》是"一篇颂扬新兴殖民主义的说教"，"有时无聊之极"。然而，出人意料的是，将《格列佛游记》与《鲁滨孙漂流记》置于儿童文学的范畴内，二者却变成了广受孩子们欢迎的经典之作。实际上，这与斯威夫特和笛福的创作意图风马牛不相及，但对于读者的兴趣点而言，这两部作品"充满异国情趣的冒险故事"，对读者产生了巨大的吸引力。这方面的例子还有很多。

对于译介学来说，文学翻译中的创造性叛逆现象之所以具有特别的研究价值，是因为在这种创造性叛逆中，不同文化的交流、碰撞、变异现象表现得最为集中，也最富于文化内涵。不过，有人也曾质疑创造性叛逆，认为"这种理论脱离中国翻译实际，鼓吹一种病态的审美观，声称翻译可以脱离原作，误译、误读，甚至更有利于传播与接受，从而在客

---

① ［法］罗贝尔·埃斯卡皮. 文学社会学［M］. 于沛，选编. 杭州：浙江人民出版社，1987：137-138.

观上助长,甚至是教唆质量的下降"①。可以看出,之所以对创造性叛逆有所质疑,问题的缘由在于将创造性叛逆简单地理解为一种翻译实践。其实,创造性叛逆并不是一个指导翻译的方法和手段,而是翻译中的一种客观存在,与应该怎么译的问题无关,也没有"好的创造性叛逆"和"不好的创造性叛逆"的区别。总之,译作不等同于原作,翻译中存在的创造性叛逆,不仅会给原作注入新的生命,也会影响译作的文学意义及其接受程度。对创造性叛逆的正确理解,有助于深刻地认识翻译的实质和规律。

(三) 创造性叛逆的类型

埃斯卡皮并没有对创造性叛逆的类型做过具体的分析,但从翻译的具体实践来看,文学翻译中的创造性叛逆的主体不仅指向译者,读者和接受环境同样是创造性叛逆的主体。

1. 译者的创造性叛逆

译者的创造性叛逆有时也被称为"个性化翻译"。作为翻译者,在从事(文学)翻译时,往往会遵循自己的翻译原则和翻译经验,对翻译风格与效果有着自己独特的追求目标,因而,在翻译时就会出现创造性叛逆现象。译者的创造性叛逆在翻译中较为普遍。

就以拜伦诗歌的翻译来看,马君武翻译时采用的是七言古诗体译,苏曼殊翻译时采用的是五言古诗体译,而胡适翻译时则采用的是离骚体译。翻译所采用的不同的诗体形式,不仅使拜伦的诗呈现出不同的中文面貌,而且还重塑了彼此不同的诗人拜伦的形象。

苏曼殊、陈独秀等人采用章回小说的形式,对雨果的《悲惨世界》的片段从英译进行的转译,可以说是译者的创造性叛逆的典型案例。原文和译文分别如下:

THE NIGHT OF A TRAMP

An hour before sunset, on the evening of a day in the beginning of October, 1815, a man traveling on foot entered the little town of D. The few persons who at this time were at their windows or their doors regarded their traveler with a sort of distrust. It would have been hard to find a passer-by more wretched in appearance. He was a man of middle height, stout and hardy, in the strength of maturity; he might have been 46 or 47 years old. A slouched leather cap half hid his face, bronzed by the sun and wind, and dripping with sweat.

太尼城行人落魄　苦巴馆店主无情

话说,西历一千八百一十五年十月上旬,一日天色将晚,四望天涯,一人随

---

① 江枫. 江枫论文学翻译及汉语汉字 [M]. 北京:华文出版社,2009:136.

寒风落叶,一片凄惨的声音,走进法国太尼城里,这时候将交冬令。天气寒冷。此人年纪约摸四十六七岁,身量不高不矮,脸上虽是瘦弱,却很有些凶气,头戴一顶皮帽子,把脸遮了一半,这下半面受了些风吹日晒,好像黄铜一般。进得城来,神色疲倦,大汗满脸,一见就知道他一定是远游的客人了。

较之于《悲惨世界》的原文片段,译文从语言形式到叙事结构都发生了"叛逆",译者不仅"创造性地"引入了章回小说的叙事结构,而且将原作第三人称的客观叙事转变为译作中叙事者直接面对想象中的读者讲述故事,使作品背景得以衬托,叙述节奏有声有色,呈现出与原作截然不同的艺术风格来。

2. 读者的创造性叛逆

面对译者已经完成的译作,读者往往会依据自己的世界观、人生观、价值观、文学态度、个人阅历等进行阅读,这就使译作的阅读过程融入了读者的创造性,因而读者的创造性叛逆也是比较常见的现象。例如,俄国作家屠格涅夫对《哈姆莱特》的阅读就是这方面的例子。屠格涅夫因塑造了罗亭等一系列"多余人"的形象,当他在阅读《哈姆莱特》时,将哈姆雷特与俄国社会中的"多余人"形象相比,并得出结论认为,哈姆雷特是以自我为中心的利己主义者,是对群众无用之人,他并不爱奥菲利娅,而是个好色之徒,他同靡菲斯特一样代表着否定精神。这显然与许多读者将哈姆莱特视为人文主义者的看法截然不同。同样地,列夫·托尔斯泰对莎士比亚的批评和否定,在很大程度上也与莎士比亚笔下的人物热衷追求个人幸福,充满复仇、残杀,好人、坏人无区别地大量死亡的场面有关,这与屠格涅夫对哈姆莱特形象的创造性阐述异曲同工,无不体现着读者的创造性叛逆。

3. 接受环境的创造性叛逆

接受环境的创造性叛逆是一种比较特殊的创造性叛逆类型,也是译介学中比较容易被忽视的一个方面。尽管创造性叛逆具体体现在读者的接受上,但接受者所处的不同的客观环境,往往也会影响到译作的接受方式,是读者的创造性叛逆产生的根源。例如,英国作家伏尼契的长篇小说《牛虻》在英国本土并不出名,但是在20世纪50年代左右,中国读者在阅读苏联作家奥斯特洛夫斯基的小说《钢铁是怎样炼成的》的热潮中,通过《钢铁是怎样炼成的》小说中的主人公那里知道了《牛虻》后,《牛虻》就与奥氏小说一起成了许多读者案头必备的读物,备受青睐。而到了"文化大革命"时期,在社会政治大环境的影响下,青年读者再次接触到《牛虻》时,认为这本书充满了资产阶级的人性论,缺乏昂扬的革命精神,甚至有人把它看作"黄色小说"。这鲜明地体现了接受环境的创造性叛逆。

三 翻译研究的源流与发展

自20世纪七八十年代以来,随着西方翻译研究的深入与转向,翻译研究在当代国际比较文学研究中开始占据越来越重要的地位。谈到翻译研究,就不得不提及它的缘起和发展，谈及与其相关的诸多问题，例如，翻译研究与比较文学的关系、翻译研究的文化转向、翻译文学史等都是值得探究的问题。

（一）翻译研究的源与流

追根溯源，翻译研究源自比较文学的媒介学，并被作为媒介学的一个重要内容或分支学科，这突出地体现在早期比较文学的理论著述中。

梵·第根最早在《比较文学论》一书中专设"媒介"一章，着重讨论了"译本和翻译者"的问题，这可以说是在比较文学领域内进行翻译研究的源头。梵·第根指出："在大多数场合中，翻译便是传播的必要的工具，而'译本'之研究更是比较文学的大部分工作的不可少的大前提。"基于此，梵·第根认为，"译本"的研究可以从两个方面进行：一是译文与原文的比较研究，二是同一作品的不同译本的比较研究。而关于译者的研究，则可以从"他们的传记，他们的文学生活，他们的社会地位"等了解他们的"媒介者的任务"等。[1] 随后，基亚在《比较文学》一书中，对译者和译作的问题也进行了探究。在基亚看来，翻译是比较文学具体的、不可缺少的基础工作，在这方面还有许多"心理的""历史的"工作可做。他援引毕叔瓦和卢梭的话说，文学作品的"翻译理论问题"是"当前比较文学的中心问题"。[2] 20 世纪 50 年代以来，翻译研究越来越受到学者的关注。

20 世纪 80 年代以来，整个西方比较文学界都对翻译研究予以高度的重视，学者们各自提出了富有创见的理论观点。例如，法国学者布吕奈尔等人对翻译研究做出了进一步的阐述："对一种翻译的研究，尤其属于接受文学的历史"，"比较学者的任务在于指出，翻译不仅仅是表面上使读者的数量增加，而且还是发明的学校"。[3] 意大利比较文学家梅雷加利撰文指出："翻译无疑是不同语种间的文学交流中最重要、最富特征的媒介"，"是自然语言所形成的各个人类岛屿之间的桥梁，是自然语言非常特殊的研究对象，并且还应当是比较文学的优先研究对象"。[4] 德国学者吕迪格指出："在近于哲学阐释的翻译理论之外，还远未加以研究的翻译艺术的历史构成了比较文学的一个重要任务。对于某些时代——如古高地德语时期、人文主义时代、当代等，——或者对于典型的翻译文学——如拉丁和德国文学说来，各个翻译作品的精确研究可以得出一定成果，这些成果对于准确认识民族文学及其语言发展都很有好处。"[5] 美国学者约瑟夫·T·肖明确指出："翻译不仅属于某一外国作家在某种文学中被接受情形的研究范畴，而且也属于文学的本身的研究范畴。它们提供了外国作品与本国作品之间最好的媒介，外国作品的形式和内容往往要经过更改和翻

---

[1] ［法］提格亨. 比较文学论［M］. 戴望舒，译. 上海：商务印书馆，1937：193-200.
[2] ［法］马·法·基亚. 比较文学［M］. 颜保，译. 北京：北京大学出版社，1983：20，26.
[3] ［法］布吕奈尔，毕叔瓦，卢梭. 什么是比较文学［M］. 葛雷，张连奎，译. 北京：北京大学出版社，1989：60，223.
[4] ［意］梅雷加利. 论文学接受［G］. 冯汉津，译.// 干永昌，廖鸿钧，倪蕊琴选编. 比较文学研究译文集. 上海：上海译文出版社，1985：409.
[5] ［德］霍斯特·吕迪格. 比较文学的内容、研究方法和目的［G］. 张隆溪，译.// 张隆溪选编. 比较文学译文集. 北京：北京大学出版社，1982：20.

译,对本国文学才能发挥最大的影响","直接影响往往产生于译作而不是原作"。① 可以看出,对翻译问题的关注和重视,并不仅仅局限于法国比较文学界,而成为各国比较文学研究必须面对和探讨的问题。

20世纪90年代,英国学者苏珊·巴斯奈特在专著《比较文学批判导论》中,专设章节论述了比较文学与翻译研究之间的关系。巴斯奈特认为:"比较文学作为一门学科已经过时。女性研究、后殖民主义理论和文化研究中的跨文化研究已经从总体上改变了文学研究的面目。从现在起,我们应该把翻译研究视作一门主导学科,而把比较文学当作它的一个有价值的、但是处于从属地位的研究领域。"② 巴斯奈特之所以做出如此论断,原因在于在她看来,从20世纪70年代以来,原本作为比较文学一个分支的翻译研究,已经逐渐成为一门独立的学科。尤其是,"当人们对比较文学是否可视作一门独立的学科继续争论不休之际,翻译研究却断然宣称它是一门独立的学科,而且这个学科在全球范围内所表现出来的势头和活力也证实了这一结论"。因而,"现在是到了重新审视比较文学与翻译研究之间的关系的时候了"。从中不难看出,巴斯奈特对翻译研究的重视无可厚非,当前国际比较文学研究也确实出现了翻译转向的迹象,但从最近三四十年来国际比较文学和翻译研究的最新发展现状来看,巴斯奈特将翻译研究的地位置于比较文学之上的看法,其实有失偏颇,并在很大程度上直接影响到比较文学研究的合理性问题。

(二)翻译研究的文化转向

巴斯奈特关于翻译研究的观点在比较文学界引起强烈反响的同时,也促使人们进一步思考比较文学研究为何会发生翻译转向或者转向何方。

表面上看,比较文学界对翻译研究的重视,源于翻译研究的新发展及其特征。深入来看,比较文学对翻译研究的重视,其背后的动力来自全球化形态下文化研究的拓展提升。巴斯奈特曾专门撰文阐述翻译研究与文化研究相遇的必然性,指出两者的研究都质疑学科的边界,都开创了自己新的空间,关注的主要问题都是权力关系和文本生产,而且都认识到理解文本生产过程中的操纵因素的重要性,因此这两个学科的学者可以在很多领域进行更富有成果的合作。③ 相应地,20世纪90年代,比较文学出现的"文化转向",在扩大比较文学研究范围的同时,既促使学者开始从文化或比较文化角度来研究比较文学,也在此过程中注重从文化层面来研究翻译文学和文学翻译现象。说到底,比较文学对翻译研究的重视及其所谓的"翻译转向",其实质也就是一种文化转向,翻译研究与文化研究的相遇交织,使翻译研究自然而然出现了文化转向。

从时间上来看,翻译研究的文化转向其实自20世纪70年代就已开始了。彼时,西方

---

① [美]约瑟夫·T·肖.文学借鉴与比较文学研究[G].盛宁,译.//张隆溪选编.比较文学译文集.北京:北京大学出版社,1982:36,40.

② Susan Bassnett. *Comparative Literature: A Critical Introduction* [M]. Oxford and Cambridge: Blackwell Publishers, 1993: 160-161.

③ See Susan Bassnett. *The Translation Turn in Cultural Studies* [G] // S. Bassnett. & A. Lefevere. *Constructing Cultures: Essayson Literary Translation*. Shanghai: Shanghai Foreign Language Education Press, 2001: 123-140.

翻译研究强调翻译并非发生在真空中的一种行为，其关涉两种语言文字之间的转换，开始将探究的目光从技术层面转移到翻译所处的转换语境、制约翻译行为等相关的文化因素和现象上去，这改变了人们关于"翻译"和"翻译研究"的传统观念。具体来说，翻译研究的视点从"以原文为中心"转向"以译本为中心"，翻译研究的重点从此前的"怎么译"的问题，转移到了"为何译""为何如此译"以及"翻译的本质、意义、影响"等问题上，注重译语文化对翻译的操纵。这种转向与比较文学的译介学研究，即从比较文化的层面考察、审视翻译和翻译文学的诸多问题，存在着诸多一致性。

当然，比较文学的"文化转向"并不意味着其学科性质被解构，翻译研究的"文化转向"也不意味着译介学被消解。恰恰是，翻译研究的"文化转向"给译介学带来了新的理论活力，扩大了译介学的研究范围。同时也要认识到，译介学的比较文学性是区别于翻译研究的文化转向的根本点。反之，将译介学研究范畴混同于翻译的文化研究，就会遮蔽传统文学翻译与比较文学翻译研究的区别，这样，译介学就会失去存在的必要了。

巴斯奈特等学者将比较文学的视角和方法引入翻译研究中，并不意味着译介学可以随意纳入翻译的文化研究范畴，也不意味着比较文学的翻译研究可以与译介学画上等号。特别是，比较文学的"文化转向"促使译介学自觉深入地关注文学翻译及其研究的文化问题，这既是比较文学发展对翻译研究提出的新要求，也是译介学研究进一步深化的机遇。在此意义上，比较文学的翻译转向并不意味着比较文学从此只研究翻译，并不是放弃比较文学研究的传统课题，而是通过翻译研究为比较文学的进一步发展拓展一个新的局面。

（三）翻译文学及其归属

通常情况下，翻译文学指的是将原作转换为另外一种语言所形成的新的作品文本，即所谓的"译本"。就过程而言，翻译文学是原作的转换行为；就结果而言，翻译文学是译本的呈现方式；就本质而言，翻译文学是文学作品的一种存在状态和延伸方式，是不同于原作的一种文学类型。简言之，翻译文学就是通过"翻译"而获得的文学形态。

在人类文明的历史长河中，世界各民族优秀的文学作品通常是以翻译文学的形态传播到域外，对他国文学产生不同程度的影响，因而翻译文学有其独特的艺术价值，主要表现在以下几个方面。

其一是有助于原作的跨国传播，扩大原作的传播广度。如英国作家J. K. 罗琳的小说《哈利·波特》系列，自 2000 年以来在中国传播，不仅作品本身受到中国读者的青睐，而且围绕"哈利·波特"文化现象的讨论也不绝于耳，它掀起的阅读热潮将持续在中国产生影响。其二是有助于获得（或超越）与原作不同的审美价值。如德国作家歌德在阅读完自己小说《浮士德》的法译本后，曾感叹对自己失去了信心，并认为《浮士德》的法译本使全剧更显得新鲜隽永。其三是有助于源语国读者发现被忽略的作品艺术价值。如美国作家福克纳的一些小说是在译成法文传到美国后，才引起美国人的重视。其四是有助于读者认识和感受不同于本国文学的艺术魅力。如中国读者最初对莎士比亚的了解始于《莎士比亚故事集》的汉译（当时译名为《吟边燕语》《莎士乐府本事》等），从而感受到西方戏剧与中国戏曲的不同魅力。其五是有助于丰富国别文学的类型，推动本国文学的发展革新。如法国自然主义传播到一些国家后，一些作家在学习借鉴自然主义的基础上，在小说和戏剧方面创作了一大批与法国自然主义不同的作品。譬如，德国霍尔茨的《哈姆莱特爸爸》、霍普特曼的《日出之前》，意大利卡普安纳的《姬雅琴塔》、维尔加的《马拉沃里亚一家》等。而德国的"柏林小说"、拉美的"大地小说""城市小说"等文学类型的出现，则是自然主义与国别民族文学共生同构与异质会通的结果。

由于翻译文学是外国文学通过语言转换而形成的，所以长期以来，不论是专业的文学工作者，还是一般的文学爱好者，都不约而同地将翻译文学等同于外国文学。这突出地表现在，对于现今高校中国语言文学系开设的专业基础课"外国文学史"，从教师所开出的阅读书目来看，并不要求学生阅读外国文学的原作，对译本却称其为"外国文学"而非"翻译文学"，其实这是一种名不副实却又约定俗成的做法。作为文学翻译的产品或结果，翻译文学虽然传递了外国文学的信息，但不能简单地把它等同于外国文学，也不能简单地等同于译入语文学，即本土创作的文学。概言之，外国文学侧重于指向文学的国别归属，而翻译文学侧重于指向不同语言转换而成的文学类型，是外国文学的载体。

诚然，翻译文学与外国文学虽有重合交叉之处，但不可否认的事实是，翻译文学既不等于外国文学，也不可与外国文学交替用之。它们之间的联系与区别如下。

首先，从创作主体来看，翻译文学与外国文学的作者不同。翻译文学与外国文学虽然都是作者的一种艺术创造，但外国文学的作者是"原创性的创作"，翻译文学的作者就是"翻译性的创作"。即是说，翻译文学的作者是译者，是对原作者创作的文学作品进行的语言转化。这种转化既要超越语言转换的技术层面，更要达到文学的审美层面。

其次，从文本形态来看，翻译文学与外国文学的形式不同。通过翻译，当外国文学成为翻译文学，翻译文学就会独立于原作而存在。翻译文学译本来源于外国文学（原作），但又不是原作，因为它并不是原作的简单复制，也不只是语言文字符号的简单转换，而是翻译者的一种创作，成为文学创作的一种形式。

再次，从读者接受来看，对翻译文学与外国文学的感知不同。无论是外国文学，还是翻译文学，都要通过读者阅读来实现最终的目的。但是，由于时代、社会、文化、语言等种种因素的不同，译本（翻译文学）的读者群与原作（外国文学）的读者群并不同，译作可能会获得与原作不同的解读和评价。即使是同一读者，阅读《哈姆莱特》原作与《哈姆莱特》译作，获得的艺术感受也会不同，乃至很大的不同。

尽管翻译文学不同于外国文学，但翻译文学进入译入语文学中，其归属问题就成为一个容易混淆且需要明确的问题。20世纪90年代以来，翻译文学的归属问题一直是当今学术界的一个争论不休的热点学术问题。围绕中国（本土）文学、外国文学和翻译文学，学术界对它们三者之间的关系进行了各自不同的建构，从而形成了关于翻译文学归属的几种不同学术观点。其一是将翻译文学视为中国（本土）文学的一个（特殊）组成部分；其二是将翻译文学等同于外国文学，以此突出翻译文学的独立地位；其三是将翻译文学、外国文学、本土文学（中国文学）视为既相互联系而又相对独立的个体；其四是摆脱非此即彼的二元对立的传统学术观念，突出翻译文学国籍的模糊性、双重性和游离性。此外，也有一些观点认为，翻译文学具有本土性和外国性，所以主张翻译文学既是本土（中国）文学也是外国文学。总之，对于翻译文学的归属问题，学界众说纷纭、莫衷一是。

实际上，结合语言层面转换的变化、译者的创造性叛逆、接受国具体境遇、文化语境影响等方面来考察翻译文学，翻译文学作品较之源语文学作品发生了程度不同的变异现象，这是文学文本翻译过程中的必然现象，同时也说明翻译文学就是本土文学的观点是存在问题的。因为翻译文学赖以形成的底本仍是外国文学作品，它赋予翻译文学基本的故事情节、主要人物、中心思想等文学文本质素，我们决不能忽略这个有意义的他者。所以，认为翻译文学就是本土文学的观点似乎完全无视原作的存在，这是一种偏颇的看法，也与当下我们跨文明对话和交流的学术实践背道而驰，从某种意义上来讲是一种狭隘"地方民族主义"的体现。至于外国文学、本土文学、翻译文学三者之间的关系是"三足鼎立"还是"不等边三角形"，恐怕还得视具体情形而定。如果翻译文学与源语文学之间的变异不大，"不等边三角形论"似可成立；反之，如果就寒山诗的美国经典化而论，二者之间的变异较大，似乎"三足鼎立论"更为科学合理。而对于翻译文学既是外国文学也是本土文学的观点，看似中肯，实则抹杀了翻译文学的独特价值。

总结起来，就归属来看，翻译文学不是外国文学，也不是完全意义上的本土文学，而是作为本土文学的一个（特殊）组成部分，与外国文学、本土文学并存的、具有相对独立性的文学。

（四）翻译文学史及其书写

文学翻译不是翻译文学，文学翻译史也不是翻译文学史。学术界在谈到翻译文学史时，通常把它混同于文学翻译史，认为将文学翻译作为对象的叙述就是翻译文学史，这实际上遮蔽了翻译文学的文学史性质。客观地讲，翻译文学史与一般的文学史既有相似的地方，也存在着很大的差异。

就一般文学史而言，我们常见的形态有国别文学史（如《美国文学史》《日本文学史》等）、地域性文学史（如《东方文学史》《欧洲文学史》等）、总体文学史（如《世界文学史》《外国文学史》等）、断代文学史（如《汉代文学史》《古罗马文学史》等），这些文学史基本以文学史实及作家作品为描述对象，以作家及其原作为书写中心，而不是以译者及其译作为书写中心。这也决定了不能将一般文学史与翻译文学史相混淆，即是说，翻译文学不同于外国文学，翻译文学史也就不同于外国文学史。就性质而言，翻译文学史在本质上是一部文化交流史、文学影响史和文学接受史。就比较文学研究来说，翻译文学史的书写实际上对中外文学关系的研究提出了新的路径。

与一般的文学史相比，翻译文学史的书写在内容的构成要素方面既有共通的地方，也有不同的地方。谢天振曾指出，翻译文学史应该具有与其他文学史一样的三个基本要素——作家、作品、事件，应该对翻译文学作品在译语国的传播和影响进行分析和评论。这里的作家、作品、事件分别指的是译者、译本、读者对译者译本的接受情况，它们是翻译文学史书写的核心对象，围绕它们展开的文学史叙述和接受影响，则是翻译文学史所要进行的任务和达成的目标。

首先是译者。译者是相对于原作者而言的作者，是翻译文学产生的行为主体，也是翻译文学史的作家主体，译者的文学翻译活动使得外国文学作品展示在更多读者的面前。对于外国文学史来说，莎士比亚、狄更斯、左拉等作家只有一个，然而由于不同的译者对他们的作品进行了翻译，所以他们作品的译者却不止一个，就会出现多个不同的莎士比亚、狄更斯、左拉等。不过，这些作家已经不完全是原作家本人，而是"披上了译入语国家外衣的外国作家"，即已经通过译者翻译到译入语国家的外国作家。

对于译者而言，选择外国文学中的哪个作家或作品来进行翻译，涉及翻译的选择动机问题。在许多可供选择的翻译对象中，译者为什么要选这个作家而不选那个作家，为什么选这部作品而不是那部作品？这与译者对所选择的作家作品的认识与判断，译者所处的时代背景、社会环境、出版生态，以及译者的思想倾向、审美趣味等都有关系。这些涉及译者翻译动机的因素应该成为翻译文学史分析与论述的基础内容。站在中外文化和文学交流史的高度，通过分析上述内容，我们可以发现译者的主体特征和选择倾向。

其次是译本。译本指的是翻译文学史里的作品，是翻译文学史书写的中心内容。与一般文学史所论及的作品不同，翻译文学史所论及的作品指的是同一部原作在译入语国家的诸多不同译本。较之于一般文学史中作品的唯一性，翻译文学史中的作品具有多元性、多样性的特征，即同一部原作在不同的历史时期或者同一个历史时期，都会出现多种不同的译本。这是翻译文学史的独特景观，反映出译入语国家对同一部作品在理解、接受方面的不同。

译者译的是什么？译本译得怎么样？这是翻译文学史谈论译本时最重要的两个方面。对于"译的是什么"的问题，在书写翻译文学史时，就需客观地介绍和分析翻译的对象文本——原作。但与一般文学史对原作的介绍说明不同，翻译文学史对原作的介绍和分析，主要侧重于对原作如何被转化为译本的过程阐释。对于"译得怎么样"的问题，就是要对译本进行分析和评价。一是从语言转换层面的评价，主要通过对原文与译文进行对照分析，对同一作品的不同译本进行比较分析，对产生广泛深远影响的译本进行个案解剖，判断语言在"信""达""雅"方面的程度与特色。二是从文学审美层面的评价，主要是看译本是否准确地传达了原作的风格，在多大程度上体现了原作的精神风貌，又在哪些方面传达了原作者的创作意图。在很大程度上，语言转化层面上的评价是"见树木"，文学审美层面上的评价就是"见森林"。一个优秀的、令人满意的译本应该是在语言转化和文学审美两个层面上达到高度的统一。

再次是读者对译者译本的接受情况。读者对译者译本的接受情况，是对翻译文学评价效果的体现，是翻译文学史书写不容忽视的重要内容。译本最终是要接受读者检验的。译者译本的读者既包括翻译家、研究家、评论家和作家，也包括一般的大众读者，前者往往具有较高的文学素养，而后者是受众人数最多的群体。读者对译者译本的接受情况，涉及译者的读者评价和译本的读者反应，即译者、译本产生的具体影响与反响。

具体来说，读者对译者的描述和评价，应该根据特定时代背景对该作家、作品被译介的原因做出阐释。读者对译本在不同时期或者同一时期的接受情况，包括译本的最初出现，到不同译者的译本特点，再到由译本引发的争论等，应该根据译本产生的影响及其深层缘由进行分析。当然，在翻译文学史的书写中，读者对译者译本接受的时代背景也不能忽视。

第五节 形象学

一 形象学的界定与源流

顾名思义，形象学（法文即 Imagologie；英文即 Imagology）就是研究形象的学问。但比较文学意义上的形象学，并不完全等同于一般意义上的形象研究，它是"对一部作品、一种文学中异国形象的研究"[①]。简言之，形象学是对"异国"形象的塑造或描述。

比较文学意义上的形象与一般文学研究中的形象存在很大的不同，主要表现在以下两个方面。一是在范围指向上，一般文学研究中的形象指向要比比较文学意义上的形象宽泛。比较文学意义上的形象只限于异国异族形象，而一般文学研究中的形象既可以是本国本族形象，也可以是异国异族形象。二是在内涵指向上，比较文学意义上的形象比一般文学研究中的形象的内涵要丰富。异国形象在文本中是以多种形式存在的，它可以是具体的人物（如德国文学中的中国人、美国小说中的法国人），也可以是器物（如英国文学作品中的中国瓷器、丝绸等）、景物（如18世纪英国的中国园林），还可以是观念（如英国的培根、德国的韦伯认为中国语言是人类的初始语言）和言辞（如"东亚病夫""傅满洲""中国功夫"等近代西方对中国的一些表述），而一般文学研究中的形象通常只局限于人物形象。

比较文学形象学是与比较文学的诞生同步出现的，但是"形象学"一词在20世纪初出现时并不直接来自比较文学领域，最初是心理学家使用这一词汇，"形象"原本指向某一主体在童年时期获得的无意识原型。形象学在法国学派发展过程中出现，是"比较文学的法国学派偏爱的一个领域"[②]，异国形象并不针对所有层面上的"文学形象"。

1951年，伽列在《比较文学》序言中明确指出："（影响研究）做起来是十分困难的，而且经常是靠不住的。在这种研究中，人们往往试图将一些不可称量的因素加以称量。相比之下，更为可靠的则是由作品的成就、某位作家的境遇、某位大人物的命运、不同民族之间的相互理解以及旅游和见闻等等所构成的历史，譬如英国人与法国人、法国人与德国人等等之间彼此如何看法。"[③] 伽列明确将"不同民族之间的相互理解以及旅行和见闻等等所构成的历史"列入比较文学的研究范畴，主要指向"各民族间的、各种游记、想象间的相互诠释"，研究诸如英国人与法国人、法国人与德国人等彼此（相互）之间的看法。伽列的专著《法国游客与作家在埃及》和《法国作家与德国幻想（1800—1940）》便是这方

---

① [法] 达尼埃尔-亨利·巴柔. 从文化形象到集体想象物 [G]. 孟华，译.//孟华主编. 比较文学形象学. 北京：北京大学出版社，2001：118.

② [法] 达尼埃尔-亨利·巴柔. 从文化形象到集体想象物 [G]. 孟华，译.//孟华主编. 比较文学形象学. 北京：北京大学出版社，2001：153.

③ [法] J-M·伽列.《比较文学》初版序言 [G]. 李清安，译.//北京师范大学中文系比较文学研究组选编. 比较文学研究资料. 北京：北京师范大学出版社，1986：43.

面的力作,特别是后者被公认为形象学领域的"拓荒之作"。

在《比较文学》一书中,基亚专列一章"人们所看到的外国"来阐述形象学,认为倘若一个人、一个群体甚至一个国家只是用简单化的形象来想象别的民族,只是总括性地对此加以研究,就会得出漫画式、图解式、令人惊奇的抽象结论。因此,在事实联系的探究中,应"不再追求抽象的总括性影响,而设法深入了解一些伟大民族传说是如何在个人或群体的意识中形成和存在下去的,这就是近五十年来法国的一种远景变化,它使比较文学产生了真正的更新,给它打开了一个新的研究方向"①。也就是说,在基亚看来,要实现比较文学的真正更新,人们就要依靠确凿的文学事实,准确地把一定时期内一个国家的某个形象或某些形象的流传情况描述出来,并解释这些事实形成的深层原因。可以说,基亚的博士学位论文《法国小说中的大不列颠:1914—1940》就是这方面的研究案例。

自 20 世纪 60 年代以来,形象学研究在德国、英国、美国等国传播,出现了一些重要的比较文学概论著述,如德国狄泽林克的《比较文学导论》(1977)、费舍尔的《作为比较文学史研究对象的民族形象:比较文学形象学的产生》(1981),法国学者布吕奈尔等的《什么是比较文学》(1983)等。这些著述开始设立有关形象学的章节,对形象学的范围、定义、内容等进行了深入探讨。尤其是,法国学者巴柔发表了《比较文学的一种研究视角:文化形象》(1981)、《文化形象:从比较文学到文化人类学》(1983)、《从文化形象到集体想象物》(1989)、《形象》(1994)等一系列研究形象学的理论著述,推进了形象学理论的深入发展。

在《从文化形象到集体想象物》一文中,巴柔将形象学定义为"在文学化,同时也是社会化的运作过程中对异国看法的总和"②。与巴柔对形象学侧重于社会化的角度不同,莫哈则指出,这种形象"是异国的形象,是出自一个民族(社会、文化)的形象,最后,是由一个作家特殊感受所创作出的形象"③。由此定义,莫哈确立了形象学研究的核心内容:一是异国形象,二是来自某一民族社会文化的形象,三是作者特殊感受所创造的形象。因而,形象学研究一国形象在异国是如何被塑造、被想象和被感受的,通过分析生成异国形象的社会文化背景,剖析投射在异国形象上的自我形象,进而深刻地认识他国、反观自我。

20 世纪五六十年代,伴随着比较文学危机的产生,形象学研究也遭到了业内学者的责难,尤其是韦勒克和艾金伯勒,他们对形象学研究中表现出来的跨学科性和民族主义提出了批评。面对批评和攻击,比较文学界在认真检讨形象学研究存在的问题的同时,也积极更新研究方法,使其更加合理化。因而,形象学研究在经历了 60 年代源于比较文学的危机后,并没有偃旗息鼓和停滞不前,而是充分吸收借鉴诸多学科的知识方法,将与生俱来的跨学科性大大向前推进。同时,形象学研究大胆借鉴接受美学、符号学等批评理论中的新观点、新方法,对研究的侧重点及方法论进行了重大改革,使形象学研究在体系化的

---

① [法] 马·法·基亚. 比较文学 [M]. 颜保,译. 北京:北京大学出版社,1983:106-107.
② [法] 达尼埃尔-亨利·巴柔. 从文化形象到集体想象物 [G]. 孟华,译.//孟华主编. 比较文学形象学. 北京:北京大学出版社,2001:120.
③ [法] 让-马克·莫哈. 试论文学形象学的研究史与方法论 [G]. 孟华,译.//孟华主编. 比较文学形象学. 北京:北京大学出版社,2001:25.

基础上，成为比较文学一个独具特色且富有生命力的研究领域。

20 世纪 90 年代以来，形象学被引入中国并逐步发展起来。在北京大学孟华等学者的倡导下，我国不少学者开始关注这一领域，纷纷著文论述，在形象学整体总论、基本问题探究、学科互涉研究三个方面取得了一些初步的成果。

二 形象学的对象与内容

从界定和发展来看，形象学的研究对象与内容主要围绕异国形象、社会集体想象物、自我与他者的关系、套话（词汇）以及形象发生的变异等展开。

（一）异国形象

在某种意义上，形象学的历史就是不断界定异国形象的历史，因而形象学研究的首要内容无疑是形象。但是，形象学所关注的文学中的异国形象，并非普通的形象，而是一个作家或一个集体在文学作品或其他精神产品中所表现出的对异国认识的总和。这主要体现在以下几个方面。

首先，异国形象是一种不强调现实性的幻象。巴柔指出："比较文学意义上的形象，并非现实的复制品（或相似物），它是按照注视者文化中的模式、程序而重组、重写的，这些模式和程式均先存于形象。"① 这就是说，与其他文学形象不同，形象学范畴的形象，由于不是来自一个作家的特殊感受，它注重研究"出自一个民族（社会、文化）的形象"，也就是"在文学化但同时也是社会化的过程中得到的对异国的总体认识"。因而，这种形象并不强调它与现实的对应性或同一性，未必真的符合现实情况，而是基于客观形象而形成的一种幻象（想）。

其次，异国形象是一种情感和思想的混合物。法国学者布吕奈尔等人指出："形象是加入了文化的和情感的、客观的和主观的因素的个人的或集体的表现。任何一个外国人对一个国家永远也看不到像当地人希望他看到的那样。"② 因而，形象是个人或集体对异国的解读，包含着主观因素和客观因素、文化因素和情感因素等，这就使形象常被幻想者赋予诗意。尤其是，形象的创作者、接受者在审视和想象他者的同时，也进行着自我审视和反思，蕴含着创作者、接受者隐秘的内心活动。

再次，异国形象是一种关于文化的象征语言。在很大程度上，形象可以被认为是一个社会可用来言说和思维的象征语言之一，这也使形象学特别注重研究创造了形象的文化，因为形象的产生离不开它所处的文化语境，彰显了存在于两种不同文化现实间的象征关系。当今国际社会，不同民族国家之间产生分歧和冲突的主导因素就在于文化方面的差异，而形象作为一国文化的隐喻或"软实力"的象征，"一个国家在他国所具有的形象，

---

① ［法］达尼埃尔-亨利·巴柔. 从文化形象到集体想象物［G］. 孟华，译.//孟华主编. 比较文学形象学. 北京：北京大学出版社，2001：156-157.

② ［法］让-马克·莫哈. 试论文学形象学的研究史与方法论［G］. 孟华，译.//孟华主编. 比较文学形象学. 北京：北京大学出版社，2001：29.

直接决定其文学在他国的传播程度"①。随着文化研究的兴起，形象学突破了原有的文学阵地，从文学形象转向文化形象的研究，异国形象的文化问题也因此备受关注。形象在不同文化中的认同、误读、过滤等，揭示了这些现象形成背后的文化根源和动机，阐释了不同文化中异国形象的复杂性和多元性。需要指出的是，形象是对文化现实的一种描述，本身就包含着文化的成分，形象学的文化转向和异国形象的文化研究只是一种文学的文化审视，二者都不能脱离"文学性"这个根本。

（二）社会集体想象物

在《从文化形象到集体想象物》一文中，巴柔明确指出："异国形象应被作为一个广泛且复杂的总体想象物的一部分来研究。"② 这里的"总体想象物"其实就是"社会集体想象物"，这一重要概念是从法国年鉴史学派那里借用来的，指涉的是作家创作的那个年代整个社会对异国形象的看法，是一个民族全社会对另一个民族的所有诠释之总和，代表着形象学的历史层面。

对于"社会集体想象物"而言，除了社会集体的层面，最核心的方面就是"想象"，这概括了形象的基本性质与内涵指向。由此，形象学研究在某种程度上主要围绕注视者"为何想象""想象什么""怎么想象""为什么如此想象"等问题来展开。在这种研究中，形象创作者与社会集体想象物主要构成引导、复制、批判三种关系形态。但是，不管是何种形态，想象作为形象创作的心理机制，无论是形象的"再现式想象"还是"创造性想象"，都是作家心理机制在不同层次的体现，都是作家的一种主观艺术行为，一般不会遵循摄影式的写实原则。形象创作者和形象所构成的狂热、憎恶和亲善等关系以及创作者对形象的不同审美感受和情感体验，也会使创造的文本形象与客观的实际形象之间形成张力。因此，从接受学的角度来看，"任何一种异国形象都既在一定程度上反映了本国的介绍、传播、影响和诠释情况，同时也折射出本民族的欲望、需求和心理结构"③。这表明，对"社会集体想象物"的探究，不再是简单的文学研究，而是通过对一个个民族关于异国看法的总和（即由感知、阅读、想象而得到的有关异国的一切人种学、物质生活和精神生活等各个层面的看法总和），进一步探究这种"异国看法的总和"是如何文学化的，同时，又是如何社会化和集体化的。

在《试论文学形象学的研究史及方法论》一文中，法国学者莫哈强调，应从"形象"的功能而非内涵入手来界定形象学，认为"（形象的）象征性的结构是在社会总体想象物的两极——意识形态和乌托邦——之间架构起来的"④。莫哈拒绝将文学形象看作现实形象的复制品，而是将形象视为一种意识形态、一个乌托邦的迹象，其中蕴含着深层次文化内

---

① [德]胡戈·迪塞林克.有关"形象"和"幻象"的问题以及比较文学范畴内的研究[G].王晓珏译.//孟华主编.比较文学形象学.北京：北京大学出版社，2001：84.
② [法]达尼埃尔-亨利·巴柔.从文化形象到集体想象物[G].孟华，译.//孟华主编.比较文学形象学.北京：北京大学出版社，2001：121.
③ 姜智芹.当东方与西方相遇——比较文学专题研究[M].济南：齐鲁书社，2008：314.
④ [法]让-马克·莫哈.试论文学形象学的研究史与方法论[G].孟华，译.//孟华主编.比较文学形象学.北京：北京大学出版社，2001：39.

涵。基于此，社会集体想象物具有两种深层模式：一种是意识形态式，这类形象偏向于认同性和整合性，其作用在于使这种想象出来的形象支配、同化他者；一种是乌托邦式，与意识形态式相反，这类形象维持了想象的开放状态，在想象和现实之间保持距离，通过质疑社会现实，颠覆或者替换原本现存的社会现实。

由于形象兼具"意识形态"与"乌托邦"的价值功能，所以社会总体想象物总是在意识形态和乌托邦两极之间徘徊，在整合功能和颠覆功能之间转换。当形象的社会批判意识减弱时，就会呈现为"意识形态式"，并促使形象走向自我认同、民心凝聚、社会整合；反之，当形象的社会批判意识加强时，就会呈现为"乌托邦式"，并促使形象转向自我离异、民心涣散、社会崩溃。当然，这两类模式并非泾渭分明、固守不变，而是辩证地内含着并相互转化，这体现了形象作为一种社会集体想象物的内在逻辑和动态机制。

（三）自我与他者的关系

在形象学研究中，"自我"（注视者）与"他者"（被注视者）是最基本的一种关系形态，其他各种关系都是在自我与他者的关系中派生出来的，并且不同层面的关系共同体现了形象以及形象学的性质，这自然成为形象学的重要内容。

巴柔曾指出："一切形象都源于对自我与'他者'、本土与'异域'关系的自觉意识之中，即使这种意识是十分微弱的。因此，形象即为对两种类型文化现实间的差距所作的文学或非文学，且能说明符指关系的表述。"① 这说明，形象兼具自我与他者的双重蕴意，自我与他者总是处于一种互动的关系之中，互为彼此。一方面，他者形象的建构离不开自我这个注视者；另一方面，若忽视了形象作为他者的存在，他者形象就会成为无源之水。具体来说，在存在方式上，形象所蕴含的是不同民族间"想象的相互诠释"，互为参照。在认知表现层面上，形象往往处于"想象"与"再现"之间，互为补充。在价值功能层面上，形象兼具"意识形态"与"乌托邦"的意义指向，相互交叠。无论是从西方来看中国，还是从中国来看西方，其"中西互看"的双向审视过程既是对形象差异性的呈现过程，也是探究形象文化内涵和主体价值的一种合理可靠的方式，正如周宁所言："形象就是对作为文化'他者'的异域进行的描述，通过自我与'他者'的差异对立，确认自身的身份及其社会文化与意识形态空间。"② 这就要求研究者在形象学研究中既要重视自我（注视者），又要重视他者（被注视者），更要关注二者之间的多重内在关系。在自我与他者的相互审视中，探究隐藏在形象背后的历史、文化、思维等方面的不同。

（四）套话、情节、等级关系

1. 套话

套话有时也被称为"词汇"，是法文"slereolyp"的汉译。该词原指印刷业中的铅版，

---

① ［法］达尼埃尔-亨利·巴柔．形象［G］．孟华，译．//孟华主编．比较文学形象学．北京：北京大学出版社，2001：155.

② 周宁．跨文化研究：以中国形象为方法［M］．北京：商务印书馆，2011：34.

其意义得到引申后,主要是指一个民族在特定的时期内反复使用的描写异国或异国人的约定俗成的词组,也可以指向一个民族文化里存有的一些与"他者形象"密切相关的词语群和语义场。例如,欧洲人常用来指称犹太人的"鹰钩鼻",中国人用来指称西方人的"大鼻子""毛子",或者"法国人爱喝葡萄酒""德国人思维严谨",等等。

孟华指出,"作为他者定义的载体,套话是陈述集体知识的一个最小单位",同时"是对一种文化的概括,它是这种文化标志的缩影",因而是构成"形象"的基础,是形象的一种特殊而又大量存在的形式,在形象学研究中占有重要地位。如"鬼子""洋人""鬼佬""倭寇"等很多文本中出现的套话,更多地反映了对待异国的一种集体心理和语言变迁,但套话在不同时代的氛围和语境中,其蕴意会有所变异,甚至明显相反。也就是说,套话的蕴意并不是可以无限复制、反复使用的,而是有"时间性"的,即"套话都只在某一特定的历史时期内有效,其使用'期限'远不像欧洲人彼此使用的套话那样恒久"[①]。

2. 情节

情节是构成故事的基本单位,也是异国形象生成的基础。随着情节的发展,形象就成为一个故事,在两种文化与两个文本之间的对话中,通过程序化和模式化的一系列叙事而建构出来。虽然故事情节可以多种多样,但其中隐含的某些建构形象的规律性的模式值得关注。一种模式是具有普遍性的叙事情节,已经成为许多作家叙述异国形象的一种方法;一种模式是具有传承性的叙事情节,被不同时代的作家循环反复运用。例如,在西方戏剧史上,《蝴蝶夫人》《西贡小姐》等表现东西方爱情的戏剧逐渐形成了一套基本定型的叙事模式,即西方男子渴望征服一个美丽温顺的东方女子——西方男子凭借着经济、身体、智力方面的优势如愿获得一位东方女子的青睐——东方女子疯狂地爱上了西方男子——西方男子抛弃了东方女子——东方女子为西方男子心甘情愿地牺牲了自己的生命。通过基本定型的叙事模式,从中可以揭示注视者文化中的各种定型化的词汇或程式化的主题情境,阐释这类情节的文化象征意义。

3. 等级关系

在形象学研究中,除了对词汇、情节的分析外,还应对文本内部结构存在的对应关系进行鉴别分析,即关注"我——叙述者——本土文化"与"他者——人物——被描述文化"的关系,进而探究异国形象中注视者与他者之间存在的等级关系。一是从时空关系层面进行探究。在此层面,描述异国形象的文本内部常常存在着一系列二元对立的结构性关系,即现代与古代、新与旧、西方与东方、中心与边缘的对立。例如,法国作家克洛代尔在《认识东方》中所描述的空灵的古塔、幽静的庙宇等传统中国建筑,有时被想象成独具美学神韵的空间文化形态,有时也被想象成一个与现代西方世界相对立的落后之地,中国被想象成一个与异化的都市社会对立的人与自然和谐共处的乌托邦。二是从人物关系层面进行探究。在此层面,描述异国形象的作品往往呈现出自我与他者在容貌、手势、言谈、

[①] 孟华. 试论他者"套话"的时间性 [G] //孟华主编. 比较文学形象学. 北京:北京大学出版社,2001:191.

服饰、性情等方面的对立。例如，在笛福的小说《鲁滨孙漂流记》与米切尔的小说《飘》中，凸显了黑人在形态上的相异性。就外形而言，黑人具有黑色的皮肤、厚而突出的嘴唇、塌鼻子以及与躯干"不成比例"的四肢；就性情而言，黑人懒惰而野蛮、自由散漫而缺乏纪律性；就形态而言，作品在对黑人的描述中隐含着白种人与黑种人、文明与野蛮、高贵与低劣之间的二元对立关系，通过分析上述对立关系，可以使人感受到白种人以自我为中心的傲慢与偏见。无论是从时空关系还是从人物关系层面入手，对异国形象呈现的二元对立关系进行分析，可以发现异国形象背后存在的等级关系及主题倾向。

（五）形象的变异

在形象学研究中，正因为形象"总是一种想象，所以必然使得变异成为必然。比较文学对这个领域的研究显然是要注意这一形象产生变异的过程，并从文化/文学的深层次模式入手，来分析其规律所在"[①]。在文学交流过程中，由于在审美、心理等难以确定的因素影响下，形象在他国的译介、传播、接受等过程中都会发生一定程度或者一系列的信息增删、变形、误读等多重"变异"现象。显然，这些"变异"现象无疑是形象学研究值得重视的重要问题。

例如，林语堂的英文小说《Moment in Peking》目前在国内主要有三个不同的译本，即郑陀、应元杰合译的《京华烟云》，张振玉译的《京华烟云》和郁飞译的《瞬息京华》，这些译本对原小说中一些异国形象的翻译就很好地说明了翻译中所发生的变异。如对原小说中"white soldiers"一词的翻译，郑陀将其译为"白人兵丁"，张振玉将其译为"白鬼子兵"，郁飞则将其译为"白种鬼子"。比较而言，译文中"鬼子"一词反映了译者对西方侵略者的痛恨溢于言表，"兵丁"一词则是译者对西方侵略者形象的一种称谓还原，情感色彩比较平淡。再如对原小说中"red-haired, blue-eyed monsters"一词的翻译，郑译、张译和郁译分别译为"碧眼黄毛的妖怪""红头发蓝眼睛的妖精""红头发蓝眼珠的怪物"。从"妖怪""妖精""怪物"三词可以看出，尽管三位译者使用的译文不同，但在此都不约而同地表现出对西方人的一种妖魔化想象。

形象是在"他者"的文化中形成的，只有深入到彼此文化的异质性之后才能发现形象的变异所在。对西方文学中的中国形象进行研究和描述，说到底是对异质性文化和"求异"思维的重视。

三 形象学的研究方法

形象学从一开始就属于国际文学关系的研究范畴，因而实证是形象学方法论的基本原则。基于此，形象学的研究方法主要分为文本外部研究和文本内部研究两种。在新的历史时期，形象学在研究方法上又呈现出学科互涉的趋势。

[①] 曹顺庆主编. 比较文学教程［M］. 北京：高等教育出版社，2006：50.

（一）文本的外部研究与内部研究

一是文本外部研究。形象学的外部研究属于一种文学社会学的研究，不应局限在文学范围之内，也不应囿于异国形象与现实史实是否相符的问题，可以从政治、宗教、伦理道德等方面切入，借鉴法国年鉴学派、人类学、接受美学、后殖民主义、女性主义等理论和方法，对异国形象的产生、传播、接受的文化语境加以研究，揭示异国形象之所以发生偏离的内在逻辑，在很大程度上具有明显的跨学科特性。

二是文本内部研究。形象学的内部研究属于一种新批评式的文学研究，以文本内部为研究基石，主要聚焦于对词汇、情节、等级关系的历史性阐释，重点在于对词汇的历史变迁与文化蕴意、情节的叙述模式与象征意义、等级关系的对立结构及其话语内核等进行全方位分析，进而来把握异国形象与文化、文学、美学之间的交互关系。

但是，在实际研究中，形象学的外部研究与内部研究并不能截然分开，因为异国形象总会传递出一定的社会文化信息，而词汇、故事情节、等级关系等的分析更是和外部的社会、历史、文化等密不可分，因此形象学研究应该以文本为依据，灵活运用和贯通各种批评方法。与传统形象学相比，无论是文本内部研究，还是文本外部研究，当代形象学对传统理论进行了创造性革新，从对形象真伪的辨析转向形象建构者的讨论，从实证主义"是什么"的关系考证转向审美批评"为什么"的本质探求，从注重求同的个体研究转向注重差异的总体研究，这需要我们坚持经验和批判并重的立场，在一种宏观的视域中处理好二者之间的关系，对形象学给予全景式的关照。

（二）形象学研究方法的学科互涉趋势

20 世纪以来，随着学科之间的频繁交流和多元对话，学科互涉逐渐成为知识整合和更新的显著方式。形象学也出现了学科互涉的研究趋势，使形象学在历史研究之外又具有了诗学特性，具体体现在以下两个方面。

1. 形象学与当代西方文艺理论的融合

20 世纪 60 年代以来的理论大潮影响着形象学研究，一些学者认为形象学的当代发展得益于后殖民主义、女性主义等后现代理论。后殖民主义对形象学的影响颇大。美籍学者爱德华·萨义德的《东方学》通过剖析西方人眼中的"东方"形象，揭示了形象背后隐藏的帝国意识和种族主义，在方法论上与形象学不谋而合。而"后殖民理论催生的族群研究重视主流文化与非主流文化关系、多数民族与少数族裔关系在各种文本中的复杂表现，这些研究和形象学在精神上有相通之处"①。周宁在八卷本著作《中国形象：西方的学说和传说》中，引入后殖民理论对西方的中国形象进行研究，是形象学领域一次有意义的尝试。同样，女性主义理论对形象学也有所影响。在高旭东主编的《比较文学实用教程》中，编者依据英国比较文学学者苏珊·巴斯奈特对旅行者描述异族时的性别隐喻与想象的研究，

---

① 陈惇，刘象愚.比较文学概论[M].北京：北京师范大学出版社，2000：222.

指出其理论基础是女性主义。"强势的文化和种族总是男性化的、阳刚的，弱势的种族和文化总是女性化的、柔弱的，如此种族歧视和性别优越之间就有着惊人的对应关系，这对具体分析一国文学中的异国形象有着重要的方法论意义。"①

从理论的生成来看，当代西方文艺理论本身就表现出明显的学科互涉的特征。而"形象"所蕴含的符号结构、隐喻、套话等特点，又特别适宜于这些理论的阐发和应用。刘洪涛在《对比较文学形象学的几点思考》一文中说："现在的情形是，形象学的研究者在很大程度上绕过法国学者精心建构的理论规则、术语，直接从各种后现代理论中寻找武器，展开自己的研究。……'东方主义'、'异国情调'、'西方主义'、'中心与边缘'、'族群认同'等等话语方式在逐渐挤占形象学原有的空间。就像比较文学一样，形象学的面目也越来越难以辨认。"② 目前，研究者更多地将关注点放在形象学如何受到了西方文艺理论的影响，而没有在理论和方法上使二者达到真正的有机融合。要实现二者的有机融合，寻找理论契合点是关键。同时，也要预防将形象学的一些元素程序化和编码化，忽视形象的情感性和独创性，使形象学研究陷入模式化的弊端。

2. 形象学与其他学科之间的理论关联

从文学和其他学科的关系来看，文本材料的多样性和丰富性，文学与心理学、传播学、历史学等跨学科研究促使人们在形象学研究中越来越重视学科之间的关联，积极地吸取其他学科的理论和方法。在学科之间的关联上，张晓芸的专著《翻译研究的形象学视角——以凯鲁亚克〈在路上〉汉译为个案》研究了"他者"形象在文学翻译中的处理及其变异问题，认为"在译介的过程中，原语文化在译语文化中的形象，往往取决于作为中介的翻译。对他者的态度，决定了在翻译时所采取的态度，而翻译活动又反过来决定了他者在'我'处的形象"③。该书从形象学角度进行翻译研究，阐释了形象翻译与形象建构的关系，以及翻译活动中形象的主体形态。李红、张景华的《形象学视角下美国华裔文学的汉译问题》一文以美国华裔文学的汉译为研究对象，认为"汉译者在做好传递美国华裔文学作品中民族形象的同时，应加深了解美国文化，努力减少翻译过程中产生的变异，以促进中美文化的交流"④。论文从翻译研究上升到民族文化交流的高度，重点分析了如何减少翻译中的变异问题，对异国形象的翻译很有参考价值。在学科的外部关联上，李晓娜的《呼唤感性回归，重回审美之维——审美文化学对形象学研究的启发》一文从审美文化学与形象学的关系入手，阐释了审美文化学对比较文学中形象的解读、异质文化的交流和沟通在方法论上的启发意义，并尝试用审美文化学的方法或理念去分析现实生活中存在的形象，以及如何用感性的方法审视艺术作品的问题。石黎华的硕士论文《传播视野下的比较文学

---

① 高旭东主编. 比较文学实用教程 [M]. 北京：北京大学出版社，2011：85.
② 刘洪涛. 对比较文学形象学的几点思考 [J]. 北京师范大学学报（社会科学版），1999（03）：69-73.
③ 张晓芸. 翻译研究的形象学视角——以凯鲁亚克《在路上》汉译为个案 [M]. 上海：上海译文出版社，2011：2.
④ 李红，张景华. 形象学视角下美国华裔文学的汉译问题 [J]. 安徽工业大学学报（社会科学版），2012，29（02）：77-79.

形象学研究问题初探》立足于跨学科的比较文学形象学研究，大胆借鉴传播学理论，借用传播学的"议程设置""说服理论"等理论术语，分析了传播视野下形象的传播过程，阐释了形象在此过程中是如何形成、传播、接受、改造的，总结出形象传播过程的基本规律，以传播学理论研究形象学，开拓了形象学的理论视野。学科互涉为形象学理论研究提供了新的思路和方法，但在实际的研究中，学科互涉大多还停留在观念层面，相关学科的理论和方法在实践层面并没有得到真正的运用。因此，形象学如何恰当借鉴和有机融合其他学科的理论和方法，将会是形象学理论研究大有作为的一个领域。

第六节 影响研究与变异学

比较文学变异学是在影响研究、平行研究、阐发研究等学科理论话语基础之上创造、探构出的一种新路径、新方法、新策略，它传承和发展了影响研究的基本原理，两者之间没有根本性的矛盾和冲突，只是研究侧重点不同而已。正如国际比较文学学会前主席杜威·佛克马所说："变异学理论是对先前'法国学派'片面强调影响研究的回应，同时也是对美国学派受新批评影响只关注审美阐释而忽略非欧洲语言文学研究的回应。我们的中国同行正确地意识到了之前比较文学研究的缺憾，并完全有权予以修改和完善。"[①] 中国学者发现了影响研究及其他研究范式中的不足，所以提出了变异学理论进行创新性对话。因此，变异学建构了比较文学中国话语，在实践层面彰显了新时代的中华文化自信、文化自觉和文化自强，并在中国式现代化的新征程上不断凝聚起比较文学的世界力量。

一 变异学与影响研究的联系

变异学并不是无中生有、空穴来风，而是在影响研究的基础上进一步垦拓发展而来。因此，变异学与影响研究存在着必然的逻辑关联，我们要从历时维度进行系统把握和学习研究，这种学脉关联主要体现在以下三个"聚焦"。

（一）聚焦源文本的参照性

影响研究侧重某一个国家的源文本对其他国家新文本产生了什么影响，主要分析两者之间有何实证性联系。变异学理论也认为，并不是一切变异都是合法性变异，并不是一切阐释都是有效性阐释。变异不是根据主体意识进行天马行空的乱变异、乱阐释，它必须具有相应的规则限度，其中一个限度就是新文本和源文本之间的有效契合度或关联域。或者说，变异学和影响研究一样，仍然聚焦源文本的参照性，新文本与源文本互为参照，共同建构一种迂回对视、互补共生的理论场域。比较文学研究中的文本阐释并不是无源之水、无本之木，而是要体现继往开来与守正创新的比较意识，要参照某一个或某一类源文本的

---

① Douwe W. Fokkema, Foreword, Shunqing Cao. *The Variation Theory of Comparative Literature* [M]. Heidelberg: Springer Press, 2013. P. V.

基本出发点构建展开研究。例如，歌德在 1827 年就认为，世界文学应当有一个参照典范，这个典范就是古希腊文学。1886 年，波斯奈特在《比较文学》中指出："比较文学必须从这些对比中吸取的教训，是某种比人的性格对于社会生活的依赖性更多的东西；它也是文学艺术的作品（workmanship）中精确的历史真实的不可能性。我们所使用的短语'文学的依赖性'（relativity of literature）打算标明的重大事实之一就存在于这种不可能性之中。"① 就是说，变异学并不否定这种参照性，如果脱离这种参照性，那么就可以无拘无束地进行阐释变异，比较文学也就完全丧失了自身的学科理论边界。因此，变异学和影响研究一样，需要确立一个变异的参照系，否则变异就可能成为"乱变"。

（二）聚焦中间体的关联性

影响研究确定了媒介中间体对文学交流影响的重要作用，例如梵·第根就对媒介传递者做了系统研究，他指出："在一切场合之中，我们可以第一去考察那穿过文学疆界的经过路线底起点：作家、著作、思想。这便是人们所谓'放送者'。其次是到达点：某一作家，某一作品或某一页，某一思想或某一情感。这便是人们所谓的'接受者'。可是那经过路线往往是由一个媒介者沟通的：个人或集团，原文的翻译或模仿。这便是人们所谓'传递者'。"② 梵·第根所说的"传递者"，其实就是中间体媒介，这个中间体可以是书本、图片、报刊、视频等文献资料，传递者一方面接受源文本信息，另一方面又制约新文本构成。变异学也特别强调中间体关联性，也就是比较文学中的传播变异。尤其是数字时代的网络媒介及其他数字媒介，它们不再是单向度地传递文学文本信息，还可以通过数字技术再造文学意义，成为媒介话语生产的新载体。

（三）聚焦新文本的创新性

影响研究也没有忽视新文本对源文本的创造性转化和创新性发展，一方面，研究两者之间的逻辑联系；另一方面，研究两者之间的演变创新。例如，影响研究的代表者伽列认为："比较文学主要不是评定作品的原有价值，而是侧重于每个民族、每个作家所借鉴的那种种发展演变。"③ 可见，他认为比较文学研究的侧重点并不仅是源文本对新文本的操控，也研究新文本在新语境中的本土化变异。当然，这也是变异学的重要研究内容，变异学也侧重文本在交流传播中的创新性。"变异学发现了一个重要的文化创新规律、文学创新的路径：文化与文学交流变异中的创造性，以及文学阐发变异中的创新性。这是比较文学变异学研究又一个重要理论收获。"④

---

① ［爱尔兰］哈钦森·麦考莱·波斯奈特. 比较文学［M］. 姚建彬，译. 中国社会科学出版社，2015：24.
② 梵·第根. 比较文学论［M］. 戴望舒，译. 长春：吉林出版集团有限责任公司，2010：39.
③ ［法］J-M·伽列.《比较文学》初版序言［G］. 李清安，译. // 北京师范大学中文系比较文学研究组选编. 比较文学研究资料. 北京：北京师范大学出版社，1986：43.
④ 曹顺庆. 建构比较文学的中国话语［J］. 当代文坛，2018（06）：9.

二 变异学与影响研究的区别

变异学与影响研究既有联系又有区别,虽然变异学也认同不同国家文学交流中的同源性,但是其侧重点并不是源文本对新文本的影响或制约,而是新文本对源文本的创造性转化和创新性发展。变异学对影响研究的创新性发展主要体现在三个"转向"。

(一)将可比性从同源性转向差异性

影响研究将可比性建立在同源性基础上,如此一来,"比较文学渐渐成了一种'遗传学',一种艺术的形态学;我所要说的是,它拒绝接受一切已被肯定的作品和已有的声望,更加有意识地将自己置身于后台,而不是在剧场里;它赞同由蒙田、歌德、笛卡尔和圣伯夫(Charles Augustin Sainte-Beuve,1804—1869)都曾提出过的看法,更重视发现一部作品的形成和演变,而不是象那些印象派或教条主义的批评家那样,把作品的光辉或平庸之处当成确定不变的凝固的东西"[①]。但是变异学将同源性作为可比性的同时,也强调差异性或异质性的重要作用,"为什么异质性能成为比较文学的可比性,这是比较文学变异学理论首先要解决的一个问题"[②]。变异学打破了"求同存异"的基本构架,曹顺庆完整地阐述了这种内在联系:"变异学强调异质性的可比性,是有严格的限定的,这种限定,是在比较文学影响研究与平行研究求同的可比性基础之上的一次延伸与补充:在有同源性和类同性的文学现象之间找出异质性和变异性。"[③]

(二)将侧重点从实证性转向变异性

影响研究侧重两者之间的实证性联系,但是变异学更加注重交流中的变异性,甚至变异元素比实证元素更加重要。例如庞德对《论语》等中国古典文献的翻译,从翻译上来讲,很大程度上是乱翻译、乱解释;但是从变异学的角度分析,又确实属于译介变异的经典学案。赛义德认为:"文化决不是整体划一、铁板一块或独立存在的东西,它们接受了比有意识排斥要多得多的'外来'因素、变化与差异。"[④] 赛义德指出了文化传播中的变异现象,这是变异学梳理的一般规律。严绍璗也指出:"文化现象清楚地表明,在世界大多数民族中,几乎都存在着本族群文化与'异文化相抗衡与相融合的文化语境'。当我们从这一文化语境的视角操作还原文学文本的时候,注意到了原来在这一层面的'文化语境'

---

① [法] 巴登斯贝格. 比较文学: 名称与实质 [G]. 徐鸿,译.//干永昌,廖鸿钧,倪蕊琴选编. 比较文学研究译文集. 上海: 上海译文出版社,1985: 46-47.
② 曹顺庆,张雨. 比较文学变异学的学术背景与理论构想 [J]. 外国文学研究,2008 (03): 147.
③ 曹顺庆. 东西方不同文明文学比较的合法性与比较文学变异学研究 [J]. 外国文学研究,2013,35 (05): 59-60.
④ 赛义德. 过去的形象,纯与不纯 [M] //赛义德自选集. 谢少波,韩刚,等,译. 北京: 中国社会科学出版社,1999: 198.

中，文学文本存在着显示其内在运动的重大的特征——此即文本发生的'变异'活动，并最终形成文学的'变异体'。"①

（三）将变异性从无边化转向适度化

平行研究虽然扩大了影响研究的比较疆界，但是在 20 世纪后期，由于边界的无限扩大，比较文学逐渐被比较文化研究所淹没。正如艾柯所说："我所研究的实际上是本文的权利与诠释者的权利之间的辩证关系。我有个印象是，在最近几十年文学研究的发展进程中，诠释者的权利被强调得有点过了火。"② 的确，一千个读者就有一千个哈姆雷特，那么比较文学阐释有没有边界呢？显然，并不是一切变异都是合法性变异，只有在一个规则范围之内，变异才具有有效性。所以，变异学强调变异的阐释限度问题，"例如关于变异的'度'的问题的探索，即'变'到何种程度才成为变异学中的'异'……这一问题就犹如翻译中的创造性叛逆一样，若不对其范围及本质进行一定的界定，就可能导致其意义的无限延散，从而在此过程消解其自身"③。

三 流传变异学的理论与实践

影响研究与变异学既有联系，又有区别，两者融合在一起，就构成流传变异学的话语研究范式。流传变异学主要关注影响研究中的文学变异现象，它和影响研究的侧重点不同，通过对流传变异现象的研究，可以更深入把握不同文明文学在横向交流和传播中的不正确理解、文化误读和文学过滤等问题。

（一）变异学的理论内涵

2005 年，曹顺庆在《比较文学学》中提出了变异学研究。他在绪论中指出："我们现在要做的就是要走出比较文学的求同，而要从差异、变化、变异入手来重新考察和界定比较文学的文学变异学领域。"④ 那么，如何从差异、变化、变异的角度来考察比较文学呢？主要有两个层面：一个层面就是他国文学外部影响产生的流传变异，即不同国家实证影响交流中发生的变异形态；另一个层面就是文学审美价值层面的阐释变异，即非实证性文学阐释中发生的变异形态。曹顺庆认为："我们完全可以将这种研究并入比较文学的变异研究，它不再只注意文学现象之间的外部影响研究，而是将文学的审美价值引入比较研究，

---

① 严绍璗. 比较文学与文化"变异体"研究 [M]. 上海：复旦大学出版社，2011：52.
② 艾柯. 诠释与历史 [M] // 艾柯，等. 诠释与过度诠释. 王宇根，译. 北京：生活·读书·新知三联书店，1997：27-28.
③ 曹顺庆，庄佩娜. 国内比较文学变异学研究综述：现状与未来 [J]. 中南民族大学学报（人文社会科学版），2015，35（01）：139.
④ 曹顺庆主编. 比较文学学 [M]. 成都：四川大学出版社，2005：29.

从非实证性的角度来进一步探讨文学现象之间的艺术和美学价值上新的变异所在。"① 所以，他国外部影响流传变异与文本内部美学阐释变异，构成比较文学变异学的基本框架。《比较文学学》对变异学最早的定义是：

> 比较文学的文学变异学将变异和文学性作为自己的学科支点，它通过研究不同国家之间文学现象交流的变异状态，以及研究没有事实关系的文学现象之间在同一个范畴上存在的文学表达上的变异，从而探究文学现象变异的内在规律性所在。②

可见，变异学聚焦于两个层面的变异：一种是不同国家文学现象交流的变异，还有一种是没有事实关系的文学现象在某一个范畴、概念、文类表达上的变异。这两种变异就是我们所说的流传变异和阐释变异。2006年，曹顺庆在《比较文学教程》中做出如下定义：

> 比较文学的文学变异学将变异和文学性作为自己的学科支点，通过研究不同国家之间的文学现象交流的变异状态，以及研究没有事实关系的文学现象之间在同一个范畴上存在的文学表达上的变异，从而探究文学现象变异的内在规律性。③

与《比较文学学》不同的是，在该教材中，曹顺庆描述了比较文学的基本特征和研究领域。在他看来，比较文学的基本特征即跨越性，具体来说，就是跨国家、跨学科、跨文明。在这里，他率先提出了跨文明的可比性问题。同时，他还提出四个研究领域，分别是"实证性影响研究""变异研究""平行研究"和"总体文学研究"。在这里，他将变异研究作为比较文学的四个研究领域之一，创造性地开拓了比较文学的方法论体系，"特别是'变异研究'的提出，拓展了比较文学学科理论体系，一举解决了比较文学研究中不少令人困惑的难题"④。

2015年，曹顺庆在《比较文学概论》中给出的定义是：

> 比较文学变异学（The Variation Studies of Comparative Literature）是指对不同国家、不同文明的文学现象在影响交流中呈现出的变异状态的研究，以及对不同国家、不同文明的文学相互阐发中呈现的变异状态的研究。通过研究文学现象在影响交流以及相互阐发中呈现的变异，探究比较文学变异的规律。变异学研究的重点在求"异"的可比性，研究范围包括跨国变异研究、跨语际变异研究、跨文化变异研究、跨文明变异研究、文学的他国化研究等方面。⑤

---

① 曹顺庆主编. 比较文学学 [M]. 成都：四川大学出版社，2005：29.
② 曹顺庆主编. 比较文学学 [M]. 成都：四川大学出版社，2005：30.
③ 曹顺庆主编. 比较文学教程 [M]. 北京：高等教育出版社，2006：49.
④ 曹顺庆，李斌. 近年中国比较文学研究概述 [J]. 中州学刊，2013（08）：167.
⑤ 曹顺庆主编. 比较文学概论 [M]. 北京：高等教育出版社，2015：161.

可见，影响研究和变异学其实是既一脉相承又各有侧重的。影响研究往往聚焦于文学交流中的同源性因素，变异学则聚焦于其中的变异性元素，重点在于跨国家、跨语言、跨文化及文学他国化层面的变异研究，尤其是在东西方文学比较的路径上，比台湾学者提出的阐发研究更进一步，更加具有时代性和创新性。曹顺庆指出："以变异学理论为标志，比较文学中国学派建构起了自己的学科话语体系，并在世界范围内得到了广泛的传播和赞誉。中国比较文学话语体系的建立，实际上是在国际比较文学研究中发出属于中国的声音，在对外交往中获取话语权。"①

（二）流传变异的理论特征

流传变异是变异学最重要的一个研究领域。流传变异学也被称为"影响中的变异研究"，其基本特征在于，比较对象之间具有实实在在的影响交流关系。因此，也有学者称之为实证变异。当然，这个影响交流关系并不是单向度的，而是一种相互的、复合式的变异，放送者和接受者都是意义建构主体。流传主要包含流动和传播两个层面的内涵，"流传变异既可以理解为正向流传中的变异，也可以理解为逆向溯源中的变异，简言之，就是一国文学与文论在另一国译介、传播、接受中，其源文本意义发生了什么变化，可以统称为流传变异研究"②。流传变异主要研究实证性影响研究中的变异现象，按照变异形式和阶段不同，大致可以分为译介变异、传播变异和接受变异三类：一是译介变异，主要是从源文本到中间体这个过程的变异；二是传播变异，主要是中间体环节发生的变异，也就是媒介对文本产生的话语作用力效果；三是接受变异，主要是中间体到新文本的变异，也就是新文本相对于源文本来说有怎样的创新。

（三）流传变异的实践方法

1. 译介变异

巴斯奈特认为："将文本从一个文化系统译入另一文化系统，并不是一种中立、单纯、透明的活动。翻译是一种负载沉重的侵越行为，翻译文本与翻译行为所涉及的政治因素，理应受到比以往更多的重视。"③将文本翻译成另一种语言，必然会受到文化、政治、风俗等多方面制约，必然会发生各种原文所没有的意思，这就是译介中的变异问题，也是译介学所强调的"创造性叛逆"。罗芃也通过举例分析了译介中的变异问题："《追忆似水年华》和《喧哗与骚动》都有了中译本，而且都是很好的译本，但是我们也不能不承认，'味'与原文是不一样的。这个不一样就是文化内含的变异，也就是说新的文本中已经有了翻译

---

① 曹顺庆. 建构比较文学的中国话语[J]. 当代文坛，2018（06）：11.
② 王超. 比较文学变异学研究[M]. 北京：中国社会科学出版社，2019：320.
③ [英] 苏珊·巴斯奈特. 比较文学批评导论[M]. 查明建，译. 北京：北京大学出版社，2015：184-185.

家的创造,因此,译文文本作为一个新的文本,具有独立的价值和意义。"① 我们可以通过中英文的对比,研究其中哪些环节的"味"发生了改变,这些改变是否合理,并用变异学理论进行阐释。

2. 传播变异

例如,在民间文学流传中,传播变异现象就普遍存在。季羡林考察了印度文学与中国文学之间的传播变异,他在《〈西游记〉里面的印度成分》一文中说:"《西游记》是写唐僧取经的,是与佛教有直接关系的。'近水楼台先得月',它吸收了一些印度故事,本来是很自然的,毫不足怪的,但吴承恩和他的先驱者,决不是一味抄袭,而是随时随地都有所发现,有所创新。"② 在季羡林先生看来,这种民间故事之间的流传变异是非常普遍的,例如《西游记》中的孙悟空就与印度文学有关联,这些发生在传播环节的变异现象,是变异学的重要研究领域。

3. 接受变异

接受变异主要研究不同国家文学在交流过程中,新文本在接受影响时发生了怎样的本土变异。乐黛云指出:"但由于'接受屏幕'和'期待视野'的不同,不同文化体系在接受这些思潮时,又必然有所选择,有所侧重,并在其溶入本体系文学时,完成新的变形。这种变形既包含着该文化系统原来的纵向发展,又包含着对他种文化系统横向吸取和改造而形成的新的素质。"③ 严羽的《沧浪诗话》"以禅喻诗",伏尔泰将《赵氏孤儿》改编成《中国孤儿》,海德格尔创造性阐释老子的《道德经》,都是接受变异的案例。

◇ 论著导读

谢天振的《译介学导论》(北京大学出版社,2007年版)是国内第一部以"译介学"命名的学术专著。该书以文学翻译中的创造性叛逆为研究本体,以文化意象传递、文学翻译中的误译、翻译文学史与文学翻译史为研究客体,其出版标志着一门新型学科——译介学的诞生。《译介学导论》一书除了绪论,共分为十章。绪论主要论述了翻译研究与比较文学的关系。第一章主要阐述了译介学诞生的历史背景,尤其是当前的国际译学背景。第二章具体论述了国内翻译界在译学观念和认识上的滞后问题,阐释了当前译介学研究的现实意义。第三章集中讨论了译介学研究的核心命题即"创造性叛逆"。第四章至第六章探讨的是译介学研究的实践层面,分别论述了文化意象的传递与误译问

---

① 罗芃. 翻译、变异和创造 [M] //乐黛云,勒·比雄主编. 独角兽与龙——在寻找中西文化普遍性中的误读 [M]. 北京:北京大学出版社,1995:72.
② 季羡林. 比较文学与民间文学 [M]. 北京:北京大学出版社,1991:134.
③ 乐黛云. 比较文学研究的新视野 [N]. 瞭望新闻周刊,1994-04-18.

题、翻译文学的性质与归属、翻译文学史与文学翻译史的联系和区别等问题。第七章至第九章选取了解释学、解构主义和多元系统论等当代西方文化理论，阐释了译介学研究的理论前景。第十章是译介学研究举隅，结合具体案例的分析，阐释了译介学理论方法的具体运用。总体上，《译介学导论》以不对文本进行价值判断为理论恪守，极大地拓展了翻译研究的学术视野，增加了翻译研究的对象，丰富了翻译研究的方法，成为学术创新与学科开拓的典范。

◇ 阅读实践

阅读实践 2　《赵氏孤儿》杂剧在启蒙时期的英国

◇ 文化拓展

比较文学影响研究与课程思政内容的融合，可以从中华传统文化、中华核心价值观、红色文化等方面进行拓展。

1. 中华传统文化。通过比较文学影响研究，学生可以了解不同文化背景下的文学作品是如何相互影响、交融的。可以引导学生比较中外文学作品中所体现的传统文化内涵，如孝道、礼仪、人情等，以及这些内涵在不同文学作品中的表现形式和传播方式。

2. 中华核心价值观。比较文学影响研究可以帮助学生理解中华核心价值观在文学作品中的体现，并与其他文化的价值观进行对比。通过分析不同文学作品中所体现的价值取向，引导学生思考中华核心价值观在当代文学创作中的传承和创新。

3. 红色文化。比较文学影响研究也可以涉及红色文化，如中国革命文学、抗战文学等。通过比较和研究中国红色文学作品与其他国家的革命文学作品，可以让学生了解中国革命文学在国际上的影响和地位，以及中国红色文学作品的独特性和传播方式。

通过将以上这些内容融入比较文学影响研究中，可以帮助学生更好地理解和把握中华传统文化、中华核心价值观、红色文化等方面的知识，明晰中西文学与文化的差异，阐明中国文学与文化的影响，反思西方文学中的中国形象，思辨中西文学与文化的不同价值，提升学生的思想道德素养和文化自信。

◇ 本章小结

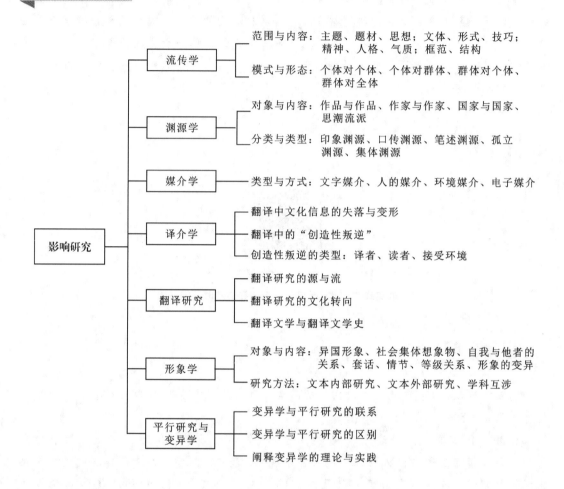

◇ 思考与练习

1. 什么是流传学？如何进行流传学研究？
2. 什么是渊源学？如何进行渊源学研究？
3. 媒介学中的媒介主要有哪些？
4. 什么是形象学？形象学研究的对象与内容有哪些？
5. 谈谈你对翻译研究与译介学关系的认识。
6. 变异学与影响研究的区别与联系表现在哪些方面？流传变异学理论的内涵及其特征是什么？

第三章 平行研究

教学导航

学习目标	知识目标：掌握平行研究的基本内容 能力目标：利用平行研究的相关方法审视中外文学、文化现象 情感价值目标：在对平行研究的学习过程中思考中国文论话语重建问题，培养民族文化自信心和自豪感
重难点	1. 主题学研究范畴 2. 文类学研究类型 3. 比较诗学的研究内容与方法 4. 平行研究中的变异学研究方法
推荐教学方式	课堂教授、案例分析
建议学时	10
推荐学习方法	文献阅读、小组讨论
必须掌握的理论知识	主题学、文类学、缺类研究、比较诗学、文化探源法
必须掌握的阅读（语言）技巧	重点记诵与全面了解相结合

情境导入

同学们，你们一定熟悉不少中外爱情诗歌，大家可以背出几首吗？那么，接下来请大家思考，中外的爱情诗有哪些共同之处？中外爱情诗歌分别采用哪些亚类文体？它们所运用的意象有哪些区别？在具体手法上是否完全一致？这些都是本章平行研究所要解决的问题。

基础知识（理论阐释）

主题学研究是对同一母题、题材、主题等在不同国家、文明的文学中的流传、演变及其原因的探究，从而了解各民族文学之间的交往和影响，理解不同民族文学之间的共通性和差异性，由此总结出各民族共同的美学规律。

文类（genre），即文学的体裁或文体。比较文学文类学是指从跨国、跨文明的角度，研究不同国家、不同文明如何按照文学自身的特点来划分文学体裁，研究各种文体的特征以及在发展过程中文体的演变和文体之间的相互关系。

比较诗学就是通过对不同国家及不同文明文学理论的比较，去发现全人类对文学规律的共同认识。

第一节 主题学

主题学是在 19 世纪初期德国民俗学者研究神话故事和民间传说的基础上发展而来的。主题学产生之初便一直备受争议，不论是法国学派还是美国学派，都有不少学者——如巴登斯贝格、阿扎尔、韦勒克等——对其进行明确诘难和非议。除了学者们对比较文学研究领域的认识不一致造成对主题学的争议之外，词语意义上的模糊是对这一研究领域产生误解的另一原因。① 但主题学本身具有不容忽视的研究价值，它在 20 世纪 60 年代逐渐获得比较文学研究者的认同，成为影响研究和平行研究中的主要研究领域。②

一 主题学的发展

中西主题学均从民俗学发展而来。西方的主题学在产生之初（虽然存在各种争议）就有较强的学科意识，而中国的主题学是与文学作品的主题研究结合在一起的，是不自觉的研究。到 20 世纪 70 年代，中国比较文学的主题学研究才有了自觉的学术意识。

---

① 从术语上看，"主题学"在不同语言中有着不同的表达，甚至在同一语言中也有不同表达：德文是 Stoffgeschichte（题材学）和 Motivgeschichte（动机史）；法文是 Thematologie（主题学）。德文的 stoff 通常指作品的题材或材料，相当于英文的 subject-matter 和法文的 matiere；而 motive 着重指作品的主题或动机，即推动作品情节不断向前发展的某种主导思想，相当于英文的 theme 和法文的 theme。英文和法文中的这个词来自希腊和拉丁语源的 thema。Thema 本来指修辞上的命题，或者一篇文章的论点，甚至是讲演者选定的题目。直到今天，法文的 theme 除了"主题""题材"的含义外，仍保留了"将本国文译成外文"这样的意思。英文 theme 的主要意思也是"主题""题材"。这样看来，德文的 Stoffgeschichte 着重对题材做历史的研究，而 Motivgeschichte 则强调作品的主题和动机的历史，法文的 Thematologie 兼有二者之意。英文中没有相应或接近的词，美国学者哈利·列文创造了 Thematology 代之，汉语译为"主题学"。可见，"主题学"一语从诞生起就没有确定统一的指谓和内涵。

② 虽然本书将主题学放在平行研究中，但其本身也属于影响研究。

（一）西方主题学的发展历程

主题学产生于德国的民俗学研究。早在19世纪，德国学者弗里德里希·史莱格尔（F. Schlegel，1772—1829）和雅科布·格林（Jacob Grimm，1785—1863）、威廉·格林（Wilhelm Grimm，1786—1859）兄弟等人对民俗学的研究，为主题学的产生开辟了道路。民俗学起初着重研究民间传说和神话故事的演变，以后逐渐将视野扩大到诸如友谊、时间、离别、自然、世外桃源、宿命观念等与神话不那么密切相关的课题。为了给一大堆支离破碎、流传混乱的民间文学主题正本清源，学者们采用比较的方法进行研究，这样，主题学便与比较文学产生了关联。

不过，主题学的发展并非一帆风顺。在法国，比较文学巨擘巴登斯贝格在《比较文学评论》创刊号上撰文批评主题学，认为"这种以民俗学和神话研究为尺度的卖弄风骚的办法，使比较文学从这一意图出发去探索哪些多少有点直接关系的渊源可以为一部文学作品提供分析材料，探索哪些相似的现象出现在世界的另一角落"①。但是，"这种研究似乎对材料比对艺术更感好奇，对隐秘的遗迹比对艺术家的创造性更感兴趣；在这里，人们对杂乱东西的关心胜过事物的特征。因此，当谈到真正的文学作品时，流浪的犹太人，伊诺克·阿登，浮士德原型，或唐璜等，都可能被作为这种研究的对象，但其目的则几乎和艺术活动的目的相反"②。而且，他还指出"主题学研究缺乏科学性，这类研究总是残缺不全的"。

另一位法国比较文学的奠基人阿扎尔的反对态度更为激烈，在他看来，主题学研究不可能把自己限制在"事实联系"的范围之内，有违法国比较文学从"事实联系"出发进行影响研究的学术范式。阿扎尔不仅要把主题学研究排除在比较文学研究之外，而且还"很想阻止比较工作者去研究题材问题"③。

虽然巴登斯贝格和阿扎尔不赞成主题学研究，但并不意味着法国学派所有学者都反对。梵·第根指出，主题学是"对于各国文学相互假借着的'题材'的研究"④。他把比较文学研究范畴分为两类，第一类的"物质"部分中就包含有题材、主题、典型等，他把题材、主题、典型的研究类别称为"主题学"，即"流传学"。可见，他倡导的主题学强调研究对象的渊源性以及相互之间的流传和影响等情况，具有实证性特征。美国学者韦斯坦因还认为，梵·第根派给主题学的任务不仅是"研究近现代作者仰仗前人的情形"，而且还要"研究他们自己的天才、理想、艺术在一个共同主题的各种变体中所起的作用"⑤。基亚也说："尽管阿扎尔反对，但仍有必要考虑这类研究，因为倡导这类研究的作者们无疑都

---

① ［法］巴登斯贝格. 比较文学：名称与实质［G］. 徐鸿，译. //干永昌，廖鸿钧，倪蕊琴选编. 比较文学研究译文集. 上海：上海译文出版社，1985：41.
② ［法］巴登斯贝格. 比较文学：名称与实质［G］. 徐鸿，译. //干永昌，廖鸿钧，倪蕊琴选编. 比较文学研究译文集. 上海：上海译文出版社，1985：37.
③ ［法］马·法·基亚. 比较文学［M］. 颜保，译. 北京：北京大学出版社，1983：40.
④ ［法］提格亨. 比较文学论［M］. 戴望舒，译. 上海：商务印书馆，1937：99.
⑤ ［美］乌尔利希·韦斯坦因. 比较文学与文学理论［M］. 刘象愚，译. 沈阳：辽宁人民出版社，1987：127.

抱着促进比较文学事业的真诚愿望",客观上,"主题学的领域为许多学者提供了资料来源",因为"作家们从来是思想史和感情史最直言无忌、最有说服力的阐释者,比较文学无须陷入民俗学和空泛的广博,就可以在其中找到结实的机会为思想史和感情史做出贡献"。① 基亚在其经典理论著述《比较文学》中以"题材和传说"为题,对主题学研究的范围进行了分类探讨。他认为"题材与主题和文学虚构是全然不同的两回事",并指出:"我们已经看到了题材问题,说得准确一些,传说的典型问题,是已经被广泛地研究过了。但是还有许多传说人物或历史人物正在那里等待比较文学工作者们去研究并解释他们的命运。"② 有学者指出,基亚1954年出版的《法国小说中的大不列颠:1914—1940》就是一部几乎不加掩饰的主题史,它叙述了英国牧师、外交家、作家、歌女、商人等如何出现在某一时期的法国小说里。③

在美国,20世纪50年代以前,主题学也未受到重视,正如韦斯坦因所说,"韦勒克和沃伦合著的《文学理论》不设主题学专章,甚至在书后的索引中都没有出现'题材'和'主题'的字样就是证明"④。不仅如此,该书在唯一提到主题学的章节中还极力贬低主题学的价值:"有人会期望这类研究能把许多主题和母题(themes and motifs)历史研究加以分类,如分类为哈姆雷特或唐·璜或漂泊的犹太人等主题或母题;但是实际上这是些不同的问题。同一个故事的种种变体之间并没有像格律和措词那样的必然联系和连续性。比如说,要探索文学中以玛丽皇后的悲剧为题材的不同作品,将是一个很好的政治观点史方面的重要问题,当然,附带地也将阐明文学趣味历史中的变化。但是,这种探索本身并没有真正的一贯性。它提不出任何问题,当然也就提不出批判性的问题。材料史(Stoffgeschichte)是文学史中最少文学性的一支。"⑤ 这样,1961年出版的在美国各大学比较文学系流行甚广的一本书——《比较文学:方法与展望》不收有关主题学的论文,也就很自然了。

不过,形势很快发生了变化。1968年,哈利·列文发表了专论《主题学和文学批评》,对主题学明确表示肯定:"如果一个主题能够被具体确定,纳入一个具体的范围,赋予一种名称,那么主题学的理论范畴就会更广泛、更灵活些,我们已经看到它包括了许多从前被当作文学的外部材料而搁置一边的东西。我们现在愿意承认,作家对题材的选择是一种审美决定,观念性的观点是结构模式的决定性因素,信息是媒介中固有的。"⑥ 同年,韦斯坦因在其专著《比较文学和文学理论》中辟出"主题学"一章,明确指出主题学探讨

---

① 转引自[美]乌尔利希·韦斯坦因. 比较文学与文学理论[M]. 刘象愚,译. 沈阳:辽宁人民出版社,1987:127.
② [法]马·法·基亚. 比较文学[M]. 颜保,译. 北京:北京大学出版社,1983:49-50.
③ 参见[美]韦勒克. 比较文学的名称与性质[G]. 黄源深,译.//干永昌,廖鸿钧,倪蕊琴选编. 比较文学研究译文集. 上海:上海译文出版社,1985:143.
④ [美]乌尔利希·韦斯坦因:比较文学与文学理论[M]. 刘象愚,译. 沈阳:辽宁人民出版社,1987:131.
⑤ [美]雷·韦勒克,奥·沃伦. 文学理论[M]. 刘象愚,邢培明,陈圣生,等,译. 北京:生活·读书·新知三联书店,1984:300.
⑥ 转引自[美]乌尔利希·韦斯坦因:比较文学与文学理论[M]. 刘象愚,译. 沈阳:辽宁人民出版社,1987:132.

的范畴包括题材、主题、母题、形势、意象特性和惯用语等,并对主题学的历史、内容和形式做了全面论述。

其后,伊利诺伊大学的弗朗西斯·约斯特(F.Jost)在其专著《比较文学导论》的第五部分以"母题""典型""主题"为话题,也对主题学做了精辟阐述。他认为:"任何一个民族文学中具有重大意义的母题、典型和主题必定是超越政治和语言界限的,虽然它们并不会因此而失去所有独特的地方色彩,但它们往往反映出各民族文学中存在的共性。自然,比较文学家要研究的不仅仅是一种文化遗产中的母题、典型和主题等主题学要素的渊源和作用,而且更主要的是要研究若干种民族文学中母题、典型和主题的出现以及出现的频率持久性和类别。"为实现这一目标,他提出:"比较文学家往往将研究民族文学作为扩大研究面的前提,进而研究比较文学,他首先是从他的本民族文学中探究母题、典型及主题。"①

随着主题学研究的深入,美国不少学者将"文化人类学""比较神话学""女性主义"等理论方法运用到主题学中,拓展了主题学研究的领域。

通过美国学派的发展,主题学从必须有事实流传关系的、客观的题材、传说、典型等研究范畴,扩大到了不一定有事实影响关系的题材、主题、母题等研究范畴。由此,"我们可以看出法国和美国的主题学在研究侧重点上的不同。法国学派的主题学,侧重点在于'流传性'或'影响性';而美国学派的主题学并不一定强调文学史价值,更强调其文化和美学上的典型性,即:可以从所选取的题材、母题或主题等研究对象的比较中,探讨出文学文化规律"②。

(二)中国主题学的发展历程

我国的主题学研究也发端于民俗学。1924 年,顾颉刚在《北京大学歌谣周刊》上发表了《孟姜女故事的转变》。该文研究了孟姜女故事在我国不同时代的流传情况,把作品与时代社会联系起来探讨"杞梁筑长城、孟仲妻哭长城"的复杂原因,揭示了故事演变所折射出的时代变迁及社会心态。这样,我国的主题学研究一开始就能通过作家对故事的不同处理来了解作家的心理意向,通过故事的演变过程来窥测各个时代的真貌,从而避免了西方早期主题学研究只考证故事源流而不及其他的缺陷。③ 此后,顾颉刚又整理出版了三册《孟姜女故事研究集》,加上其他学者出版的一些对民间传说人物的研究,共同开辟了我国主题学研究的先河。

与此同时,一些学者采用比较方法对中外故事进行研究,如钟敬文的《中国印欧民间故事之相似》、赵景深的《中西童话之比较》等,使民俗学与比较文学产生了直接的关联,促进了主题学的发展。

---

① [瑞士]弗朗西斯·约斯特.比较文学导论[M].廖鸿钧,等,译.长沙:湖南文艺出版社,1988:233.
② 李伟昉主编.简明比较文学教程[M].北京:高等教育出版社,2014:145.
③ 参见陈鹏翔.主题学研究与中国文学[G]//陈鹏翔主编.主题学研究论文集.台北:台湾东大图书有限公司,1983:7.

到 20 世纪 30 年代，出现了以中国文学为中心，对中国文学所相关的主题、题材等的异域传播进行的研究。特别是方重的《十八世纪的英国文学与中国》(1931)，对元曲《赵氏孤儿》与伏尔泰的《中国孤儿》及英国作家谋飞的《中国孤儿》做了比较，阐明了三部剧作基本剧情的异同，指出伏尔泰的《中国孤儿》将《赵氏孤儿》中两家世代冤仇改为两个朝代的更迭，变原剧"忠"的主题为"爱"的主题。这已经是相当典型的比较文学的主题学研究。

20 世纪 40 年代以后，主题学研究渐趋沉寂。到了 20 世纪 70 年代，随着比较文学在中国的重新崛起，主题学研究也日趋活跃，有了明显的学术自觉。我国台湾地区的陈鹏翔、李达三等学者明确启用了"主题学"这个术语，并大力拓深主题学研究。台港地区学者大多留学欧美，受美国学派的观念和方法影响很大，因而他们的主题学研究大多是关于中国和欧美文学的类同性的平行研究。如颜元叔的《〈白蛇传〉与〈蕾米亚〉》对中国民间故事《白蛇传》与英国诗人济慈的诗歌《蕾米亚》做了比较阐发；陈鹏翔的《中西文学里的火神》对比了普罗米修斯和中国的一系列火神，认为中国火神的故事富有人性色彩，而普罗米修斯的神话则蕴含了比较多的宗教情操。张汉良的《从〈灰阑记〉到〈高加索灰阑记〉》，则是从影响研究的角度比较了中国元杂剧《灰阑记》和德国布莱希特的《高加索灰阑记》，指出布莱希特从中国剧本中借用了题材并做了新的处理，使之更符合欧洲人的传统观念和审美心理。陈鹏翔主编的《主题学研究论文集》等，是 20 世纪 80 年代初在这一研究领域产生重要影响的代表性成果。

伴随中国比较文学的复兴，大陆比较文学主题学研究也向多元与纵深发展。季羡林先生的《〈罗摩衍那〉在中国》，刘守华先生的《民间故事的比较研究》和《比较故事学》等，都重视同一故事在不同地区的流传、变异及社会文化根源，这构成了中国主题学研究的特色。其他如刘若愚《中国游侠》、龚鹏程《大侠》、田毓英《西班牙骑士与中国侠》、李福清《中国历史演义与民间文学传统的关系》等，从较新的主题学角度对大家熟悉的材料进行审视，令人耳目一新。王立先生 1990 年出版的《中国古代文学的十大主题——原型与流变》一书对我国古代诗词中的十个代表性"主题"进行了梳理。1995 年，他推出《中国文学主题》系列专著，包括《意象的主题史研究》《江湖侠踪与侠文学》《悼祭文学与丧悼文化》和《母题与心态史丛论》，从多方面对中国文学进行了主题学的专题研究。另外，乐黛云、陈惇、谢天振、刘象愚、卢康华、曹顺庆、孟昭毅等学者也都分别在其比较文学论著中对主题学理论进行了积极探讨，对我国的主题学研究起着较大的推动作用。

二 主题学定义及相关概念

由于长期以来，主题学在比较文学中的地位起伏不定，对其研究褒贬不一，研究方法、对象也不尽相同，所以，人们对主题学的界定众说纷纭，迄今没有定论。

（一）主题学定义

梵·第根认为，主题学是研究"各国文学互相假借的题材"，是建立"在对共同主题创造性的变化上"，它不仅要确定"近世作者对其外国先辈的依存性"，还要探究"天才、理想以及艺术所起的作用"。① 法国的《拉罗斯百科全书》（1978 年版）给主题学做出如下定义："主题学是比较文学惯于探索的领域，譬如某一神话（俄狄浦斯、伊尼德），某心理典型或社会典型（修女或盲人），某文学人物（唐·璜），某些历史大人物（拿破仑、苏格拉底），某些环境或物件（莱茵河流域、某城市）的影响的消长。"② 美国学者佛里特里希和马龙在合编的《比较文学大纲》中写道："主题学是研究打破时空的界限来处理共同的主题，或者，将类似的文学类型采纳为表达规范。"③

国内的许多学者也对主题学有着自己的理解。陈鹏翔认为："主题学探索的是相同主题（包含套语、意象和母题等）在不同时代以及不同的作家手中的处理，据以了解时代的特征和作家的'用意'（intention）。"④ 谢天振认为："主题学只能是比较文学的一个组成部分，它着重研究同一主题、题材、情节、人物典型跨国或跨民族的流传和演变，以及它们在不同作家笔下所获得的不同处理。"⑤ 张铁夫认为："主题学是比较文学的一个组成部分，它研究主题和题材、母题、人物、意象等的关系，并着重探讨同一题材、母题、人物典型、意象等的跨国或跨民族的流传和演变，以及它在不同作家笔下所获得的不同处理。"⑥ 孟昭毅认为："主题学研究同一主题思想及其相关因素，如母题、题材、人物、意象、情境、套语等，在不同民族或国家文学中的表现形式或被处理的方式，并从主题中进一步阐发之所以产生不同点的那些民族或国家的文化背景、道德观念、审美情趣等方面的异同。"⑦

从主题学的词语意义、发展历史和国内外学者对主题学的理解来看，主题学主要包括母题、题材、人物、意象、情景、主题等几个方面，既在影响研究中存在，也在平行研究中存在。那么，我们可以对比较文学主题学做出如下定义：主题学研究是对同一母题、题材、主题等在不同国家、文明的文学中的流传、演变及其原因的探究，从而了解各民族文学之间的交往和影响，理解不同民族文学之间的共通性和差异性，由此总结出各民族共同的美学规律。主题学既属于实证性影响研究，也属于没有事实联系的平行研究。

（二）母题、题材、主题的内涵及三者之间的关系

1. 母题

比较文学主题学研究里的"母题"，是指人类认识世界时，从某种状态中总结成的具象化的最小意义单元，是人类过去不断重复、今后还会继续重复的基本行为和精神现象，如生、老、病、死、爱、恨、情、仇等。母题的特征有如下几个方面。

---

① ［法］提格亨. 比较文学论［M］. 戴望舒, 译. 上海：商务印书馆, 1937：99.
② 转引自乐黛云主编. 中西比较文学教程［M］. 北京：高等教育出版社, 1988：184.
③ 转引自李达三. 比较文学研究之新方向［M］. 台北：台湾联经出版社, 1984：190.
④ 陈鹏翔. 主题学研究与中国文学［G］//陈鹏翔主编. 主题学研究论文集. 台北：台湾东大图书有限公司, 1983：15.
⑤ 转引自乐黛云主编. 中西比较文学教程［M］. 北京：高等教育出版社, 1988：184.
⑥ 张铁夫主编. 新编比较文学教程［M］. 长沙：湖南人民出版社, 1997：339.
⑦ 转引自曹顺庆主编. 比较文学概论［M］. 北京：高等教育出版社, 2019：150-151.

一是具象性。相对于主题，母题表现出比较明显的具象性特征。尤金·H·福尔克认为："主题可以指从诸如表现人物心态、感情、姿态的行为和言辞或寓意深刻的背景等作品成分的特别建构中出现的观点，作品中的这种成分，我称之为母题；而以抽象的途径从母题中产生的观点，我称之为主题。"① 他认为"表现人物心态、感情、姿态的行为和言辞或寓意深刻的背景等作品成分"就是母题，而这些成分无一不表现出母题的具象性特点。母题是从状态中产生的，因此它不会升华到抽象的概念层面，而是始终表现出具象层面的意义。母题的数量有限，据德国学者保尔·梅克尔估计，可能有一百个左右。

二是客观性。相对于主题，母题还表现出较强的客观性。母题在作品里的提取方式，一定是来自客观实际存在的人物、意象或情境，而不是研究者主观归纳总结出的主题或者"创作思想"。

三是普遍性。前文讲过，母题是人类过去不断重复、今后还会继续重复的基本行为和精神现象，所以母题是普遍存在的。

四是强大的生成能力。虽然母题是主题学构成部分中的最小元素，但具有强大的生成力。可以利用的整个母题库相对而言是比较小的，但这些母题可以变换出大量的故事，就像我们用简单的七巧板可以拼出变化无穷的图案一样。

2. 题材

所谓"题材"，通常是指经过理性推敲、选择、提炼，并经过集中、综合、虚构、变形等加工处理过的素材。素材的内涵十分丰富，可以说囊括了天地间和人类生活中的一切以事件方式发生的事情，是社会生活中存在的原始材料。但只有被文学作为表现对象的这一部分素材，才是题材。

题材与母题关系极为密切。一般情况下，多个母题依照一定序列构成一个有机体，即题材。题材是母题的逻辑或时序上的连接，是一种"勾勒清楚的故事线索"，即具体的故事。母题的各种组合（因果关系、时间关系，或是共时的描述）可以变换出各种各样的题材。题材可以是一个历史事件，如"赵氏孤儿""昭君出塞"等；也可以是一个行动，如"盗火""造人"等；甚至可以是想象的产物，如"变形""乌托邦"等。

3. 主题

比较文学界对"主题"② 内涵的理解较为复杂。不过，目前绝大多数学者认为，主题应该属于文学的内容范畴，是作者通过题材表达出来的思想情感。换句话说，主题是作者以特定的思想立场、人生态度和审美情趣对题材加以倾向性介入后才产生的，在这一过程中必然会对母题和题材有所取舍、重构，甚至在特定语境中会赋予其新的意义。与母题相比，主题的特征有如下几点。

一是抽象性。它是对故事中人物、情节的抽象。由此可见，不同题材可以表现相同或

---

① 转引自曹顺庆主编．比较文学概论［M］．北京：高等教育出版社，2019：153．
② 注意，主题学不等同于主题。主题学如上文所定义，其研究范围包括母题、题材和主题；而主题只是主题学研究的一个范畴而已。

相似的主题，比如表现"悭吝"主题的，就有巴尔扎克的小说《欧也妮·葛朗台》、莫里哀的戏剧《悭吝人》和我国元代邓廷玉的杂剧《看钱奴》等不同题材的作品。

二是个别性。主题是作者对母题或题材进行改造以表达个人思想的结果，在不同作家笔下，同一母题和题材所呈现的主题不一样，所以主题具有个别性。

三是丰富性。文学作品的形象性本身提供了丰富的内涵，这不仅体现在一些篇幅浩大、多条线索发展的长篇小说中，也体现在一些具有哲理的短篇小说里。主题的丰富性还表现为某种程度的矛盾性。例如海明威的《老人与海》所表现的主题，既有"人可以被消灭但不能被打败"的硬汉精神，又通过老人拖来的大马林鱼的骨架与垃圾堆放在一起表现出"虚幻无益的自我求证"的含义，而这两者恰恰是相互冲突的。训练有素的读者也可以从一部作品中发掘出多重主题。

四是载体的多样性。主题在不同体裁中有不同的表现方式，叙事作品的主题主要体现在人物、事件或背景上，而抒情诗则往往通过诗中的意象体现出来。

至此，可以对母题、题材、主题三者之间的关系做一个较全面的概括：母题是最基本的意义单元，在文学中可反复出现，是题材和主题的必备要素；题材是多种母题组合而成的有机体，有一个相对完整的结构；母题和题材可以蕴含一定的思想，不过这种思想是一般的、抽象的、模糊的，而经过作家再诠释所产生的主题才呈现出个别的、具体的思想，甚至会在特定语境中生发出新意。在上述三个研究范畴中，主题是最具主观色彩的，它含有明显的价值判断取向，并随着文化、观念的变化而变化。①

三 主题学研究范畴

虽然学界对主题学研究范畴还存在诸多争议，但结合主题学发展历程及国内外学者对主题学的定义，我们将主题学研究范畴定为母题研究、题材研究和主题研究。

（一）母题研究

母题的研究对象包括纯粹母题、情景母题、人物母题和意象母题四大类。

1. 纯粹母题

纯粹母题，"通常指的是文学作品中反复出现的人类的基本行为、精神现象以及人类

---

① 关于比较文学主题学之"主题"范畴，仍有不少需要探讨的地方。比如，"人与命运冲突""爱情与义务冲突""大家族盛衰"等是常见的主题，但这些主题在不同作家笔下的具体呈现是不一样的。以"人与命运冲突"主题为例，埃斯库罗斯笔下的命运往往支配一切；在索福克勒斯笔下，虽然人也无法战胜命运，但更加注重人的主体意志；在欧里庇得斯笔下，人的命运往往掌握在自己手中。因此，关于主题学之"主题"范畴，是不是仍与具体作品之主题有所区别呢？这是一个值得继续探究的问题。另外，有时候主题学之"母题"范畴与主题学之"主题"范畴较难区分，特别是情景母题更容易与主题混淆，如"始乱终弃"，有些学者认为是情景母题，而有些学者认为是主题；再如"人与命运冲突"，多数学者认为是主题，而又有不少学者认为是母题。本部分内容对母题、题材、主题的定义及它们特点的归纳参考了学界大多数学者的观点，为了行文方便，后续不再对具体问题一一辨析。

关于周围世界的概念，诸如生、离、死、别，喜、怒、哀、乐，时间，空间，季节等"①。以纯粹母题为核心的主题学研究，可以局限于国别与民族文学范围内，也可以跨越国别和民族界限，对各民族的神话传说和传统文学中的母题做清理式研究。王立在《中国古代文学十大主题——原型与流变》中对我国大量古代文学作品进行梳理，归纳出十个基本"主题"，这些主题实为母题，如"生死""别离""相思""春恨""悲秋""怀古"等。

2. 情景母题

"情景"（situation）即人物在某种特定时空环境里的相互关系。情景母题研究就是要挖掘、梳理传统文学中含有母题的情景，从而探讨其为人们反复运用的文学与文化机制。如三角恋；丈夫外出久无音讯，妻子改嫁后却突然归来；不相识的父子之战；仇敌的儿女相爱；始乱终弃；落难公子中状元，私订终身后花园；等等。

3. 人物母题

只有具备母题性质、有一定象征意义的人物典型，才能称之为"人物母题"。人物母题分为三类。

第一类是想象型人物典型。这类形象多为神话传说中的人物，对这类人物母题的研究往往与原型批评紧密相连，但在主题学研究中更强调探讨和比较这类人物的象征精神。这类形象经过长时间洗涤与积淀而成为某个母题的象征，其名字就是那个母题的代名词。如海伦代表着"美貌"母题，亚当代表着"始祖"母题，大禹代表着"无私"母题，浮士德代表着"求索"母题，普罗米修斯代表着"智慧"母题，美狄亚代表着"复仇"母题，俄狄浦斯代表着"恋母"母题等。

第二类是现实性人物典型。这类形象多是文学作品中所出现的形象，多为具有实际意义的人物，他们既有普遍意义，又有特定的历史含义。如夏洛克是"贪婪"母题，关羽是"忠义"母题，堂吉诃德是"思想与行动相矛盾"的母题。

第三类是类型形象。这类形象是指那些集中体现了某种性格与个性的同类人，像妒忌者、吝啬者、多余人、革命者等都可以列入"类型形象"。例如，"多余人"形象，它指的是不满现状但又无能为力的知识分子形象。多余人不仅在俄国文学中出现，在我国现代文学中也同样存在。鲁迅《在酒楼上》中的吕纬甫，茅盾《幻灭》中的章静，郁达夫《沉沦者》中的沉沦者、《秋柳》中的于质夫，甚至钱钟书《围城》中的方鸿渐等均属此类。但是，中俄文学中的"多余人"形象也因各自个性气质和社会因素的不同而有着很大不同。

4. 意象母题

主题学中的"意象"，是指某一民族、国家中具有某种特殊文化意蕴和文学意味的形象，它在不同作家笔下反复出现，具有母题性意义。主题学中的意象可以是现实中的自然

---

① 目前学界缺少对"纯粹母题"的界定，这里采用了李琳的观点。但仔细琢磨之后会发现，这就是"母题"的基本定义。参见李琳. 近二十年来古典文学主题学研究法述要［J］. 学术交流，2004（09）：143-147.

现象和动植物形象,也可以是想象中的事物。自然现象如风、雨、雷、电、山、水、云、雾;动植物形象如龟、鹤、雁、马、梅、兰、竹、菊;想象中的事物有龙、瑶池、伊甸园、地狱等。

这些形象和事物在不同民族文化里有着截然不同的含义。比如,山在中国文化中具有崇高的含义,形容人道德高尚,往往用"高山仰止"来比喻;然而,在爱尔兰文学中,山却成了一个具有威胁性的形象。龙在中国和西方代表不同的文化意象,在中国汉文化里,龙是高贵、神圣的象征,诸如"真龙天子""龙袍""龙庭""望子成龙"等;但在西方文化里,龙往往是一个凶残可怕的怪物,英国古代英雄史诗《贝奥武甫》、德国古代英雄史诗《尼伯龙根之歌》等,都有关于主人公杀死龙的描写。又如狗,在中国汉族文化中狗多有贬义,比如骂人的话"狗仗人势""狗血喷头""狗嘴里吐不出象牙""汉奸走狗"等;但在西方文化里,狗是人类的好朋友,形容人的幸运时可以称之为"You are a lucky dog"。再如西风,对英国人来说,因为它带来温暖和雨水,所以对它很有好感,诗人雪莱还有《西风颂》的名篇传世;但对中国人来说,它是"寒冷""严冬"的象征。喜鹊,中国人认为是吉祥之物,但西方人却视作"饶舌"甚至"小偷"的象征。

既然文化意象在不同民族、不同国家中存在着不同的含义,那么主题学中的意象研究就要着力探讨同一意象在不同民族文学中的文化内涵,比较其变化与差异,揭示出各民族作品中的深层意蕴。

(二)题材研究

早期的主题学研究被作为"题材史"研究,即研究不同作家对相同或相似题材的不同处理。题材研究包括以下四个方面。

1. 相同题材在同一国家、民族文学中的流传和演变

这类题材研究关注在同一国家、民族内部,在文学历时发展中,同一题材在不同作家作品中的流传和变化。

在中国,孟姜女故事、王昭君故事、白蛇故事、梁祝故事等题材被历代作家所青睐。以王昭君故事为例,从《汉书》的片段记载到元杂剧《汉宫秋》,到清代小说《双凤奇缘》,再到五四时期郭沫若的历史剧《三个叛逆的女性》中的《王昭君》,不同作家在前代题材的基础上进行取舍,对同一题材进行不同处理,作品主题也随之发生了变化,从而映射出不同时代的文学和文化特点。再如白蛇故事,早期的《西湖三塔记》传达了禁欲主题;冯梦龙《白娘子永镇雷峰塔》虽在一定程度上肯定了个体的自然欲求,但禁欲依然是故事的主题;方成培《雷峰塔》传奇中白娘子由妖成仙变化的实质是宣扬封建社会的忠孝伦理观;田汉改编的京剧《白蛇传》则肯定了个体的精神价值,赞美个体反抗社会压迫、争取爱情自由的反抗精神;李碧华的《青蛇》则最具有颠覆性,融入了"同性恋""三角恋"等元素,是现代人复杂精神状态的反映。

2. 同一题材在不同国家、民族文学中的流传和变异

这种有实际影响关系的题材,是早期比较文学主题学研究的重点。最典型的案例当属

"赵氏孤儿"在欧洲文学中的传播与变异。其故事情节来自司马迁《史记·赵世家》，讲述了晋大夫屠岸贾诛杀赵氏家族、晋景公等人谋立赵氏孤儿的事情。元代剧作家纪君祥据此创作杂剧《赵氏孤儿》（原名《赵氏孤儿大报仇》）。1735年，杜赫德主编的《中国通志》全文刊载法国耶稣会士马若瑟的汉译文。之后，欧洲各国陆续出现对该题材的改编本。在英国，先后有剧作家哈切特的《中国孤儿》（1741）和谋飞的《中国孤儿》（1759）；在意大利，有诗人梅达斯塔苏的歌剧《中国英雄》（1748）；在法国，有伏尔泰改编的五幕剧《中国孤儿——孔子的伦理》（1755）；在德国，有歌德的未尽稿《埃尔佩诺》（1781）。大多数改编本沿袭了原著正义与邪恶斗争并最终取得胜利的主题，唯独伏尔泰另辟蹊径，将题材重新加工，重在表现情感和理性的冲突，在和解的结局中，洋溢着理智、仁爱和道德的光辉。

在西方，普罗米修斯盗火故事、唐·璜故事、浮士德故事等也是欧洲各国作家所反复关注的题材。我们以普罗米修斯盗火故事为例，它既为埃斯库罗斯的同名悲剧三部曲提供了素材，也为雪莱的诗剧《解放了的普罗米修斯》提供了素材。埃斯库罗斯的悲剧热烈赞颂雅典民主派的斗争，表现了为正义而奋斗的崇高精神和英雄气概，同时流露出调和民主派与贵族之间矛盾的愿望。而雪莱对普罗米修斯反抗专制精神的歌颂是非常彻底的。他修改了埃斯库罗斯悲剧妥协和解的结局（在三部曲的第二部中，普罗米修斯与宙斯和解，宙斯命赫拉克勒斯把他释放），以自然的力量和冥王的干预彻底解放了普罗米修斯这位捍卫人类自由和尊严的伟大战士，并把专横的天帝拉下了统治宝座。这样，雪莱在剧作中热烈讴歌了人类反对专制暴政、渴望民族自由及崇高的自我牺牲的精神，同时也表现出法国大革命结束后英国和欧洲大陆资产阶级革命家对封建反动势力的不满与反抗情绪。

3. 不同国家、民族中所独立出现的相似题材

由于人类最基本的情感以及与世界发生关系的基本方式是相同的，所以，不同国家、民族文学在没有事实影响的情况下，往往也会不约而同地使用相似的题材。例如，中西文学中都存在"灰阑记"这一题材。"灰阑记"故事的基本情节是两个女人共认一个孩子为自己的亲子，判官提出画一个圆圈（即灰阑），谁能从圆圈中把孩子拽出，谁就是孩子的生母。亲生母亲怕伤了孩子，不忍用力，只好放弃，判官由此判断出谁是生母。类似的故事最早见于《圣经·旧约全书·列王记》之"所罗门审断疑案"。有两个妓女争夺一婴儿，都说婴儿为自己所生。所罗门王略施小计，假装下令将婴儿砍为两半，分给两妇人，从两人不同的反应中判断出生母。《古兰经》先知故事集中有同样的记载。佛经《贤愚经》也有类似的记载。这一题材在元曲《包待制智赚灰阑记》中也有所呈现。

再如，中外还都存在"人变物"的题材。西方奥维德《变形记》讲述了各种变形故事，中国也有"庄周梦蝶""薛伟化鱼""梁祝化蝶"等变形故事。就"人变虫"题材来看，最著名的当属蒲松龄《聊斋志异》之《促织》和卡夫卡的短篇小说《变形记》了。蒲松龄《促织》写人变蟋蟀，而卡夫卡《变形记》写人变大甲虫。不同国家、民族中所存在的这些题材说明人类最基本的情感以及与世界发生关系的基本方式是相同的，中外文学有着共同的"文心"；当然，在"相同"中一定会有异质性特征存在。

4. 不同国家、民族所出现的不同题材

因为这类题材研究没有相同题材作为基础，所以经常被比较文学研究者忽视。但是，正是通过在一定范围内比较不同题材，探究民族文学的相异之处，才能对不同的文学和文化有更深入的了解。例如，同样是在远古时代出现的神话故事和英雄传说，西方的"奥林波斯神系"体现了"同形同性"的特点；而中国没有相似的神系，并且中国上古神话中的神祇大多道德超凡，富有集体精神和献身精神，如女娲以身补天、大禹治水三过家门而不入等。中西神话的差异体现出各自对天地、人性理解的不同。在主题学研究中，可以探讨这些不同文化土壤所出现的不同题材，在对相异性的考察中，探讨题材和作品背后的思想和美学价值。

（三）主题研究

比较文学主题学的主题研究是建立在对母题和题材研究的基础上的，通过深入阐释作家个案，可以明辨其作品的传承性和独创性，进而把握作家创作个性、时代特征和民族文化等。具体而言，比较文学主题学之主题研究可以分为四个方面。

1. 作家对一些母题性人物的再处理

母题性人物，有的是神话、传说或文学作品创造出来的，如普罗米修斯、美狄亚、唐·璜、浮士德、孟姜女、梁山伯、祝英台等；有的是历史上实有其人，如贞德、查理大帝、包公、王昭君等。一般来讲，母题性人物具有一定象征意义，人物一旦成为某个主题的代表，就可以大概确定，以后的作品往往沿着人物固有的象征含义进行演绎。但这并不意味着人物形象的内涵是固定不变的，有创造性的作家往往会打破既有的形象内涵，赋予其新的含义，甚至与人物原来的内涵相反。譬如西方作家对古希腊神话人物普罗米修斯的重新诠释。普罗米修斯是智慧和叛逆的象征，但在不同作家笔下这个人物所呈现的主题有所不同。古希腊悲剧家埃斯库罗斯的《被缚的普罗米修斯》虽然也描绘了普罗米修斯对宙斯的无畏反抗，但最终表现的是言归于好的思想。19世纪英国浪漫派诗人雪莱的《解放了的普罗米修斯》表现了基于博爱的民主思想和时代精神。20世纪美国剧作家罗威尔的《被缚的普罗米修斯》则意在强调现代人精神的复杂，以及存在的荒谬。由此可见，人物母题虽然相同，都是普罗米修斯，但作家的再加工使其中所蕴含的主题有了很大的差别。

2. 作家对某些母题性意象的再利用

在文学作品中，意象常常以隐喻的形态传达出作者的文化心理、审美倾向和情感意识。虽然母题性意象的主题基本固定，但随着世事的变迁，有可能在不同民族、国家乃至不同时期作家的作品中被赋予新的内涵。比如蚕、蛾意象，在中国文人笔下，"在蚕、蛾的意象中寄托了自己的精神追求，表现出胸怀天下的那种知识分子悲天悯人、民胞物与的人文主义情怀"[①]。随着蚕桑在西方的传播，欧洲文学中也有了蚕、蛾意象。在但丁《神

[①] 孟昭毅. 比较文学主题学 [M]. 北京：北京大学出版社，2022：478.

曲》之《天堂》第八篇中，描写在第三重天（金星天）里有一个已升入天堂的多情而幸福的灵魂，即"加尔·马德罗"，他被欢乐的光辉包裹着，但丁问他："那么你是谁？"他在回答但丁的问题时说："我在尘世的岁月不长……欢乐包围着我，遮蔽了你的眼光，像吐丝自缚的动物。"① 很显然，此处"吐丝自缚的动物"是指蚕。在这里，加尔·马德罗欢乐、幸福的灵魂被光辉所包围、笼罩，犹如蚕之在茧中一样；这种场景又被比喻为它能像青虫那样破茧而出，并化作蝴蝶而飞舞。此时的蚕（意指加尔·马德罗）有了作茧自缚时的一种幸福感。在这种象征性意象里，但丁反其意而用之，以显示当事者加尔·马德罗灵魂的优越处境，以及表现作者自己的智慧灵光和思想洞见。

再如"秋天"意象，陈鹏翔在《中英古典诗歌里的秋天——主题学研究》中写道：中国秋天诗所表达的主题无非是悲愤、感怀身世、时间的流逝、收获和满足；英国古典秋天诗所着重表达的是时间的紧迫感，季节所展示的生死再生的形态、收获、满足和忧伤。在表现丰收及满足的主题时，中英诗人惯常使用的是瓜果、葡萄、稻谷等秋天收获物的意象。而要表达哀伤、颓败等主旨时，就应用落日、落叶、秋蝉、蟋蟀和西风等令人凄恻的意象。②

3. 作家对一些情景母题的新诠释

这里以人们所熟悉的"三角恋"情景为例。一般而言，"三角恋"情景所包含的文化含义，多指有悖常理的道德观念，最多再加上一些浪漫、悲情和感伤的叙述色彩。但法国作家萨特给予"三角恋"情景以全新的阐释，在其著名的存在主义独幕剧《禁闭》（1944）中，萨特通过加尔散、艾比黛尔、伊内丝三个灵魂之间复杂、畸形的爱恋关系，表现出存在主义的著名哲理："他人即地狱！"不难看出，萨特给"三角恋"情景赋予的全新意义是常人难以依据传统思维设想出来的。

4. 作家对已有题材、故事的再加工

作家对已有题材、故事的再加工，典型如希伯来和古希腊神话传说中都有的"主母反告"题材。代表性的男主人公分别为约瑟和希波吕托斯，主母向他们求爱不成，则反咬一口。这无疑反映了母系社会瓦解时期，男性对女性作为主妇地位的颠覆意识。以"希波吕托斯"故事为例，欧里庇得斯的悲剧《希波吕托斯》和拉辛的悲剧《费德尔》表现了男性对女性作为主妇地位的亵渎意识这一主题。20世纪俄国女诗人茨维塔耶娃的长诗《费德尔》，却对主母的处境给予了充分的理解和同情，从乳母角度渲染费德尔的苦闷和无助，并批判希波吕托斯的冷漠。在这首长诗中，题材基本没有改变，却成功颠覆了传统主题，成为现代女权主义的代表作品。

再如"灰阑记"题材。早先的故事主题都是歌颂判决者的智慧。而布莱希特在1944年创作的《高加索灰阑记》就与众不同。《高加索灰阑记》的梗概是：在格鲁吉亚一次贵

---

① ［意］但丁·亚利基利. 神曲［M］. 王维克，译. 北京：人民文学出版社，1980：400.
② 参见陈鹏翔. 中英古典诗歌里的秋天——主题学研究［G］//陈鹏翔主编. 主题学研究论文集. 台北：台湾东大图书有限公司，1983：28-29.

族叛乱中，总督被杀，夫人出逃，扔下婴儿。女仆却对孩子产生了真正的爱心。当一位偶然登上法官位置的普通士兵用同样的方法来判决孩子归属时，不忍下死力拉出孩子的却不是生母而是女仆。故事差不多，主题却不再是歌颂判官的智慧，而是鞭挞灭绝人性的贵族妇女，歌颂质朴而有爱心的劳动人民。

在对母题、题材与主题探讨完毕后，尚有一个范畴需要注意，那就是"套话"。有不少学者将其单独列为比较文学主题学的研究内容之一，但理论上并没有这个必要。惯用语依据其所包含的基本意义单元的多少，可以分别纳入母题和题材的研究范畴。比如，"漂泊的犹太人""假洋鬼子"等套语可以归入人物母题研究范畴；而"一石二鸟""南柯一梦"等套语可以归入题材研究范畴。

最后，需要特别指出的是，文学作品中的母题、题材和主题，三者是有机组合在一起的，在具体研究中不必将其泾渭分明地分开。

第二节 文　类　学

文类，即文学的体裁或文体。比较文学文类学是指从跨国、跨文明的角度，研究不同国家、不同文明如何按照文学自身的特点来划分文学体裁，研究各种文体的特征以及在发展过程中文体的演变和文体之间的相互关系。当它形成一门学问之后，不仅涉及传统的影响研究和平行研究，而且还包括"缺类研究"。

一　文类学的发展

西方文类学研究可以追溯至柏拉图。最早在理论上对文学进行分类的学者是古希腊的亚里士多德，他的《诗学》不仅被看作西方文学理论的源头，也被视为用文类观点来讨论文学的最早的著作。此后，从亚里士多德到布瓦洛，从古典主义到新古典主义，再到浪漫主义时期，文类的范畴和理论也经历着巨大的变化。到19世纪末，比较文学开始兴起，它将各民族文学视为一个整体，从跨国、跨文明的角度研究文类及其特征，使文类学研究从国别文学的范围内走出来，为文类学研究开拓了新的领域。

在比较文学学科发展的第一阶段，文类学就取得了可观的成绩。法国学派偏重于从"事实联系"角度研究文类在传播过程中的影响。1931年，梵·第根在其专著《比较文学论》中设专章讨论"文体与作风"。他主张比较文学理论要重视艺术形式和文体，并论述了跨越国界的"形式"——散文、诗歌和戏曲及诗法、作风等在西方的源流和影响，还考察了英国言情小说对18世纪法国和德国小说的影响，流浪汉小说在西班牙以外地区的传播以及恐怖小说、历史小说等在欧洲大陆的影响与传播。

比较文学发展到第二阶段，文体学研究获得了进一步的发展。平行研究提倡在一定可比性条件和研究目的之下，突破"事实联系"的限制，将不同时代、地域、地位乃至不同水平的作家作品纳入研究范围，通过异同比较来发掘文学作品的美学价值及内在联系。1948年，美国学者韦勒克、沃伦在《文学理论》一书中分章节讨论了文类发展史和文类的研究状况。美国另一著名学者约斯特在《比较文学导论》中用三个章节专题讨论文学的体裁和形式,而且探讨了德、英、法诸国的教育小说和十四行诗在欧洲各国不同民族特性下的兴起、发展及变化。

中国的比较文学界从一开始就十分重视文类学研究。卢康华和孙景尧所著的《比较文学导论》将文类学、类型学和文体学做了严格区分,认为文类学属于影响研究的范畴,"研究一种文体如何从一国流传到他国和流变过程中的种种变异";而文体学是"无影响关系的文类研究",研究"同一文体在不同国家文学中的不同发展过程"。① 乐黛云在其主编的《中西比较文学教程》中指出文类学研究的三个方面:一是文学类型(即文学的分类)研究,二是体裁研究,三是文学风格的研究。陈惇等人主编的《比较文学》认为文体学研究可以从影响研究、平行研究和阐发研究三个方向入手,进行文学分类、文学体裁、文学理论批评、文类实用批评和文学风格的研究。张铁夫、曹顺庆、孟昭毅等学者也在各自主编的教材和专著中对文类学进行了探讨。可以说,中国比较文学界在文类学研究上的尝试和实绩是值得肯定的。

二 文类理论的发展

中西方在各自的文化背景中形成了各具特色的文类划分理论。这些文类分类是进行比较文学文类学研究的基础。

(一)西方文类理论的发展

在西方,文学的分类标准可以追溯到柏拉图。他在《理想国》中将说故事的叙述方式分为"单纯叙述""模仿叙述"和"混合叙述"三种,并以此为依据,把诗和故事分为三类:一是喜剧和悲剧,即模仿叙述;二是合唱队的颂歌,即单纯叙述;三是史诗,即混合叙述。相对于柏拉图以叙述方式作为文学分类标准,亚里士多德将不同的媒介、对象和方式作为文学的分类标准。在《诗学》中,他根据文学作品中模仿所用的媒介不同、所取的对象不同、所采用的方式不同而将其划分为"史诗、悲剧、喜剧和酒神颂"。亚里士多德将柏拉图的"颂歌"变成了"酒神颂",后来酒神颂又演化为戏剧。不难看出,柏拉图和亚里士多德都没有把抒情诗当作单独的一类,他们的分类方法长期影响以后的文学批评家。

从18世纪开始,越来越多的人开始关注文学分类问题。歌德看到当时"书信体"小说的趋向,注意到文学类型的分离。他在《诗歌的自然形式》中谈到文学的不同类型,认为文学"真正的自然形态有三种:'叙述清楚的'、'热烈激动的'、'个人表现的'——史诗、抒情诗和戏剧"。席勒也注意到诗歌与史诗和戏剧是有明显区别的。到施莱格尔兄弟时,他们已对这一分类进行了深入研究,并在《论戏剧艺术与文学》中认同了文学类型的三分法,"抒情的、史诗的、戏剧的这些概念都是文艺学的名词,用来表示人类一般存在

---

① 卢康华,孙景尧. 比较文学导论 [M]. 哈尔滨:黑龙江人民出版社,1984:170-180.

的基本的可能性"①。

西方的文体研究常常把文学作品划分为三大类：叙事类（也叫史诗类）、抒情类（或叫诗歌类）、戏剧类。这三个基础文体各自又可以分为许多亚类。比如，叙事类可分为史诗、长篇小说、中篇小说、短篇小说、小品文、回忆录等；抒情类可分为十四行诗、颂歌、挽歌、赞歌、回旋歌、歌谣等；戏剧也可分为悲剧、喜剧等。当然还可以再分，比如小说还可分为英雄传奇小说、流浪汉小说等。

（二）中国文类理论的发展

在中国文学中，文类划分最早见于《诗经》。《诗经》按照"风""雅""颂"来安排体例。《尚书》根据作品的特征和功用将文体划分为典、谟、誓、诰等类型。

从魏晋南北朝开始，中国文类意识才逐渐觉醒和成熟，比如曹丕在《典论·论文》中将文体划分为四科八类：奏议、书论、铭诔、诗赋；陆机在《文赋》中将文体确定为十类，分别是诗、赋、碑、诔、铭、箴、颂、论、奏、说，并对各类文体的特点进行了较详细的介绍和解释。晋代挚虞的《文章流别论》、李充的《翰林论》，则是文体分类论述的专著。

中国古代文类研究中对文类划分最细密的当属刘勰，他在《文心雕龙》中将文类分为有韵之"文"和无韵之"笔"两大类。其中韵文十七种，分别是骚、诗、乐府、赋、颂、赞、祝、盟、铭、箴、诔、碑、哀、吊、杂文、谐、隐；无韵文十八种，分别是史传、诸子之文、论、说、诏、制、策、敕、檄、移、封禅、章、表、奏、启、议、对、书记等。刘勰还阐明了各个文类所遵循的法式："章、表、奏、议，则准的乎典雅；赋、颂、歌、诗，则羽仪乎清丽；符、檄、书、移，则楷式于明断；史、论、序、注，则师范于核要；箴、铭、碑、诔，则体制于弘深；连珠、七辞，则从事于巧艳。"②

到了明代，中国的文体分类更为成熟，产生了《文体明辨》这样的文体分类著作。戏曲文体研究有李渔的《闲情偶寄》，小说文体研究有金圣叹的小说叙述理论。

在中国，有韵文（诗歌）与无韵文（散文）的两分法一直是主要分类方法（而西方早期则是史诗与戏剧的两分法）。中国的小说与戏剧虽产生较晚，但仍有李渔、金圣叹等人的分类理论。于是，诗歌、散文、小说、戏剧就成为我国文学的四种基础文体。

需要注意的是，在文学发展的历程中，文学体裁、种类是不断发展变化的，一成不变的文类划分也是不存在的。还有，在文学创作中有不少文类跨界现象，我们无法用一个标准衡量一切，更无法使不同文体截然区分开来。

三 文类学研究类型

比较文学文类学研究不仅涉及传统的影响研究和平行研究，而且还包括"缺类研究"。

---

① 转引自［瑞士］沃尔夫冈·凯塞尔.语言的艺术作品——文艺学引论［M］.陈铨，译.上海：上海译文出版社，1984：441.

② 陆侃如，牟世金译注.文心雕龙译注［M］.济南：齐鲁书社，1995：394.

（一）文类影响研究

文类的影响研究是指由于不同国家有着各自不同的历史背景和文化传统，文体由一国向他国流传过程中无法完全保持其原有形态，它总是根据各国的不同情况而有所变化，甚至产生出新的文种和体裁来。在文类的影响研究上，我们可以研究他国文类对中国的影响，也可以研究中国文类对他国的影响，还可以研究国外某一种文类对另一国的影响。

就他国文类对中国的影响来说，最典型的当属佛经对唐代变文的影响。所谓变文就是佛经俗讲的底本。佛教为了进一步发展，就必须让一般老百姓听得懂，为了实现这一目的，僧尼们便对佛经进行了俗讲，即用白话叙述经义，以偈赞歌唱的形式把佛教教义通俗化、故事化。郑振铎讲道："我们知道，印度的文籍，很早便已使用到韵文散文合组的文体。最著名的马鸣的《本生鬘论》也曾照原样的介绍到中国来过。一部分的受印度佛教的陶冶的僧侣，大约曾经竭力的在讲经的时候，模拟过这种新的文体，以吸引听众的注意。"① 俗讲不仅继承了佛经里以散文叙说、以偈语宣赞的形式，同时也接受了我国民间流传的故事赋、叙事诗的影响，在诵说时运用大量的四言六言句子，在吟唱时采用五言诗或七言诗的形式，因此，这一俗讲形式受到了广泛欢迎。

后来，变文的内容开始向非宗教方向发展，而且也摆脱了僧尼独家"经营"的局面，出现了大批以说唱变文为职业的民间艺术家，并且在后来发展成为其他的文学样式，如平话、诸宫调、宝卷、弹词等。这些新文学样式仍然具有佛经的痕迹。如戴尔·里斯·黑尔斯指出拟话本与《法句经》阐述故事的相似性："如果佛经偈颂被替换为诗歌，宗教评注被替换为说书人的道德叙事，那么，像佛教僧侣的宗教氛围一样，仍然有一个讲道坛的共鸣。"② 当然，这些新文体并非简单的移植、切换，而是受到中国传统文学形式的改造，成为当时人们喜闻乐见的文学形式，最终在中国文学中扎下根来。

就中国文类对他国的影响来说，就有学者猜想李白的古风对西方十四行诗有重要影响。一般认为最早的欧洲十四行诗是在意大利发现的。公元 13 世纪，有一位西西里岛的诗人披埃·德勒·维奈（Pier delle Vigne）写的十四行诗是至今所知欧洲最早的十四行诗，此后又有意大利诗人阿瑞索和贵同尼的诗作问世。公元 1294 年，这种诗歌有了诗体要求，即每首诗必须由一个八行诗组（octave）和一个六行诗组（sestet）合成，前面的八行又可分为两个四行诗组（quatrain），但在前八行和后六行之间，音韵上一般要有一个顿挫。十四行诗后来传到法国和英国等地，英国的莎士比亚、法国的七星诗社诗人、西班牙的贡戈拉都创作过十四行诗，并留下了专集。为什么十四行诗这种诗体会在 13 世纪的意大利出现？杨宪益先生认为，这是受李白的影响。李白所写的《花间一壶酒》就是一首很完整的十四行诗。《花间一壶酒》开头是一个八行诗组："花间一壶酒，独酌无相亲，举杯邀明月，对影成三人；月既不解饮，影徒随我身，暂伴月将影，行乐须及春"，用的是一个韵。然后是一个间隔，下面是一个六行诗组："我歌月徘徊，我舞影零乱，醒时同交欢，

---

① 郑振铎. 中国俗文学史（上册）[M]. 北京：作家出版社，1954：191.
② 转引自董首一. 在中国"底色"与他者视野之间——戴尔·里斯·黑尔斯的《〈拍案惊奇〉考评》研究 [J]. 中国语言文学研究，2023，34（01）：69.

醉后各分散，永结无情游，相期邈云汉"，用的是另一个尾韵。前面的八行诗组又可以分为两个四行诗组。这和意大利的十四行诗规律是完全符合的。

李白的时代比13世纪的意大利诗人要早几百年，而这正是大食帝国兴盛的时代；大食人所建立的庞大帝国和共同文化在东方与唐帝国接境，在西方则靠近地中海的西欧国家，尤其是意大利。虽然不能肯定十四行诗这种歌谣形式是从我国经过阿拉伯人传到西方去的，但这至少是一个有趣的假设。[①]

至于国外某一文类对另一国的影响的例子就更多了，如西班牙流浪汉小说影响了英国菲尔丁的《汤姆·琼斯的历史》、法国勒萨日的《吉尔布拉斯》以及英国狄更斯、美国马克·吐温等人的许多作品；阿拉伯民间故事集《一千零一夜》中的框架式结构和讲故事的手法，曾影响了英国乔叟的《坎特伯雷故事集》、意大利薄伽丘的《十日谈》等。

需要注意的是，在对文类进行影响研究的时候，要注意到文类在另一国家和文化中的变异。因为不同国家有着不同的语言背景、文化传统和接受语境，一种文类从一国流传到他国，要想完全保持其形态是不可能的。因此，考察文类传播过程中的变异是文类学影响研究中的重要内容。

（二）文类平行研究

中西方不同的文化传统决定了中西方文类发展的不同，即使是相同的文学类型，也会因为文化传统的不同而呈现出不同的样态。我们运用平行研究的方法对中西文类进行比较，可以发现相同文类在不同国家、民族中的异同及背后的文化根源。就目前而言，不同国家、民族的文化体系中均具备诗歌、小说、戏剧、散文四种独立的类型，对这四种文类进行比较，是文类学平行研究的主要内容。

1. 诗歌文体比较

首先，中西对诗歌的重视程度不同。在西方，由于亚里士多德只提出史诗和戏剧两个文体，所以，诗歌尤其是抒情诗并没有成为西方文化传统中与史诗和戏剧地位平等的文体。另外，西方古代诗歌最初以史诗的面貌叙述人间英雄和天上英雄，各种冒险故事在中世纪欧洲各国的史诗直到19世纪英国诗人雪莱的诗剧中都有体现，这就使得在西方文类划分中，诗歌（主要指抒情类的诗歌）常常与叙事类和戏剧等文体混杂，无法成为独立文体与它们并行。在中国，抒情言志的诗歌传统几乎没有受到什么压制，诗与文两大类文体一直是中国文学的正宗。从先秦的《诗经》，到后来的楚辞、汉赋、唐诗、宋词、元曲等文学作品和文学样式，都传承着中国诗歌以抒情为主的文化传统。

其次，中西诗歌情趣的追求不同。西方涉及人伦、人情的诗歌多半是以恋爱为中心的，不甚看重朋友之情和君臣之义。而中国诗中叙朋友之谊的诗要多于爱情诗，建安七子、李杜、韩孟、元白等人的友谊古今皆传为美谈。

最后，中西诗歌风格不同。最突出的当属中西自然诗歌。西方诗人爱好大海日出、狂

[①] 参见杨宪益. 试论欧洲十四行诗及波斯诗人莪默凯延的鲁拜体与我国唐代诗歌的可能联系[J]. 文艺研究，1983（04）：23-26.

风暴雨,中国诗人爱好微风细雨、湖光山色;西诗偏于刚,中诗偏于柔。总的说来,西诗以直率胜,中诗以委婉胜;西诗以深刻胜,中诗以微妙胜;西诗以铺陈胜,中诗以简隽胜。

研究中西诗歌比较有代表性的专著有厄尔·迈纳的《比较诗学》、茅于美的《中西诗歌比较研究》、丰华瞻的《中西诗歌比较》、陈本益的《中外诗歌与诗学论集》等。

2. 小说文体比较

西方文学传统中尤为重视叙事性,使得长于叙事的小说文类从16世纪出现后就迅速走向繁荣,并逐步成为西方的中心文类。而在中国,小说长期徘徊在"诗"与"文"两大传统文类之外,直到近代尤其是五四运动之后,才被知识分子当作文艺启蒙的武器加以利用,受到高度重视并获得迅猛发展。中国小说和西方小说在初级形态和演变进程上不乏相似之处。饶芃子在《中西小说比较研究》一书中对中西小说的初级形态进行了如下概括。首先,小说本质上是一种市民文学。其次,中西小说都是吸收神话传统、纪实文学、寓言故事等文体特征发展而成的,前期多叙述神怪、荒诞故事,后期才开始逐渐由写事发展到写人。最后,关于"事"的叙述,在中国主要出自史传,在西方则出自史诗;关于"人"的描述,在中国出自志人小说,在西方则出自世态散文。[①]中西小说虽然具有相似的初级形态和演变进程,但两者间的差异早在源头时期就已经形成。以长篇小说为例,西方小说的源头是《荷马史诗》,中国小说的源头是《史记》。这两部文学作品存在着韵文与散文、神话与历史的根本区别,决定了西方长篇小说和中国长篇小说在观念、题材、结构、创作手法等各个方面的不同。

首先,在观念上,西方长篇小说重视模仿生活,多描写、少议论;中国长篇小说则贯彻了"读史以明智"的理念,多用"续书"的形式发表议论,宣扬作品本身要达到的思想作用。例如《续西游记》的开篇就点到:"要知驻世长生诀,一卷西游续案头。西游续记作何因,为指人身一点真。"

其次,在题材上,西方文学具有浓厚的宗教传统,宗教题材的长篇小说尤为常见。最早的流浪汉小说——西班牙的《小癞子》就是宗教题材的小说。此后,班扬的《天路历程》、詹姆斯·乔伊斯的《尤利西斯》、艾柯的《玫瑰之名》等宗教小说,或流传甚广,或被视为西方小说经典。中国小说则受到儒家思想的影响,重视宣传伦理道德、君臣纲法,宋代兴起的"公案小说"便是典型。

再次,在结构上,西方长篇小说受《荷马史诗》的影响,多采用单一的"线性"结构,例如"流浪汉小说""航海小说""路上小说"等,此外还有"巴尔扎克小说式"和"现代主义小说式"结构;中国长篇小说则受《史记》的影响,多采用短篇连缀式的章回结构,其中又包含《水浒传》式的"链条形"结构、《三国演义》式的"鞭形"结构、《西游记》式的"串珠"结构、《儒林外史》式的"花瓣式"结构以及《红楼梦》和《金瓶梅》式的"网状"结构等。

最后,在创作手法上,西方长篇小说常常孤立地描写环境,最为典型的就是雨果在

---

① 参见饶芃子. 中西小说比较研究[M]. 合肥:安徽教育出版社,1994:18.

《巴黎圣母院》中对哥特式教堂的整章描写；中国长篇小说则极少将环境描写独立于人物塑造之外。

3. 戏剧文体比较

戏剧在西方自亚里士多德起就被作为最主要的文体之一而受到重视。而在中国，戏剧与小说均被视为"小道"，受到压抑。直到清末民初，戏剧才在王国维等人的倡导下成为正宗。中西戏剧的区别主要有如下几个方面。

首先，在语言上，主要是歌唱与对白的差异。从历史上看，西方有很强大的叙事传统，而中国有很强大的抒情传统，因此，中西传统戏剧在形式上最大的区别在于中国传统戏曲以歌唱为主，西方传统戏剧则以对白为主。

其次，在结构上，主要是开放与整一的区别。中国戏剧具有时空变化的超脱性，极为自由，很少需要具体实景来帮助解释剧情发生的时间、空间。西方艺术源于"模仿说"，其内在特征在于写实，表现在戏剧上，也认为舞台上应该表现真实的生活。所以，同一舞台，就不能有多个场景、多个地点。亚里士多德就指出，悲剧和史诗的区别是悲剧的时间只在一天以内。后来法国文艺理论家根据亚里士多德的理论，提出了戏剧中的"三一律"理论。

最后，在表现手法上，主要是写意与写实的区别。中国艺术以表意为主，"虚空"与"意境"是中国艺术所一直追求的。演员表演开门的动作无须真有一扇门供其开阖，演员表现骑马的动作也无须真有一匹骏马供其驰骋，演员坐轿也同样无须将一顶轿子抬到戏台之上。信手扬鞭，即是驰骋万里；几个跑龙套的绕场一周，便是龙城飞将、千军鏖战、关山飞度。舞台表演依托于虚拟写意的动作来完成，具有虚拟性、象征性和写意性。而在西方戏剧的创作和表演中，一贯奉行的标准即真实。戏剧家在创作剧本的时候要追求真实，戏剧表演的舞台布景同样要追求真实，演员在表演的时候更要追求真实。

纵观中西传统戏剧，西方戏剧从文艺复兴到19世纪末，越来越向写实的对话戏剧发展。中国传统的戏剧形式自宋元、经明清以来，一直以歌舞、象征、风格化的演出艺术为主。但到了20世纪，这一情形发生了重大变化，中西方戏剧开始朝相反的方向发展。当曹禺的话剧轰动中国剧坛，欧美戏剧工作者却被梅兰芳表演的中国旧戏艺术所倾倒，开始追求中国旧戏中显示出的"隔离感"来。

关于中外散文的比较也是文类学平行研究的主要内容之一。中西方散文在情趣追求上并不一致。欧美散文力图做到笔墨轻松，它的一大优点是幽默谐趣，而且文章中贯穿着诸如心理学、哲学、医学、历史、地理、考古学等丰富的知识。而中国散文重人情，写人性，其中有许多可以算作伤感的作品，如归有光的《项脊轩志》、朱自清的《背影》等。

（三）缺类研究

缺类现象是指一种文体在某国或某民族文学中存在，但不出现在其他国家和民族的文学中的现象。或者即使有这种文体，其实质或表现形式也相差甚远。最典型的是关于中国有无"史诗"和"悲剧"的讨论。

对于中国有没有史诗这一问题，学者们持不同的意见。王国维认为中国没有西方那样的史诗。他在《文学小言》中就认为中国史诗的发展"尚在幼稚的时代"。胡适在其《白话文学史》中也认为中国"没有长篇的故事诗"①。哈佛大学的海涛华教授则说过："欧洲文学所有重要的文类，都可以在中国文学中找得到，只有史诗例外。"② 但也有人认为中国有史诗，如认为中国没有长篇故事诗的胡适就认为《孔雀东南飞》中具有史诗的因素，美籍华人杨牧则将《诗经》中描写战争的诗歌称为"周文史诗"。

这一争论从根本上说涉及史诗的标准问题。一般认为，史诗具有两大特征：崇高的风格和较强的叙事性。而胡适提出的《孔雀东南飞》虽然冲突尖锐，人物性格悲壮，感染力强，但所表现的感情细腻而幽怨，缺乏崇高感；《诗经》中的文字气势不凡，音乐性强，但又缺乏完整的故事性。

由此又引出了一个问题：中国古典文学如此丰富，发展历史如此悠久，为何没有出现像古希腊和印度那样恢宏的史诗？关于这个问题，朱光潜先生在《长篇诗在中国何以不发达》一文中提出了如下几点看法。

一是中国哲学思想的平易和宗教情感的浅薄。史诗所需要的广大的观照有赖于哲学，深厚的情感和坚持的努力则有赖于宗教，这两点恰恰是长期处在农耕社会中的汉民族所缺乏的。

二是西方民族生性好动，其理想的人物类型是英雄；汉民族个性好静，理想的人物是圣人。

三是西方文学以史诗悲剧见长，中国文学以抒情短章见长；史诗属于原始时代宗教思想的结晶，而中国散文发达，可能史诗的时代在当时已经过去。

这些都为史诗在中国汉民族的缺类问题提供了一些可以思考的角度。同时，朱光潜又认为，中国缺乏长诗也许是中国人的艺术趣味比较精纯的证据。③

同样引起广泛关注和争论的是中国文学中有无悲剧的问题。西方自亚里士多德以来就对悲剧问题给予了足够的重视；而中国古代文论中是没有悲剧概念的，直到近现代才有人开始关注这一文体。当学者用西方的悲剧理论和作品来衡量中国文学时，许多人认为中国没有西方意义上的悲剧。例如朱光潜在他的《悲剧心理学》一书中就说过："事实上，戏剧在中国几乎就是喜剧的同义词。中国的剧作家总是喜欢善得善报、恶得恶报的大团圆结尾。……仅仅元代（即不到一百年时间）就有五百多部剧作，但其中没有一部可以真正算得上是悲剧。"④

其实，这一问题涉及中国文学背后的特殊因素：社会意识、道德结构、哲学思维、美感经验、个人期望等诸方面。王国维与朱光潜之所以认为中国无悲剧，主要是认为中国人

---

① 胡适. 白话文学史（上卷）[M]. 上海：商务印书馆，1928：60.
② 转引自叶维廉，杨牧，陈世骧，等. 中国古典文学比较研究[M]. 台北：黎明文化事业股份有限公司，1978：25-46.
③ 但是，我们必须承认，中国少数民族文学中出现了像《格萨尔王传》《江格尔》《玛纳斯》等若干长篇史诗，只是汉文学中没有史诗这类作品。
④ 朱光潜. 悲剧心理学——各种悲剧快感理论的批判研究[M]. 张隆溪，译. 北京：人民文学出版社，1983：218.

无悲剧精神。王国维指出:"吾国人之精神,世间的也,乐天的也,故代表其精神之戏曲小说,无往而不著此乐天之色彩:始于悲者终于欢,始于离者终于合,始于困者终于亨,非是而欲厌阅者之心,难矣。"① 什么才是真正的悲剧精神呢?王国维认为,那就是以叔本华学说为代表的生命悲剧精神。

但仍有学者认为中国是有悲剧的。王季思在1982年出版的《中国十大古典悲剧集》中指出:"我国古代虽然没有系统的悲剧理论,但从宋元以来的舞台演出和戏曲创作来看,说明悲剧是存在的。"② 如果中国有悲剧,那么也是与西方不一样的悲剧。

首先,从悲剧的样式看,西方基本上反对悲喜剧杂糅,而中国悲剧中有喜剧因素。西方古典悲剧理论反对悲喜混杂,认为悲剧必须崇高、严肃、神圣;喜剧则应滑稽可笑、低级、粗俗。悲剧的审美情感在于引起观众的怜悯和恐惧,喜剧的审美情感是使人感到可笑和愉快,喜剧因素一旦进入悲剧,就会冲淡悲剧的审美效果。中国传统戏曲中的悲剧往往混杂着喜剧因素,"伤心"与"快意"巧妙结合。这一点在《梁山伯与祝英台》中体现得比较明显,"十八相送"这段情节就具有很强的喜剧性,但它不仅未冲淡全剧的悲剧气氛,反而以喜衬悲,加重了结局的悲剧意味。

其次,从主人公身份来看,西方悲剧的主人公是贵族、英雄,而中国悲剧的主人公是平民。西方古典悲剧理论认为,悲剧中的人物必须出身于名门贵族,他们是神话、传说或历史上的英雄人物。只有高贵人物的悲惨结局才会使观众惊心动魄。中国传统戏曲对悲剧人物的身份、地位、家庭以及是否有历史依据等都没有严格限制,像《白蛇传》《窦娥冤》等悲剧中的主人公都是平民百姓、市井俚人,甚至是异类。

最后,从悲剧的结局看,西方悲剧理论反对喜剧结局,也反对双重结局,而中国悲剧一般采用"大团圆"的喜剧结局。西方悲剧的剧情转变只能是由顺境转入逆境,而不能从逆境转入顺境,戏的结束只能是流血、死亡、失败、出走。中国传统悲剧强调善有善报、恶有恶报,带有理想化的成分,即使悲剧主人公生前不能如愿,死后也要通过变形,实现生前未能实现的愿望,如《梁山伯与祝英台》中的死后化蝶、《窦娥冤》中的鬼魂复仇、《游园惊梦》中的仙游梦会等。

第三节 比较诗学

法国学者艾金伯勒指出:"历史的探寻和批评的或美学的沉思,这两种方法以为它们自己是势不两立的对头,而事实上,它们必须互相补充;如果能将两者结合起来,比较文学便会不可违拗地被导向比较诗学。"③ 钱钟书先生也指出:"文艺理论的比较研究即所谓

---

① 王国维. 红楼梦评论[G]//人民文学出版社编辑部,中国近代文论选编选小组编选. 中国近代文论选(下). 北京:人民文学出版社,1959:752.

② 王季思主编. 中国十大古典悲剧集[M]. 上海:上海文艺出版社,1982:前言3.

③ [法]艾金伯勒. 比较文学的目的,方法,规划[G]. 戴耘,译.//干永昌,廖鸿钧,倪蕊琴选编. 比较文学研究译文集. 上海:上海译文出版社,1985:116.

比较诗学（comparative poetics）是一个重要而且大有可为的研究领域。"① 各民族、国家的文学理论是对本国、本民族文学内在规律的形而上总结，而比较诗学是超越单个民族、国别文论而对共有文学规律的把握，所以这两位学者对比较诗学予以高度评价。比较诗学是通向"总体文学"（总体诗学）② 的重要途径，在中国独特的文化语境中，又对中国文论的重建有着重要指导意义。

一 诗学与比较诗学

（一）诗学

在西方文化中，"诗学"（poetics）一词最早见于古希腊亚里士多德的《诗学》。在《诗学》中，诗学的意思包含了"诗"和"技艺"两方面。诗学在古希腊的含义就是"关于诗的艺术"。"从词源上来看，古希腊人似不把做诗看成是严格意义上的'创作'或'创造'，而是把它当作一个制作或生产过程。诗人做诗，就像鞋匠做鞋一样，二者都凭靠自己的技艺，生产或制作社会需要的东西。"③ 在古希腊，做诗是一门学问，也是一种技艺。在《诗学》中，亚里士多德以戏剧和史诗（还涉及音乐和舞蹈）为基点，全面地探讨了文学的起源、种类、功能等问题。可见，亚里士多德的诗学研究对象从一开始就超出诗歌的狭小范围，涉及对全体艺术本质的探讨，因此诗学可以被理解为文学艺术理论（或简称文艺理论）。

罗马时代的贺拉斯写有诗体书简《诗艺》，17世纪法国的布瓦洛也有诗体专著《诗的艺术》，他们都继承了亚氏"模仿说"传统，也以悲剧为主要研究对象。但《诗艺》针对的是文学创作，《诗的艺术》是新古典主义文学创作的法典。因此，在贺拉斯和布瓦洛那里，诗学可以被理解为文学理论。

但是，诗又是一种与散文、小说、戏剧等相区别的文学类型，诗学又可以理解成诗歌理论，比如，华兹华斯的《抒情歌谣集·序》、雪莱的《诗辩》、爱伦·坡的《诗的原理》等，都是关于诗歌这一文体的理论著作。

就上述情况来看，诗学的含义有广义、中义、狭义的区别，三者分别指文艺理论、文学理论、诗歌理论。

在中国文化中，诗学也有三种含义。

其一，在古代，诗学是指《诗经》之学。早在先秦时期，《诗经》就被儒家尊为"六经"之一。《诗经》在汉代又被定为官学，因此后世的文人常常把《诗经》之学称为诗学。

其二，诗学是指诗歌的创作与技巧。例如，以"诗学"题名的著作有元代范梈的《诗

---

① 转引自张隆溪. 钱钟书谈比较文学与"文学比较"[J]. 读书，1981（10）：135.

② 在中国比较文学界，一般将总体诗学基本等同于总体文学。因为总体文学是对全人类文学规律的探索，与总体诗学含义一致。

③ [古希腊] 亚里士多德. 诗学 [M]. 陈中梅，译. 北京：商务印书馆，1996：28.

学禁脔》，明代黄溥的《诗学权舆》、溥南金的《诗学正宗》、周鸣的《诗学梯航》等。这些著作所使用的"诗学"主要是指诗歌的创作与技巧，在讨论诗歌创作问题时也涉及一些诗歌自身的特点和规律等理论问题。

其三，20世纪以来，诗学的含义有所拓展，除了指诗歌的创作与技巧外，由于受西学影响，它增加了诗歌的理论问题，如杨鸿烈的《中国诗学大纲》（1928）、范况的《中国诗学通论》（1930）、陈良运的《中国诗学体系论》（1992）、王先霈的《中国诗学通论》（1994）、余荩的《中国诗学简史》（1995）等著作。

就比较文学学科要求和比较诗学研究的代表性论著看来，"比较诗学"中的"诗学"是指文学理论。

（二）比较诗学

比较诗学就是通过对不同国家及不同文明文学理论的比较，去发现全人类对文学规律的共同认识。

比较诗学和诗学相比，既有联系又有区别。从联系来看，诗学和比较诗学都是以文学理论作为学科的中心，都在探讨文学的基本规律。但是，二者的区别也是很明显的。

首先，两者的研究对象不同。诗学是以文学创作实践为对象，通过研究、总结文学创作的经验，而后上升到理论的层面做出阐释，建立一套话语体系；而比较诗学则是以各文明文化的诗学为对象，让各种诗学互识、互解、互补，以期将来能够在多元化的基础上构建一种一般诗学（共同诗学或总体诗学）。

其次，两者的研究范围不同。诗学一般是在一种文化内部进行的，而比较诗学必须在两种或两种以上的文化中展开。

最后，两者的研究方法不同。诗学常常运用归纳推理的方法，而比较诗学更多运用比较研究的方法。当然，比较诗学的"比较"不同于一般学术研究的比较，"比较方法是一种辩证思维方式与方法论的结合，它是综合的、多层次的，也是分析的，它超越了一般民族文学研究的方法，从总体上与对象构成了新的关系"[①]。

二 比较诗学的历史与现状

比较诗学虽然是在比较文学平行研究产生之后所兴起的，但其发轫久远，可以追溯至佛经翻译之"格义"和《圣经》译解之"况义"。我们可以按照不同时代、区域和特征，从四个方面探讨比较诗学的历史与现状。

（一）中国比较诗学研究的开端和兴起

从时间上来看，这一阶段是从 1904 年到 1949 年。1904 年，王国维的《红楼梦评论》可以算是中国比较诗学的开端，该书运用叔本华学说来研究《红楼梦》。1908 年，王国维

---

① 刘介民. 中国比较诗学 [M]. 广州：广东高等教育出版社，2004：76.

发表的《人间词话》借鉴了西方主客观相分的方法研究中国传统诗学，提出了"境界说"（意境论）。他认为艺术的境界有"造境"和"写境"、"有我之境"和"无我之境"，还进一步指出，在抒情和写景上有"隔"与"不隔"之分。

鲁迅的《摩罗诗力说》（1908）以进化论为理论基础，以摩罗诗派为美学导向，以文学革命为手段，以启蒙新民、改良社会为目标，满怀热情地介绍和称赞拜伦、雪莱等一批浪漫主义诗人的艺术成就和诗学理论，积极倡导浪漫主义文艺观。

这个时期的中国比较诗学研究基本上是在西方文化强烈冲击下的一种文化反馈。这些学人在比较中研究西方与自己，寄希望于"别求新声于异邦"（鲁迅语），他们的研究具有强烈的文化功利色彩，也具有原发性和独创性。

1942年，朱光潜的《诗论》由重庆国民图书出版社出版。朱光潜在会通中西学理和整合中西诗学理论的基础上，寻求中西美学和诗学的共同规律。他通过科学地分析和对比中西诗歌的节奏、声韵、音波、情趣、意象、句法、韵法等要素，揭示了中西诗歌艺术的共同特征和不同特征。

除此而外，还有陈铨的《文学批评的历史动向》（1943）、钱钟书的《谈艺录》（1948）等著述。

（二）海外华人与港台学者中西比较诗学研究的成就

1949—1979年，大陆比较诗学研究处于荒芜状态，中国比较诗学的复苏是从海外华人和港台学者那里开始的。海外华裔学者刘若愚的《中国的文学理论》（Chinese Theories of Literature）（美国芝加哥大学出版社，1975年版）是海外第一部中西比较诗学的代表作。他继承并改造了阿布拉姆斯（M. H. Abrams）在《镜与灯》（The Mirror and The Lamp）中所提出的艺术四要素理论，建立了一个分析中国传统文学批评的概念结构和理论框架。他将中国传统文学理论分为"形而上的""决定的""表现的""技巧的""审美的"与"实用的"六种理论，分别从纵向探究了它们的源和流，并将其与西方相似的理论做了比较，最后从横向与纵向相结合的角度考察了六种理论的相互作用与综合。

叶维廉的《比较诗学》1983年由台湾东大图书有限公司出版，全书由作者的五篇论文组成。叶维廉的基本观点和方法与刘若愚类似，主张比较诗学的基本目标就在于寻求跨文化、跨国家的"共同文学规律""共同的美学据点"。在作者看来，比较诗学的研究不应仅仅停留在表层，而是要深入到文化模子（思维模式）的层面，要找到不同体系文学"会通"的"据点"。

1977年，台湾洪范书店出版了黄维樑的《中国诗学纵横论》，著者从中西比较的角度对中国古典诗学中的印象式批评、言外之意说和王国维的《人间词话》等内容做了相当深入的阐发。

（三）中西比较诗学研究在中国内地的再度兴起

1979年后，随着改革开放的不断深入，以钱钟书的《管锥编》出版为标志，中西比较诗学研究在中国内地再度兴起。他的《管锥编》以读书笔记的方式旁征博引、探幽索微，广泛引证古今中外文论，探索"隐于针锋粟颗，放而成山河大地"[①]的共同"诗心"，即文学的共同规律。钱钟书的学术研究大多集中在一些精细的论述和专门的问题。他的比较诗学主要是围绕中国传统文论与西方理论的关系展开的。

20世纪80年代，中国内地第一本较为系统的中西文论比较研究专著是曹顺庆先生于1988年出版的《中西比较诗学》。该书分为"艺术本质论""艺术起源论""艺术思维论""艺术风格论""艺术鉴赏论"五个部分，注重中西比较诗学的文化探源，从中西文化背景中探寻中西诗学差异的根源。80年代还有一部重要著作，那就是刘小枫的《拯救与逍遥》，该书深入探讨了中西诗人对待世界的不同态度——西方基督教精神与中国儒道精神，并认为在文化精神和文化模式问题上，只有摒弃悲剧性的、虚幻式的"荒诞"逍遥，才能真正获得灵魂和精神的救赎。

20世纪90年代初，中西诗学比较研究的重要成果是黄药眠、童庆炳主编的《中西比较诗学体系》。该书比较了中西文论的文化背景，辨析了中西诗学理论形态的差异，由文化背景比较进展到"范畴"比较，力图揭示中西诗学诸范畴之间同中有异、异中有同或相互发明之处。曹顺庆先生在1998年出版的《中外比较文论史：上古时期》中更加大了中外文化奠基时期文化探源比较的分量，从"意义的产生方式""话语解读方式"和"话语表述方式"等方面，寻求东西方各异质文化所赖以形成、发展的基本生成机制和学术规则。

20世纪80年代至今，中西诗学比较研究涌现出了大量的论文和论著。如卢善庆主编的《近代中西美学比较》（湖南人民出版社，1991年版）、狄兆俊所著《中英比较诗学》（上海外语教育出版社，1992年版）、周来祥和陈炎合著的《中西比较美学大纲》（安徽文艺出版社，1992年版）、潘知常所著《中国美学精神》（江苏人民出版社，1993年版）、张法所著《中西美学与文化精神》（北京大学出版社，1994年版）、杨乃乔所著《悖立与整合：东方儒道诗学与西方诗学的本体论、语言论比较》（文化艺术出版社，1998年版）、余虹所著《中国文论与西方诗学》（生活·读书·新知三联书店，1999年版）等。

（四）西方比较诗学研究

从总的趋势上看，西方比较诗学经历了从西方文化（文明）体系内的比较研究到跨文化（文明）比较研究的发展趋势。这既与东西方文化交往日益频繁有关，更与西方比较学者对比较文学应该包括、重视东方文学的理论自觉有关。

尽管早在20世纪40年代，俄国汉学家瓦·阿列克谢耶夫（1881—1951）就曾撰写了《罗马人贺拉斯和中国陆机论诗艺》这样的比较诗学论文，但直到70年代以后，西方比较诗学著作才大量出现。比如，1978年，佛克玛、易布思等人合编《比较诗学》（*Comparative Poetics*）；1985年，巴拉康、纪延合编《比较诗学》；1988年，艾金伯勒的学生马里诺（A. Marino）著有《比较研究与文学理论》（*Comparatisme et theorie de la lit'era-*

[①] 钱钟书. 管锥编（第2册）[M]. 北京：中华书局，1979：496.

ture)。在苏联,日尔蒙斯基于1979年出版了他的《比较文艺学——东方与西方》一书,注重东西方诗学的比较研究。

1990年,曾担任国际比较文学协会副主席的厄尔·迈纳出版了《比较诗学——文学理论的跨文化研究札记》(Comparative Poetics: An Intercultural Eassy on Theories of Literature, Princeton University Press, 1990),该书除绪论外,包括五章,分别是比较诗学、戏剧、抒情诗、叙事文学、相对主义。这部专著通过对各文化圈内的"基础文类"(foundation genres)的考察去探讨只见于某些文化而在另一些文化中找不到的"基础诗学"或"原创诗学"(originative poetics),比如,"西方诗学是亚里士多德根据戏剧定义文学而建立起来的,如果他当年不是以荷马史诗和希腊抒情诗为基础,那么他的诗学可能完全是另一番模样了"[1]。而"亚里士多德建立于戏剧之上的《诗学》说明了文类这一概念的有效性——至少它可以表明,其他文化的诗学也同样是建立在我们所假定的文类之上的。……西方文学及其众多熟悉的假设只是其中的一小部分。这只不过是一个特例,完全没有资格声称是一切的标准"[2]。就这样,厄尔·迈纳解构了西方中心论而走向了文类与文化的相对主义,以此立场,其对与西方诗学异质的东方诗学给予了充分的肯定。

1990年,加拿大多伦多大学出版社出版了捷克女汉学家米列娜的专著《诗学——东方与西方》。全书包括四个部分,第一部分是关于印度、中国、日本诗学与西方诗学的理论探讨;第二部分论述东方诗学与西方诗学创造与感知的模式;第三部分研究中国叙述学的源流;第四部分论述"交叉的符码"。显然,这是一部视野开阔、内涵丰富而且跨越东西方异质文化的比较诗学著作。

三 比较诗学的研究范围

从宏观上讲,比较诗学的研究范围所关注的是全世界文学理论的比较,包括对中国、欧美、印度、中亚等地区的文论比较;从微观上讲,比较诗学的研究范围包括对不同文论的文论体系、范畴、文论家、诗学专著、诗学文类等的比较。下面主要从微观方面谈谈比较诗学的研究范围。[3]

(一) 诗学体系的比较研究

曹顺庆先生的《中西比较诗学》,黄药眠、童庆炳的《中西比较诗学体系》等专著均涉

---

[1] [美]厄尔·迈纳. 比较诗学 [M]. 王宇根,宋伟杰,等,译. 北京:中央编译出版社,1998:7-9.

[2] [美]厄尔·迈纳. 比较诗学 [M]. 王宇根,宋伟杰,等,译. 北京:中央编译出版社,1998:7-9.

[3] 虽然比较诗学的研究范围包括全世界各民族的文论,但在目前的中国比较诗学研究阶段,大多仍集中于中西诗学比较,因此,在具体行文中多以中西比较为例。

及对中西诗学体系的比较。结合前人观念,我们可以把诗学体系的比较研究概括为诗学哲学基础比较、诗学思维方式比较和诗学目的比较。①

1. 诗学哲学基础比较

学界一般认为,中西诗学的哲学基础是由古代中西方地理状况所决定的。虽然考古发现中华大地遍是文明,但对后世有深远影响且形塑着华夏文明主体精神的还是黄河中下游文明。黄河中下游地区以平原为主,先民以农耕为生,在这种农业社会中,人们日出而作、日入而息,虽偶有洪涝旱灾,但整体上人与自然的关系非常友善,因此便形成"天人合一"的思维。"天人合一"对中国古代诗学"心物一元论"(或"主客合一论")有着决定性的影响。《礼记·乐记》中的"应感起物而动,然后心术形焉",刘勰《文心雕龙》"感物吟志,莫非自然"中的"感应",钟嵘《诗品序》中的"气之动物,物之感人,故摇荡性情,形诸舞咏"等,就都是由"天人合一"的思想演化而来的。它们都强调了主客体之间相亲相和的关系。

与之相反,西方古代文明滥觞于爱琴海区域,海陆交错,小岛星罗棋布,以山地居多,不适合农业生产。古希腊人被迫进行海上贸易(有时兼做海盗)。在航海过程中,他们尖锐地感受到人与自然的对立。从古希腊开始,"天人对立"就成为西方人看待自然和把握自然的哲学观,对西方诗学"心物二元论"(或"主客对立论")产生了决定性的影响。柏拉图认为,世界上万物的本源是"理念",文艺是对"理念"的模仿(现实世界)的模仿。康德宣称:"自然界的最高立法必须是在我们心中","理智的(先天)法则不是从自然界得来的,而是理智给自然界规定的"。② 这些观念明显体现出主客二元对立思想。

中西不同的哲学观生成了中西诗学不同的特色。首先,从人与自然的关系而言,西方的"心物二元论"将人与自然的关系看成主体与客体的关系,人是主体,自然则是人认识的客体;而中国的"心物一元论"将人与自然的关系看成主体间性关系,人是主体,自然也是主体。其次,从超越方式来看,西方由于强调"心物二元论",所以主张人的外在超越,认为人只有不断地认识自然、探寻自然界的规律与真理,才能实现人的超越;而中国强调"心物一元论",主张内在超越,认为价值之源内在于一己之心而外通于天地万物,因而,"人道"就是"天道",每日"三省吾身",就可以知"天道"。最后,从审美形态看,西方的"心物二元论"偏于动态地以我观物,强调自我的张扬;而中国的"心物一元论"以人与自然的和谐为主,较为内敛、封闭。

2. 诗学思维方式比较

中西诗学在不同文化中形成了各自不同的思维方式。一般认为,中国主客合一的哲学基础决定了中国诗学的内向型感性思维方式,也即诗性思维方式。所谓诗学的内向型,是

---

① 这部分内容(即"诗学体系的比较研究")主要参考曹顺庆、黄药眠、张法等学者的著作或论文写成,同时也参考了曹顺庆、赵小琪等学者所编写的比较文学教材,为行文方便,正文没有将所涉及文献一一标出,特此说明。

② [德] 康德. 任何一种能够作为科学出现的未来形而上学导论 [M]. 庞景仁,译. 北京:商务印书馆,1978:92.

指中国诗学习惯于将主客观事物作为封闭的整体来考察与理解；所谓诗学的感性，是指它很少对诗学观念、诗学范畴给予严密的逻辑分析和系统的演绎推理，而是推重感性与悟性。中国的内向型感性思维的优点在于能够对事物做整体性把握，但其局限性是忽视理性分析，从而导致中国诗学术语、概念、范畴具有较明显的模糊性与笼统性，比如"道""气""味""风骨"等概念就是如此。把握这些概念的方式是"悟"，如严羽所云："大抵禅道唯在妙悟，诗道亦在妙悟。"

西方在主客对立哲学基础上形成西方诗学条分缕析的归纳演绎和实证思维方式，也即理性思维方式。柏拉图认为，人只有通过理性才能认识具有宇宙本体特征的理念世界。他指出："人应当通过理性，把纷然杂陈的感观知觉集纳成一个统一体，从而认识理念。"① 柏拉图将理性看成人和自然的本体，将理性看成高于感性的思维发展的最高阶段，他的这种观点对后世产生了重要的影响。文艺复兴时期，培根（Francis Bacon，1561—1626）在理性和感觉的比较中，也将理性思维看成认识事物本质的必要条件。他认为："感觉包含意志和情感的主观因素，不能符合科学的客观要求，没有理性的指导，感觉本身是迟钝、无力的，有时甚至产生出有欺骗性的表象，被伪科学所利用。"② 总之，理性是西方独特的审美体验思维方式。

中国诗学的诗性思维与西方诗学的理性思维截然不同。中国诗学的诗性思维方式具有直观、感物色彩，是将对象作为一个整体来看待，它虽然也注意部分，但反对离开整体谈部分。而西方诗学的理性思维方式属于概念逻辑化的思维，注重概念的明晰和逻辑的严整，关注外在世界的精确化与形式化、事物各部分的大小、物质各部分之间的形式与比例。

3. 诗学目的论比较

中国古代属于农耕文明，从事农耕的人们聚族而居，很少迁徙和流动，在血缘关系的基础上逐渐形成以宗法关系为基础的"家"，之后又在"家"的基础上形成了"国"。中国宗法制社会提倡"天下为公"（《礼记·礼运》）、"克己复礼"（《论语·颜渊》），提倡自我牺牲的精神和"匹夫不可夺志""贫贱不能移"的气节。因此，中国文学艺术具有强烈的伦理道德观念。这种伦理道德观念与前面所讲的"天人合一"思想相结合，就促使中国人把自然道德化。中国古代的自然科学研究时而夹杂"天人合一"的谶纬迷信，统治者经常将自然现象附会人事，而不是去认识、征服自然。这种思想造成中国诗学的目的是关注自我的内在超越和德性之知，突出的是"求善"的审美目的。在儒家看来，"经夫妇、厚人伦、成孝敬、变风俗，莫过于诗"。显然，在儒家这里，美具有浓厚的功利色彩，它不能脱离善单独存在而必须以善为前提和内容，只有合乎善的事物才是美的事物。像孔子在《论语》中就认为，"韶"乐之所以达到了美的极致，是因为"韶"乐"尽美矣，又尽善也"；"武"乐之所以未达到美的极致，是因为它"尽美矣，未尽善也"。

---

① 转引自北京大学哲学系外国哲学史教研室编译. 西方哲学原著选读（上卷）[M]. 北京：商务印书馆，1981：75.

② 转引自赵敦华. 西方哲学简史 [M]. 北京：北京大学出版社，2001：247.

西方天人分别论使人在探寻自然万物时,必然注重主观与客观、时间与空间、形式与内容、原因与结果等范畴和关系,必须刨根问底,将事物的真实面貌一层层剥开,具有非常浓厚的理性思辨色彩。它突出强调的是主体能否认识世界以及怎样认识世界等一系列认识论问题,在这种认识论的主宰下,西方诗学贯注着一种严谨的科学精神,其诗学目的是"求真"。柏拉图认为,美来自"美的理念"。这个"美的理念"既是美自身,又是客观的"真",因而,对"美的理念"的追求过程就同时是对真理的追求过程。法国艺术家罗丹(Auguste Rodin,1840—1917)强调:"美只有一种,即宣示真实的美。"在他看来,真是美与艺术的前提,丧失了真,美与艺术也就无从谈起。即使是现象学美学家海德格尔也倾向于以真为美,他将"美"界定为:"美是真理作为无蔽而发生的方式之一。"① 这就是说,美与真理是统一的,凡美的就必然是真的,而一切真的也都是美的。

中西诗学目的不同,也造成中西诗学中主体建构的不同。首先,就主体性的侧重来说,中国更为注重主体的完整性,认为只有集认知主体、道德主体、社会主体于一身者才是值得肯定的主体;西方的主体性往往偏重认知主体而忽视道德主体与社会主体。其次,就自我与他人关系来讲,西方由于片面强调"真"而忽视"善",所以在极大地张扬自我个性的同时,自我与他人的关系也极为紧张;而中国由于注重美与善的一致,所以人与人之间的关系相对和谐。最后,就对外界的认知来讲,中国由于过分强调内在的道德之美,忽视对外在世界的认知,造成中国诗学主体的科学精神与理性意识不足;而西方由于偏重追问存在之真的意义和价值,所以,西方诗学主体较具有科学探索精神。

(二)诗学术语、概念、范畴的比较研究

中西诗学长期以来在各自文化系统中独自生长,较少受到彼此影响,这样就形成了各自的思维模式和话语方式,并有各自不同的术语、概念和范畴。比如,中国有神思、妙悟、意境、风骨、情采等,西方有模仿、和谐、悲剧、崇高、张力等。

中西诗学术语、概念、范畴的差异很大。中国诗学的术语、范畴大多空灵圆活,内涵常常扑朔迷离,大致可分为两类。一类是诗意的描述,这种类型的术语点到为止,读者可意会不可言传。如司空图的《二十四诗品》之"纤秾":"采采流水,蓬蓬远春。窈窕深谷,时见美人。碧桃满树,风日水滨,柳荫路曲,流莺比邻。"这些优美的画面容易唤起读者的想象和体悟,但没有一句是具体的确指,读者只可意会。另一类术语无固定所指。如"阴阳",在不同语境中可以指君臣、男女、日月、刚柔等。对这类术语的内涵,要结合上下文语境来进行把握。

相比之下,西方诗学术语、范畴是一种分析性的语言,其内涵相对明晰,比如"含混"(或"复义")。"含混"(ambiguity)一词源于拉丁文 ambiguitas,原意为"双管齐下"(acting both ways)或"更易"(shifting)。自从英国批评家威廉·燕卜荪(William Empson,1906—1984)的名著《含混七型》问世以来,"含混"成了西方文论的重要术语之一。它既被用来表示一种文学创作的策略,又被用来指涉一种复杂的文学现象;既可以

---

① [德]海德格尔.艺术作品的本原[G]//孙周兴选编.海德格尔选集.上海:生活·读书·新知上海三联书店,1996:276.

表示作者故意或无意造成的歧义,又可以表示读者心中的困惑(主要是语义、语法和逻辑等方面的困惑)。燕卜荪在《含混七型》中概括出了七种"含混":参照系的含混、所指含混、意味含混、意图含混、过渡式含混、矛盾式含混、意义含混。① 可见,"含混"的内涵并不如中国诗学范畴那么难把握。同样,"崇高""反讽""集体无意识"等术语的内涵也基本确定。

中国诗学范畴和术语所具有的不确定性给中西诗学的相互理解带来了一定阻碍,但这并不意味着两者之间不能交流。通过对这些术语、概念、范畴的比较,发现它们之间的相似与不同之处,有利于加深对它们的理解。

比如,以中西作品论的核心术语"意境"与"典型"为例,曹顺庆教授在《中西比较诗学》中指出,作为中西不同社会历史背景、不同文学艺术实践土壤上所结出来的审美结晶,典型论偏重于客观再现,意境说偏重于主观表现;典型论偏重于描绘人物形象,意境说偏重于境物形象;典型论是寓共性于个性,寓必然于偶然,意境说则主张虚实相生,以形求神;典型论偏重于求真,意境偏重于求美;典型化的方法是分析综合,意境的诞生是酝酿感悟。②

中西诗学术语、概念、范畴的比较俯拾皆是,黄药眠、童庆炳在主编的《中西比较诗学体系》第二编"中西诗学的范畴比较"中,对中国的"诗言志"论与西方的"诗言回忆"论、中国的"兴"论与西方的"酒神"论、中国的"感物"论与西方的"表现"论等17 个范畴进行了比较,揭示了它们之间的同与异,以及相互之间的互补与会通。

(三)理论家、诗学著作的比较研究

由于古今中外人类的生命形式(如人与自然、人与命运、个人与集体)和体验形式(如欢乐与痛苦、喜庆与忧伤、分离与团聚、希望与绝望、爱与恨、生与死等)大体相同,所以,以表现人类生命与体验为主要内容的文学就必然面临许多共同的问题。因而,不同文化中的文学理论家及其诗学著作也会关注到共同存在的问题,如文学与世界的关系、文学与作家的关系、文学与读者的关系等。但由于具体社会与历史语境的不同,中外文学对同一生命形式和体验形式的表现又有所差异,与之对应的诗学对同一问题的探讨也有所不同。因此,将中外理论家及他们的诗学著作进行比较就显得格外具有意义。

我们先看中外理论家的比较。比如孔子与柏拉图,这两位东西方文化巨人,不仅在政治立场、思想观点等方面相近,而且在美学思想和文艺观点上也十分相似。他们都认为美的最高境界是"和谐",都强调美的伦理性和文艺的社会功用,对这些观点的研究使我们看到了在特定时期"具有普遍性形式的思想"。但他们两者又有很多区别,比如,他们对文学的来源就有不同认识。孔子的"兴观群怨说"虽然着眼于社会功用,却表明文学来源于生活;而柏拉图认为文学来源于理念,是神灵所赐。再如王元化撰写的《刘勰的譬喻说与歌德的意蕴说》一文,具体分析了刘勰与歌德这两位文论家对文学创作的认识和观点。

---

① 参见赵一凡,张中载,李德恩主编. 西方文论关键词(第一卷)[M]. 北京:外语教学与研究出版社,2017:156-163.

② 参见曹顺庆. 中西比较诗学[M]. 北京:中国人民大学出版社,2010:30-50.

尽管他们之间没有关联，但他们研究的是文学的一些共同问题。这种研究不仅可以帮助发现文学理论的普遍原则，了解这些理论家、批评家对世界文论的贡献，而且可以使人们看到我国古代文论的成就。

再看中外诗学著作比较。中外文学理论史上的诗学著作可谓汗牛充栋。尽管它们在思维方式和言说话语上有很大差异，但我们只要找到对话的平台，就会发现它们有许多共通和联系之处。我们可以就中西的两部著作进行比较研究，也可以以一部中国古代的著作为依据和西方其他理论进行广泛的比较，还可以从总体上对多部著作进行系统比较，从宏观上把握不同诗学体系的特点和实质。比如，我们可以将李贽《童心说》与雪莱《诗之辩护》进行比较。两者在文学观念上（从文学本体、本质观及对文学活动的一些具体问题上看）都表现出浪漫主义文学观念。但李贽强调童心的自然表现，强调真心，主要重视个体面对客观事物时的自然情感反应，反对把闻见道理作为评价事物的依据；而雪莱非常重视想象而不是情感对文学活动的重要意义。《童心说》之"主情"与《诗之辩护》之"想象"形成的原因是李贽与雪莱所面临的现实问题不一样，李贽要探讨文学对个体生命意义的肯定，而雪莱则要衡量诗歌的理性意义。①

当然，因为理论家的思想一般是通过诗学著作呈现的，所以，大多数时候理论家诗学思想比较与诗学著作比较很难区分，在具体研究中不必分辨得过于精细。

（四）诗学文类比较研究

诗学文类比较研究是指对中外诗学所赖以产生的基础文类进行研究。厄尔·迈纳的《比较诗学》就是这方面的典型例子。他认为，当文学是在一种特殊的文学"种类"或"类型"的实践的基础上加以界定时，一种独特的诗学便可以出现。

厄尔·迈纳所谓的文类一般是指戏剧、抒情诗和叙事文学，这是"基础文类"。西方诗学是亚里士多德根据戏剧定义文学而建立起来的。正因为亚里士多德诗学的基础文类是戏剧，而戏剧主要是人的生活的再现，所以亚里士多德自然而然地总结出，文学是对人类行为和生活的一种模仿，因而形成了影响西方两千多年的"模仿说"。当然，西方诗学也是不断发展的。在古罗马时期，贺拉斯以"寓教于乐"的理论对西方诗学做了进一步的补充完善。再后来，据说是朗吉弩斯所著的《论崇高》，将感情的因素也加进了西方诗学体系。因此，厄尔·迈纳认为，对西方文学史的整体阶段来说，用"模仿—情感"的描述比单纯的"模仿说"更加准确。但从原创性来说，西方诗学是建立在戏剧文类基础之上的诗学。

厄尔·迈纳指出，除西方诗学之外，其他诗学都建立在抒情诗文类之上，形成"情感—表现"的诗学。中国的《诗大序》和日本第一部诗集《古今和歌集》的前言都是以抒情诗的概念来定义文学的，甚至包括印度诗学也是如此。这些建立在抒情诗之上的诗学都认定诗人之心被大自然或生活中的某事感染，于是便用言辞表现出来。读者通过这些言辞感受到诗人心灵所受的影响。

---

① 参见王福和，郑玉明，岳引弟. 比较文学原理的实践阐释［M］. 杭州：浙江大学出版社，2007：420-429.

厄尔·迈纳还指出，"极其奇特的是没有一种诗学是建立在叙事文学之上的"①。

虽然厄尔·迈纳本人一再强调文类不是比较诗学的唯一基石，但他的《比较诗学》是诗学文类比较研究的开创之作，为比较诗学研究开拓了一个新领域。

四 比较诗学的研究方法

比较诗学在研究方法上具有平行研究的性质，但随着中外文化的交流与互鉴，比较诗学在一定程度上超出了平行研究而具有影响研究和跨文化阐发研究的特色。结合比较诗学发展现状及其既有的研究范式，我们可以将比较诗学的研究方法归纳为对比与文化探源法、变异学研究法和双向阐发法三种。

（一）对比与文化探源法

对比法是比较诗学研究最基本的方法。前文我们所举的例子大多涉及对比研究方法。对比研究就是在中外诗学中"求同"与"寻异"。

"求同"，即从一个共同的、基本的理论问题（张隆溪称之为"原理论"）出发，将不同文明、民族、国家的诗学纳入同一视野进行比较，发现它们之间的共同之处，寻求、建构一种总体性的和普遍性的诗学结构。如张隆溪在《道与逻各斯》中对"道"与"逻各斯"的比较就是这样的范例。作者通过对中国先秦老子"道"与古希腊赫拉克利特"逻各斯"的比较，指出"道"与"逻各斯"是中西文化与文论话语的原生点之一，二者有许多相似之处：第一，"道"与"逻各斯"都是"永恒"的；第二，"道"与"逻各斯"都有"说话""言谈""道说"之意；第三，"道"与"逻各斯"都与规律或理性相关。

"寻异"是"求同"的另一面，即在诗学比较中，在会通不同诗学术语、范畴、理论体系的过程中，寻找它们之间的差异。如"逻各斯"与"道"的差异之处在于"有与无""可言与不可言""分析与体悟"等三个方面。

如果只在"对比"中"求同"和"寻异"，那么就会成为"X＋Y模式"的肤浅比较，这也是中国比较文学起步阶段研究者所普遍存在的问题。而文化探源法有助于纠正这种问题和弊端。文化探源法指的是把研究对象放在中外历史文化背景以及具体的语境中去观照，全面地探求它们本源性的理论内核，既要从这两个文化"模子"②的叠合处寻求共相，更要从其不叠合处进行寻根的认识，即揭示不同诗学符号系统产生差异的不同形态及其内在原因，以为最终的普遍诗学的建立寻找规律性的东西。

曹顺庆先生的《中外文论比较史》（上古时期）就注重文化探源法的运用。该书在论述各国文学理论纵向发展的基础上，用横向比较的纬线将各国文学理论的经线交织起来，

---

① ［美］厄尔·迈纳. 比较诗学［M］. 王宇根，宋伟杰，等，译. 北京：中央编译出版社，1998：10.
② "文化模子"一说来自叶维廉。他指出："要寻求'共相'，我们必须放弃死守一个'模子'的固执。我们必须要这两个'模子'同时进行，而且必须寻根探固，必须从其本身的文化的立场去看，然后加以比较加以对比，始可得到两者的全貌。"参见温儒敏，李细尧编. 寻求跨中西文化的共同文学规律——叶维廉比较文学论文选［G］. 北京：北京大学出版社，1987：11.

较为全面地描述了世界文学理论的概貌。尤其在第二编"中外文论的滥觞与奠基"中，通过对毕达哥拉斯（奠定西方"和谐说"）、老子（奠定中国"道论"）和赫拉克利特（奠定西方"逻各斯说"）的论述，探求中西文化在意义建构过程中是如何形成了不同的话语体系和言说方式。全书基于历史文化的背景，不仅有助于读者认识中西文论特征，而且对形成一般诗学的运行机制和规则具有借鉴意义。

（二）变异学研究法

在比较文学第三阶段，曹顺庆教授提出了"变异学"理论。可以说，"变异"是文学跨语际、民族、文化所必然发生的现象，诗学在不同语言、民族和文化中的传播过程也是如此。关于诗学的变异学研究，可以从两方面着手，一是西方诗学在中国的变异，二是中国诗学在西方的变异。

我们先看西方诗学在中国的变异。最典型的当属现实主义、浪漫主义、象征主义等理论在中国的接受情况。我们以浪漫主义为例进行说明。西方浪漫主义是针对新古典主义所形成的一种文学流派，在题材上，它反对古典主义重视对宫廷、帝王将相生活的描写，而转向对普通人乃至大自然的描写；在艺术规范上，它反对古典主义的"三一律"和体裁的高低区分，而主张创作的自由；在对理性的态度上，它反对理性对情感的束缚，要求抒发个人情感，重视作家的想象；在语言上，浪漫主义反对古典主义的精雕细琢，要求利用普通百姓的语言（如华兹华斯），乃至突破音步韵律的限制（如惠特曼）。由此可知，西方文学的浪漫主义是一个内涵十分广泛的概念，它攻击的靶子就是古典主义文学，凡是古典主义所提倡的，它均反对。但浪漫主义到中国之后发生了巨大变化，学术界将浪漫主义的内涵简化为"情感激烈"和"想象丰富"两个方面。由此造成了学术界曾经对白居易到底是浪漫主义诗人还是现实主义诗人这一问题的争论。

再看中国诗学在西方的变异。我们以"比兴"为例。在中国古代文化语境里，"比兴观"强调在内在主体与外部世界、情与景的关联中主体的情志表达，其修辞结构强调的是天人合一宇宙图式中的自然生成性和本然性。但这个概念到西方后，在西方模仿论基础上的主客二元对立先验思维模式的过滤下，海外汉学界将其语义解释为隐喻、寓言或象征。再如"情"，中国文论中的"情"是以性情之真为前提的解读，但西方汉学家受柏拉图迷狂说影响，倾向于将其解释为激情（passion），如葛瑞汉便认为中国早期"情"义中含有"激情"成分。

变异学研究中的"他国化"理论对建构中国文论话语具有重要意义。"西方文论中国化"指的是利用中国文论话语规则[①]对西方文论进行改造，使之成为中国文论的一部分，

[①] 中国固有的文论话语规则有两个：其一是以"道"为核心的"道可道，非常道"式的意义生成和话语言说方式；二是儒家"依经立义"的意义建构方式和以"解经"为基础的话语阐释模式。前者开启了中国文论、艺术话语重"悟"不重"言"的传统，强调言外之意、象外之象，表现在后世文论中就是"超以象外，得其环中"，"不著一字，尽得风流"，等等。后者对中国阐释学影响深远。中国传统哲学等的发展都建立在对前代经典著作的阐释基础上。先秦诸子的作品，特别是孔孟之作是中国思想、意义产生的主要渊源。自董仲舒提议汉武帝罢黜百家、独尊儒术，一直到清代朴学，他们的学说思想都是以"经"为基础，对其阐释获得的。参见曹顺庆.中国文论话语及中西文论对话[J].浙江大学学报（人文社会科学版），2008（01）：123-130.

从而提高中国诗学的阐释能力。在用中国传统文化规则改造外来文化方面，"佛教的中国化"就是典范。①

（三）双向阐发法

中西文论在历史上基本是两个完全独立且封闭运行的理论体系，很少相互影响。虽然它们各自都有一套思维模式和话语方式，但也有许多地方具有共性，我们只有进行双向阐发，才能互识、互证、互补。"阐发研究"作为一种研究方法，早在中国学者王国维、吴宓、朱光潜等人的学术研究中就表现了出来。正式提出"阐发法"的是我国台湾学者古添洪（1978年），他在《中西比较文学：范畴、方法、精神的初探》一文中说："利用西方有系统的文学批评来阐发中国文学及中国文学理论，我们可命之为'阐发法'。"② 但是，这些学者由于否定了中国传统文论、提出错误的界定而遭到了非议。

在大陆比较文学复兴阶段，学者们一开始就对单向阐发法提出强烈反对。乐黛云教授指出："其实，阐发研究应是双向的。不仅用外国于中国，也可用中国于外国，用中国的文学理论来阐发外国文学和外国文学理论，同样会发现新的角度。"③ 陈惇、刘象愚在其所著的《比较文学概论》（1988）中将阐发研究的内容扩展到三个方面：一是用外来的理论模式解释本民族的文学，或者用本民族的理论模式解释外来民族的文学；二是不同民族文学的观念、理论、方法相互发现，相互印证，相互阐释；三是用别的学科的理论来解释文学中的问题。他们还强调文学理论方面的相互阐发是阐发研究的主要领域，研究者在采用这种方法之前，应该对阐发的对象有较为准确的把握。换言之，研究者应该对这两种理论都很熟悉，具有相互印证的功夫。

目前文学批评中仍以"以西释中"为主，"以中释西"的成果几乎没有。黄维樑教授《中为洋用：以刘勰理论析莎剧〈铸情〉》一文以刘勰《文心雕龙·知音》篇之"六观"为工具，对莎士比亚《铸情》（今通译为《罗密欧与朱丽叶》）进行研究，是"以中释西"不多见的成果。④

五 比较诗学研究的意义

在比较文学学科中，比较诗学研究是相当重要的。一方面如艾金伯勒所论断的"比较文学将不可违拗地被导向比较诗学"；另一方面，在中国话语重建的背景下，比较诗学承担着中国文论现代转化和中国文论话语重建的任务。所以，无论是从比较文学发展的角度来看，还是从中国文论话语重建的角度来看，比较诗学天然地承担着无可推卸的责任。

---

① 参见曹顺庆. 中国文论话语及中西文论对话［J］. 浙江大学学报（人文社会科学版），2008（01）：123-130.

② 古添洪. 中西比较文学：范畴、方法、精神的初探［G］//中国社会科学院文学研究所科研处《文学研究动态》编辑组编选. 比较文学论文选集. 北京：中国社会科学院自版，1982：43.

③ 乐黛云. 中国比较文学的现状与前景［G］//北京大学比较文学研究所《中国比较文学年鉴》编委会编. 中国比较文学年鉴. 北京：北京大学出版社，1987：24.

④ 参见黄维樑. 中为洋用：以刘勰理论析莎剧《铸情》［J］. 中国比较文学，2012（04）：82-92.

（一）深化与拓展比较文学研究

比较诗学进入比较文学领域，不仅带来了比较文学空间的扩展，使比较文学进入跨文化的理论批评领域，而且超出个体经验和一般的表层类比，深入理论基础，从而使比较文学研究更具深度。可以说，比较诗学是比较文学深入发展和开拓的结果。比较诗学以其理论的先导性将带动比较文学研究的突破，理论层次上的新观念、新框架将会促进文学研究和文学创作的新尝试和新实践。

（二）重建中国文论话语的需要

1996年，曹顺庆教授发出"文论失语症"的呼声："长期以来，中国现当代文艺理论基本上是借用西方的一整套话语，长期处于文论表达、沟通和解读的'失语'状态。"[①] 比较诗学从具体实践方面寻求中西对话路径，进而实现中国文论的重构。

首先，在对话中"发现自我"。"发现自我"指的是各民族、国家文论中蕴含着一直没有被发现的理论元素，这些元素在外来文化和文论的启发下才被激活，才迸发出强大的阐释魅力。比如，王国维《人间词话》明显借鉴了西方诗学重分析、归纳的逻辑研究思路，在叔本华"直觉"影响下才将"意境"提纯为纯粹的美学范畴，现在"意境"已经是中国文学界核心的审美范畴之一。

其次，在对话中"强化自我"。"强化自我"指的是利用中国文论话语规则对外来文论进行改造，使之成为中国文论的一部分。这方面最具代表性的当属佛教的中国化和马克思主义的中国化。

最后，在对话中"创造自我"。"创造自我"指的是本土文论中没有，但通过他者的启发，创造出新的理论、范畴和概念。以王国维《古雅之在美学上之位置》为例，这篇文章是王国维在研读康德、叔本华的哲学基础上，对康德、叔本华美学思想的一种改造。王国维注意到，在审美领域，有许多具有美（优美或壮美）的形态的艺术品，是难以用康德的"天才论"来概括的；尤其是在王国维自己熟知的中国传统文化中，有许多艺术品，是很难归入康德、叔本华美学理论体系所确定的艺术范围的。该文所提出的"古雅说"，划分了美的第一形式和第二形式，把那些不是由天才们创造的美的艺术作品归入"古雅"。

（三）走向"总体诗学"（一般诗学）

对"总体文学"这个概念，虽然学界仍充满争议，但毕竟已经注意到它的存在。中国学者对这个概念的理解便有"总体诗学"的内涵。"中国比较文学理论家们的'总体文学'这个概念，主要不是指向文学史（世界文学史）的研究，而是指向文学理论的研究。但这种文学理论的研究又不是传统的中国文论、西方文论那样基于某一民族文学或欧洲文学的区域理论研究，而是有着世界文学视野、总体文学观念的理论研究。"[②] 如果说，比较文学

---

① 曹顺庆.文论失语症与文化病态［J］.文艺争鸣，1996（02）：50.
② 曹顺庆主编.比较文学概论［M］.北京：高等教育出版社，2015：328.

最终要走向比较诗学,那么比较诗学的最终目标是走向一般诗学,即总体诗学。曹顺庆教授讲道:"无论中西诗学在基本概念和表述方法等方面有多大的差异,但它们都是对于文学艺术审美本质的共同探求。换句话说,中西方文论虽然从不同的路径走过来,但它们的目标是一致的,其目的都是为了把握文学艺术的审美本质,探寻文艺的真正奥秘。这就是世界各民族文论可以进行对话和沟通的最坚实的基础,是中外文论可比性的根源,因为任何文学研究(包括比较文学研究)的根本目的,就是为了把握住人类文学艺术的审美本质规律。"①

"杂语共生"②是文化融合时代文学艺术理论话语的特色,也是构建"总体诗学"的方法之一。它是指全世界各民族、国家的理论话语同时发声,对文学的语境、话题、现象等进行阐释,从而打破单一话语垄断局面,丰富我们对文学、艺术一般规律的认识。

第四节 平行研究与变异学

正如影响研究中的流传变异一样,平行研究中也有各种文学变异现象,曹顺庆认为:"在没有实际影响关系的文学现象之间,文学变异学研究依然是存在的。"③ 传统平行研究理论没有对这些变异现象进行系统分析,也没有从理论上总结出一般规律。变异学是对平行研究的创新发展,"在比较文学上百年的实践中,变异现象其实早就存在,遗憾的是,西方比较文学学科理论一直没有把他总结出来,这无疑是比较文学学科理论史的一大缺憾。变异学也并非仅仅是中国学者的独家发现,而是渊源有自的"④。变异学的提出,正是为了弥补这个缺憾。具体地说,流传变异主要研究有实际影响的文学变异现象,阐释变异主要研究没有实证性影响的文学变异现象。在流传变异和阐释变异的基础上,变异学还提出他国化结构变异等重要观点,共同构成变异学的术语链和方法论体系。

一 变异学与平行研究的联系

(一)认同文本类同性特征

平行研究理论认为,比较文学的可比性并不一定必须建立在事实性关联基础之上,没有实证性影响关系的文学现象也可以进行比较。比较文学不能成为历史研究的一个分支,必须聚焦文学性和文本类同性,这是一个基本观点。因此,韦勒克对影响研究提出了批评:"他们把陈旧过时的方法论包袱强加于比较文学研究,并压上十九世纪事实主义、唯

---

① 曹顺庆.中外比较文论史:上古时期[M].济南:山东教育出版社,1998:168.
② 参见曹顺庆,李思屈.再论重建中国文论话语[J].文学评论,1997(04):43-52.
③ 曹顺庆主编.比较文学学[M].成都:四川大学出版社,2005:29.
④ 曹顺庆主编.比较文学概论[M].北京:高等教育出版社,2015:161-162.

科学主义和历史相对主义的重荷。"①在他看来，比较文学的可比性不仅可以是同一文明体系之内的同源性，也可以是不同文明文学之间的类同性。一方面，因为美国是一个年轻的国家，没有灿烂辉煌的历史；另一方面，影响也只是一种相对的制约，不是绝对的操控，"因为没有一部作品可完全归于外国的影响，或者被视为一个仅仅对外国产生影响的辐射中心"②。变异学也没有否定这个观点，因为变异学是对影响研究和平行研究的包容式创新与发展，这种包容性体现为"在有同源性和类同性的文学现象的基础之上，找出异质性和变异性"③。可以看出，变异学并没有否定影响研究中的同源性和平行研究中的类同性，不是绝对地"剑走偏锋"和"独辟蹊径"，而是继往开来、守正创新。

（二）认同文本跨学科特征

平行研究在影响研究的基础上，进一步强调比较文学的跨学科阐释特征，这也是其重要观点。雷马克就指出："比较文学研究超越一国范围的文学，并研究文学跟其它知识和信仰领域，诸如艺术（如绘画、雕塑、建筑、音乐）……其它科学、宗教等之间的关系。简而言之，它把一国文学同另一国或几国文学进行比较，把文学和人类所表达的其它领域相比较。"④变异学也同样注重跨学科比较文学之间的阐释变异问题，例如近年来国际比较文学界最前沿的数字人文问题，就强调文学与数字技术的跨学科融合，变异学特别注重这种交叉学科中呈现的文学话语生产和阐释变异现象。

（三）认同文本文学性特征

如果说影响研究侧重比较文学的"比较"特征，那么平行研究侧重比较文学的"文学"特征。平行研究不再强调各国文学之间的实证性影响关系，而是聚焦各国文学在某一个母题、概念、范畴、文类上的文本类同性，展开文学性层面的平行阐释。艾金伯勒认为："比较文学史的研究与文学的比较研究是不一样的；文学是寓于人的自然语言之中的诸形式的系统；文学的比较研究不应当局限于'事实联系'的研究，而必须尝试把研究导向对作品的价值的思考。"⑤对作品价值的思考就是对文学审美特性的聚焦，变异学也特别重视文本中的文学性，尤其是文学意义阐释中的变异性，所以平行研究与变异学有着内在逻辑关联，正如曹顺庆指出的那样："平行研究中的变异研究，是指对不同国家、不同文明的文学在相互阐发中出现的变异状态的研究。"⑥

---

① [美]韦勒克．比较文学的危机[G]．黄源深，译．//干永昌，廖鸿钧，倪蕊琴选编．比较文学研究译文集．上海：上海译文出版社，1985：122-123．
② [美]韦勒克．比较文学的危机[G]．黄源深，译．//干永昌，廖鸿钧，倪蕊琴选编．比较文学研究译文集．上海：上海译文出版社，1985：123．
③ 曹顺庆主编．比较文学概论[M]．北京：高等教育出版社，2015：168．
④ [美]雷迈克．比较文学的定义和功能[G]．金国嘉，译．//干永昌，廖鸿钧，倪蕊琴选编．比较文学研究译文集．上海：上海译文出版社，1985：208．
⑤ [法]艾金伯勒．比较文学的目的，方法，规划[G]．戴耘，译．//干永昌，廖鸿钧，倪蕊琴选编．比较文学研究译文集．上海：上海译文出版社，1985：99．
⑥ 曹顺庆．比较文学平行研究中的变异问题[J]．中山大学学报（社会科学版），2014，54（03）：25．

二 变异学与平行研究的区别

变异学和平行研究在类同性、跨学科、文学性等层面是一脉相承的，但是变异学除了认同和传承这些元素之外，同时创造性地垦拓了新的研究方向，具有自己的学科理论差异属性，体现在以下几个方面。

（一）从同源性、类同性到多样性、变异性

应当说，影响研究和平行研究的倡导者也认识到了不同文明文学的差异性、多样性、变异性等问题，只是说，他们还没有从根本上跨越西方文明圈的比较视域，过于强调比较文学中的同源性、类同性，对世界文学的多样性研究不够。例如，歌德认为："我们不应该认为中国人或塞尔维亚人、卡尔德隆或尼伯龙根就可以作为模范。如果需要模范，我们就要经常回到古希腊人那里去找，他们的作品所描绘的总是美好的人。"① 歌德认为世界文学的典范还是古希腊文学，其他国家文学都应当以此为基点来进行参照比较。但是变异学非常重视文明互鉴和世界文学多样性问题，世界文学不应当只有某一个中心或典范，也不应当局限于西方文明，而是应当尊重不同文明文学的原生性、多样性、差异性和变异性，因此"比较文学变异学不仅关注同源性、类同性，更关注异质性、变异性。提出异质性是比较文学的可比性，或者说比较文学可比性的基础之一是异质性，这无疑是对比较文学原有学科理论的一大挑战，同时也是一大突破和转向"②。

（二）从求同存异到借异识同

平行研究侧重求同存异，也就是寻找不同文明文学的相似性、类同性或通约性，韦斯坦因认为："我不否认有些研究是可以的，例如艾金昂伯尔提倡的音韵、偶像、肖像插图、文体学等方面的比较研究，但却对把文学现象的平行研究扩大到两个不同的文明之间仍然迟疑不决。因为在我看来，只有在一个单一的文明范围内，才能在思想、感情、想象力中发现有意识或无意识地维系传统的共同因素。"③韦斯坦因和歌德一样，都认为比较文学在同一个文明体系之内才有可比性，求同存异是基本研究范式。但是变异学理论则认为，不同文明文学的差异性也可以作为可比性，我们可以通过差异性来实现对话互补、多元共生、借异识同，"如果没有同，那就没有可比性。美国学者韦斯坦因在《比较文学与文学理论》中就是这样说的。显然，西方学者大多忽略了、甚至是否定了比较中异质性与变异性的可比性问题，这是比较文学现有学科理论的一个严重不足和重大的学科理论缺憾"④。

---

① ［德］爱克曼辑录. 歌德谈话录［M］. 朱光潜，译. 北京：人民文学出版社，1978：113-114.
② 曹顺庆主编. 比较文学概论［M］. 北京：高等教育出版社，2015：167.
③ ［美］乌尔利希·韦斯坦因. 比较文学与文学理论［M］. 刘象愚，译. 沈阳：辽宁人民出版社，1987：5.
④ 曹顺庆主编. 比较文学概论［M］. 北京：高等教育出版社，2015：165.

（三）从比较诗学到他国化结构变异

艾金伯勒提出比较诗学，就是为了缓和影响研究和平行研究的矛盾，担心比较文学从一个极端走向另一个极端，他指出："历史的探寻和批判的或美学的沉思，这两种方法以为它们自己是势不两立的对头，而事实上，它们必须互相补充；如果能将两者结合起来，比较文学便会不可违拗地被导向比较诗学。"① 但是，艾金伯勒提出的比较诗学，虽然将日本、中国等东方国家诗学纳入世界诗学话语体系，但是仍然没有逃离求同存异的总体框架。虽然中国比较诗学也取得长足进展，然而也没有从理论上明晰诗学发展的一般规律。变异学在比较诗学基础上，进一步提出他国化结构变异，对他国文学、文论和文化的本土化、他国化等结构变异问题进行阐释，从现象变异拓展到话语结构变异，从术语范畴比较拓展到创造性转化和创新性发展。例如，佛教中国化形成的禅宗、马克思主义中国化形成的习近平新时代中国特色社会主义思想、庞德译介中国古代文献推进美国现代新诗等，都是他国化结构变异的经典案例。

三 阐释变异学的理论与实践

以上可见，平行研究和变异学既有联系也有区别，流传变异是变异学对影响研究的创新拓展，阐释变异则是变异学对平行研究的创新拓展。阐释变异是从平行研究中分离出来的一种研究路径，主要研究没有实证影响关系的文学文本在跨文明阐释过程中发生的变异现象。

（一）阐释变异的理论内涵

什么是阐释变异？阐释变异和平行研究有何关联呢？如前所述，平行研究中的变异研究，是指对不同国家、不同文明的文学在相互阐发中出现的变异状态的研究；阐释变异是在文学文本跨文明阐发过程中发生的变异，具体地说，"从平行研究中分离出阐释研究，从阐释研究中分离出变异研究，整合两者的学理元素，就构成阐释变异研究的理论内涵"②。平行研究侧重阐释中的趋同性，变异学却着力于阐释中的差异性和变异性。乐黛云认为："阐释差异是普遍存在的现象，它既给阐释活动带来许多不确定的因素，又为阐释活动提供了广阔的空间。"③ 正是在这个意义上，变异学着力于阐释变异研究，从正向理解阐释中的差异性对话语生产的积极作用，并进一步提出比较文学阐释学的理论话语。相对而言，流传变异往往强调文本的实证性，实证必须具有文献媒介证据，即使没有确定的文

---

① ［法］艾金伯勒. 比较文学的目的，方法，规划［G］. 戴耘，译. //干永昌，廖鸿钧，倪蕊琴选编. 比较文学研究译文集. 上海：上海译文出版社，1985：116.
② 王超. 比较文学变异学中的阐释变异研究——以弗朗索瓦·于连的"裸体"论为例［J］. 当代文坛，2018（06）：42.
③ 乐黛云，陈跃红，王宇根，等. 比较文学原理新编［M］. 北京：北京大学出版社，1998：233.

学文本，受众也往往根据民间传闻、视频信息等资料进行主体化想象和分析阐释。阐释变异主要研究没有实证影响的文学之间在文学阐释中发生的变异，主要聚焦比较双方或多方在某一个问题上的契合点和变异点，这种方式也是有效果的，正如余宝林所说："一些人在不相关的作家与作品中兴奋地抓住某些在主题或实践方面明显的契合点，进行平行研究并满意地得出结论：只要其操作是'双向阐发'（mutually illuminating），那么这种操作就是富有成效的。"①

（二）阐释变异的理论特征

阐释变异是比较文学变异学的核心问题，也是重要的方法论。"所谓比较文学变异学，实质上就是研究如何在不改变话语原生异质性的基础上，如何转化利用他者话语资源，从而不断发展和建构我们自身的话语体系和学术规则的学科理论。"② 阐释变异不仅仅是一种"比较"实践，而是更突出"发展"实践。从整体上说，阐释变异是对平行研究的包容性传承与发展，即使没有影响关系，也可通过双向阐释来建构意义关联域，"其创新在于：将平行研究的类同比较转向阐释比较，又将阐释比较的聚合模式转向变异模式，通过学理层面的双重分离与双重整合，继而形成阐释变异的方法论体系"③。从实践路径来看，它分为错位、对位与移位三种形态，其中移位阐释变异又包含现象变异与他国化结构变异两种情形，前者是局部文学话语变异，后者是通过本国文化过滤与文学误读等适应性改造滋生出理论新质，并且将这些新质转化为本国文学知识体系的有机组成部分，整体推进话语规则层面的他国化结构变异。

阐释变异在变异学理论体系之中占有重要地位，也是变异学九种研究分支中的其中一类。阐释变异和其他变异学研究类型的关系体现在："变异学分为流传变异学、阐释变异学和结构变异学三大研究体系，其主要特征分别是实证性、类同性及他国化。流传变异学又包含译介变异、传播变异和接受变异三大研究分支；阐释变异学包含错位阐释、对位阐释和移位阐释三大研究分支；结构变异学包含文学结构变异、文论结构变异和文化结构变异三大研究分支。"④影响交流中的实证变异具有比较可靠的史料证据支撑，结构变异也可以从理论新质角度进行客观把握，相比而言，"平行研究的变异问题往往容易被学者所质疑甚至忽略，因为类同关系的变异远不及建立在同源性基础上的影响研究其变异那般明显且好理解"⑤。或者说，平行研究之可比性主要基于"文学性"而不是"实证性"，它的变异主要发生在文本"阐释"环节而不是影响"实证"环节，所以阐释变异的界定难度比较大。

---

① 余宝林. 间离效果：比较文学与中国传统 [G] //王晓路. 中西诗学对话——英语世界的中国古代文论研究. 成都：巴蜀书社，2000：256.
② 王超. 比较文学变异学研究 [M]. 北京：中国社会科学出版社，2019：452.
③ 王超. 比较文学变异学研究 [M]. 北京：中国社会科学出版社，2019：362.
④ 王超. 比较文学变异学研究 [M]. 北京：中国社会科学出版社，2019：452.
⑤ 曹顺庆，曾诣. 平行研究与阐释变异 [J]. 中国比较文学，2018（01）：25.

（三）阐释变异的实践方法

1. 错位阐释变异

错位阐释变异是在理论话语与文学文本之间进行错位阐释的一种比较研究方法。对某一国文学文本，我们可以用他国文学理论体系进行错位解读，从而实现文本意义的多元化播散。例如，颜元叔用精神分析理论将李商隐诗句"蜡炬成灰泪始干"之蜡炬阐释为"男性象征"，美国学者用精神分析理论将《金瓶梅》之"武松杀嫂"阐释为"武松爱嫂"等，都是错位阐释的典型案例。王国维还曾用西方悲剧理论错位阐发《红楼梦》，认为"《红楼梦》者，可谓悲剧中之悲剧也"①。可见，错位阐释变异的理论关键是认同差异，我们不能认为某一种话语是放之四海而皆准的绝对真理，但是我们的确可以让不同文学形态进行跨文明对话和差异交流，让老瓶装新酒，解放思想，常创常新。

2. 对位阐释变异

对位阐释变异是指预设一种文学研究论域、类型、母题或范式，然后将不同文明文学的表现形式进行观照，分析其中发生的意义变异。与错位阐释不同的是，对位阐释往往是对称性比较，例如，母题对母题、类型对类型，既研究两者之间的常量，又要分析它们的变量。以本书主编李伟昉的《英国哥特小说与中国六朝志怪小说比较研究》一书为例，该书针对比较中西小说题材关于"怪"的言说论域，进行了如下的阐述："满足人类在现实困境中难以如愿的情感和欲望，满足人类与生俱来的渴望探究未知领域的强烈好奇心的需要，正是英国哥特小说与六朝志怪小说的创作通则，也是其作为小说艺术殊途同归的真谛。"② 以上表明，对位阐释变异首先就要确立"位"，或者说要确立比较论域是什么。

3. 移位阐释变异

移位阐释变异与错位、对位阐释不同，它是将某个原生性文本质态剥离其本身语境，置放于跨文明"新情境"中被阐释时所发生的意义变异。它与错位、对位阐释变异的区别在于：错位、对位是二元"并置"中的比较，而移位是一元"轮转"中的比较。移位意味着文本阐释的"先结构"或"前理解"（pre-understanding）发生挪移，源文本进入"理论旅行"（traveling theory）之中，用赛义德的话来说就是，"移植，即该理论在新的文化语境下，遭遇不同程度的抵制、误读与接受，并因此发生复杂变形，或干脆被人挪作它

---

① 王国维. 红楼梦评论 [M] //姚淦铭，王燕编. 王国维文集（第一卷）. 北京：中国文史出版社，1997：12.

② 李伟昉. 英国哥特小说与中国六朝志怪小说比较研究 [M]. 北京：中国社会科学出版社，2004：116-117.

用"①。当然，它也不同于平行研究中的比较阐释。平行阐释是一种聚合阐释，它将两者不断靠拢、趋同；而移位阐释是一种变异阐释，它将其源文本意义离散、异延、分裂。例如，弗朗索瓦·朱利安（又译弗朗索瓦·于连）从跨文明视域研究中国的"中庸""平淡""迂回"等知识领域，得出了一些与西方文明迥然相异的阐释结论；宇文所安（Stephen Owen）在《中国文论：英译与评论》（Readings in Chinese Literary Thought）中对中国文论话语的阐释，都属移位阐释变异。朱利安从移位阐释变异的角度，对东西方文明异质性及其不同的审美文化形态进行迂回观照和间距化思考，通过对它们"之间"的话语形态进行阐释变异、哲学运作，促进双方理解与话语重构。正如曹顺庆所指出的那样："我认为，于连所牵涉出的问题，不仅仅是汉学的问题，更是中国的比较文学乃至世界比较文学发展的一个关键性和前沿性的问题，那就是东西方不同文明比较文学的可比性和合法性问题。"② 所以，朱利安的大部分研究实践，从比较文学学科理论上来讲，正属于比较文学变异学中的阐释变异研究类型。

◇ **论著导读**

曹顺庆的《中西比较诗学》（北京出版社，1988年版）是国内第一部以"中西比较诗学"命名的学术名著。全书由绪论、艺术本质论、艺术起源论、艺术思维论、艺术风格论、艺术鉴赏论六个部分组成。绪论从中西社会经济、政治特征，中西宗教、科学与伦理特征，中西思维、语言特征三个方面论述了对中西诗学的影响以及中西诗学的特色。正文则从艺术本质、起源、思维、风格、鉴赏五个方面将中西经典文论放在平等的位置上深入分析其共性与个性。该书将对比法与文化探源法相结合，对中西文论范畴的同异进行了比较，并指出了相异性产生的原因。

◇ **阅读实践**

阅读实践3 "迷狂说"与"妙悟说"

---

① Edward W. Said. *The World*, *the Text*, *and the Critic* [M]. Cambridge, Mass：Havard University Press, 1983：227.

② 曹顺庆. 东西方不同文明文学比较的合法性与比较文学变异学研究 [J]. 外国文学研究，2013，35（05）：57.

◇ 文化拓展

20世纪90年代中期，中国学界便提出了"文论失语症"。现在，构建中国话语和中国叙事体系成为国家的重要文化战略。结合本章所学知识，谈谈如何构建中国文论话语体系？

◇ 本章小结

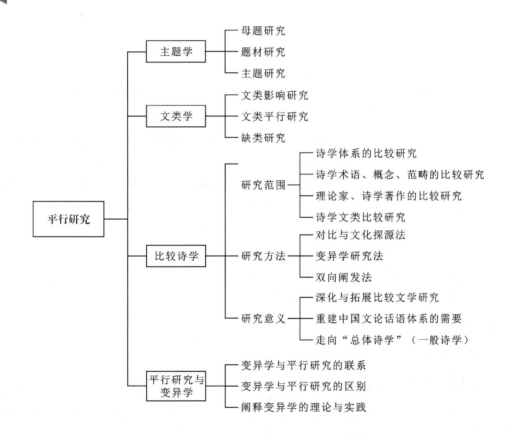

◇ 思考与练习

1. 比较文学主题学研究中，母题、题材、主题三者之间存在怎样的关系？
2. 如何理解"缺类研究"？
3. 如何理解艾金伯勒所讲的"比较文学将不可违拗地被导向比较诗学"？
4. 如何理解平行研究中的"变异"？

第四章
跨学科研究

 教学导航

学习目标	知识目标：掌握跨学科研究的基本内容、方法论及其意义 能力目标：养成跨学科研究的学术思维意识，进行初步的跨学科研究的具体学术实践 情感价值目标：通过跨学科研究相关内容的学习，重新培育学生的"大文学"观念以及"跨越"与"融通"意识，从而塑造其多元的、整体的以及创新的学术思维
重难点	1. 跨学科研究的基本内容 2. 文学与各学科的关系
推荐教学方式	课堂教授、案例分析
建议学时	8
推荐学习方法	文献阅读、小组讨论、学术论文写作
必须掌握的理论知识	文学与艺术、文学与哲学、文学与宗教、文学与历史、文学与心理学、文学与自然科学
必须掌握的阅读（语言）技巧	重点记诵与全面了解相结合

情境导入

　　同学们，中国自古文史哲不分家，即流传着"大文学"观念。其实，作为学科的"文学"是近现代的产物。文学与其他人文科学甚至自然科学关系密切，了解、探讨文学与它

们之间的关系，对于我们进一步深入探知文学的各种内容意蕴以及审美特征，无疑意义重大。接下来，我们就逐一学习跨学科视域下的文学研究。

基础知识（理论阐释）

比较文学的跨学科研究是美国平行研究的一项重要内容，也是当今文学研究的一种重要方法，它通过文学与艺术、哲学、宗教、历史、心理学等人文社会科学以及自然科学的跨学科交叉研究，可以极大地拓展文学内在的审美内蕴空间和外在的文学性特质，因而具有很大的理论与方法论意义。

第一节 文学与人文社会科学

随着科学技术的高速发展、学术研究的日益突破以及学科变革的新要求，边界跨越已经成为我们这个时代知识生产的主导特征，知识跨学科越来越明显，可以说一个跨学科的时代已经来临。"跨学科"（interdisciplinary）又译为"学科互涉"，也称为超学科（transdisciplinary）或超学科整合（transdisciplinary integration）。美国著名跨学科研究学者克莱因（Julie T. Klein）认为，跨学科是"回答一个问题、解决一个问题，或强调一个太宽泛和复杂而无法以单一学科或专业知识的学科视角可以解决的问题的过程，通过建构更复杂更综合的视角建构他们的洞察力"[①]。总之，跨学科研究涉及两个及以上的学科，其研究理念在于以解决现实问题为目标，呼吁突破学科疆界，打开不同领域之间的大门，消除心灵的壁垒，研究不同学科之间的内在关联，强调不同学科知识的整合。换言之，通过学科之间理论视角、术语概念、研究方法的借鉴、渗透、交叉和融合，从而拓宽视角，深化认识，得出富有创造性的新结论。

"跨学科研究"虽然在今天已成为时尚，其提法却有着悠久的历史，而且常常是旧主题冠以新名字。《大学》有云："物有本末，事有终始，知所先后，则近道矣。"在西方，从古典时代的柏拉图，到文艺复兴时期的人文主义者，到黑格尔，再到19世纪的威廉·冯·洪堡，他们的学说中都含有跨学科的成分。当代的人文社科研究跨学科的成分更加明显，例如，后殖民研究综合了文学、历史、地理、社会学与政治科学等诸多不同的学科，并置于人文学科和社会科学整体意义上的跨学科方法运用中；女性主义研究从一开始就被视为跨学科的，因为它打破了学科界限，并用一种更宽广、更全面的视角来解读女性的发展。

纵观半个多世纪的发展，跨学科研究日益成为比较文学研究的重要领域。比较文学跨

---

① Julie T. Klein. *Interdisciplinary*: *History*, *Theory*, *and Practice* [M]. Detroit: Wayne State University Press, 1990: 393-394.

学科研究源于美国比较文学学会发布的四次十年报告①，这四次报告较为全面地呈现了比较文学跨学科研究的发展历程，强调跨学科研究将日益成为一种不可避免的趋势。美国学者亨利·雷马克指出："比较文学是超出一国范围之外的文学研究，并且研究文学与其他知识和信仰领域之间的关系，包括艺术（如绘画、雕刻、建筑、音乐）、哲学、历史、社会科学（如政治、经济、社会学）、自然科学、宗教等等。简言之，比较文学是一国文学与另一国或多国文学的比较，是文学与人类其他表现领域的比较。"②雷马克明确地将跨学科研究看作比较文学学科的重要维度，将跨学科与跨语言、跨国别、跨文化并列为比较文学的研究领域，并且作为一种方法论与影响研究、平行研究相提并论。从国内编撰的比较文学教材来看，陈惇、孙景尧、谢天振在《比较文学》教材中吸纳了雷马克的定义，将"跨学科的文学研究"作为独立的一编，探讨了文学与艺术、心理学、宗教、哲学、科学等学科之间的关系。乐黛云等著的《比较文学原理新编》强调"文学的跨学科研究一直是比较文学的一个重要分支"③。随着"新文科"国家发展战略的出台，跨学科研究不再只是各专业内部的学术问题，它同时还具备了为国家培育现代人才的光荣使命。为了响应科技人文时代的跨学科研究，2021 年 11 月 27 日，中国比较文学学会跨学科研究分会在南方科技大学成立，进一步助推了跨学科研究潮流。虽然比较文学跨学科研究是一个包罗万象的领域，它从跨国别、跨语言、跨文化进入跨学科的整体思维研究，但是，站在文学与文化生产的高度审视多种学科协作共生的成果，比较文学跨学科研究必须坚守"文学性"，坚持从借鉴西方、创新本土到融通中外的发展方向，坚守"中西合璧""古今贯通""文理交汇"的跨学科理论建构。本节将从文学与人文社会科学（艺术、哲学、宗教、心理学、历史）方面探讨比较文学的跨学科研究，下一节将从文学与自然科学方面探讨比较文学的跨学科研究。

　　文学与包括艺术在内的人文学科有着密切的关联，因为人文学科和文学一样，都是对人类社会以及人类存在的思考、表现与阐释。文艺学是对文学进行理性的、思辨的、科学的研究，它本身就属于社会科学的范围。在文学发展的历史长河中，宗教、哲学对文学的影响处处可见。只有在深入分析文学与历史学、社会学和心理学之间的复杂关系之后，文学的思想意义才能显现。正因为如此，人文学科领域中的心理学、历史学、政治学、哲学、宗教学等学科均是比较文学跨学科研究的重要内容。

　　相较于哲学、宗教学、心理学、历史学等人文社会科学，文学与包括绘画、音乐、舞蹈等在内的艺术形式关系更为密切，虽然它们诉诸人心的媒介不同，在原始时代却是同源混生的，正如《礼记·乐记》所言："诗，言其志也；歌，咏其声也；舞，动其容也。三者本于心，然后乐器从之。"颂诗、绘画、音乐和歌舞是原始先民举行重大庆典或祭祀仪式不可或缺的内容。同时，文学、音乐与绘画虽然艺术表现方式不同，但都是诉诸情感与想象的，在表现技巧、艺术境界、审美情趣等方面存在着相互阐发、相互影响的关系，因

---

　　① 即 1965 年列文报告、1975 年格林报告、1993 年伯恩海默报告、2003 年苏源熙报告。
　　② ［美］亨利·雷马克. 比较文学的定义和功用［G］. 张隆溪, 译. // 张隆溪选编. 比较文学译文集. 北京：北京大学出版社，1982：1.
　　③ 乐黛云，陈跃红，王宇根，等. 比较文学原理新编［M］. 北京：北京大学出版社，2004：32.

此文学与绘画、音乐等艺术形式的比较研究是跨学科研究的重要内容，在跨学科的比较研究中有助于探求文学与其他艺术发展的共同规律。

一 文学与艺术

　　文学作为文艺大家族的一员，与音乐、绘画等其他姊妹艺术在起源、思维方式、情感因素乃至创作意图等方面都有着某些共同的规律，彼此之间有着天然的姻缘关系。从文艺的起源来看，原始艺术中诗歌、音乐、舞蹈是三位一体的，中西方都有这方面的表述。《吕氏春秋·仲夏记·古乐篇》说："昔葛天氏之乐，三人操牛尾，投足以歌八阕……"在古希腊，音乐、诗歌与舞蹈皆是神秘宗教仪式的一部分。希腊早期的音乐也与诗歌紧密联系在一起。那时，正如所有诗歌都是被唱的一样，所有音乐都是包含语言的音乐，乐器只用作伴奏。对酒神的赞美歌像音乐一样，也是一种诗的形式。阿基罗库斯和希门尼德既是诗人又是音乐家，他们的诗歌被人们唱诵。美国学者玛丽·盖塞在《文学与艺术》一文中指出："严肃的艺术家和批评家都随时意识到，文学与艺术间存在着'天然的姻缘'，而且几乎毫无例外地承认，这种姻缘本身就包含着构成比较分析之基础的对应、影响和互相借鉴。有时候，艺术家本人就意识到自己的主题、布局技巧、形式安排和思想的发展方式其实属于另一门艺术的范畴……对于比较学者说来，这一点的意义还在于：文学与其他艺术的关系并不是批评家的臆造，而是艺术家们自己也承认的事实。"[①] 在艺术史上，文学与其他艺术之间存在着相互渗透和相互影响的关系，很多造型艺术从文学作品中借取主题和题材。西方许多绘画、雕塑作品均取材于古希腊、古罗马神话和《圣经》，例如，德拉克洛瓦的《美狄亚》和达·芬奇的《最后的晚餐》等；中国敦煌等石窟中的雕塑、壁画多取材于佛教文学故事，如《尸毗王割肉贸鸽》《萨埵那舍身饲虎》等。画家、雕刻家从文学作品中选取题材和意境，如顾恺之的《洛神赋图》借鉴了曹植的《洛神赋》，意大利画家乔万尼《〈神曲〉即景》借鉴了但丁的《神曲》。很多音乐作品也从文学中获得主题和灵感，例如法国音乐家柏辽兹的标题交响乐《李尔王》借鉴了莎士比亚的悲剧《李尔王》，中国古代名曲《春江花月夜》《胡笳十八拍》等是对同名诗歌的借鉴。在文学与艺术各门类的关系中，文学与绘画、音乐的相互渗透和相互影响显得尤为明显，下面主要谈谈文学与绘画、音乐的关系。

（一）文学与绘画

　　诗与画作为两个重要的艺术门类，不论中国还是西方，二者之间的关系都是文艺学史上重要的理论命题，也是跨学科研究的重要对象。从起源上看，绘画的历史要早于文字。大约2.2万年前，在法国南部的拉斯科洞穴壁上，人类绘制了现今所知的第一批图画；1.7万年之后，才出现文字。图画是文字的原型，"几乎在所有的文明中，文字的故事的

---

　　① ［美］玛丽·盖塞. 文学与艺术［G］. 张隆溪，译. // 张隆溪选编. 比较文学译文集. 北京：北京大学出版社，1982：134-135.

开篇第一章都是相同的。最初创立的符号必定是图画"①。在中国，真正对后来的文字与绘画产生较大影响的，是从地下发掘出来的甲骨文，而不是距今 5000~8000 年之间出土的陶器上的绘画。甲骨文作为中国文字的雏形，以象形为基础在线条的流动中占卜与记事，是真正的书画同源。

在漫长的古典时代，中西方都强调诗与画相互交融的艺术共性。中国诗歌历来讲究"诗情画意"，绘画史上有很多以诗为题作画比赛的逸事掌故，如"踏花归来马蹄香""野渡无人舟自横"等，都是画史上的佳话。苏轼盛赞王维："味摩诘之诗，诗中有画；观摩诘之画，画中有诗。"② 以苏轼为代表的文人大多身通数艺，善诗文又善书画，画中常配题诗，诗中常常有画，二者相得益彰。他们的美学主张即强调诗、书、画等不同艺术形式的相同性与相通性。此后，"诗中有画，画中有诗"的"诗画本一律"的美学思想，成为中国诗画关系的一个范式性的论断。曹雪芹在《红楼梦》中对荣宁二府、大观园中的庭院楼阁、舞榭歌台的描绘，至今令画家心驰神往。我国古代的文人墨客常常在一幅意境幽远的绘画上题上一首小诗，再加上几枚朱印，诗、书、画融为一体，可谓珠联璧合，构成了艺术史上的独特样式。

在西方不同门类艺术的普遍比较中，诗画比较是持续时间最久、内容最丰富的话题。亚里士多德（前 384 年—前 322 年）在《诗学》的开篇从媒介的角度指出了诗与画的不同，"有一些人，用颜色和姿态来制造形象，摹仿许多事物，而另一些人则用声音来摹仿"③。希腊诗人西摩尼德斯认为"画是一种无声的诗，诗是一种有声的画"，这一说法为"诗画一致说"奠定了基础。罗马帝国初期的拉丁诗人贺拉斯（公元前 65 年—公元 8 年）在《诗艺》中说："诗歌就像图画：有的要近看才看出它的美，有的要远看；有的放在暗处看最好，有的应放在明处看，不怕鉴赏家锐敏的挑剔；有的只能看一遍，有的百看不厌。"④ 古罗马的西塞罗（公元前 106 年—前 43 年）说："一首诗必须是一幅能说话的画，一幅画必须是一首沉默的诗。"⑤ 达·芬奇称绘画为"沉默的诗篇"，称诗歌为"失明的画卷"。⑥ 这些观点为后来的文艺理论家们广泛援引。

18 世纪，西方的诗画异质开始凸显出来。法国启蒙时期的思想家狄德罗（1713—1784）认为"画家只能画一瞬间的景象；他不能同时画两个时刻的景象，也不能同时画两个动作"⑦。在西方"诗画相分论"方面，影响最大的无疑是莱辛（1729—1781）的《拉奥

---

① ［法］乔治·让. 文字与书写——思想的符号［M］. 曹锦清，马振聘，译. 上海：上海书店出版社，2001：42.
② 苏轼. 书摩诘蓝田烟雨图［G］//北京大学哲学系美学教研室编. 中国美学史资料选编（下册）. 北京：中华书局，1981：37.
③ ［古希腊］亚里斯多德. 诗学［M］. 罗念生，译. 北京：人民文学出版社，1962：4.
④ ［古罗马］贺拉斯. 诗艺［M］. 杨周翰，译. 北京：人民文学出版社，1962：156.
⑤ ［古罗马］西塞罗. 西塞罗全集·修辞学卷［M］. 王晓朝，译. 北京：人民出版社，2007：109.
⑥ ［意］莱昂纳多·达·芬奇. 达·芬奇谈艺录［M］. 兰沙河，译. 北京：金城出版社，2010：70.
⑦ ［法］狄德罗. 狄德罗美学论文选［M］. 徐继曾，宋国枢，译. 北京：人民文学出版社，1984：405.

孔》。莱辛主要从媒介的角度分析了诗、画之间的差异，在他看来，"绘画用空间中的形体和颜色而诗却用在时间中发出的声音"，而"符号无可争辩地应该和符号所代表的事物互相协调"，"在空间中并列的符号就只宜于表现那些全体或部分本来也是在空间并列的事物，而在时间中先后承续的符号也就只宜于表现那些全体或部分本来也是在时间中先后承续的事物"。① 绘画的媒介是线条与颜色，这些媒介符号是在空间中展开的，它们也只适合表现在空间中展开的事物，也即真实或想象中存在的物体。而诗的媒介是语言，语言是一个连续的字符（声音），是成直线排列的，在时间中先后承续，故它只适合表现在时间中先后承续的事物。

19世纪浪漫主义作家雨果在《巴黎圣母院》中对巴黎圣母院哥特式建筑的出色描写，令多少画家萌生出创作的激情。美国学者韦勒克指出："从夏多布里昂到普鲁斯特的现代文学中的许多描写含有绘画的效果，能够引导人们看文字背后那些经常出现在同时代绘画中的场景。"② 无论读者对绘画有多少了解，只要他们读了具有绘画效果的文字，作品中的画面就会自然而然地出现在面前。在西方的小说和诗集中也常常配有精美的插图，图文并茂无疑大大增加了作品的吸引力。浪漫主义诗人布莱克在1788年之后创作的大部分诗歌将诗文本与绘画图像展现于同一版面，被称为诗画合体艺术。诗文本与同一版面中的图像形成一种互补关系，一方面，诗配以图像，使得诗文本更具感性和生动性；另一方面，图像因为有了诗文体，其蕴意变得更为具体鲜明。

（二）文学与音乐

从起源上看，文学与音乐几乎是相伴而生的艺术形式。早在人类的童年时代，诗、乐、舞是结合在一起的，用于祭祀和欢庆。在中国古代，音乐与诗歌的融合不仅诞生了大量具有音乐氛围的诗歌，而且涌现了不少具有音乐特质的文学体裁，如孔子的《猗兰操》中的"操"，白居易的《琵琶行》中的"行"，以及李贺的《李凭箜篌引》中的"引"。在西方，从古希腊到文艺复兴时期的西方哲学认为，音乐与微观宇宙和宏观宇宙的秩序有着紧密的联系，最早系统地建立音乐秩序与宇宙秩序之关联的西方学者是毕达哥拉斯。毕达哥拉斯及其追随者认为，数是生成所有几何和物理形式的力，行星的运动中既包含音乐的和谐，也包含数字的和谐。他们声称行星在沿着比例完美的轨迹运行时，会响起天国的音乐。音乐表现数的秩序，宇宙的和谐离不开有界的空间和可测的时间，时间通过服从同一的周期而变得有规律。虽然柏拉图没有全盘接受毕达哥拉斯学派的学说，但他经常使用毕达哥拉斯学派的"和谐""比例"等概念，并一再声称秩序需要"多"服从于"一"，差异服从同一。在《理想国》中，"和谐"的概念被用来形容心理和社会秩序，哲学本身被视为一种音乐活动。在柏拉图主义的影响下，无论在古典时代、中世纪，还是文艺复兴时期，"天体的和谐"这一概念直接将音乐和宇宙学联系起来。

在中国，对于文学与音乐之间相互渗透的关系，古人很早就有深刻的认识，因为开启

---

① ［德］莱辛. 拉奥孔［M］. 朱光潜，译. 北京：人民文学出版社，1984：82.
② ［美］雷·韦勒克，奥·沃伦. 文学理论［M］. 刘象愚，邢培明，陈圣生，等，译. 北京：生活·读书·新知三联书店，1984：133.

中国文明的不是史诗，而是抒情诗。我国第一部诗歌总集《诗经》可以说篇篇可以入乐。中国最早出现的抒情诗与音乐是融为一体的，《毛诗序》指出："诗者，志之所之也，在心为志，发言为诗，情动于中而形于言，言之不足故嗟叹之，嗟叹之不足故永歌之，永歌之不足，不知手之舞之，足之蹈之也。"①从这一角度，《毛诗序》深刻地揭示了文学、音乐和舞蹈之间紧密的联系。不仅《毛诗序》中提到"情发于声，声成文谓之音"的思想，在《乐记》中更有大量关于诗歌与音乐的表述，例如，"声成文，谓之音"，"比音而乐之，及干戚羽旄谓之乐"。这是由声而音、比音而乐。声是音的元素，音是乐的元素。音由声"变成方""成文"，形成曲调；而音的曲调织成整体乐曲，即"乐"。《史记·乐书》说："凡音由于人心，天之与人有以相通，如景之象形，响之应声。""不似"可以变形和超越自然声象，获得绝妙的表达效果，是主体"比物取象""度物象而取其真"的结果。庄子在《庄子·人间世》中指出："若一志，无听之以耳而听之以心，无听之以心而听之以气。听止于耳，心止于符。气也者，虚而待物者也。唯道集虚。虚者，心斋也。"② 音乐需要由耳入心，以心合气，通过虚静的心态使欣赏者进入以气合气的体道境界，这体现了宇宙的生命精神，音乐是自然之气与主体之气的统一。

在西方，维柯认为童年的人类是天生的诗人，早期的人类诗歌与音乐就有着密切的联系。在欧洲，文明的发展始于史诗，史诗最初可能是由童年的人类集体吟唱传承而来，后来才由个人整理、润色形成文本。古希腊两大史诗的作者荷马是盲乐师，希腊悲剧中融入了歌队，中世纪的圣歌将文学与音乐巧妙结合在一起。尼采认为史诗是梦的展开，与醉人的音乐精神的流溢形成了日神与酒神的对立。罗曼·罗兰的小说《约翰·克利斯朵夫》借鉴了音乐的艺术技巧和表现方式，这种借鉴不仅体现在形式上，更是一种深刻的文学表达手段的探索。西方现代派诗歌追求突破诗歌形式，争取获得音乐效果，因此他们鼓励创作"音乐的诗"，即真正具有音乐效果的诗歌。象征主义运动对诗歌音乐性的追求更是达到了迷狂的地步。意象派诗人庞德的诗歌融合了中国古典诗歌的表达形式，创造出许多蕴意含蓄、节奏舒缓的意象派诗歌，将文学与音乐的结合推向新的高度。T.S.艾略特在他的著名诗作《四个四重奏》中自觉而有意识地引入音乐技巧，被西方评论家认为是"都有自己内在结构的五个乐章"③。他曾明确表示："我在这里的目的是要特别指明，一首'音乐性的诗'就是这首诗具有音乐型的声音，构成这首诗的词汇具有音乐型的第二层意义，而这两种音乐型是统一不可分割的。"④

文学与音乐的密切关系在交叉文体中体现得尤其明显。以中国的戏曲为例，从元明杂剧开始，戏曲就是文学、音乐和舞台表演相互融合的艺术形式。昆曲、京剧以及各类地方戏形成了各种各样的曲调，在文学史上留下了堪称优美而玄妙的剧本，如关汉卿、马致远的杂剧以及《西厢记》《牡丹亭》《长生殿》《桃花扇》等。西方的歌剧将文学、音乐和表

---

① 郭绍虞主编.中国历代文论选[G].上海：上海古籍出版社，1979：30.
② 萧无陂注译.庄子[M].长沙：岳麓书社，2019：62.
③ [美]亨利·雷马克.比较文学的定义和功用[G].张隆溪，译.//张隆溪选编.比较文学译文集.北京：北京大学出版社，1982：134-135.
④ 转引自[美]玛丽·盖塞.文学与艺术[G].张隆溪，译.//张隆溪选编.比较文学译文集.北京：北京大学出版社，1982：127.

演艺术巧妙结合起来。莫扎特的《魔笛》《费加罗的婚礼》《唐·璜》等作品，威尔第的《弄臣》《茶花女》等都是西方歌剧史上的经典之作。西方歌剧基于文学剧本谱曲，有的歌剧在音乐史上的地位甚至超越了它在文学史上的地位。

不仅如此，文学批评理论也借用了音乐学的术语，从而对文学批评产生了广泛而深远的影响。刘勰在《文心雕龙》中特意用"声律"一章将音乐技巧引入诗歌创作的讨论。《文心雕龙》中的"明诗"和"乐府"两章更是深入探讨了音乐和诗歌这两种艺术表现形式之间的互补与配合关系。

巴赫金在研究陀思妥耶夫斯基的小说时提出了"复调"理论，他认为，陀思妥耶夫斯基的小说是一种"多声部性"的、全面对话的小说，作者创造了独立的、处于平等对话地位的主人公，使作品不再是"在作者统一意识支配下层层展开"的艺术品，而构成了"众多的、地位平等的意识连同它们各自的世界，结合在某个统一的事件之中，而相互间不发生融合"①，犹如音乐复调中多个并行穿插的旋律。或许小说作者并非故意创作一部"音乐化"的小说，但批评家在音乐的启发下，"读出"了小说中的复调结构。此外，音乐中通过主导动机的反复出现来标明特定情景和人物以加强结构的手法在文学中也常常被采用，通过重复加强作品的某些意蕴，或在结构上形成呼应。"复调"理论进一步加深了文学与音乐之间的关联，使得人们对小说结构、人物塑造等方面的理解更为丰富和深刻。法兰克福学派的西奥多·阿多诺（1903—1969）深谙现代音乐，他的《新音乐哲学》是一部重要的音乐美学著作。阿多诺所谓的新音乐主要指当时出现的现代派音乐，如新维也纳乐派，以勋伯格、韦伯恩、贝尔格为代表。他将这种音乐与听众之间的裂痕看作对现实中"个性泯灭"的抗议，一种与受损个体的"唯一对话"。在他看来，这样的音乐通过固有的语汇和美学特征对现实进行否定和救赎，展现了一种尚未存在但期望出现的现实，其中的"先期出现的幻想要素"挽回了正在衰落的"人性观念"，同时告诉我们这种真实理性在现实中是尚不存在的。新音乐还具有"指向异在"的特性，能够引导欣赏者走向不同于既存现实的"他者"。阿多诺在对新音乐的深刻解读中，揭示了其对现实否定和救赎的核心观点，使音乐成为一种文学诗韵，隐含着深刻的叙事。

二 文学与哲学

哲学是一门追求智慧的学问，具有抽象性、理论性和思辨性；而文学则以形象化的方式反映客观世界，具有形象性、审美性和情感性。文学与哲学虽属于不同的社会意识形态，但二者有着共同的社会物质基础，发源于相同的社会活动，无论是哲学家或是文学家，皆是生活在现实社会中的人。所以，它们在反映社会生活的时候不可避免地呈现出交流性、补充性和不可分割性。"哲学向审美领域的流入，就使哲学与文学握手言欢，甚至成为一而二、二而一的文化表现形式。一方面，流入美学的哲学往往是以审美为人生的意义所在，或者将审美境界看成是人类追求的至高境界……另一方面，流入美学的哲学往往

---

① ［苏］巴赫金. 陀思妥耶夫斯基诗学问题［M］. 白春仁，顾亚铃，译. 北京：生活·读书·新知三联书店，1988：29.

是诗化哲学,其言说方式经常是以诗的形式出现的。"① 然而,对文学与哲学关系的探讨由来已久,真正系统地对其进行理论研究要溯及比较文学的跨学科研究。

文学与哲学的跨学科研究往往涵括两个方面的内容。一方面,从文学的视角和观点入手探究哲学中的文学性,考察哲学如何走向文学;另一方面,剖析文学中的哲学思想,了解文学在哲学表达方面的功能以及其蕴含的哲学思想高度。一般而言,哲学可以离开文学单独存在,而文学被认为必须依附哲学而存在;哲学属于对客观世界的抽象认识,它是最一般的、高度概括的,而文学被认为是具体的、形象的。这类观点注重的是哲学对文学"灯塔"般的指引作用。朱熹曾言:"道者,文之根本,文者,道之枝叶。"柏拉图认为文学是模仿的模仿、影子的影子,因其与理念隔了三层,故而是虚假的,由此他要将诗人驱逐出理想国。马克思主义将文学置于社会和历史之中进行考察,说明马克思主义哲学对文学的统领作用。"只有马克思主义对文学发展的理解,才使我们有可能在解释文学现象的各种因果关系时充分考虑各种因素。马克思主义把文学现象纳入经济基础和上层建筑相互关系的体系中,揭示了文学与社会经济条件之间这种联系的中介性质。"② 这些伟大的先哲将哲学作为根本,指引文学表现社会,以形象化的方式表达思想,故而将哲学看作追求人类存在和价值的更高层次。然而,另一种观点认为文学与哲学并无关联,文学不是哲学的附属,我们不应该用哲学的标准来评判文学。在他们看来,伟大的作家不一定要有伟大的思想,文学有自身存在的价值。诸多经典其实不过是反复谈及人类的爱情、命运和生死等千篇一律的话题,但是拙劣的作品同样也会涉及这些哲学命题。因此,以哲学思想来评判文学价值未免过于草率和粗暴,文学不应被高度抽象和概括的"理论"分门别类。况且,思想随着时代的变化和人类的进步会发生改变,进步的思想亦会变为落后的思想,作品的艺术价值却会历久弥新。譬如小说《红楼梦》中的反封建思想,现如今已然不再适用,却并未影响其凭借高度的艺术价值位居中国古典四大名著之首。

文学与哲学的关系密切,对二者的跨学科研究可以拓展文学的研究视野和研究范围,有利于对文学起源、文学思潮、作家的个人风格等进行研究。在西方文学与哲学的比较研究方面,曾引起一阵热潮。韦勒克与沃伦在合著的《文学理论》一书中写道:"文学可以看做思想史的一种纪录,因为文学史与人类的理智史是平行的,并反映了理智史。"③ 法国的布吕奈尔、毕修瓦、卢梭合著的《什么是比较文学》一书,则探讨了"哲学与伦理学思想",认为大作家"反映了自己时代的哲学的光辉并使之发扬光大",从而肯定了哲学对文学的影响。值得注意的是,西方的比较学者多将文学与哲学的课题纳入"思想史"或"精神史"之中。阿·奥·洛夫乔伊等人创立"思想史"的研究方法,令"思想史"只需研究"单元思想",将哲学家体系分解为一个个单元进行相应的研究。这一方法通过对哲学史的深入研究令人们更加了解文学,本质上是从哲学标准的角度去了解文学。但文学史与思想史之间存在着诸多差异,此法模糊了哲学与文学的界限和差别,仅仅将文学作为一种思想

---

① 高旭东.走向文学与哲学的跨文化对话[N].中国社会科学报,2010-01-07.
② [罗]亚历山大·迪马.比较文学引论[M].谢天振,译.上海:上海译文出版社,1991:9.
③ [美]勒内·韦勒克,奥斯汀·沃伦.文学理论[M].刘象愚,邢培明,陈圣生,等,译.杭州:浙江人民出版社,2017:11.

史来记录和剖析，颇为不妥。因此，温格尔提出新的观点。他认为诗人非系统回答的问题也是哲学问题，如命运问题、宗教问题、自然问题等，并将这些问题进行分类，了解作家对这些哲学问题的看法并对这些问题进行探索，便可以清楚作家的态度。此外，还有些学者以世界观为划分依据，对哲学家进行分类，并将文学家划入相应的类别，从而进行作家与哲学家的关系研究。除了"思想史"研究方法之外，西方还存在一种"精神史"研究方法。"精神史"研究方法就是"从客观事物的后面寻找整体性的东西，用这种时代精神去解释所有的事实"①。使用这一研究方法的学者将时代精神与文学现象的解释紧密结合起来，却也将时代精神过度"神化"和"简单化"，编织一个个时代精神的"绝对化公式"，同时夸大了哲学与文学的关联和统一性。

与西方哲学和文学的关系相比，中国哲学和文学的关系更加密切。中国自古就有文史哲不分家的传统，诸多文人士大夫不仅是哲人，亦是文人，他们将人世感悟与深邃哲理融为一体。中国近代不少学者对文学与哲学的关系做了深入的研究，如严复、王国维、鲁迅、梁启超、许地山、陈寅恪、朱光潜等。唐君毅在《中西哲学思想之比较研究集》（1943）一书中的《中国哲学与中国文学之关系》，对中国哲学和文学的关系研究做了精妙的阐述。可以说，中国文学受中国哲学的影响，形成了相比西方文学而言两个不同的特色：第一是自然文学，第二是伦理道德文学。中国文学追求的"道"，不仅是与山水自然的和谐统一，同时还注重道德方面的追求，兼具伦理与自然之美。中国哲学与文学有一种泛道德主义和泛审美主义的倾向。中国哲学与文学的关系，表现在哲学的审美化，或者对审美和艺术的推崇上。众所周知，中国文化的核心精神由具有互补性质的儒道二家构成。儒家思想推崇伦理道德与礼仪秩序，这种影响渗透进文学作品当中，从而塑造出成百上千"为天地立心，为生民立命，为往圣继绝学，为万世开太平"的文人士大夫。《论语》所言之"为政以德，譬如北辰"，大抵是无数文人最远大的抱负。再如《红楼梦》一书，无处不见儒家思想。可见，道德伦理在文学作品中以审美化的方式得到传达，因而，儒家思想的背后是伦理与审美的合二为一。

道家对自然和谐的追求，以及对人之本真的执着，催生出诸多千古流传的自然文学。也正是在自然文学中，最见中国古人之人生智慧。《老子》中的"大象无形"和"大音希声"，《庄子》中的"逍遥游"等，以优美的文笔晕染出丰富可感的文学意境，将玄奥神秘的哲学思想展露出来。"由中国天人合一的哲学思想而导致的情景交融的审美境界，是儒道两家共同的美学理想。只不过儒家的天人合一是让人先和合在伦理整体之中，以伦理整体与天合一，譬如君臣的秩序与天地的上下是合一的……而道家庄学的天人合一则是以个体的人与永恒流转的天地万物的直接合一。这种天人合一的哲学思想导致了中国文学虽然没有多少深奥的思想，但却充满了美好的山水自然。中国那些令人一唱三叹的田园诗、山水诗、山水画，就正是在这种哲学背景之下产生的。"② 总而言之，无论是儒家还是道家，都主张"艺"与"道"最后应走向统一。

---

① 陈惇，刘象愚. 比较文学概论[M]. 北京：北京师范大学出版社，2000：318.
② 高旭东. 中西文学与哲学宗教——兼评刘小枫以基督教对中国人的归化[M]. 北京：北京大学出版社，2004：52.

中国哲学与西方哲学虽差异甚大，却也不乏相近之处。中国哲学与西方现代人本哲学对生命主体和人生意义的推重相近。中国儒家以"喜怒哀乐"等主体情感和生命原欲为"天下之大本"，叔本华、尼采、弗洛伊德等人的哲学同样注重主体和人的存在。在文学方面，现代西方的人本哲学使得西方史诗传统向抒情诗转化，而中国文学自古以来以抒情传统为主。不过对于这种相似性不能盲目夸大，西方的抒情诗显然与中国的抒情传统存在巨大差异。西方哲学的主旨为"爱智"，文学追求理性深度和真理的表现。而中国哲学的主旨则为"闻道"，文学的审美意义在于抒发伦理情感，抑或于山水自然之间寄情。此外，与现代西方文学不同，中国古代文学无意于对生命主体的认识。再者，中国注重的是生命的整体而反对分化，推崇"致中和"，主张天人合一、知行合一、情景交融。而西方则热衷于分化和分析，将整体细分进行深入研究。直至近现代，片面的分化愈演愈烈。可以说，西方人本哲学是现代西方文化片面分化的结果。

不过，无论是中国还是西方，在比较文学视角下的"哲学与文学关系"研究，仍然有着可改进之处。"中国学者虽然注意到应该将跨学科研究纳入跨文化的轨道才具有普遍的意义，但是对跨学科的文学与哲学的探讨都很简略而没有详细的阐发；西方学者虽然对文学与哲学的跨学科研究进行了详尽的阐发，但是他们几乎没有涉及跨文化的内涵，这就使他们所研究的文学与哲学关系的普遍性，仅仅局限在西方文化之中。此外，中国的唐君毅和西方的洛夫乔伊、温格尔、布吕奈尔等，都过度强调了哲学对文学的影响和文学对哲学的倚赖，而对于文学对哲学的影响、文学独特的审美价值注意不够；韦勒克等人的论述虽然对这种倾向有所纠正，但是又过于强调文学本身的独立性，而不能解释《浮士德》《卡拉玛佐夫兄弟》等作品之所以伟大的奥妙所在。"[①]

三 文学与宗教

从文学发生学的角度看，人类历史上文学艺术与宗教有着千丝万缕的联系，文学诞生于宗教祭祀，原始神话与巫术仪式常常混融在一起。由祭祀演化而来的各种文艺形式（诗歌、音乐、舞蹈、绘画等）总是与神祇相关。古希腊阿波罗赞歌是对太阳神阿波罗的赞美；合唱队在春季仪式上演唱的赞美诗是对酒神狄俄尼索斯的颂歌；"希腊悲剧起源于宗教祭祀仪式，而且比希腊史诗和抒情诗与宗教祭祀的联系更加紧密"[②]。不仅创世神话、天启神话、英雄始祖神话等神话形态中充盈着宗教色彩，而且很多其他种类的原始神话也往往与巫术仪式交融在一起。卢卡契把模仿看作艺术的决定性源泉，在艺术的起源问题上，他紧密地联系人类文化早期的巫术形式，坚持巫术与艺术的起源相关，认为巫术模仿与艺术形象模仿的发展是一致的。审美领域最重要的范畴如审美形象、典型、情节所反映的审美内容与形式等都是在巫术模仿中自发地形成的，与纯粹的巫术模仿密切相关，巫术和审美交织在一起，巫术为现实的审美反映的形成准备了条件，它将一个统一的、自身完整的

---

① 高旭东.文学与哲学的比较研究概观 [N].中华读书报，2004-09-08.
② [波] 沃拉德斯拉维·塔塔科维兹.古代美学 [M].杨力，耿幼壮，龚见明，等，译.北京：中国社会科学出版社，1990：64.

生活过程的映象作为目标,由此开始自发地形成了情节、典型等重要的审美范畴。"这种统一的自身完整的生活过程不仅在内容上构成一种完整的统一体——这种情况在日常生活中也会破例地出现——而且在形式上是单纯利用对现实的反映并暂时割断与现实本身的联系而构成的,感受者面对着的是由反映映象系统组合起来的形象,它的统一的激发效果就是所要达到的目标。"① 卢卡契由此认为对世界的艺术再现与巫术模仿的起源具有同构性,"产生模仿艺术形象的最初冲动只是在巫术操演活动中产生的"②,也就是说,艺术起源于巫术。

由于西方文化与基督教有着密切的联系,在西方文学中,基督教《圣经》的影响既深且广,甚至可以说到了无孔不入的程度。自基督教成为欧洲封建社会的精神支柱以后,《圣经》里的教义,如创世说、原罪说、一神主义、救世说、仁爱说、天堂地狱说和禁欲主义等直接转化为中世纪教会文学的表现主题。意大利诗人但丁创作的《神曲》,不仅运用了基督教神学有关地狱、炼狱和天堂三界的观点,而且大量运用《圣经》文学的典故。在英国,《圣经》不仅深入到文学之中,而且渗透到了整个文化领域。T.S.艾略特在《宗教与文学》一文中说:"《圣经》对英国文学产生了重要影响……宗教影响了我们的伦理道德,我们对自身的评价和批评以及对人的态度。"英国17世纪文学主要是体现清教徒思想的资产阶级革命文学。清教徒文学把《圣经》奉为圭臬,弘扬清教徒精神,描写具有强烈宗教情感和革命叛逆精神的清教徒生活,常常取材于《圣经》,师法中世纪宗教文学梦幻、寓意和象征的表现手法,以诗意浓郁的笔墨、偏执极端的情绪,表现对信仰、理想的执着追求。约翰·班扬和弥尔顿是清教徒文学的杰出代表。班扬的寓言体小说《天路历程》(1678)以梦幻文学的形式叙述他在梦中的所见所闻。作品描述了一个"基督徒"在"宣道师"的指点下,逃离"毁灭城",经由"灰心沼""屈辱谷""死荫谷""浮华市集""怀疑堡垒""快乐山",最后到达"天国城"的艰难历程,可以看作一个基督教徒在信仰的指引下战胜人性的弱点、追求天国幸福所走过的旅程。弥尔顿的第一首成功之作就是圣诞颂《耶稣诞生的早晨》(1629),他在双目失明的情况下口述的三部长诗《失乐园》(1667)、《复乐园》(1671)和诗剧《力士参孙》(1671)用历史故事和英雄人物宣传革命思想,以清教主义作为武器与国教、国王做斗争,分别取材于《圣经》中的《创世纪》《马太福音》(或《路加福音》)和《士师记》。19世纪英国作家狄更斯的作品之所以广受读者大众的喜欢,宗教元素是一个重要的方面。英国评论家汉弗莱·豪斯在《狄更斯世界》中指出,狄更斯作为受欢迎的道德家与改革者,"他成功的主要原因之一是掌握着一种技巧——表现出浓厚的宗教情调而不必迫使自己超出基督教的基本词汇"③。一方面,他尽量避免采用神学派别的语气和习语;另一方面,他不让人觉得自己在倡导"与宗教信仰无关的"慈善。在狄更斯的环境描写中,有不少英国国教的元素。例如,《小杜丽》中的阿瑟·克伦南姆听到礼拜日的钟声,让他想起童年时期糟糕的礼拜日;小杜丽在街头熬过了一个又湿

---

① [匈]乔治·卢卡契.审美特性(第一卷)[M].徐恒醇,译.北京:中国社会科学出版社,1986:353.

② [匈]乔治·卢卡契.审美特性(第一卷)[M].徐恒醇,译.北京:中国社会科学出版社,1986:320.

③ Humphry House. *The Dickens World* [M]. London: Oxford University Press, 1941: 49.

又冷的夜晚之后,最后在小教堂找到了一个睡觉的地方;《马丁·瞿述伟》中的汤姆·平奇在风琴(鲜明的英国国教会形象)上弹奏序曲和赋格曲,谴责俾克史涅夫的伪善。狄更斯描写了很多乡村教堂和教堂墓地,《大卫·科波菲尔》中的同名主人公从其卧室的窗子就能看到教堂的墓地,以此反衬邪恶的摩德斯通的"虔诚";还有,《老古玩店》中的小耐儿变成了一只教堂里边的老鼠。对于狄更斯来说,教会是美好情感的全民储存所。宗教的建立允许多种形式的祖先崇拜,因为它的教义始于视上帝为父亲的观念。

西方文学深受基督教的浸染。歌德的代表作《浮士德》直接取材自《圣经》中魔鬼与上帝的打赌,并且创造性地借鉴了宗教神秘剧的表现形式。在诗剧的序幕"天上序曲"中,上帝与魔鬼靡菲斯特围绕浮士德设置了一个赌局,这是对《旧约·约伯记》的模仿;而靡菲斯特的形象也取材于《约伯记》中的撒旦原型,诗剧中的善与恶、上帝与魔鬼、天堂与地狱等二元对立直接来源于《圣经》中的二元模式。托马斯·曼的长篇小说《约瑟和他的兄弟们》四部曲采用《圣经》中的内容与题材,控诉法西斯的迫害。法国作家雨果倡导人道主义与基督教的博爱精神,其博爱的根本源头来自基督教的博爱精神。其长篇小说《悲惨世界》塑造了一个圣徒般的人物——米里哀主教,在雨果的笔下,米里哀主教完全是博爱精神的化身,正是他的博爱与感化,救赎了充满仇恨和兽性的冉阿让。陀思妥耶夫斯基的《白痴》《罪与罚》《卡拉玛佐夫兄弟》,以及托尔斯泰的《复活》等小说,都贯穿着基督教的博爱及忏悔意识。在美国作家麦尔维尔的《白鲸》中,小说中主要人物的名字亚哈、以实玛利、以利亚等都出自《圣经》。《圣经》中的原型叙事,使得这部描写捕鲸经历的小说变成了基督教的寓言。现实主义作家如海明威的《老人与海》中也充满了圣经叙事。

文学和宗教虽然是两种不同的意识形态,却有着千丝万缕的联系。西方关于文学起源于宗教的理论影响深远,鲁迅认为"诗歌起源于劳动和宗教"①。如果说西方文学主要受到犹太教和基督教的影响,那么中国文学则主要受到佛教的影响,间或也能发现伊斯兰教和基督教影响的痕迹。

创始于印度的佛教自东汉经西域传入中国,到南北朝时,佛教通过各种渠道渗入中国社会的各个领域,成为中国文化的重要组成部分。汉译佛典主要是用来宣扬佛教教义的,基本上是哲学著作,但是,由东汉末期到唐朝中期的近七百年间,佛典中的经律论三藏大部分被翻译成了中文,译文创造出一种雅俗共赏、平实简练的特殊风格,佛典中有很多优美的文学作品,含有浓厚的文学成分。魏晋以后,佛教成为中国势力最大的宗教,不少文人同佛教保持着密切的关系,以至于文人的思想和日常生活也含有浓厚的佛教成分。总之,佛典翻译使魏晋以后的文学作品和文学批评受到广泛而深远的影响。

佛教对于中国诗歌的影响主要表现在内容、格律和语言等方面。在诗的内容方面,六朝以后的诗集大都洋溢着佛教的气息,例如,谢灵运在《临终诗》中写道:"送心正觉前,斯痛久已忍,唯愿乘来生,怨亲同心朕",王维的《过香积寺》有言:"不知香积寺,数里入云峰。古木无人径,深山何处钟。泉声咽危石,日色冷青松。薄暮空潭曲,安禅制毒

---

① 鲁迅.中国小说的历史的变迁[M]//鲁迅全集(第9卷).北京:人民文学出版社,2005:312.

龙。"这主要是因为，有的文人是虔诚的佛教信徒，例如南朝的谢灵运和唐朝的王维；有的文人同僧人有深厚的交谊，例如东晋的孙绰与支遁，南朝的宗炳与慧远，宋朝的苏轼与参寥等。从题材来看，有的诗歌咏佛寺，如王建的《题破山寺后禅院》："清晨入古寺，初日照高林。曲径通幽处，禅房花木深。山光悦鸟性，潭影空人心。万籁此俱寂，惟闻钟磬音。"有的诗表现佛教教义佛理，如皎然的"夜夜池上观，禅心坐月边。虚无色可取，皎洁意难传。若向空心了，长如影正圆"（《南池杂咏》）。另外，象征六朝时期释道思想与文人雅士的生活相融合的山水诗和隐逸诗，也是佛教影响的产物，如李白的"群峭碧摩天，逍遥不记年。拨云寻古道，倚石听流泉。花暖青牛卧，松高白鹤眠。语来江色暮，独自下寒烟"（《寻雍尊师隐居》）。在格律方面，南朝齐梁之际，沈约等人倡导的"永明体"受到佛经转读的影响，以"四声八病"作为格律的规定，即在诗句中要避免平头、上尾、蜂腰、鹤膝、大韵、小韵、旁纽、正纽八种病态。八病说的理论基础是有关四声的知识，也就是"将平上去入为四声，以此制韵"。佛典里大量的叙事说理的颂赞，译成中文后成为语句匀称且质朴无华的白话诗。这样的诗，风格与中国本土的诗有很大的不同。虽然不讲究辞采、音律，但是内容深厚，语句通俗，有很强的说服力。隋唐以来，佛教经典成为家喻户晓的读物，影响了不少的诗人，他们用质朴的白话写下了一些明道言志的诗。

佛教对于文学批评的影响是显而易见的。佛教入华，主张不立文字、直指本心、顿悟成佛的禅宗盛行起来，启发并影响了中国古代文人引用禅理来谈论文学，使文学的审美观念和评价标准受到很大的影响。晚唐的司空图还引用禅理来开展文学批评，他在《与极浦谈诗书》中说："戴容州云：诗家之景，如蓝田日暖，良玉生烟，可望而不可置于眉睫之前也"，"象外之象，景外之景，岂容易可谈哉？"① 他提出的"韵外之致""味外之旨"以及"象外之象，景外之景"，同禅理的"超乎象外，不落言诠"十分相似。司空图的名著《二十四诗品》把诗的风格分为"雄浑""冲淡""纤秾""沉着"等二十四种，每种风格用一些美丽、形象的四言诗句加以解说。

佛教对中国俗文学也有很大的影响。"俗文学是流行于民间为大众所喜爱的文学，是不被士大夫阶层尊重的文学。魏晋以后，佛教势力深入民间，一般人民的生活和佛教的关系特别密切，因而佛教对于俗文学的影响也就特别深远。几乎可以说，隋唐以后各种体裁的俗文学作品，都或多或少地受到佛教的熏染。"②"变文"是佛教的俗文学创作，在敦煌石窟发现的"变文"内容可以分为两类：一类是对佛经故事的演述，如《维摩诘经讲经文》《降魔变文》《大目乾连冥间救母变文》等；另一类是对历史故事或民间传说的演述，如《伍子胥变文》《王昭君变文》《孟姜女变文》等。变文一般是用散文韵文交替，内容故事性强，有丰富的想象、生动的描写、繁缛的铺叙，在唐、五代时期成为大众喜闻乐见的俗文学作品。

四 文学与历史

作为人类两种源远流长的文化形态，文学与历史之间有着内在的相通之处，其中至关

---

① 司空图. 诗品集解 [M]. 郭绍虞，集解. 北京：人民文学出版社，1963：52.
② 张中行. 佛教与中国文学 [M]. 哈尔滨：北方文艺出版社，2011：88.

重要的契合点就是"人"。文学是人学，而人是历史的创造者和见证者，二者都以"人"作为自己的研究对象。从宏观上看，文学与历史都是人类自我认识的一种方式。丹麦文学史家格奥尔格·勃兰兑斯提出："文学史，就其最深刻的意义来说，是一种心理学，研究人的灵魂，是灵魂的历史。"① 法国史学家马克·布洛赫在《历史学家的技巧》一书中也指出："从本质上看，历史学的对象是人。"② 可见，文学与历史具有与生俱来的渊源关系。同时，文学与历史都离不开语言。文学是语言的艺术，是话语蕴藉中的审美意识形态；而历史在广义上虽是完全独立于人们的意识之外的人类过往社会的客观存在及其发展过程，狭义上也是历史学家对这种客观存在和发展过程及其规律的描述和探索的精神生产实践及其创造出来的属于观念形态的东西的统一体。文学作品和历史著作都离不开语言，没有读者的阅读理解和表达交流，二者都是失去活力的一堆文字的排列和组合。其次，文学与历史在社会功能和价值取向方面也具有一定的共同之处，它们对于社会的意识方都有一定的作用。文学家和史学家在著作中通过对历史生活和社会现实的反思，融入自身和所处时代人们的价值观念，这种带有主观价值观念的、对社会现实的反思将保留下来，对当下和将来造成影响，在人们认识世界和改造世界的活动中发挥持久的作用。

文学与历史历来有着深厚的渊源。在西方史学诞生之初，历史学家就是讲故事的人，讲故事的目的在于讲述某个事件，运用艺术的手法将过去的事件生动地再现出来，以满足人们对伟大历史人物的功勋伟业、王朝的兴衰自往等事件的好奇心。在中国古代，文史哲常常是不分家的，中国传统的知识体系中有独立的学术分类，但不是指明确的学科分类，而是对于"学问"的方向归类，如"六艺"。因此，对于文与史这种确切的学科意义上的分类并不明显。"中国学术的以人统学，将各种知识归并到一家一派之中，使研究者成为'通人'，文史哲兼通，成就'通人之学'。"③ "文史不分家"是中国文化的古训，对于二者而言，人们更多的是关注它们的相通之处。

"文史不分家"是文学与历史亲缘关系的形象表述，史诗便是二者结合而成的互文性的文本。在西方，文史的发展都源于古代的神话和史诗，希腊神话和荷马史诗是西方文学和史学的发端。恩格斯曾说："荷马的史诗以及全部神话——这就是希腊人由野蛮时代带入文明时代的主要遗产。"④ 史诗是叙述英雄传说或者重大历史事件的叙事长诗，作为一种文学体裁，它涉及历史事件、民族、宗教传说等多种主题，如古希腊的《伊利亚特》和《奥德赛》，印度的《摩诃婆罗多》，古巴比伦的《吉尔伽美什》，英国的《贝奥武甫》，中世纪四大英雄史诗——法国的《罗兰之歌》、西班牙的《熙德之歌》、俄罗斯的《伊戈尔远征记》、德意志民族史诗《尼伯龙根之歌》等。史诗在西方文学语境中有着漫长的传统，其内涵随着时代的发展有着复杂的观念演变，但就本质而言，其强调文学创作的历史观，兼具"诗"和"史"的双重标准，强调"诗"和"史"的相辅相成，具有史诗品格的作品

---

① [丹麦]勃兰兑斯.十九世纪文学主流[M].张道真，译.北京：人民文学出版社，1988：2.
② [法]马克·布洛赫.历史学家的技艺[M].张和声，程郁，译.上海：上海社会科学院出版社，1992：23.
③ 方汉文主编.比较文学学科理论[M].北京：北京师范大学出版社，2011：447.
④ 恩格斯.家庭、私有制和国家的起源[M]//马克思恩格斯选集（第四卷）.北京：人民出版社，1972：22.

是呈现"整体性历史"的范本，深入思索并尝试揭示历史发展的必然规律性。史诗是一个民族的记忆（历史）与想象力（文学）的集大成，是文学与历史的最初联姻，并对后来的长篇小说的发生与发展产生了巨大的影响。① 作为一种古老而源远流长的叙事文学样式，史诗是一个民族的精神文化遗产和独特的精神标识，以其博大精深的内容和生命力在人类文学史上占有重要位置。又如传记文学，传记文学是文学表现形式中较为古老的形式之一，是用文学的手段记述人物生平事迹的一种文体，是文学与史学相交融而生的一门特殊的文类。传记文学既具有文学性又具有史学性，强调事实的客观逼真，避免片面强调文学性的虚构和想象。它试图构思并从现实中提取生活意象，在有限的材料中使传主的形象光彩夺目。如果传记作者为了达到某种效果而编造或隐藏材料，那就失去了真实性；如果他只是满足于罗列事实，那么他在艺术方面就是失败的。传记大师莫洛亚认为："我所追求的，是艺术和史实的统一。它既不是史诗，也不是史实，而是史诗加史实。"② 在他看来，"传记文学是文史的结合：作为历史，要'务求其真'；作为文学，要'务求其美'"③。传记文学立足于以人作为描写对象，不仅注重过往经历的记录，也包括了对人物精神风貌、鲜明形象及个性的生动、深刻的刻画，这是历史与文学的契合点。

司马迁的《史记》不仅是一部伟大的历史著作，也是一部优秀的文学作品，作为一部博古通今的巨著，其蕴含的文学思想对后世产生了巨大的影响，被鲁迅称为"史家之绝唱，无韵之离骚"。"司马迁十分善于用神灵怪异的材料入史，以表示个人爱憎，并体现司马迁爱'奇'的特点。"④ 如关于黄帝、炎帝和蚩尤的事迹，关于共工的传说，关于少昊氏的传记，都是司马迁在改造一些具有荒诞和怪异内容的基础上，将神话改造成了历史记录，以其生动活泼的内容和故事性的虚构情节大大增强了《史记》的文学色彩。《史记》开创纪传体先河，包括本纪、世家、表、书、列传五个部分，将历史人物和历史事件交织在一起，形成了独特的叙事风格，具有较高的可读性，同时融入了许多诗词，使用了比喻和象征等修辞手法，使文章具有较强的表现力和感染力。此外，由于中国的历史意识与文学史著相结合的传统，《史记》中还记载着许多文学家、思想家的专史，如《屈原贾生列传》《李斯列传》等，司马迁对作家的生平、创作事迹、作品特征、文艺思想等做了详细的介绍和评价，同时又梳理了所处时代的文学活动、文学思想流变等，通过历史著作，让传统文学以自身的方式来言说其特质，具有极大的感染力和艺术魅力。

纵观中外文学史，凡是伟大的文学作品都具有某种历史的内容，揭示了历史的发展趋势。在巴尔扎克的小说中，精致的细节描写使物质的形态具有客观的逼真性，从而有还原生活和历史的效果。巴尔扎克的著名论断是："法国社会将成为它的历史，我只当它的书记，编制恶习和德行的清单、搜集情欲的主要事实、刻画性格、选择社会上主要事件、结合几个性质相同的性格的特点揉成典型人物，这样我也许可以写出许多历史家忘记写的那

---

① 参见曹顺庆主编. 比较文学概论 [M]. 北京：高等教育出版社，2015：283.
② 转引自 [苏] 纳尔基里耶尔. 传记大师莫洛亚 [M]. 靳建国，杨德娟，译. 北京：新华出版社，1988：38.
③ 转引自吴锡民. 比较不是自由——比较文学论稿 [M]. 北京：北京师范大学出版社，2011：235.
④ 陈惇，孙景尧，谢天振主编. 比较文学 [M]. 北京：高等教育出版社，1997：329.

部历史,就是说风俗史。"①这样,巴尔扎克的现实主义小说在某种程度上就具有无可辩驳的历史性:"巴尔扎克早已居于可查证的历史阶段,他也有具体的宗教信仰和生活空间,而其他人,即便严格地说与历史无关,也凭借其现实主义实力——不能这么说吗?——逐渐成为历史档案。"②后来的英国小说家康拉德(Joseph Conrad)在阐述小说与历史的关系时,进一步发展了巴尔扎克的小说观念和创作实践。康拉德认为,"小说通过想象的方法,创造出了比现实更有条理的一种生活世界,它有选择地描写许多与生活相关的片段,这种选择足以同历史的文献相媲美"③,"小说是历史,是人类的历史,不然,就不成其为小说。但是,小说又不是历史;它源于一种牢固的根基,也就是文学是通过语言形式进行对现实世界以及社会现象的观察的,而历史则仅仅是依赖于文献、书写或印刷品的阅读,总而言之,是通过第二手资料。因此,小说比历史更真实"④。

从上述历史与文学的互动观念来看,虚构性与真实性在二者的紧密联系中如影随形,如何融合二者的特点来进行历史书写是具有极大的启发意义的。历史带有庞大的叙事符号架构,当历史解除其不可阐释的神圣性而给文学以机会对其做出延伸性的解释时,文学就能发挥虚构性的力量讲述历史;文学作为心理活动的表征,只有以历史的方式检验其能动向度,才可以给读者以有迹可循的经验和真实感。如黄仁宇的《万历十五年》用文学的方式讲述历史,从"大历史观"的研究视角着手,选取明朝万历十五年(1587年)作为考察切入点,运用历史小说的叙事模式和传记体裁,通过对关键历史人物悲惨命运的描述,探析了晚明帝国走向衰落的深层原因。又如史景迁的《王氏之死:大历史背后的小人物命运》用历史的方法考察文学,通过高超的叙事技巧和敏锐的感知能力,在僵化的史料背后,重新塑造或捕捉逝去的时空和人物的生命,熔历史文献和文学作品为一炉。文学与历史千丝万缕的联系、虚构性与真实性交错复杂的关系在文本中体现出来,将文学与历史的关系推向新的思考空间。

文学与历史的普遍联系源于历史与文学之间的动态作用和相互影响。首先,从文学中的历史来看,作为大背景的文化和历史、文学史的历史,以及文学自身体现出来的历史,这三种历史形式之间交错复杂,贯穿其中的则是文学与历史本身的对话。历史是作为宏观的时代文化背景出现,不同历史背景作用于文学文本。文学文本不可能是游离于作者、读者与社会之外的一种独立的审美对象。其次,文学批评也只能在一定的社会和文学历史中进行,它受到某种社会思潮、文学流派的影响,与文学史联系密切。文学理论、文学批评与文学史三者密切相关,文学理论既是文学批评的理论,也是文学史的理论。文学史作为对文学的历史现象的记录以及其发展规律的研究,也是文学与历史两门学科之间的一种综合探讨,它将文学作品作为研究对象,从历史的角度对其进行诠释和定位。因此,作为实际对象的文学文本是在历史的框架体系中呈现的,并且同样的文学事实在不同的文

---

① [法]巴尔扎克. 人间喜剧(前言)[J]. 文艺理论译丛,1957(02):5-6.
② Fredric Jameson. *A Note on Literary Realism in Conclusion* [G] //Mattew Beaumonted. *Adventures in Realism*. Malden, Mass and Oxford: Blackwell Publishing, 2007: 263.
③ Joseph Conrad. *A Personal Record* [M]. New York: Harper, 1912: 15.
④ Joseph Conrad. *Henry James: An Appreciation* [G] //Allan Ingramed, Joseph Conrad. *Selected Literary Criticism and the Shadow-Line*. London: Methuen&Co. Ltd., 1986: 65.

学史框架中会呈现出不同的面貌，而同样的历史事实在不同的文学文本中也会展现出不一样的形态，问题的关键在于历史的文本化和文本的历史化。"历史的文本化可以理解为，历史是通过文本记录得以显示。这样一种规定性的意义在于，我们所看到的和所理解的历史，其实都是通过一定的文本方式才得以表达，才成为我们所说的历史的一个局部。"① 历史的文本承载着真实事件及其衍生出来的意义，是需要加以审视的。文本的历史化则表明："本身并非事实的文本，在历史过程中被作为事实来看待，而这种看待就产生了实际的影响和后果，形成了历史的一个重要组成部分。"② 人为创造的文本已经产生了与客观事实相类似的效果，变得现实化，对历史产生了实际性的影响。

20世纪80年代，英美学界出现的新历史主义批评③发展出一种阐释文学文本历史内涵的文学批评方法。旧历史主义批评只是将历史作为背景资料，而让文学走向前台，新历史主义批评则反其道而行之，它"让历史登台亮相，文学文本反主为客变成了它的注脚"④。新历史主义主张历史是一种建构的过程，历史文本与历史事件之间没有清晰的界限，文学作品仅仅被看作文化生产的一部分。新历史主义关注文本所呈现出来的权力、政治、性别、种族和阶级等关系，试图从文本中揭示出历史事件的本质。新历史主义的代表海登·怀特于1973年发表了《元历史：19世纪欧洲的历史想象》，倡导"元历史"的方法论，将历史重新定位为叙述和再现的形式。在他看来，所谓历史实际上是一种"文本的历史"，是经过历史学家的编码和解码之后所形成的故事。他甚至认为，文学想象力是历史学科"最伟大的力量源泉和更新力量"。他揭示出历史话语的文学性，历史的叙事性和文学的虚构性在这一层面上达成了一致。新历史主义批评重点关注"文本中的历史性""历史中的文本性"。⑤ 总之，新历史主义批评主张将历史考察带入文学研究，认为文学与历史之间不存在所谓的"前景"与"背景"的关系，而是强调文学与历史的相互影响和互动效果。

在新历史主义思潮影响下，我国在20世纪80年代兴起了"新历史小说"的创作潮流。新历史小说淡化政治意识和道德伦理意识，创作主体以积极介入历史的姿态，以个人的、民间的、世俗的、宗法的价值取向来消解固有的历史成见和权威话语，企图寻求革命政治意识形态之外的另一层面的历史真实，抒发个体性的历史体验，显示出新的审美特征和价值取向。当历史不再具有唯一的权威性言说，新历史小说家便根据个人的历史体验和知识结构消解"正史"。一般认为，80年代新历史小说的代表性作品，包括莫言的"红高粱"系列、叶兆言的"夜泊秦淮"系列、周梅森的"战争与人"系列、刘震云的"故乡"系列、乔良的《灵旗》、格非的《迷舟》《青黄》、苏童的《妻妾成群》《米》《我的帝王生涯》、张炜的《古船》《家族》、余华的《鲜血梅花》《活着》、陈忠实的《白鹿原》等。新历史小说以多种切入视角对历史事件进行再认知、再解读，它融合了对原生历史形态的揭

---

① 张荣翼，李松. 文学史哲学[M]. 武汉：武汉大学出版社，2014：86.
② 张荣翼，李松. 文学史哲学[M]. 武汉：武汉大学出版社，2014：90.
③ 在20世纪70年代末开始萌芽、盛行于90年代的新历史主义批评是一种不同于旧历史主义的批评方法，它在文艺复兴研究领域逐渐形成了一种新的批评方法，并且这种阐释文学文本历史内涵的独特方法日益得到西方文论界的认可。
④ 陆扬. 论新历史主义批评[J]. 人文杂志，2020（08）：80.
⑤ 这是美国批评家路易·蒙特罗斯提出的概念。

示、对民间生命情态的呈现、对整个民族乃至整个人类历史命运和文化命运的反思，使得其作品具有了历史与文学相结合的更为复杂、广阔的文化意蕴，在中国当代文学中显示出特殊的思想意义。

五 文学与心理学

德国美学家弗里德兰德曾说："艺术是一种心灵的产物，因此可以说任何有关艺术的科学研究必然是心理学上的，它虽然可能涉及其他方面的东西，但心理学却总是它首先要涉及的。"① 文学作为语言的艺术，与心理学之间有着源远流长的亲缘关系。完整的文学活动包括作家创作、作品生产和读者接受的过程，实质上也是一个心理转化的过程。作家通过感知世界来获取创作素材，然后经过艺术构思这一特殊的心理活动将素材与灵感转化成文学文本；读者阅读文本时，心理期待被文字诱发，不自觉地与作品中传达的情感形成共鸣。总的来说，文学创作与文学接受活动中都包含着复杂的心理要素，中西古典文论中有不少理论都涉及文学与心理学的关系。

中国的"诗言志说"认为诗歌要抒发诗人的主观情愫，这一点直接指向了文学创作的心理问题。刘勰在《文心雕龙·神思》中也强调文学家进行文艺创作时应该保持清净自然、冲淡平和的创作心态。后来涌现的"妙悟说""性灵说""神韵说"等都暗含着心理批评的思想。在西方，文学与心理学的关系研究更是由来已久，最早可以追溯到古希腊时期的柏拉图和亚里士多德。柏拉图认为作家的美学体验是一种有灵感的"迷狂"或满足情感的"宣泄"；亚里士多德用"卡塔西斯"（Katharsis）这一概念来阐释悲剧的心理疏导作用，认为文学能使人的情感得到净化。文艺复兴时期兴起的官能心理学将个人意识分成"意志""精神""爱好"和"理性"等几大类。18世纪启蒙运动兴起后，感伤主义、浪漫主义在19世纪大放异彩，文学表现作家情感或作家心灵的主张开始为大众所接受。从文学活动本身和文学理论发展的角度，我们看到了文学与心理学之间存在着深刻的内在联系，但直到19世纪末20世纪初精神分析学派出现之后，心理学理论才被直接用于文学阐释和文学创作指导。

（一）精神分析与文学创作

奥地利著名心理学家西格蒙特·弗洛伊德（1856—1939）创立的精神分析学（Psychoanalysis）对20世纪的文学创作和文学批评产生了巨大的影响。传统心理学的研究对象主要是人的意识，而精神分析认为人的意识活动在其全部精神活动中不过是极小的一部分，无意识才是人的全部精神活动的主导部分。"无意识"和"性本能"是弗洛伊德精神分析理论的两个核心概念。弗洛伊德认为，人的心理状态由潜意识系统、前意识系统和意识系统组成，其中潜意识系统最为关键，是精神分析学的理论基石。弗洛伊德将人的心理活动划为"本我""自我"和"超我"三个层次，提出意识活动最终取决于无意识的"本我"的冲动。

---

① 转引自朱狄．当代西方美学［M］．北京：人民出版社，1984：346．

弗洛伊德的精神分析为文学创作展示了一片新的天地。超现实主义、意识流等现代主义文学流派的产生，在很大程度上就受到精神分析理论的影响。法国超现实主义代表人物布勒东在《第一次超现实主义宣言》中指出："弗洛伊德正确地将批判的锋芒指向梦境。心理活动如此重要的一部分竟然还没有引起十分重视，这确实是不能容许的。"① 布勒东明确地表明了现实主义对梦境和无意识活动的书写与弗洛伊德理论的亲缘关系。美国文学批评家莱昂内尔·特里林在《弗洛伊德与文学》一文中列出了诸多作家与弗洛伊德的关系：

> 卡夫卡显然是有意识地探讨了弗洛伊德关于罪与罚、梦以及惧怕父亲的概念。托马斯·曼自称与弗洛伊德志同道合，他深受弗洛伊德人类学的影响，醉心于各种神话和巫术的理论。詹姆斯·乔伊斯也许可算是最透彻和最自觉地发挥弗洛伊德思想的人，他对于潜在意识中各种状态的兴趣，他的一词一物和一词多物的用法，他关于一切事物互相联系和互相渗透的扩张意识，以及相当重要的他对于家庭主题的处理，都充满弗洛伊德的色彩。②

第一次世界大战以后，文学创作"向内转"的趋势显然得益于心理分析学。由于心理学对文学的浸润，心理分析学在文学创作中结出累累硕果，"意识流"和"内心独白"的叙事方法，就是文学与心理学相结合的产物。意识流小说的突出特点在于大胆突破传统文学作品的时空顺序结构模式，主张用"心理时间"替代传统观念中的"物理时间"，即在文本创作中采取将过去、现在和未来颠倒混淆或相互渗透的方式来进行叙事，营造出一种破碎的时间流动意识。这样，心理时间起到了绝对的支配作用，而物理时间只是作为人物意识流程的背景和归宿。心理时空具有非常强大的灵活性和延展性，它可以跨越物理时空的种种现实限制，呈现更宽广的社会生活内容，不同时空中的人物、事件、意识等由此产生某种紧密的联系。在《追忆似水年华》中，普鲁斯特打破了时空延续的方法，没有贯穿始终的故事情节，特定的叙述点——人物、地名、名字、感觉、通感、联想等呈辐射状拓展，描述与叙述点相关的时空、事件和人物。在这里，回忆与梦想交叠，现在、过去、未来任意组合。一个晚会可以写上100页。贡布雷的一切都可以浮现于一个小小的茶杯，一首七重奏能穿越无尽的岁月。全书通过倒叙、插叙、夹叙夹议、预示、悬念、场景描绘、故事套故事、仿作和对比等艺术手法自如地重组了时空。弗吉尼亚·伍尔夫的《达洛卫夫人》记叙了两位主人公在15个小时之内的生活经历，但又跨越时空的界限，在过去的经历和现实的感受之间来回逡巡。回忆和现实交织，不同的意识流重叠交替，不同的经历与命运相互映衬，不仅隐喻着人与人之间不可逾越的阶级鸿沟，也强化了社会走到穷途末路时的异化感。

---

① 转引自柳鸣九主编. 未来主义·超现实主义·魔幻现实主义 [M]. 北京：中国社会科学出版社，1987：246.

② [美] 莱·特里林. 弗洛伊德与文学 [G]. 胡亚敏，译.//中国社会科学院外国文学研究所《世界文论》编辑委员会编. 小说的艺术——小说创作论述. 北京：社会科学文献出版社，1995：27.

精神分析理论被介绍到中国后，对五四以来的现代文学创作也有一定的影响。鲁迅的《狂人日记》《肥皂》《高老夫子》《幸福的家庭》《伤逝》《不周山》等小说都有不少心理描写，甚至还有内心独白。例如，《肥皂》《高老夫子》等作品运用弗洛伊德的心理分析理论讥讽了那些道貌岸然的道学家，《不周山》则用力比多的过剩解释人和文学的缘起。施蛰存的短篇小说《春阳》带有弗洛伊德精神分析的痕迹。小说通过一位抱牌成亲的寡妇的心理活动，呈现了被压抑的性本能的骚动。

在20世纪80年代，随着现代主义叙事方法的引入，不少中国作家开始借用精神分析、意识流等叙事方式。残雪发表于80年代中期的短篇小说《山上的小屋》即以内心独白的方式来搭建叙事结构。与鲁迅的《狂人日记》相较，残雪为突出意识之流而隐去了作者第一人称叙事的画框，使之成为一个无形的潜在框架，从而将"呼啸山庄式"的疯狂内心投射到被看的画面上。尽管那幅画没有外框，却与作者和读者都保持了一定的时空距离，使看与被看的关系得以实现。

（二）精神分析与文学批评

现代心理学对文学理论和文学批评也产生了根本性的变革。弗洛伊德以前的文学研究大多从传记的角度对作品追根溯源，精神分析学兴起后，文学批评开始转向窥探艺术家的意识，寻求对想象过程的更为系统的研究。

精神分析学家弗洛伊德提出的"俄狄浦斯情结"、荣格提出的"原型"等概念在文学批评中得到了广泛运用。俄狄浦斯情结是弗洛伊德在分析古希腊悲剧作家索福克勒斯的《俄狄浦斯王》时提出的一个重要概念，又称"恋母情结"，后来者用它来指一种心理"情结"：女儿偏爱父亲，疏远母亲；儿子则偏爱母亲，拒斥父亲。这种"情结"是潜意识的，被压抑在内心的深处，但在文学过程中得到了不同形式、不同程度的宣泄。琼斯对莎士比亚的《哈姆雷特》的解读是俄狄浦斯情结运用于批评的著名例子。琼斯通过对王子独白的文本细读，以及对哈姆雷特与母亲和继父的关系的研究，认为哈姆雷特的含糊其词、自相矛盾都是出自他弑父的胡思乱想。这些别出心裁的分析揭示了以往未被人们觉察的人物心理的深层结构，对于深化作品的意蕴颇有启示意义。但若把"俄狄浦斯情结"作为文学批评的一种普遍模式，或作为对作家作品的唯一解释，则有牵强附会之嫌。

瑞士心理学家荣格（1875—1961）是继弗洛伊德之后的又一位精神分析学派的大师。他指出了弗洛伊德学说的片面性，提出了一种颇有吸引力的"原型"理论，这种理论的核心是"集体无意识"（collective unconscious）。通过分析人格结构，荣格将无意识区分为表层与深层两个层次。表层只关系到个体经验，可称之为"个体无意识"；而深层无意识则是人与生俱来的精神气质，可称之为"集体无意识"。荣格指出："选择'集体'一词是因为这部分无意识不是个别的，而是普遍的。它与个性心理相反，具备了所有地方和所有个人皆有的大体相似的内容和行为方式……由于它在所有人身上都是相同的，因此它组成了一种超个性的共同心理基础，并且普遍地存在于我们每一个人的身上。"[①] 换言之，"集体无意识"是人类演化发展过程中遗传下来的一种心理上的文化积淀物，这是决定人类行

---

① ［瑞士］荣格.荣格文集［M］.冯川，译.北京：改革出版社，1997：40.

为的最深邃的因素。作为一种心灵的虚像，它先天地预存在每个个体的精神意识之中，并给个人的行为提供了一套预先形成的模式。这种人类世代相传的原始痕迹，在神话、传说、仪式、巫术中的意象和想象之中反复出现，荣格称之为"原型"（archetype）。"原型"一词来自希腊语，arche 意为本源、开端，typos 意为模式。当原型概念进入文学研究时，便出现了"原型批评"（archetypal criticism）。从分析心理学的角度来看，荣格提出的"集体无意识"是原型的初级形态，在文学作品中，原型隐藏在那些反复出现的意象、叙述和母题之中，文学艺术作品再现的就是这些"原型"。加拿大学者罗斯洛普·弗莱吸收了心理学、人类学的成果，融汇了"新批评""精神分析批评"等各家的长处以及荣格的集体无意识理论，系统地论述了原型批评的基本观点和方法。他的《批评的剖析》（1957）是原型批评理论的集大成之作，标志着原型批评理论的崛起。

20 世纪初，西方的神话原型理论开始传入中国，古典文学研究者运用西方的神话学理论对我国的神话进行现代诠释，希望从古人的精神遗存来探寻解决现代文明社会中存在的种种问题的钥匙，开辟了文学研究的新视角，也为现代神话学理论的建构提供了宝贵的经验。20 世纪 80 年代及以后，《金枝》中文节译本及系统介绍弗雷泽、弗莱、威尔赖特等西方学者的神话学观点的译文集《神话—原型批评》相继出版，原型批评理论传入中国的文学研究界，在文学批评领域掀起了一股热潮，如方克强的《现代动物小说的神话原型》《我国古典小说中的原型意象》《神话和新时期小说的神话形态》《原型题旨：〈红楼梦〉的女神崇拜》《原型模式：〈西游记〉的成年礼》等，陈炳良的《神话·礼仪·文学》，叶舒宪的《水：生命的象征》，陈建宪的《神祇与英雄》，陈勤建的《文艺民俗学导论》，张建泽的《圆形原型的现代演变：初论新时期小说中的圆形人生轨迹》，等等。这些研究成果无一不是心理学与我国古典文学相结合的产物。

第二节　文学与自然科学

比较文学的跨学科研究除了关注不同文化之间的文学以及文学与其他艺术形式之间的关系以外，还要研究文学与自然科学之间的关系。文学与自然科学之间的关系向来是比较文学跨学科研究的重要领域之一。

一　文学与科学的关系

文学艺术与自然科学分属不同的领域，它们之间的差异是显而易见的。文学关注美丑，科学探究是非；文学诉诸人的直觉与情感，科学诉诸人的理性与理智；文学运用想象与虚构的方式表达人的情感，科学运用实验与实证的方法揭示客观的真理；文学凝视的是生命的不朽，科学探讨的是世界的真相。但这种差异又是相对的，正是这种相对的差异使文学与科学之间有着多方面的交叉关系，二者在真善美的追求中不仅可以有知识层面的互用，更有精神实质上的互通互证。"科学和诗歌的手段、目的虽不相同，但两者之间的联系是存在的。它们好象两个相似物互相配合，似乎还在互相补充，帮助艺术方法和科学方法的完善,走向未来。"① "原子物理学,新型数学,控制论,天体演化学需要有大胆的、诗一般的独创性,想象和理想。而诗歌则需要它们的知识和深刻的思想。"② 也就是说,虽然文学艺术与科学在具体操作、技术手段和物质载体层面有迥然之异,它们所持的思维方式、表现方式以及终极效用有各自的特色,但二者在精神和哲理层面上有一定的共同指向。虽然科学与文学艺术在基本知识和技术手段层面有本质的差异性,但是彼此并不截然对立,"科学家和创造性作家以一种非常特殊的方式结合在一起"③。文学也有理性,科学也有感性;文学也有求真,科学也有求美。爱因斯坦认为,美是探求理论物理学中重要结果的一个指导原则。在现实生活中,喜欢文学的科学家非常多,东汉的张衡是浑天仪和地动仪的发明者,又是《二京赋》等文学名篇的作者;德国的歌德是诗歌巨著《浮士德》等不朽作品的作者,又在进化论、解剖学、动植物形态学、颜色学等多个科学领域有所贡献,德国政府设立的歌德奖章是"艺术和科学奖章"。同样,喜欢科学的文学家也不乏其人,现代中国的文学家鲁迅与郭沫若都是科学的爱好者,他们留学日本所选的专业开始都不是文学而是医学。鲁迅曾经写过《中国地质略论》《人之历史》与《科学史教篇》等科学论文,与顾琅合编出版了《中国矿产志》;郭沫若的诗歌中也经常出现英文的科学名词。历史上不少杰出的人物既是文学家又是科学家,文学史与科学史都不能忽略他们。

西方文学与自然科学的关系十分密切,在西方文明土壤里成长起来的西方文学,其本质特征乃至演变历程都与科学的发展有密切的联系。在古希腊、古罗马时期,哲学、自然科学和艺术都达到了空前的繁荣。文学表现了科学,而科学也表现了文学。文艺复兴时期的人文主义文学倡导"以人为本"的核心理念,以抗拒中世纪基督教文化的"以神为本",其首要的任务是以科学和理性为武器破除宗教蒙昧主义,这个时期的自然文学是对系统的、全面的、由经验而来的科学知识的总结和发展。人文主义者热衷于追求知识,提倡探索自然、研究科学,以提高人的才智,十分重视自然科学的作用,后来的哥白尼、伽利略、达·芬奇、哈维、维塞留斯等人在自然科学领域的重大成就极大地推动了文艺复兴时期的思想解放,在这一时期,自然科学与文学相互推动,相得益彰。17—18世纪自然科学与理性精神的持续发展促进了工业技术的进步,进而导致了18世纪下半期的工业革命。随着工业革命的深入发展,科学理性对人的感性生命的挤压到了异化的程度,于是便出现了张扬感性与情感的浪漫主义。虽然19世纪浪漫主义的主要目标是将文学从科学理性、社会政治理性及功利主义的束缚中挣脱出来,这导致它具有抗拒科学与理性的一面,但是,"大多数浪漫主义者与其启蒙学派前辈一样,对科学怀有浓厚的兴趣"④,"科学家和浪

---

① [苏]米·贝京.艺术与科学——问题·悖论·探索[M].任光宣,译.北京:文化艺术出版社,1987:30.
② [苏]米·贝京.艺术与科学——问题·悖论·探索[M].任光宣,译.北京:文化艺术出版社,1987:30.
③ J. A. V. Chapple. Science and Literature in Nineteenth Century [M]. London: Macmillan Education Ltd., 1986: 161.
④ Michael Ferber. Romanticism: A Very Short Introduction [M]. Oxford: Oxford University Press, 2010: 89.

漫主义诗人之间的关系可能非常密切；他们都关注自然宇宙，并乐于以相似的方式进行思考"①。也就是说，浪漫主义者不同程度地肯定科学的积极作用，并从中汲取知识、方法及理念，借以激发艺术灵感、更新创作题材与技巧。

二 文学中的科学

从历史上来看，在人类文明的发轫之初，文学与科学其实是混而为一的。马克思在《〈政治经济学批判〉导言》中研究希腊神话时发现，希腊神话不但是当时希腊人的文学艺术，而且也是希腊人的自然科学，"任何神话都是用想象和借助想象以征服自然力，支配自然力，把自然力加以形象化；因而，随着这些自然力之实际上被支配，神话也就消失了"②。在人类社会的远古时代，神话绝非初民为了审美的目的而进行的虚构，而是其真实想象自然的结果。初民借助想象力认识与支配自然，是那个时代具有诗性的自然科学。在此意义上，神话可以说是初民的自然科学，文学曾经履行过自然科学的职能。我国战国时期屈原的《离骚》中也有原始初民对世界的神话想象，尤其是《天问》使诗情的表现与科学的发问密切结合在一起。物理学家李政道研读《天问》之后，认为《天问》是以诗的形式写就的宇宙学论文，屈原在两千五百年之前就在诗中运用了几何学和物理学的对称性原理，提出了地球可能是一个东西、南北不一样长的扁椭圆形球体。

文艺复兴时期的莎士比亚作为培根的同时代人，揭示了深刻的社会真理，其意义跨越了几个世纪。狄德罗与达兰贝尔合编的《科学、艺术和工艺的百科全书或详解字典》（1751—1780年出版了35卷）一书囊括了当时的科学、技术、生产、社会知识和艺术的一切成就。法国启蒙主义者伏尔泰的哲理小说《米克罗麦加斯》（1752）用来自天狼星和土星的人的眼光观看地球，地球不仅显得极小，而且地球上的居民也"不善于成为幸福的人"。他们基于不正义的原则，为夺得小片的沼泽（大海）、池塘（大洋）、肮脏的弹丸之地而发动战争、相互厮杀。当天狼星的那位居民在愤怒中准备"用几脚把这个住满可怜的杀人犯的地球踏平"的时候，来自土星的人对他说："您甭费这个心啦。他们正在自掘坟墓。"伏尔泰表达的思想是，地球这个星球本来是美丽的，地球上的人们本来可以幸福地生活，得到纯洁的欢乐，而事实却是反其道而行之。从科学诞生的那天起，文学对科学的疑虑甚至批判的人文态度就一直没有间断过。斯威夫特的《格列佛游记》对当时的科学研究做了辛辣的讽刺，飞岛国里的拉格多大科学院讽刺了英国皇家科学院，这些科学家研究如何将粪便还原为食物，现代科学几乎无所不能，只有想不到的事，没有做不到的事。斯威夫特所表现的对科学的批判反思精神，至今仍有其意义。中国《封神演义》中的郑伦、陈奇哼哈二将的异能，在现代的火焰喷射器那里得到了验证，而激光武器甚至比郑伦、陈奇的异能还要神；《浮士德》中的人造人，也被现代的克隆技术所验证。作为一位"社会

---

① J. A. V. Chapple. *Science and Literature in Nineteenth Century* [M]. London：Macmillan Education Ltd.，1986：20.

② 马克思.《政治经济学批判》导言 [M] //马克思恩格斯选集（第二卷）. 北京：人民出版社，1972：113.

科学博士"、哲学家、心理学家、历史学家,巴尔扎克不仅反映了工业革命带来的社会心理的后果,也研究过自然科学,其《人间喜剧》的天才构思与自然科学有着千丝万缕的联系。福楼拜曾经说:"艺术愈来愈科学化,而科学愈来愈艺术化;两者在山麓分手,有朝一日将在山顶重逢。人的思想不可能预见到未来的创作将被怎样的精神阳光所照耀。我们暂时停在一个拥挤的过道里,在黑暗中来回摸索着。"①文学与科学各自登临山顶的方式以及欣赏途中风光的方式是各有千秋的,在福楼拜笔下,科学和艺术依然是并肩存在的。此外,他认为,洞察自己时代的精神,以自然科学的分析方法去反映现实的生活,这就意味着给那种过时的、给新东西让位的东西唱丧歌。当代意大利作家卡尔维诺的《宇宙奇趣全集》等作品也与现代科学的发展有着千丝万缕的联系,他后来在回忆自己的创作时说,物理学、宇宙起源学说、分子生物学等现代科学不能提供看得到的想象而能从观念上抽象地理解,这促使他描写看得见的想象。

文学反映科学精神的典型文体是科学幻想小说(简称"科幻小说"),这是文学与科学兼备的文体。最早开始创作科幻小说的是诗人雪莱的妻子玛丽,在她的《弗兰肯斯坦》中,科学家弗兰肯斯坦经过无数次试验,终于创造出了一个面目丑陋的科学怪人,由于受到创造者及其周围人的歧视,这个科学怪人丧失了善良的秉性而成为杀人狂,最后与其创造者同归于尽。法国小说家凡尔纳被誉为"科幻小说之父",他创作的小说《海底两万里》《从地球到月球》等作品将科学幻想与冒险小说的情节结合在一起,波澜壮阔地呈现了19世纪理性与进取的科学乐观主义精神。英国小说家威尔斯是科幻小说的集大成者,他创作的《时间机器》《星际战争》开辟了当代科幻小说的时间旅行与外星人冲突之先河,并且在科学幻想之中将对现实社会的影射与理性思辨融合在一起。

由于爱因斯坦的相对论助长了科幻小说的奇幻想象,美国的科幻小说大有后来居上的势头,从巴勒斯、根斯巴克、坎贝尔,到新浪潮科幻小说、"赛博朋克"小说,科幻小说一直长盛不衰。美国作家威廉·吉布森的赛博朋克科幻小说《神经漫游者》将故事的背景设置在赛博空间,以信息技术作为主题,栖居在这个世界中的人从事电子和生物移置,用软件技术构造死者并开发人工机能。其特色有二:一是对技术奇迹的描绘,叙述他们将技术应用在一个充斥着权力、金钱和性的世界里,但二者存在着鲜明的反差。吉布森所预想的未来世界由跨国公司、蜕变的家族和犯罪组织所掌控。电子和毒品所产生的幻觉效应支配着这个世界中狂妄般居住者的生活。第二,从边缘人的视角来描写,如赛博牛仔,非法倒卖毒品、硬件和软件的人等。《神经漫游者》描绘了赛博牛仔凯斯的历险经历,通过提供一种语言和一种虚构的系统开创了一个虚拟现实时代。

乘晚清和五四新文化运动之风,凡尔纳等人的科幻小说在20世纪初开始传入中国。鲁迅将凡尔纳的《月界旅行》《地底旅行》《北极探险记》等科幻小说翻译成中文。在特定的历史环境下,中国的科幻小说从一开始就承担着科学普及的任务,鲁迅曾经指出"导中

---

① 转引自[苏]米·贝京. 艺术与科学——问题·悖论·探索[M]. 任光宣,译. 北京:文化艺术出版社,1987:131.

国人群以进行,必自科学小说始"①。这种科幻小说后来演变成高士其式的科普文学。在我国,老舍创作的《猫城记》极具科幻色彩,被称为"火星上的恶托邦"。故事发生的地点是远离地球的火星,小说用第一人称的手法叙述"我"和"我"的朋友从地球出发,坐了半个月的飞机,由于在进入火星气圈时发生事故,飞机坠毁,朋友死了,只有主人公"我"幸存下来,落入了火星上的"猫国"里。小说以科幻小说惯用的时空转换的手法,将读者直接带入火星世界。《猫城记》是老舍借助科幻形式表现的抗战之前中国现实亦庄亦谐的寓言,也是对于火星上可能存在高级生命的推测以及对于航天飞机的科学幻想。

三 科技影响下的文学

科学和文学都是人类创造的认识自然和自己本身的手段。从历史上来看,每一次科技革命都会影响到文学,因为科学技术会"增强"人的视力(显微镜、望远镜、电视)、听力(电话、无线电),"加长"双腿(现代化的水、陆、空交通工具),完善人的双手(遥控的机器和设备),而电子计算机无疑是人脑的助手。这样,科技的变革会影响到人的心理,导致人的思想观念的变化,新的题材、新的形象、新的观念会进入文学之中。但是,科学对文学的影响是"潜在的和缓慢的",并不总是直接的,更不是一蹴而就的,"科技革命扩大美的范围,发挥人的巨大创造力,肯定人的伟大精神,承认人类愿望所具备的活动能量"②,提高对文学创作的哲理认识,当科学走进文人的日常生活,变成一种感觉的时候,文人才开始用一种新的思想去表现它。

文艺复兴之后,科学技术发展日新月异,科学对文学的影响也越来越大。哥白尼的"日心说"将人从神所主持的秩序中解放出来,增强了人的自我意识和对自身的信心。在当下的文学研究中,不少学者引入系统论、信息论与控制论等科学方法,20世纪盛极一时的结构主义文学研究本身就是一种科学方法的运用。在历史上,生物进化论、相对论、数字技术等都对文学产生了巨大的影响。

(一)生物进化论对近现代文学的影响

1859年,达尔文的《物种起源》在英国出版。他认为物种是由遗传和变异形成的,"物竞天择,适者生存"是大自然竞争的必然规律。这种进化论学说深刻地影响了西方的哲学、社会学、历史学、伦理学等诸多学科,也全面刷新了文艺学的研究。在思想领域,达尔文的生物进化论冲击了上帝创世造人的观念,使得基督教的文化大厦摇摇欲坠。受进化论的影响,尼采喊出了"上帝死了",企图以此复活古希腊的酒神与日神的审美文化观念。尤其值得一提的是,尼采的"超人学说"对上帝观念构成了毁灭性的打击,这直接影响了陀思妥耶夫斯基的小说创作。在陀思妥耶夫斯基笔下,宣示以进化论为代表的科学真

---

① 鲁迅.《月界旅行》辨言[M]//鲁迅全集(第10卷):译文序跋集.北京:人民文学出版社,2005:164.

② [苏]米·贝京.艺术与科学——问题·悖论·探索[M].任光宣,译.北京:文化艺术出版社,1987:30.

理的伊凡，蔑视庸人、推崇"超人"、立志做一个"不平凡的人"的拉斯科尔尼克夫，他们猛烈地攻击上帝、基督教及其道德价值的虚幻不真，认为在上帝死后就可以无所不为，成为"超人"。

生物进化论问世之后，受其影响的作家不计其数，法国作家左拉尝试以科学实验方法对人进行客观的生理学和解剖学的实验与分析，这一文学理念就是受生物进化论影响的一个典型例子。左拉认为，"文学上的实验方法与科学上的一样，正在解释个人的以及社会的自然现象"，"自然主义的小说，乃是小说家借助观察而对人作出的真正的实验。"① 他的20部小说汇集成《卢贡-马卡尔家族》，通过对五代人生活的描绘，探究遗传对人性的影响。

19世纪的一些文学理论家和文学史家将进化论广泛运用于文学研究，以探寻文学发展的规律。丹纳在《英国文学史》和《艺术哲学》等著作中套用了进化论的观念，提出了制约文学发展的三大要素：种族、环境和时代。其中，种族相当于生物的机体本质，环境和时代则相当于生物的外界条件。作为一部旷世奇书，赫胥黎的《进化论与伦理学》极大地增进了进化论在英国的影响，也在19世纪末20世纪初深刻影响了我国维新思想家和新文化运动领袖。

达尔文的进化论对近代中国文学特别是五四新文学的诞生有着不可低估的作用。严复翻译的《天演论》重点译介了达尔文的进化论思想，在中国知识界产生了巨大的影响。具体地说，进化论的动态世界观打破了中国传统的静态的世界观，仁人志士呼吁，中国人如果不能在物竞天择的列国竞争中自立自强，就有亡国灭种的危险。陈独秀、胡适、鲁迅等一代文人，自觉地接受了进化论的影响，并将它运用到五四新文化运动中。发起文学革命的胡适接受了进化论中"渐变"的观点，从文学进化的角度对传统文学进行了批判，主张循序渐进地进行文学改良。他在《文学改良刍议》中指出："文学者，随时代而变迁者也，一时代有一时代之文学，此非吾一人之私言，乃文明进化之公理也。"激进的民主主义者陈独秀将革命看作实现进化的原因和动力，把"进化"和"革命"连在一起使用，他在《文学革命论》指出："自文艺复兴以来，政治界有革命，宗教界有革命，伦理道德亦有革命，文学艺术亦莫不有革命，莫不因革命而进化。"早期的鲁迅多次声称自己是进化论的信奉者，他欢迎革命，相信将来胜于过去，青年胜于老年，抨击旧物，催促新生。例如，《狂人日记》中狂人的"救救孩子"，《孤独者》中的魏连殳对进化论的信奉与怀疑，表明进化论思想渗透到了鲁迅的小说文本中。当然，鲁迅信奉的进化论深深地打上了尼采的烙印，突出了自然竞争中的"强"字。总之，达尔文的进化论曾成为五四时期一代文人学者的主导观念，为中国文学的变革提供了理论支撑。

（二）爱因斯坦的相对论对现代文学的影响

19世纪末20世纪初，由于自然科学理论的重大突破，过去被认为是颠扑不破真理的一些科学结论得以修正或被彻底否定，爱因斯坦的相对论便是最伟大的突破性理论之一。

---

① ［法］左拉. 实验小说［G］//伍蠡甫主编. 西方文论选（下册）. 上海：上海译文出版社，1979：251-256.

牛顿认为，空间可以借助三维坐标网加以精确界定，空间是绝对的，即物体不仅在相互之间的关系中定位和运动，而且还在与空间本身的关系中得以设置。易言之，空间独立于物体之外，即使没有物体，空间同样存在。爱因斯坦的相对论颠覆了牛顿的时空观，不再把时间与空间设想为独立的实体，而是把时间视为附加于空间三维之上的第四维。空间与时间虽然属性不同，但二者是相互影响的。在相对论的世界里，一切都与人的运动、人所处的位置有关。

20世纪科学技术的迅猛发展改变了世界的面貌，也引起了人们思想观念、思维方式上的更新，人们的审美观和创作方式也不可避免地受到影响。英国著名美术史家冈布里奇在《美术的历程》一书中指出："现代科学的概念常常是看来十分玄奥和不可理解，而事实证明了它的价值。如今很多人都会想到的最突出的例子当然是爱因斯坦的相对论，在时间和空间的观点上，它显得与一般的感觉如此相异，可是它得出的质量和能量的方程式却产生了原子弹。艺术家和评论家两者皆受到科学的力量和威望的震慑，不仅因此获得了在试验方面的正常的信心，而且产生了对于所有看来玄奥的事物的不太正常的信心。"①

在文学创作领域，时空观念的改变也在一定程度上受到爱因斯坦相对论潜移默化的影响。过去的线性时间观受到相对论冲击后很快在新的小说样式中得到了反映。法国的马塞尔·普鲁斯特、爱尔兰的詹姆斯·乔伊斯、英国的弗吉尼亚·伍尔夫、美国的威廉·福克纳等意识流小说家，大量运用自由联想和内心独白，着力于表现人的意识流程，打破了传统小说的线性叙事模式，情节的发展天马行空；在魔幻现实主义小说中，时空的界限被打破，现实与非现实的东西交织在一起，神奇的描写与现实的反映奇妙地结合在一起；而在许多超现实主义的小说中，我们还能见到时间的分割、时间的变形等。

爱因斯坦的相对论对我国民国时期的文学创作也产生了较大的影响。植物学家胡先骕创作的部分诗词将爱因斯坦及其相对论学说作为诗词的表现内容。以下为胡先骕创作的《水调歌头》一词：

> 能聚是为质，质散乃为能。阴阳交互禽辟，即此衍坤乾。至大极于无外，至少入于无间，穷理竟茫然。未始作何状，搔首问苍天。　　恒沙劫，千百万，计光年。宇宙波兴沤灭，追问几桑田。宏观微观等量，凭我智珠在握，法界任控元。一念摄万有，弹指现华严。②

词的开篇"能聚是为质，质散乃为能"交代了词的具体内容，其中"能"指"能量"，"质"指"质量"。开篇一句，胡先骕表达了对爱因斯坦"质量就是能量，能量就是质量"这一观点的理解。该词在对爱因斯坦的相对论进行艺术演绎的同时又保持了古典诗词特有的审美特征。"胡先骕的这些以表现爱因斯坦相对论学说的诗词，在完成对爱因斯坦相对论表达之后，又能以其自身的独特的艺术表现创造出超越于爱因斯坦相对论学说这个意义指向的艺术内涵，从而使读者能同时领悟到其中所蕴含的科学命题与艺术魅力。"③

---

① 转引自胡亚敏编著. 比较文学教程[M]. 武汉：华中师范大学出版社，2011：213.
② 张大为，胡德熙，胡德焜合编. 胡先骕文存[M]. 南昌：江西高校出版社，1995：112.
③ 李剑亮. 民国诗词中的爱因斯坦[J]. 浙江工业大学学报（社会科学版），2016，15（01）：57.

（三）数字技术对当代文学的影响

在过去三千多年里，文学的传播媒介发生了多次重大的变化。在文字出现之前，文学处于口传阶段。印刷术的发明与普及，使得在市民文化土壤上成长起来的小说日渐成为近代工业文明时代的主导文体。网络的兴起则提供了一个文化多样性的平台，读者在网上可以点击自己喜欢的抒情诗以及小说、散文，也可以点击视频欣赏各种类型的影视，读者开始从被动地接受到主动地搜索、点击自己喜欢的文学文本与影视文本，可以在赛博空间即时互动地交流审美体验，可以将自己创作的诗歌、小说以及影视文本添加到网络上去，文学进入了数字化的时代。

从媒介的角度看，口头文本、印刷文本、数字文本这三种媒介构成了三种不同的体验，也是三种不同的阐析方式。口传史诗的叙事程式依托于口头传播，文学的诞生导致了悲剧叙事的繁荣；印刷技术造就了19世纪现实主义小说精雕细刻的叙事艺术；摄影和电影技术突破了舞台的时空限制，使得电影与电视的叙事成为可能。计算机网络技术带来了文学叙事的重大转型，通过网络、电子书、计算机、磁盘、光盘等载体呈现的文学，不仅影响了文学的主题、叙事方式和诗意效果，也改变了文学的创作、传播和接受的方式，并以全新的叙事形式给读者带来了崭新的叙事体验。随着数字文学的出现，文学的表达和阅读方式也因此发生了变化。

相较于传统的纸媒文学，数字文学有其独有的特征，主要表现在多媒体性、虚拟性和互动性三个方面。

数字文学的第一个特征是多媒体性，也就是说，它们是文字、声音和图像相结合的统一体。数字文学是文字、美术、编程和音响相结合的产物，超链接、互联网和各类软件使得数字文学冲破平面创作的窠臼，焕发出新的活力。超链接技术将诗篇、图形、动画、视频、声音等不同格式的文件集合起来，形成一个异质共存的空间。数字技术在电子媒介上的广泛使用进一步推动了复合符号文学的发展。数字化的复合符号文学运用多媒体技术将文字、图片、声音、动画、影片剪辑等链接组合成一个整体。当代数字文学的典型形态便是这种多符号媒介协同作用的复合语言符号文本形态的文学，例如斯图亚特·牟斯洛帕（Stuart Moulthrop）的《胜利花园》（*Victory Garden*）（1993）和谢莉·杰克逊（Shelley Jackson）的《拼缀女郎》（*Patchwork Girl*）（1995）融合了带乐谱的音乐，说明解释的文字和各种图像、地图、图画等符号手段与正文文字配合起来传情达意。

数字文学的第二个特征是虚拟性。虚拟的概念可以从哲学与技术两个层面来看。哲学层面的虚拟（virtual）是一种可能发展为实际存在物的潜力，它与现实（actual）相对，具有充分的实在性。素有"赛博空间哲学家"之称的迈克尔·海姆从七个方面概括了"虚拟"一词的技术性特征：模拟性、交互作用、人工性、沉浸性、遥在、全身沉浸、网络通信等。① 他认为，虚拟实在是实际上而不是事实上为真实的事件或实体。虚拟现实系统是虚拟世界的范例，它让用户沉浸在一个非真实的世界里，并为他提供遨游天下和互动的机遇。

---

① 参见迈克尔·海姆. 从界面到网络空间——虚拟实在的形而上学[M]. 金吾伦, 刘钢, 译. 上海：上海科技教育出版社，2000：113-119.

数字文学的第三个特征是互动性。多媒体产品的创作者倾向于将任何以数字形式出现的东西称为互动性，其意思是指计算机用户能够决定可用信息的序列。互动性只能发生在用户能够对表现方式本身进行干预的情况下，也就是说，只有在用户能够不按照原创者的预期方式去改变叙事、图像或音乐的情况下，互动性才能发生。用户的参与意义重大，具有超过对数字化的传统文本、图像和音乐进行消费的意义。

随着数字技术的发展，数字文学衍生出不同的具体类型。数字文学类型多样，概念复杂，下面重点谈谈超文本小说。超文本是一种收集、存储、磨合、浏览离散信息以及建立和表现信息之间关联的技术，用超链接的方法将各种不同空间的文字信息组织在一起的网状文本。互联网上的所有网页都具有超文本性，所有可读的网页都让读者熟悉了超文本的呈现方式。尼尔森将文学理解为一个庞大的网状结构，强调超文本就是某种文学事物。超文本文学经历了从原型超文本到数字超文本的发展过程。在纸媒传播时代，一些富于探索性的作家想方设法拓展自己的写作方式和思考空间，试图从封闭、线性的纸媒书籍转向可以给读者带来非连续性体验的超文本。例如，马克·萨珀塔（Mare Saporta）的《第一号创作》是一沓一百页的散页纸，每次阅读之前这些书面都会被"洗"一次，即读者每次阅读时都会面对一个按随机顺序排列的文本。弗拉基米尔·纳博科夫的《微暗的火》由前言、诗歌"微暗的火"以及对这首诗的大量评论与索引组成，读者可以在多种选择中去整合和解释这四个部分，从而产生与"真正的故事"不同的结果。詹姆斯·乔伊斯的《芬尼根的守灵夜》编织了上万种书籍的网络，并且常常在各个部分之间互相指涉。这部作品有大量的自我指涉和典故，大量的二次文献、双关语的词汇、新词和外来词。它具体呈现了超文本的结构形态，可以说是非线性和联想式文体的极品，其中包含一大堆暗扣和重现的主题。这部作品没有开头、没有中间、没有结尾，其风格是非线性的。这部小说的解释学结构与超文本相吻合，读者每次阅读都会有变幻不定的感觉。胡奥·科塔萨尔（Julio Cortazar）的《跳房子》包含了155个可按任意顺序阅读的章节。另外还有博尔赫斯的《小径分岔的花园》。这些作品从不同的方面预示了数字化的大门已向文学敞开，可以称之为"原型超文本"（protohypertext）。

在充分吸取博尔赫斯、约翰·巴斯、罗伯特·库佛、卡尔维诺、斯泰恩、庞德、詹姆斯·乔伊斯等人的文学实验精神以及时间扭曲、文学立体主义等艺术手法的基础上，通过计算机网络技术的运用，数字型的超文本小说得以诞生。数字文学成为实验叙事的延续，它最明显的创新就是将文本、图形、声音和图像等多种模式聚合于一个"平面"。迈克尔·乔伊斯（Michael Joyce）的《下午，一个故事》（*Afternoon，A Story*）（1987）被视为第一部超文本小说。它由539个文段和951个链接组成，讲述一个男人在早晨去上班的途中目击了一场车祸，他担心事故的受害者可能是他的前妻和儿子。用不同的方式阅读《下午，一个故事》，结果将出现各种不同的故事，但仍可以在读者的故事之上构建一个故事框架。《下午，一个故事》与牟斯洛帕的《胜利花园》和杰克逊的《拼缀女郎》是早期超文本小说的范例。这三个超文本小说文本的共同特点是：第一，这三个文本都是用东门系统公司（Eastgate Systems）开发的超文本程序故事空间（story space）① 写成的，其对

---

① 故事空间是专门为文学创作设计的超文本编辑系统。

象是苹果电脑和个人电脑用户的单机版，并且以磁盘的形式发售。第二，这些作品由一系列的文本片段组成，超级链接把这些片段整合为一体，组合成故事，创造了一种多线程的网络，在一定程度上突破了传统叙事中由因果关联维系的线性阅读。第三，这些小说以独特的方式挖掘超文本的潜力，为读者提供多种参与故事的方式。而三者之间的一个最明显的差别是容量大小：《胜利花园》有993个文段以及超过2804个文段之间的链接，《下午，一个故事》只有539个文段和951个链接，而《拼缀女郎》有323个文段和462个链接。

当今世界，科学与技术已经内化为人们生活方式的一部分。"元宇宙"概念在2021年横空出世，这是虚拟世界日益成为现实世界的一个重要表征；ChatGPT在2023年爆红全球，表明自然语言与人工智能的高度融合开启了生成人工智能的时代。人工智能在世界各地开花，除了拥抱面对，我们别无其他办法。"面对21世纪新人文精神的发展，文学的跨学科研究可能会更多地集中于人类如何面对科学的发展和科学对人类生活的挑战。"① 科学虽然"能够搬动珠穆朗玛峰，但却丝毫不能把人的心灵变得善良。唯独艺术能够做到这点，况且——这是艺术最主要的、永恒的目标"②。这就敦促我们认真思考科技与文学之间交互、融合的可能性。科技是工具性的，人文是本质性的；科技是外生性动力，人文是内生性动力。二者同为人类精神文化的重要维度，其深度融合可以为人类社会发展赋能。

当今时代，科学技术的新发展和先进工具的运用深刻地改变了人与世界的关系，改变了人类的思维方式和价值体系，也改变着文学的面貌。研究文学与科学的关系不仅是时代的需要，而且将为比较文学这一开放体系带来新的因素和新的发现。

◇ 论著导读

高旭东的《中西文学与宗教哲学》（北京大学出版社，2004年版）是一部全面系统地论述文学与哲学、宗教的关系的专著，亦是比较文学跨学科研究的经典之作。该著作分上下两编：上编名为"文学与哲学的跨学科与跨文化研究"，在中外学者关于文学与哲学研究的基础上，重点讨论了文学与哲学的一般关系及其在中西文化中的不同表现；下编名为"儒教与基督教对话与融会中的中西文学"，探讨文学与宗教的关系，重点讨论了儒教与基督教的差异，中西文学与儒教、道教、基督教的关系等。本书的一个重要特色是以文学与哲学、宗教关系的理论探讨，积极参与到当代文学与文化研究的热点讨论中。尤其是在本书第九章，作者从中西文学与哲学、宗教的角度对刘小枫"以基督精神拯救人类"之观点提出了自己的看法。

---

① 乐黛云，陈跃红，王宇根，等．比较文学原理新编［M］．北京：北京大学出版社，2004：32.
② ［苏］米·贝京．艺术与科学——问题·悖论·探索［M］．任光宣，译．北京：文化艺术出版社，1987：9.

◇ 阅读实践

阅读实践 4 佛教与中国古代文学的关系

◇ 文化拓展

比较文学跨学科研究既是美国学派所倡导的一个比较文学方法论上的重大突破，亦是中国"大文学"观的题中应有之义，有利于我们深刻地理解和认识文学的丰富内蕴及其独特的审美特征，其独特的"跨越"和"融通"意识，会促使学生养成多元的、整体的以及创新的学术思维。我国传统文化中一直强调文史哲不分家、文艺一家，不少文学家同时还是思想家、史家和艺术家（画家、书法家、音乐家），比如庄子、司马迁、苏轼、王羲之、郑板桥等。比较文学的跨学科研究方法与思维，无疑会为我国优秀传统文化研究增添新的解读视域与方法，从而更好地发掘其精华，传承其丰赡的精神文化遗产。

◇ 本章小结

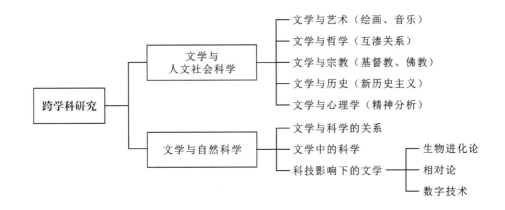

◇ 思考与练习

1. 何谓跨学科研究？
2. "诗中有画、画中有诗"在中国文化中具有怎样深刻的含义？

3. 历史上有学者运用精神分析的方法分析文学现象，谈一谈这一做法的范围与利弊。

4. 文学是怎样表现科学的？请举例说明。

5. 用实例分析绘画与文学相互渗透的互补关系。

6. 用实例分析音乐与文学相互渗透的关系。

第五章
比较文学研究中值得注意的三个问题

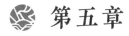

教学导航

学习目标	知识目标：把握比较文学影响研究与平行研究的密切辩证关系，客观认识二者间的区别与联系 能力目标：学会辩证地看待事物之间的复杂关系，摆脱"非此即彼"的传统僵化的认识模式 情感价值目标：通过培养学生"对立统一"的辩证认知观念，帮助学生树立整体观、大局观，从而更好地担当起新时代的历史责任与使命
重难点	1. 实证方法与审美批评的关系 2. 文学史与文学批评的关系 3. 跨学科研究与影响研究的关系
推荐教学方式	课堂教授、案例分析
建议学时	6
推荐学习方法	文献阅读、小组讨论
必须掌握的理论知识	实证方法、审美批评、文学史研究、文学批评
必须掌握的阅读（语言）技巧	重点记诵与全面了解相结合

情境导入

同学们，截至目前，我们大体上已经学完了《比较文学》的全部基础理论与知识。但是，还有几个问题需要我们认真反思，这其实涉及影响研究和平行研究的关系问题。

传统观点认为,两者之间无论在理论观点还是方法论上都是完全对立的,但事实确是如此吗?接下来我们就从实证方法与审美批评的关系问题、比较文学作为文学史的学理依据问题、跨学科研究与影响研究的关系问题等方面,详细探讨一下这三个比较文学研究中值得注意的关键问题。对这三个问题的厘清和探讨,有助于我们深入把握比较文学的精髓与实质。

  基础知识(理论阐释)

包括比较文学在内的一切学术研究,虽然重点各异,方法有别,但都存在着实证与批评交融的研究格局:实证中有批评,批评中含实证。无论过分强调哪一端而忽视另一端存在的做法都是不可取的。法国学者提出的比较文学是文学史分支的观点,有其合理的学理依据,我们应该公正、理性地加以全面认知。我们认为,比较文学美国学派倡导的跨学科研究超越了法国学派影响研究的疆域,却未能也无法从根本上绕过影响研究的范式及其实证方法;美国学派的跨学科研究不仅与影响研究相互关联,而且从方法论上讲仍然是一种影响研究,或者说是一种跨学科的影响研究。

第一节　实证方法与审美批评的关系

法国比较文学以对不同国家文学之间的精神交往与联系做实证性考察为鲜明特色并著称于世,这一特色更因韦勒克向法国比较文学发难的那篇著名文章——《比较文学的危机》而进一步被强化、凸显。由此人们普遍认为:法国比较文学是影响研究,影响研究就是注重事实求证,排斥审美批评;而美国比较文学则是平行研究,平行研究淡化事实求证,强调审美价值判断。这种二元对立的思维定式,自然把法国比较文学与美国比较文学区分得过于泾渭分明,甚至把它们放在了相互割裂、彼此不容的位置,致使人们错误地认为比较文学中的实证研究与审美批评研究完全分属两种不同的研究类型,两者不仅各异其趣,而且互不关联。长期以来,学界也很少认真思考、客观梳理这两种不同的研究类型之间实际存在着的一致性和辩证关联,疏于对研究中实证与批评并重的有效倡导。因此,实证与审美批评关系这一问题,并未随着比较文学法国学派与美国学派理论纷争的平息而获得根本解决,仍有进一步探讨的必要。

法国实证主义哲学的创立者孔德在其《实证哲学教程》中鲜明地提出,哲学的基点就是"实证",即科学的精神和方法。这种科学的精神和方法从本质上说,就是以"确凿的事实和这些事实之间确实的稳定关系为基础","强调事实,强调对事实的观察分析,强调寻找事物的变化规律,强调发现同类事物的共性"。① 这种实证的思想精神和方法对此后的

---

① 罗芃,冯棠,孟华. 法国文化史[M]. 北京:北京大学出版社,1997:255.

人文社会科学研究尤其是文学研究产生了深远影响。首先，它不仅对比较文学这一学科的兴起与形成产生了重大影响，而且也成为比较文学法国学派影响研究最重要的研究方法，以至于人们一提到法国比较文学，首先想到的便是实证方法。实证方法已和法国比较文学融为一个密不可分的有机整体。其次，实证方法不再仅仅为法国文学研究所独有，而是成为超越国界的一切学术研究所必不可少的方法之一，"不再是严格的国别概念，而是体现一种空间性或区域性的概念，更准确地说是一种方法论的属性概念"①。

就比较文学领域而言，实证能够成为法国比较文学影响研究最重要的方法，除实证主义传统的影响外，最重要的原因，就是众多学者对以往文学比较中出现的问题以及对比较文学学科理性认知的结果。法国学派第一位代表人物巴登斯贝格在《比较文学：名称与实质》的著名论文中，对他之前一百五十年里人们对文学"比较什么"和"如何比较"的问题提出了疑问。他明确指出："仅仅对两个不同的对象同时看上一眼就作比较，仅仅靠记忆和印象的拼凑，靠一些主观臆想把可能游移不定的东西扯在一起来找点类似点，这样的比较决不可能产生论证的明晰性。"这种比较不过是"毫无意义又毫无价值的吵闹"，是"在那些隐约相似的作品或人物之间进行对比的故弄玄虚的游戏"②。用今天的话说，他坚决反对把比较文学变为不同文学作品之间无原则的瞎比，更反对在不同文学作品之间进行空泛的无来由的所谓审美分析。为了使比较文学不致陷入不着边际的空谈，巴登斯贝格开始身体力行地进行欧洲各国文学之间渊源与影响的实证性考察，认为只有这种对细微迹象的实证考察，以及在此基础上所获得的切合实际的结论，才能把比较文学整顿为一门科学的、符合文学史最严格要求的学科。这一做法为此后诸多法国学者所推崇。梵·第根明确提出"比较文学是文学史的一个分支"③，并把精细和准确的考证规定为比较文学的研究方法，坚信如果没有这种精细的考证，比较文学便只能给人们一些近似之说和空泛的概论。梵·第根之所以持比较文学属于文学史的分支的观点，除了想避免研究中的"近似之说"和"空泛的概论"的毛病外，还基于下面这样的考虑："它可以在各方面延长一个国家的文学史所获得的结果，将这些结果和别的诸国家的文学史家们所获得的结果联在一起，于是这各种影响的复杂的网线，便组成了一个独立的领域，它绝对不想去代替各种本国的文学史；它只补充那些本国的文学史并把它们联合在一起。同时，它在它们之间以及它们之上，纺织成一个更普遍的文学史的网。"④伽列也十分强调"并非随便什么事物，随便什么时间地点都可以拿来比较"，如果仅把相似的东西罗列在一起，就有可能造成任性的、虚构的、空洞的对比，而不是从文学作品本身去寻求它的发展过程与发展规律。他宣称，比较文学重在研究不同国家和民族的作家和作品之间"曾存在过的跨国度的精神交往与实际

---

① 曹顺庆，等. 比较文学学科理论研究[M]. 成都：巴蜀书社，2001：143-144.
② [法] 巴登斯贝格. 比较文学：名称与实质[G]. 徐鸿，译.//干永昌，廖鸿钧，倪蕊琴选编. 比较文学研究译文集. 上海：上海译文出版社，1985：32-33.
③ [法] 提格亨. 比较文学论[M]. 戴望舒，译. 上海：商务印书馆，1937：202.
④ [法] 保罗·梵·第根. 比较文学论[G]. 戴望舒，译.//干永昌，廖鸿钧，倪蕊琴选编. 比较文学研究译文集. 上海：上海译文出版社，1985：55.

联系",从这个意义上说,"比较文学不是文学的比较"。① 基亚又在此基础上提出了"比较文学是国际间的文学关系史"②的著名观点。上述认识决定了法国学者看重实证方法的倾向。

客观地说,尽管法国比较文学有其自身无法避免的众所周知的局限性,但法国学者在实证方法的引导下对比较文学学科体系的完备与规范上所做出的扎实稳健的种种努力,体现了实事求是的态度与科学严谨的学风,于比较文学的规范发展贡献巨大。难怪美国学者勃洛克不无感慨地说,没有巴登斯贝格、梵·第根、阿扎尔与伽列这些"法国比较文学大师在半个多世纪内作出的努力","可能今天就不会有叫做'比较文学'的一门学科",更"不太可能有比较文学研究近年来在美国和其他地方的蓬勃发展"。③

然而,正是这种实证方法,又不断受到挑战和质疑。这种挑战和质疑,从某种程度上说,反映了人们对实证方法片面狭隘的理解。早在20世纪初,意大利著名美学家克罗齐就质疑过实证方法,认为"每件艺术作品是件独特而个别的结构,是精神的表达,因此是一种创造,而不是一种模仿"④。假如企图用事实联系来说明影响,最多只能停留在作品的外缘,因此他倡导价值的判断,而不是让作品淹没在渊源和影响的简单历史综合之中。20世纪50年代末期,实证方法更是遭到了以美国学者韦勒克为代表的一些学者的尖锐批评。韦勒克在那篇被称为比较文学美国学派宣言书的《比较文学的危机》的著名报告中,把法国学派运用的实证方法列为比较文学出现持久危机的三大症状之一加以痛斥,认为有必要对比较文学的研究方法进行重新探讨。之后,韦勒克在《比较文学的名称和实质》和《今日之比较文学》两篇文章中,虽然不赞成国际学界将《比较文学的危机》理解为美国比较文学学派的宣言书,但他仍然强调指出,他的文章"所针对的不是一个国家而是一种方法"⑤。那么,韦勒克何以对实证方法如此深恶痛绝呢?韦勒克认为,法国学者"把陈旧过时的方法论包袱强加于比较文学研究,并压上十九世纪事实主义、唯科学主义和历史相对主义的重荷",这样,比较文学"只能研究渊源与影响、原因与结果,而无法从总体上研究单独一部艺术作品"。⑥ 这种方法除了可能说明一个作家熟悉和阅读过另一个作家的作品之外,再不可能为作品研究提供更有价值的东西。在他看来,"艺术作品不只是渊源和影响的总和,它是一个整体。在这个整体中,从别处衍生出来的原材料不再是毫无生气的

---

① [法] J-M·伽列.《比较文学》初版序言 [G]. 李清安,译.//北京师范大学中文系比较文学研究组选编.比较文学研究资料.北京:北京师范大学出版社,1986:42.

② [法] 基亚.比较文学 [G]. 王坚良,译.//干永昌,廖鸿钧,倪蕊琴选编.比较文学研究译文集.上海:上海译文出版社,1985:79.

③ [美] 勃洛克.比较文学的新动向 [G]. 施康强,译.//干永昌,廖鸿钧,倪蕊琴选编.比较文学研究译文集.上海:上海译文出版社,1985:191.

④ 转引自 [美] 卫姆塞特,[美] 布鲁克斯.西洋文学批评史 [M]. 颜元叔,译.北京:中国人民大学出版社,1987:480.

⑤ [美] 韦勒克.今日之比较文学 [G]. 黄源深,译.//干永昌,廖鸿钧,倪蕊琴选编.比较文学研究译文集.上海:上海译文出版社,1985:164.

⑥ [美] 韦勒克.比较文学的危机 [G]. 黄源深,译.//干永昌,廖鸿钧,倪蕊琴选编.比较文学研究译文集.上海:上海译文出版社,1985:122-123.

东西，而是与新的结构溶为一体了"①。而"真正的文学研究所关心的不是毫无生气的事实，而是标准和质量"②，如果把比较文学局限于研究两国文学之间的"贸易交往"，"使比较文学变得仅仅注意研究外部情况"，那么比较文学只能成为"研究国外渊源和作家声誉的附属学科而已"。③ 原来，韦勒克之所以对实证方法深为不满，究其根本是由于它把文学研究引向了对文学外部的研究，而对文学外部的研究则偏离了文学的审美批评原则，从而造成无视或排斥文学价值判断与美学分析的结果。这位新批评派理论家为了将比较文学研究导向"文学性"的内部研究，也为了打破法国学派一统天下的垄断局面，不惜把实证方法摆到了与审美批评截然对立的位置而加以批判。显然在这一点上，韦勒克的观点与克罗齐是一脉相承的。但是，韦勒克的批评是值得商榷的。因为研究不同民族文学之间的精神交往与相互关系，并不能说明审美批评的缺席，更不意味着对"文学性"的忽视。对"文学性"的考察，原本就可以从不同的角度来进行审视。韦勒克的新批评身份使他在很大程度上看轻、贬低了法国比较文学研究的意义，暴露了不应有的狭隘与偏见。时至今日，他的观点实际上仍然在产生着影响，以至于人们在谈及法国比较文学的实证方法时，往往强调它应与审美批评方法相结合，而对它自身是否就包孕着一定的审美批评成分则并未予以深入探究。

那么，以实证为圭臬的法国学派在比较文学研究中真的只注重资料考据、事实联系和因果关系，而完全忽视或根本不讲审美批评吗？换言之，科学的、客观的实证方法与纯属精神现象的审美分析真的水火不容吗？

历史地看，我们注意到，法国学者们从未反对或排斥过文学研究中的审美介入。被同时誉为法国"比较文学之父"的维尔曼和安贝尔，都十分关注对文学作品的鉴赏和对美的本质的研究。安贝尔就认为，"文学科学"由文学哲学与文学历史两个部分构成，它既要把"文学提高到科学的方法和科学的范畴的水平"，又要"对作品的美发表意见"。④ 在圣伯夫的身上，更是交织着实证主义、历史主义和浪漫主义三种不同的倾向。他"一方面是理论上倡导实证批评，追寻一种'文学的科学'，旨在为'精神的自然史'服务；另一方面，其具体的批评实践，则把注意力集中于'作家的性格特征'上，强调一种'趣味'批评和历史批评，他要去探寻'天才的火花'，'诗人的精髓'"⑤。瑞士比较文学专家弗朗西斯·约斯特曾精辟地指出："在十九世纪，比较文学既成为学术上的一门学科，又是一种

---

① ［美］韦勒克. 比较文学的危机［G］. 黄源深，译. // 干永昌，廖鸿钧，倪蕊琴选编. 比较文学研究译文集. 上海：上海译文出版社，1985：125.
② ［美］韦勒克. 比较文学的危机［G］. 黄源深，译. // 干永昌，廖鸿钧，倪蕊琴选编. 比较文学研究译文集. 上海：上海译文出版社，1985：131.
③ ［美］韦勒克. 比较文学的危机［G］. 黄源深，译. // 干永昌，廖鸿钧，倪蕊琴选编. 比较文学研究译文集. 上海：上海译文出版社，1985：124.
④ 转引自［法］罗杰·法约尔. 法国文学评论史［M］. 怀宇，译. 成都：四川文艺出版社，1992：170-171.
⑤ 曹顺庆，等. 比较文学学科理论研究［M］. 成都：巴蜀书社，2001：130.

批评的体系,这多半是由现代批评的奠基者之一的圣伯夫首先承认的。"① 法国文艺批评泰斗丹纳在《艺术哲学》中申明他"从事实出发""不提出教训而寻求规律、证明规律"的主张,并用文化"三要素"即"种族、环境和时代"来框定文学发展的动因,这些无疑都是典型的实证主义方法论,表现出了鲜明的"唯事实主义"和"唯科学主义"的特征,但同时他又注重时代精神的探寻,辉映着黑格尔的历史观与美学观的星光。② 文学史家朗松在其《科学精神与文学史方法》一文中提出,在文学研究方法论上,要坚持"客观的求知精神""服从事实的立场";而在《文学与科学》一文中又明确指出,在批评原则上,不能把文学与科学混为一谈,否则就等于把文学分解为生理学、心理学或社会学来运用,这是不足取的。总之,上述学者"学术思维的双重性,不仅是法国现代文学批评,同时也是比较文学研究兴起与形成时期理论与实践样态上突出的标识"③。

　　当然,20世纪30年代法国学派理论集大成者梵·第根的理论表述,似乎让人们感觉到了他对文学审美的排斥。他指出:"'比较'这两个字应该摆脱全部美学的涵义,而取得一个科学的涵义。"这里的确再清楚不过地反映了他的实证主义倾向和立场。这也正是美国学派指责、抨击法国学派实证主义的最确凿的"罪状",也是我们论证这一学派只讲实证忽视审美时经常援引的显例。但是,梵·第根又接着说:"比较文学的性质,正如一切历史科学的性质一样,是把尽可能多的来源不同的事实采纳在一起,以便充分地把每一个事实加以解释;是扩大认识的基础,以便找到尽可能多的种种结果的原因。"④ 请注意,梵·第根在这里同样讲得很清楚,比较文学研究并不止于"把尽可能多的来源不同的事实采纳在一起",也不仅仅是"找到尽可能多的种种结果的原因",而是在这一过程中还要"充分地"将"采纳在一起"的"每一个事实""加以解释"。既然研究者在尽可能多地收集、考证、鉴别、归纳和梳理事实的过程中还要"解释",就必然会有所取舍,必然带有不容怀疑的判断和价值取向,必然关注作为"终端"的接受者在接受、消化、过滤过程中表现出来的"新生点""创造性叛逆"及其意义和价值,怎么可能会"摆脱全部美学涵义"呢? 也许,梵·第根"摆脱全部美学涵义"的表述过于极端,却也正说明了他担心比较文学陷入混乱的无边界的状态及其维护比较文学作为一个学科的科学性、公正性的初衷。稍后的伽列虽然也强调比较文学"主要不是评定作品的原有价值,而是侧重于每个民族、每个作家所借鉴的那种种发展演变"⑤,但是他在用语上显然非常慎重,"主要"和"侧重"所强调的都只是研究重点,而并不能说明是对审美介入的排斥和否定,因为对"作家所借鉴的种种发展演变"的揭示,例如对影响作家人格、思想、人物塑造、艺术手法、表现技巧等的渊源研究,不可能不涉及审美分析与价值判断。对此,美国学派代表人物之一的雷马克已敏锐地洞见到许多法国学者的比较研究中处处可见微妙的、有见地的精美篇章,

---

①　[瑞士]弗朗西斯·约斯特. 比较文学导论[M]. 廖鸿钧,等,译. 长沙:湖南文艺出版社,1988:9.
②　参见曹顺庆,等. 比较文学学科理论研究[M]. 成都:巴蜀书社,2001:125.
③　曹顺庆,等. 比较文学学科理论研究[M]. 成都:巴蜀书社,2001:131.
④　[法]提格亨. 比较文学论[M]. 戴望舒,译. 上海:商务印书馆,1937:17.
⑤　[法]J-M·伽列.《比较文学》初版序言[G]. 李清安,译.//北京师范大学中文系比较文学研究组选编. 比较文学研究资料. 北京:北京师范大学出版社,1986:43.

"显示了对文学作品美学价值的直觉的洞察力",而且这种"清晰的、吸引人的风格具有一种艺术的魅力","正是美国同行们有时似乎缺少的东西"。① 勃洛克也认为,阿扎尔的鸿篇巨制《十八世纪欧洲思潮》《从孟德斯鸠到莱辛》等至今仍是比较文学的经典著作,因为它们"对于文学价值,表现了同样的敏感性","为我们指出了比较文学的一种可能形式"。② 这些评论都证明了审美因素在法国比较文学研究中的存在。

20世纪60年代后,法国学者更注意强调实证研究中的文学批评和美学鉴赏。这一发展趋势,既是法国学派与美国学派彼此对话、相互补充的结果,同时也是其自身逻辑发展的必然。艾金伯勒的名著《比较不是理由》,被美国学者认为是在一场学术论争的暴风雨过去后象征着学术界和平的彩虹。他明确地提出比较文学要"将历史方法与批评精神结合起来","将案卷研究与'文本阐释'结合起来","将社会学家的审慎与美学家的大胆结合起来",从而最终"赋予我们的学科以一种有价值的课题和一些恰当的方法"。③ 这三个"结合"十分突出地揭示了比较文学研究中实证与审美批评缺一不可的关系。布吕奈尔等著的《什么是比较文学》也认为:"比较文学是从历史、批评和哲学的角度,对不同语言间或不同文化间的文学现象进行的分析性的描述、条理性和区别性的对比和综合性的说明,目的是为了更好地理解作为人类精神的特殊功能的文学。"④ 这部学术专著在方法论的意义上更具有开放性和宽容性,它广泛地吸收了西方文学理论和文学批评的新成果,反映了世界比较文学发展的新趋势。因此,从上述梳理中,我们不难看到,法国比较文学并非纯然地、一味地只关注事实的求证而不讲批评,它所倡导的实证方法是几代学者理性探索后所达成的共识,于比较文学研究有其内在的学理价值,具有支撑性的重要意义,绝不会随时代的前进、学科的发展而时过境迁。

换一个角度看,以审美批评为特色的比较文学美国学派的研究离不开实证的事实,也反证了法国学派与审美批评并非水火不容的关系。美国学派是在法国学派的基础上发展起来的,是对法国学派研究领域的拓展。它认为,比较文学既是一国文学与另一国或多国文学的比较,同时又可以将文学同人类其他表现领域进行比较。在一国文学与另一国或多国文学的比较中,既包括了无影响关系的平行比较研究,又包括有影响关系的比较研究。平行比较研究要求确立平行比较对象之间的相似性,即可比性,而这个可比性有时是显而易见的,有时则隐藏在事物的内部。找不到可比性,平行审美比较便失去了依据和理由,必然滑入主观臆断的泥潭。因此要找寻可比性事实,实证精神和方法就无法缺席,这种实证的精神和方法突出体现在对比较双方差异背后的共性事实的令人信服的发现和挖掘上。在这一过程中,实证方法和审美批评方法同时在起着作用。在文学与诸如哲学、宗教、艺

---

① [美]亨利·雷马克.比较文学的法国学派和美国学派[G].郭建,译.//北京师范大学中文系比较文学研究组选编.比较文学研究资料.北京:北京师范大学出版社,1986:68.
② [美]勃洛克.比较文学的新动向[G].施康强,译.//干永昌,廖鸿钧,倪蕊琴选编.比较文学研究译文集.上海:上海译文出版社,1985:190.
③ [法]艾金伯勒.比较文学的目的,方法,规划[G].戴耘,译.//干永昌,廖鸿钧,倪蕊琴选编.比较文学研究译文集.上海:上海译文出版社,1985:102-103.
④ [法]布吕奈尔,比叔瓦,卢梭.什么是比较文学[M].葛雷,张连奎,译.北京:北京大学出版社,1989:229.

术、心理学等学科的跨学科研究中，依然离不开确凿的事实和这些事实之间确实的关系这个基础。我们无法想象，不找寻文学与哲学、宗教、艺术、心理学等学科之间的联系事实，这种跨学科研究将何以展开？审美批评的基础将何以建立？可见，在平行比较研究与跨学科研究中，同样要求用事实说话，强调对研究对象共有事实的观察分析，强调寻找事物的变化规律，强调发现同类事物的共性，这一切都离不开实证的方法。事实上，不只是比较文学研究，一切文学研究乃至学术研究都离不开实证的方法，正如艾金伯勒所说，"美学的一切都要从确凿的研究那儿获得"①。因此，审美批评作为一种批评方法，也必然包含着实证精神的批评。

　　就国内而言，长期以来，我们由于过度强调了法国学派的实证和美国学派的审美的差别，所以不大注意并重视法国学派比较研究中的审美因素与美国学派比较研究中的实证因素的实际存在。这种情况的产生，从更深的层面上说，与我们头脑中根深蒂固的关于"文学史"与"文学批评"观念的划分与理解不无关系。众所周知，文学研究一向被划分为"文学史""文学理论"与"文学批评"三个不同的主要领域。尤其是其中"文学史"与"文学批评"的划分，对于我们理解这两个领域的不同性质与任务，无疑起到了积极的引导作用。毋庸讳言，这种划分虽然有其合理依据与积极作用，但它在具体实践中所产生的弊病也是不容忽视的，其突出表现就是实际上造成了不少人对"文学史"与"文学批评"互不关涉的误解。这种误解和模糊认识又在相当大的程度上影响了国内不少文学史著作和教材的写作模式，致使这些著作和教材大都成了单向度的作家作品与思潮流派的简单罗列和梳理，而程度不同地存在着批评精神的缺失。这大概是目前国内文学史著述虽然多如牛毛却少有个性特色的主要原因之一。也正是基于这种认识，作为被划入"文学史的分支"的法国比较文学，就自然而然地被认为是缺乏审美批评的学派。这种认识是有害的。事实上，大凡优秀的文学史著述，都不只是作家作品与思潮流派的简单罗列和介绍，同样贯注着鲜明的审美批评的原则。夏志清写于20世纪50年代的颇具比较文学视野的《中国现代小说史》，就是一个十分突出的例子。他的小说史写作尽管在某些方面我们不能苟同，但其中因包孕着鲜明深刻的审美批评成分而显得生机勃勃、别具一格，避免了我们常见的那种概括式的浮光掠影的文学史之作的空泛与肤浅。他将优美作品的发现和评审视作文学史写作实践的一大要务，从而突破了"文学史"与"文学批评"之间人为的藩篱，难怪有学者称他的文学史写作"是一种文体上的创新"②。其实，韦勒克在《比较文学的危机》中就曾对"文学史"与"审美批评"两者的密切关系从理论上给予过充分肯定，甚至认为"文学史和艺术批评之间不存在着任何界线"，"即使是文学史中最简单的问题也需要判断的行为"，"没有选择标准，不描绘人物特点并对之作出评价，就无法写出文学史"。他还指出，在文学研究中，理论、批评和历史必须通力合作才能完成描述、阐释和评价文学作品的中心任务。③ 然而，值得玩味的是，就是这位如此通明的学者，却对作为文学史分支的法国

---

　　① [法]艾金伯勒.比较文学的目的，方法，规划[G].戴耘，译.//干永昌，廖鸿钧，倪蕊琴选编.比较文学研究译文集.上海：上海译文出版社，1985：108.
　　② 刘锋杰.想像张爱玲：关于张爱玲的阅读研究[M].合肥：安徽教育出版社，2004：187.
　　③ 参见[美]勒内·韦勒克.比较文学的危机[G].黄源深，译.//北京师范大学中文系比较文学研究组选编.比较文学研究资料.北京：北京师范大学出版社，1986：58-59.

比较文学的实证方法做出了那样绝对、苛刻的责难，这不能不说是他自身观点的矛盾性显现。这也是他的文章在当时受到众多欧美学者赞誉时又同样遭到不少学者批评的原因之一吧。笔者认为，就法国比较文学影响研究而言，我们无须斤斤计较或纠缠于它的文学史分支或文学研究的性质和身份，只要它的结论有益于文学史和文学批评，有益于拓展对文学作品自身主动影响或接受影响的事实及其特点的认识，就是有价值的研究。

当下，我们重提比较文学研究中实证方法与审美批评的话题，就是因为过去一段时间以来对审美批评的过度偏重造成了对实证的某种轻视。结果，实证的空疏造成了不少研究言而无据、信口开河的混乱事实，也是造成当下被称为"X＋Y"式的或阿狗与阿猫式的瞎比乱比现象的重要原因之一，由此败坏了比较文学的声誉。陈思和先生曾以一本目前通行的比较文学教材里的一段话为例，指出过实证空疏所带来的弊病。他认为其中"关于浪漫主义思潮在中国被接受的论述几乎每一句话都需要仔细商榷"，因为"既然创造社成员是以感伤情绪来取舍外国文学，为何不喜欢感伤小说《新爱洛绮丝》而喜欢愤世嫉俗的《忏悔录》？创造社成员何时何地说过对《浮士德》时代的歌德不感兴趣？如果真是这样，郭沫若为何后来翻译这部文学名著？他们选择介绍雪莱是否就意味着拒绝拜伦？他们什么时候表示过对雨果不感兴趣？如果不感兴趣为什么王独清要自称是'雨果第二'呢？"[①] 他认为，如果没有第一手资料来证实，以不经过考核的结论为前提，然后推断出不负责任的证据，这一方法是站不住脚的。可见，缺乏实证的文学史和审美批评势必偏离事实并使批评导向主观臆断性，从而使话语和结论失去扎实稳健的可信度。应该说，在学术研究领域，特别是比较文学研究领域，需要大力强调、提倡具有实证精神内涵的研究。我们强调、提倡实证，并非要把文学等同于科学，而是因为它体现出了一种科学求真的精神与严谨务实的学风。这种科学求真的精神与严谨务实的学风是一切学术研究所必不可少的。这种精神与学风在今天不是太多了，而是太少了。这一点，在后现代主义思潮颠覆、解构科学和理性的语境下更应引起学界的高度重视。

总之，包括比较文学在内的一切学术研究，虽然重点各异、方法有别，但都存在着实证与批评交融的研究格局：实证中有批评，批评中含实证。无论过分强调哪一端而忽视另一端存在的做法都是不可取的。毕竟，任何文学研究"都要求同时应用分析方法和关系方法"[②]，注重"历史价值与批评价值的相互作用"[③]。

第二节　比较文学作为文学史分支的学理依据

提到法国比较文学，我们自然会想起伽列定位比较文学的那句名言：比较文学是文学史的分支。不过，这个观点并非始于伽列，在他之前，法国学派的代表人物梵·第根就持

---

① 陈思和. 谈虎谈兔[M]. 桂林：广西师范大学出版社，2001：36.
② [美]勃洛克. 比较文学的新动向[G]. 施康强，译.//干永昌，廖鸿钧，倪蕊琴选编. 比较文学研究译文集. 上海：上海译文出版社，1985：194.
③ [美]勃洛克. 比较文学的新动向[G]. 施康强，译.//干永昌，廖鸿钧，倪蕊琴选编. 比较文学研究译文集. 上海：上海译文出版社，1985：204.

该观点。美国著名批评家韦勒克在《比较文学的名称和实质》一文中曾明确指出过这一点:"梵·第根的定义是这样的:'比较文学的目的实质是研究不同文学相互间的关系。'基亚在他那本从思想上与内容上紧步梵·第根后尘的小册子里把比较文学简洁地叫做'国际文学关系史',而伽列在为基亚这本小册子所写的序中把比较文学称作'文学史的一支';说它研究'国际精神之间的关系,研究拜伦与普希金、歌德与卡莱尔、瓦尔特·司各特和维尼之间存在的事实联系,研究不同文学的作家的灵感,生平以及作品间的事实联系'。"① 梵·第根在《比较文学论》的最后部分中非常清楚地说道,比较文学最终是要走向"国际文学史"②,所以,基亚也好,伽列也好,他们对比较文学的看法都深受梵·第根的影响。

那么,比较文学究竟是文学史的分支还是属于文学批评?这个问题更让我们想起了比较文学法国学派与美国学派曾有过的激烈争论,它显示了两个学派对比较文学的不同定位和思考。而挑起这场争论的代表人物正是美国的韦勒克。1958年,他在国际比较文学学会第二届大会上发表题为《比较文学的危机》的报告,对法国比较文学进行了尖锐的批评。他的批评主要基于三个原因。第一,"我们学科的处境岌岌可危,其严重标志是,未能确定明确的研究内容和专门的方法论。巴登斯贝格、梵·第根、伽列和基亚所公布的纲领,也并未完成这一基本任务"③。第二,法国比较文学的影响研究是文学的外部研究,"把'比较文学'局限于研究二国文学之间的'贸易交往'这一愿望,使比较文学变得仅仅注意研究外部情况",最终"使'比较文学'成了只不过是研究国外渊源和作家声誉的附属学科而已"。④ 因此,"在内容方面,比较文学会变得鸡零狗碎,既不连贯,相互之间又毫无关系,成为经常与有意义的总体割裂的交互关系之网。这种狭义上的比较文学家,就只能研究渊源与影响、原因与结果,而无法从总体上研究单独一部艺术作品。因为没有一部作品可完全归于外国的影响,或者被视为一个仅仅对外国产生影响的辐射中心"⑤。后来,他在《比较文学的名称和实质》一文中又强调指出:"比较文学在只研究两种文学关系的狭窄含义上也不能成为一门有意义的学科,因为那样,它就必然变成两种文学之间的'外贸',变成对文学作品支离破碎的探讨。就不可能对个别艺术品进行深入研究。就会使比较文学成为文学史的一个附属的学科。"⑥ 第三,这种外部研究是法国为自身民族"争夺

---

① [美] 勒内·韦勒克. 比较文学的名称和实质 [G]. 刘象愚,译.//北京师范大学中文系比较文学研究组选编. 比较文学研究资料. 北京:北京师范大学出版社,1986:26.
② [法] 提格亨. 比较文学论 [M]. 戴望舒,译. 上海:商务印书馆,1937:201.
③ [美] 韦勒克. 比较文学的危机 [G]. 黄源深,译.//干永昌,廖鸿钧,倪蕊琴选编. 比较文学研究译文集. 上海:上海译文出版社,1985:122.
④ [美] 韦勒克. 比较文学的危机 [G]. 黄源深,译.//干永昌,廖鸿钧,倪蕊琴选编. 比较文学研究译文集. 上海:上海译文出版社,1985:124.
⑤ [美] 韦勒克. 比较文学的危机 [G]. 黄源深,译.//干永昌,廖鸿钧,倪蕊琴选编. 比较文学研究译文集. 上海:上海译文出版社,1985:123.
⑥ [美] 勒内·韦勒克. 比较文学的名称和实质 [G]. 刘象愚,译.//北京师范大学中文系比较文学研究组选编. 比较文学研究资料. 北京:北京师范大学出版社,1986:27.

第五章　比较文学研究中值得注意的三个问题

文化声誉的舌战",是"对外贸易的商品",是"民族借贷的统计",是"民族心理的指示器"。①

长期以来,我们认同韦勒克的批评,认为比较文学不应该是文学史的分支,应该属于文学批评,而恰恰忽略了或者没有认真追问比较文学是文学史分支这一观点的内涵与学理依据,也没有真正对韦勒克的批评提出过任何疑问。于是有些问题仍然处于被遮蔽的状态,人们的疑惑也没有得到合理的解释。因此我们对相关问题有重新认识的必要。

梵•第根持比较文学是文学史分支的观点,有他自己的构想。他在《比较文学论》导言中,勾画了认识作品的一个认知视野不断开阔、深入的方式与价值指向:阅读—文学批评—文学史—比较文学。他认为,读者最初接触作品后,就开始了文学批评的阶段,只不过这种文学批评"有时是主断派的、争论派的或哲学派的,有时是印象派的,但往往总是主观而并非完全史料性的",所以"文学史"的作用出现了,"它重新把作品和作者安置在时间和空间之中,把作品和作者之可以解释者均加以解释"。② 他指出:

> 来到一个特定的文学作品面前,文学史家有一个广阔的课题要完成。他将在作者本人的生涯中或在他本人以外去研究那部著作的"本原":它的前驱,它的源流,帮助它产生的影响,以及其他等等;它的"创世纪",即它逐渐长成的阶段,从有时竟是很悠远的最初观念起,一直到它出版时为止;它的"内容":故事、思想、情绪,以及其他等等;它的艺术:结构、风格、格律;它的"际遇":在读者大众间的成功、批评界的好评、重版,以及有时是迟发的影响。
>
> 我们刚才已讲起某一部书在著作时所受到的影响以及它的前驱;其次讲起它所给予别人的影响以及它的后辈。的确,一种心智的产物是罕有孤立的。不论作者有意无意,象一幅画,一座雕像,一首奏鸣曲一样,一部书也是归入一个系列之中的。它有着前驱者;它也会有后继者。文学史应该把它安置在它所从属的门类、艺术形式和传统之中,并估量著作者的因袭和创造而鉴定作者的独创性。为要了解拉马丁的《默想集》的新的贡献,那必须认识以前的悲歌和哲理诗。同样,在研究一部作品的后继者的时候,我们便格外容易看出那作品的价值。卢梭的《忏悔录》不仅本身重要而已,它还因为它所引起的那一大批感伤的自叙传而显得重要。有一些名著还不如说是集前人之大成;有一些名著是开发端绪;有许多的名著却大都是两者兼而有之。总之,接受到的和给予别人的那些"影响"的作用,是文学史的一个主要的因子。③

我们之所以引录上述两段话,是因为其中透露了几个非常重要的信息。第一,梵•第根是基于文学史的立场和视野来研究作家和作品的,他是要在了解一部作品本身的基础上,发挥文学史的作用,再将作品和作家重新置于时间和空间之中,"把作品和作者之可

---

① [美]韦勒克.比较文学的危机[G].黄源深,译.//干永昌,廖鸿钧,倪蕊琴选编.比较文学研究译文集.上海:上海译文出版社,1985:134.
② [法]提格亨.比较文学论[M].戴望舒,译.上海:商务印书馆,1937:5.
③ [法]提格亨.比较文学论[M].戴望舒,译.上海:商务印书馆,1937:7.

以解释者均加以解释"。第二，比较文学要研究的对象包括一部作品的"本原"和"创世纪"、内容和艺术、际遇和影响等。第三，梵·第根阐述了比较文学从属于文学史范畴的学理依据。他认为，作为"心智的产物"的优秀文学作品，"罕有孤立"存在的情况，它通常会有所继承和借鉴，也有所发展和创造，只有将作品置于特定的"门类、艺术形式和传统之中"加以比较研究，才能更好地"估量著作者的因袭和创造"，从而鉴定"作者的独创性""新的贡献"和"价值"。在这里，梵·第根不仅强调了"接受到的和给予别人的那些'影响'"，同时也注意到了"创造""独创性""新的贡献"与"价值"。

由此，梵·第根揭示了比较文学是文学史分支的谜底，从根本上指出了比较文学研究的终极目标：

> 既然那组成对于一件作品或一位作家的完全研究之各部分，可以单凭本国文学史着手，而不及于那接受到或给予别人的诸影响之探讨和分析的，那么就让这种探讨自立门户，具有它的确切的目标，它的专家，它的方法，这想来也并无不合吧。它可以在各方面延长一个国家的文学史所获得的结果，将这些结果和别的诸国家的文学史家们所获得的结果联在一起，于是这各种影响的复杂的网线，便组成了一个独立的领域，它绝对不想去代替各种本国的文学史；它只补充那些本国的文学史并把它们联合在一起。同时，它在它们之间以及它们之上，纺织一个更普遍的文学史的网。这个门类是存在的；它是这部书的研究对象；它名为"比较文学"。①

可见，对梵·第根的比较文学应该从两个层面加以认识。第一，比较文学是不同国家文学之间影响关系的研究，我们对这个层面的理解没有问题。第二，在前者研究的基础上，要描绘、呈现国际文学间相互影响的网络图，努力实现建立真正意义上的你中有我、我中有你的世界文学的理想。它有别于国别文学史，而且不会取代国别文学史，而是要扩大国别文学史的范围，弥补国别文学史关注不到的范围和领域。国别文学史主要关注的是一国文学的基本情况、发展演变及其成就。比较文学就是要在各个不同的国别文学史原来各自独立的世界打开一个窗口，从影响的层面将它们有机地联系起来。在梵·第根等法国学者看来，比较文学是文学史的分支，是国际文学关系史，他们坚持这一立场的原因就在于此。恰恰是在这个非常重要的层面的认识，被我们长时期地忽视了。

应该说，比较文学是文学批评研究，但又不限于批评。如果仅限于文学批评，那么比较文学的特殊研究领域也就丧失了，它和一般意义上的文学批评也就没有了本质的区别。虽然它是跨国家跨文化的文学批评，但总归还是批评范畴。比较文学不仅要对一国文学对另一国文学的影响进行梳理和研究，而且要在诸多个案影响研究的基础上，使不同国家的文学在有事实影响联系的层面上，形成一个既保持独立个性又有相互关系的整体意义上的国际文学史。它是"史"，但不同于一般的国别文学史，而是在各个国别文学史之间架起沟通桥梁的视野更为开阔的一种国际文学史。这种文学史又是一般文学史所不涉及的，因为它不仅包括各国别文学中的重要作家，也"让一个地位给本国文学史只稍稍提到或竟不

---

① [法] 提格亨. 比较文学论[M]. 戴望舒，译. 上海：商务印书馆，1937：13-14.

提的那些第二流或第三流的作家,因为他们在作为'放送者'或'传递者'说来,却也演着一个重要的角色"①。这个有机整体的国际文学史,"有许多极大的部分都还没有开垦过"②,这正是比较文学追求的目标,也是法国学者为比较文学划定的研究内容和研究领域。这一研究内容和研究领域无疑是明确而清晰的。

然而,韦勒克对此偏偏视而不见,认为比较文学之所以产生危机,就是因为"梵·第根以及他的前辈们和追随者,都从十九世纪实证主义事实主义观点来看待文学研究,把它看作是对渊源和影响的研究。他们相信因果关系的解释,相信由考证动机、主题、人物、情景和情节等同先前其他作品的关系所得到的启示。……但他们难得问一问,这些联系现象除了可能说明一个作家熟悉和阅读过另一个作家的作品之外,还说明了什么?"③我们认为,韦勒克对梵·第根等法国学者的指责,显然是不符合事实的。梵·第根的构想已然很清楚明白地"说明了什么"。

其实,韦勒克对法国比较文学的合理性、真实用意及其贡献,还是有所察觉的。正是在《比较文学的危机》中,他评价说:"比较文学在克服国别文学史所造成的人为的孤立方面,有着很大的功绩。它认为连贯的西方文学传统,交织在无数相互关系的蛛网中。这一思想显而易见是正确的(并得到大量根据的证实)。"④既然韦勒克认为法国比较文学研究连贯了"西方文学传统","在克服国别文学史所造成的人为的孤立方面,有着很大的功绩",为什么他又对"这一思想"的"正确性"给予尖锐抨击呢?我们该如何看待这一明显的矛盾性呢?

如前所述,韦勒克从三大方面对法国比较文学研究做了尖锐的批评。但是如果我们对这三个方面的批评再做进一步的归纳和分析,就不难发现,韦勒克之所以在肯定法国比较文学的同时又对其大加挞伐,究其根本,就在于他是站在新批评的立场来批评法国比较文学的。作为美国著名的新批评理论家,韦勒克对文献和文学理论有广博的知识、独到的见解,一贯反对19世纪后期文学研究中的实证主义和唯科学主义倾向,强调文学本身、文学内部的价值,而不是有影响的外部事实关系的梳理和研究。他要求批评者摒弃毫无生气的事实,去关注并领悟文学作品的价值和品质,使文学作品本身成为研究的中心。他和沃伦合著的《文学理论》清楚地显示了他偏重研究文学艺术作品本身的倾向。在他看来,"文学作品是丰碑而不是文献"⑤,不是为研究历史提供线索的文献,而应该是文献研究的中心,具有独特的审美价值。他把文学作品视为一个"千差万别的整体","是符号和意义

---

① [法]提格亨.比较文学论[M].戴望舒,译.上海:商务印书馆,1937:73.
② [法]提格亨.比较文学论[M].戴望舒,译.上海:商务印书馆,1937:212.
③ [美]韦勒克.比较文学的危机[G].黄源深,译.//干永昌,廖鸿钧,倪蕊琴选编.比较文学研究译文集.上海:上海译文出版社,1985:125.
④ [美]韦勒克.比较文学的危机[G].黄源深,译.//干永昌,廖鸿钧,倪蕊琴选编.比较文学研究译文集.上海:上海译文出版社,1985:123.
⑤ [美]勒内·韦勒克.比较文学的名称和实质[G].刘象愚,译.//北京师范大学中文系比较文学研究组选编.比较文学研究资料.北京:北京师范大学出版社,1986:29.

的分层结构,这个分层结构完全有别于作家创作时及接受影响时的思想过程"。① 他认为"文学史和文学研究只有一个对象,那就是文学",而在法国学者那里,比较文学研究是一种文学外部的研究,不是文学本身的研究,它远离了中心,偏离了本质。为此,他指出:

> 就方法论而言,文学研究如不决心将文学作为有别于人类其他活动及产物的学科来研究,就不可能有什么进展。为此,我们必须正视"文学性"这个问题,它是美学的中心问题,是文学艺术的本质。……在作者心理跟艺术作品之间,在生活、社会同审美对象之间,存在着一条被人们正确地称为"本体论的沟渠"。我已把艺术作品的研究称之为"内在",而把对艺术作品与作家思想的关系、艺术作品与社会的关系的研究称之为"外在"。可是这种区别并不意味着渊源关系的研究应当忽略和歧视……我绝不否认艺术与人的关系,也决不同意在历史研究和对形式的研究之间树起一道障碍。②

这一段话可以解释韦勒克在评价法国比较文学时所表现出来的矛盾性。首先,文学研究必须正视、强调"文学性"这个问题,因为这是"美学的中心问题",是"文学艺术的本质"。他虽然把文学研究分为"内在"研究和"外在"研究,但他重点关注和强调的是内在研究,内在研究才能显示作品的内涵与价值,才能彰显作品的独特性与创新性,只有内在研究才是最有价值的研究。他认为法国比较文学研究恰恰忽视了"文学性"这个他所强调的中心与本质,忽视了对文学作品的内在价值的关注和追问,而偏偏表现出了对外在研究的浓厚兴趣与热衷。这是韦勒克最不能容忍的。当然,正如他所说,区别内在与外在研究,"并不意味着渊源关系的研究应当忽略和歧视","也决不同意在历史研究和对形式的研究之间树起一道障碍"。基于此,他不能不承认法国比较文学研究的贡献与功绩。但是在他心目中,法国比较文学仅仅是文学的外在研究,这种热衷于两国文学之间"贸易交往"的外在研究,"只能研究渊源与影响、原因与结果",而"文学研究中关于'原因'的整个观念也完全是标新立异的,批评不当的","没有一个人能够说明一件艺术品形成的'原因'是另一件艺术品,尽管可以在两者之间找到不少平行和类似之处。后来的艺术品没有前者可能无法形成,但却不能说明产生它的原因是前者。文学中这类研究的整个概念是外缘的,往往被狭隘的民族主义侵蚀,造成计算文化财富的多寡、在精神领域计算借贷的弊端",因为"因果关系的解释是没有什么结果的,只能引起无限的倒退"。③

应该说,韦勒克坚守文学研究的文学性原则以及维护文学的独立性与本真性的态度,是十分难能可贵的,对我们今天的理论界那种文化的、政治的研究代替文学的研究这一现象来说,依然具有振聋发聩的现实意义。纵观20世纪文学批评,我们不难发现两次不同的转向。20世纪上半期,是国际文学研究由外向内转变的时期,以形式主义和新批评为

---

① [美]韦勒克. 比较文学的危机[G]. 黄源深,译.//干永昌,廖鸿钧,倪蕊琴选编. 比较文学研究译文集. 上海:上海译文出版社,1985:133.
② [美]韦勒克. 比较文学的危机[G]. 黄源深,译.//干永昌,廖鸿钧,倪蕊琴选编. 比较文学研究译文集. 上海:上海译文出版社,1985:133.
③ [美]勒内·韦勒克. 比较文学的名称和实质[G]. 刘象愚,译.//北京师范大学中文系比较文学研究组选编. 比较文学研究资料. 北京:北京师范大学出版社,1986:40-41.

代表的潮流，扭转了19世纪文学批评的传统而转向以文本细读研究为特点的文学内部研究。韦勒克特别强调文学的内部研究是文学研究的中心，就是这种转向的具体表现。这一态势至50年代后开始渐渐发生变化。加拿大著名学者弗莱倡导的原型批评，又开始把文学研究引向文学的外部。70年代后这种趋势已成气候，精神分析批评、接受美学和读者反应批评、文化批评、新历史主义批评等，都从不同角度强调了语境或背景对于理解和阐释文学作品的重要意义。文学研究的向外转自然都指向了文化。从文学研究到文化研究，几乎是当代文学研究各种派别的共同趋势。中国20世纪90年代后比较文学研究鲜明的理论化倾向，就是这种文化热的开始。尽管这次转向有其合理依据与重要意义，但其间也不是没有问题，例如出现文化研究代替文学研究、比较诗学研究代替比较文学研究的倾向，甚至出现了文学将走向死亡的声音。这种倾向格外值得商榷。

其实，无论是向内转还是向外转，都只能起到纠偏的作用，单纯的或者是纯粹的内转和外转都是有缺陷的。孤立的文学内部研究不能真正全面深刻地理解文学，更不能真正说明文学的价值和意义，因为它割裂了文学赖以产生的土壤和条件。只有内外前后相互参照，才能显示文学的价值和意义。而一味地进行外部研究自然又脱离了文学，不再属于文学研究。真正的文学研究是内外高度结合的，只要外部研究是为了文学的目的，其最终价值指向的是文学，有利于文学的解读和认知，就仍然是文学研究的重要有机组成部分。这种外部研究是对有魅力的作品的延伸研究，是对构成一部成功作品诸多因素中的一些不易被人察觉或被人忽略的因素的研究。

但是，恰恰在这个问题上，韦勒克显然又具有某种局限性和狭隘性。他在挑战法国学派、试图拓展比较文学研究范围的同时，又不由自主地人为地对文学研究加以限定，反对文化的、社会的、心理的内容进入文学研究领域。他一方面宣称"人人都有权研讨任何问题"①，表现出宽容豁达的气度；一方面却又表现出一种十足的霸气："文学研究界今天首先应当认识到确定研究内容和中心的必要性。应当把文学研究同思想史的研究，同宗教及政治观念和情绪的研究区分开来，而这些研究往往被建议用来替代文学研究。很多在文学研究方面，特别是比较文学研究方面的著名人物，根本不是真正对文学感兴趣，而是热衷于研究公众舆论史、旅游报道和关于民族特点的见解。总之，对一般文化史感兴趣。文学研究这个概念被他们扩大到竟与整个人类史等同起来了。"②"伽列和基亚最近的尝试"也不能令他满意，因为"他们忽然把比较文学的范围扩大到包括对民族幻想的研究，以及对国家之间相互渗透的固定看法的研究。听听法国人对德国人或英国人的看法当然很好，可是这样的研究仍然属于文学研究范围吗？"他认为这不是文学研究，而是"民族心理学，是社会学"，"比较文学研究范围的扩大"，势必付出"把文学研究溶入社会心理学研究和文化史研究这样的代价"。③ 以文化研究取代文学研究，当然是不可取的，也是我们坚决反

---

① [美]韦勒克.比较文学的危机[G].黄源深，译.//干永昌，廖鸿钧，倪蕊琴选编.比较文学研究译文集.上海：上海译文出版社，1985：130.

② [美]韦勒克.比较文学的危机[G].黄源深，译.//干永昌，廖鸿钧，倪蕊琴选编.比较文学研究译文集.上海：上海译文出版社，1985：132-133.

③ [美]韦勒克.比较文学的危机[G].黄源深，译.//干永昌，廖鸿钧，倪蕊琴选编.比较文学研究译文集.上海：上海译文出版社，1985：124-125.

对的,但是没有文化的、社会的、心理的内容融入的文学研究,也注定不会深刻全面。韦勒克所说的"伽列和基亚最近的尝试",指的就是形象学研究。形象学研究今天已经被公认为比较文学研究中一个非常重要的组成部分。形象学研究成果的大量涌现,正是在更为深广的文化历史背景下理解文学跨文化接受的需要。这些努力不但没有脱离文学,而且都是为了更好地理解文学,与文学的问题息息相关。

再换个角度看,韦勒克抵制影响研究,又并非如他所说的那样完全基于文学的立场,而是还掺杂了一些主观因素。他说:"法、德、意等国很多比较文学研究中的基本爱国主义动机,造成了使比较文学成为文化功劳簿这样一种奇怪现象,产生了为自己国家摆功的强烈愿望——竭力证明本国施与他国多方面的影响,或者用更加微妙的办法,论证本国对一个外国大师的吸取和'理解',胜过其他任何国家。"① 他之所以这样认为,是因为作为一个美国人,他强烈地感到"这一半是由于美国值得炫耀的东西比人家少,一半由于它对文化政治不如别的国家感兴趣"②。美国是一个年轻的国家,仅有两百多年的历史,其早期作品与英国一脉相承,根本无法与文学传统悠久、文学大师辈出的法国相媲美。若一味囿于影响研究,那么美国只能研究自己如何接受外来文学的影响,处于被动地位。这难免让韦勒克多少有点不自在。所以他把法国比较文学的影响研究看成是一种"文化扩张",并希望这种"文化扩张的幻想将会消失,就象通过文学研究来谋求世界性和解的幻想将会消失一样"③。但是,他说美国"对文化政治不如别的国家感兴趣",则无异于自欺之谈,没有人相信!

韦勒克和梵·第根关于比较文学的观点,看似尖锐对立,但若细察,我们认为,他们两人的理论主张还是有共通之处的。

第一,他们都注重文学研究。梵·第根认为比较文学研究不同文学之间的相互关系。这里强调的虽是"相互关系",但毕竟是"文学"的相互关系,因此依然是文学研究范畴。比较文学的相互关系中虽然有相似或模仿之处,但这种相似或模仿不是照搬原样,而是一种富有创造性的刺激。探讨作品中某种相似或模仿的源泉,必须发现作品如何创造性地吸取养分,使之成为作者自己独特的东西。巴登斯贝格在《巴尔扎克作品中的外国倾向》一文中就指出,巴尔扎克的创作曾受到歌德《少年维特之烦恼》《浮士德》以及司各特等许多作家的影响。不过,这些外国文学渊源并没有"窒息他的天才,相反,还帮助了他,使他的天才更加发扬了"④。显然,巴登斯贝格虽然探究的是巴尔扎克创作的外国渊源,但同时又强调了巴尔扎克文学创作的独特性与创造性。如前所述,韦勒克也强调文学研究必须正视"文学性"。所以,从大处看,他们都坚守文学立场。

第二,他们都重视文学的整体研究。韦勒克说:"在我看来,唯一正确的概念无疑是

---

① [美]韦勒克.比较文学的危机[G].黄源深,译.//干永昌,廖鸿钧,倪蕊琴选编.比较文学研究译文集.上海:上海译文出版社,1985:129.
② [美]韦勒克.比较文学的危机[G].黄源深,译.//干永昌,廖鸿钧,倪蕊琴选编.比较文学研究译文集.上海:上海译文出版社,1985:129.
③ [美]韦勒克.比较文学的危机[G].黄源深,译.//干永昌,廖鸿钧,倪蕊琴选编.比较文学研究译文集.上海:上海译文出版社,1985:134.
④ [法]马·法·基亚.比较文学[M].颜保,译.北京:北京大学出版社,1983:88.

'有机体'这个概念。它把艺术作品看作是千差万别的整体,是一个符号的结构,这些符号包含并要求具有意义和价值。"① 由此,他批评法国学者的比较文学研究在内容方面"变得鸡零狗碎,既不连贯,相互之间又毫无关系,成为经常与有意义的总体割裂的交互关系之网"②。实际上,法国比较文学研究也是一种整体意义上的研究,具有整体性研究的特点,不是鸡零狗碎式的研究。"有机体"或"整体性"应该包括影响与受影响的内容。梵·第根认为,比较文学并不仅仅局限于两国文学的影响研究,它的最终目标是"各方面延长一个国家的文学史所获得的结果,将这些结果和别的诸国家的文学史家们所获得的结果联在一起","纺织一个更普遍的文学史的网",从而走向"国际文学史"。这个国际文学史"绝对不想去代替各种本国的文学史",而是一个相互间有联系、有意义的网络整体。韦勒克说:"这种批评意味着对价值与质量的重视,对艺术品本身及其历史性的理解的重视,因此要求批评史具有这样一种理解力。最后,它还要求有一种国际的角度,能够看到整个文学史与文学研究的未来理想。比较文学当然要克服民族的偏见与地方主义,但并不因此无视或减少不同民族文学传统的存在和活力。"③ 在这里,"全球文学史"与"更普遍的文学史的网"相似,"绝对不想去代替各种本国的文学史"与"不因此无视或减少不同民族文学传统的存在和活力"的基本精神一致。

过去,我们对比较文学法国学派与美国学派区分得过于分明,往往有意无意地忽略了它们之间的一致性和共融性,谈到法国学派就认为它重在实证,讲到美国学派则强调其审美批评。而事实上法国学派在实证性的影响研究中根本不可能抛弃美学分析和价值判断,美国学派在无影响的平行研究、跨学科研究中,也不可能离开实证方法,否则比较文学研究也就失去了它自身的意义。同样,在看待法国学者提出的比较文学是文学史分支的问题上,我们仍然需要摆脱二元对立的思维定式,不要纠缠于比较文学是文学批评还是文学史的分支,文学批评与文学史并非泾渭分明,而是相互依存的关系。法国学者将比较文学界定为文学史的分支,如前所述,自有其学理上的依据,况且他们没有排斥批评,更没有无视独创性。韦勒克强调文学的独创性,认为在文学作品这个整体中,"从别处衍生出来的原材料不再是毫无生气的东西,而是与新的结构溶为一体了"④。法国学者在谈论影响时,也常常是和独特性、创造力量联系在一起的。除了前面我们已经引述梵·第根关于"独创性"与"价值"的那段话外,他还认为,"我们所属的这一系民族的文学之通史,向我们显示出这一系民族是如何地互相补充,文学艺术是如何地靠了这永远的充溢而有着一种永远新鲜的血。每一个国家,每一位作家都轮流着到这舞台包括全人类的戏剧中来演他们的

---

① [美]韦勒克.比较文学的危机[G].黄源深,译.//干永昌,廖鸿钧,倪蕊琴选编.比较文学研究译文集.上海:上海译文出版社,1985:134.
② [美]韦勒克.比较文学的危机[G].黄源深,译.//干永昌,廖鸿钧,倪蕊琴选编.比较文学研究译文集.上海:上海译文出版社,1985:123.
③ [美]勒内·韦勒克.比较文学的名称和实质[G].刘象愚,译.//北京师范大学中文系比较文学研究组选编.比较文学研究资料.北京:北京师范大学出版社,1986:41.
④ [美]韦勒克.比较文学的危机[G].黄源深,译.//干永昌,廖鸿钧,倪蕊琴选编.比较文学研究译文集.上海:上海译文出版社,1985:125.

角色，表现他们的思想，做他们的梦"，由此"恢复了它的真正的世界性"。① 著名批评家朗松在《外国影响在法国文学发展中的作用》一文中也认为，外来影响的作用是双重的，"一方面，我们可以看到这个作用在于使民族精神超越自我，将它丰富起来，从而帮助它向前发展"，"别人已有而我们欠缺的东西这个明确的意识指引着我们的创造力量向前冲击"。②"另一个同样重要的作用，是在某些时刻还我自立的权利。外来影响不止一次地起着解放我们的作用。"③ 他还说："我们感兴趣的并不是照原样复制外国思想，复制外国诗歌，带着产生它们的民族的印记，带着取悦于产生它们的民族的东西。我们只是从中吸取为我们所用的东西。我们对外国思想或者外国诗歌的看法，不管是正确还是错误，只要能符合我们心中那未曾表达的梦幻就行。……我们是模仿他们的榜样而把'我们自己的意思表达得更好'。"④ 可见，法国学者在比较文学研究的思路上，既强调了文学史的功能，又凸显了批评的价值，体现了稳健求真、辩证客观的学术精神。

事实上，韦勒克同样认为，比较文学是在文学史与文学批评的基础上建立起来的。文学史和文学批评之间不存在任何绝对的分界线，即使是文学史中最简单的问题，也需要做出判断、比较、分析、区别和筛选，而这些均属于批评活动。"我们既需要文学史，也需要文学批评。我们需要一个广阔的视野和角度，这只有比较文学能够提供。"⑤ 法国学者孜孜以求的正是这样的"广阔视野"。韦勒克与法国学者在这个问题上又是不谋而合的。

总之，法国学者提出比较文学是文学史分支的观点，有其合理的学理依据，我们应该公正、理性地加以全面认知。这不仅有利于我们站在一个客观公正的立场上，正确评价法美两国学者论争的是是非非，而且可以真正让我们获得一个更高的视点，来清醒审视论争双方内在追求的一致性与共通性，从而洞悉、肯定法国学者的可贵构想，提供建设性意见和建议，共同推动比较文学学科健康和谐地向前发展。

第三节 跨学科研究与影响研究的关系

长期以来，学界普遍认为法国比较文学是影响研究，影响研究就是注重影响事实的求证；而美国比较文学则是平行研究，平行研究强调类比分析，重视审美评价。跨学科研究作为美国学派与法国学派之间根本分歧的标志，自然被归入平行研究的范围，似乎跨学科研究与影响研究无关。这种二元对立的思维定式，把法国比较文学与美国比较文学区分得泾渭分明，甚至把它们放在了相互割裂、彼此不容的位置，致使人们错误地认为比较文学中的跨学科研究与影响研究完全分属两种不同的研究类型。因此，学界很少认真思考、客观梳理这两种不同的研究类型之间实际存在着的一致性和辩证关联，国内外目前也很难看

---

① [法]提格亨.比较文学论[M].戴望舒，译.上海：商务印书馆，1937：252.
② [法]朗松.朗松文论选[M].徐继曾，译.天津：百花文艺出版社，2009：78-79.
③ [法]朗松.朗松文论选[M].徐继曾，译.天津：百花文艺出版社，2009：80.
④ [法]朗松.朗松文论选[M].徐继曾，译.天津：百花文艺出版社，2009：82.
⑤ [美]勒内·韦勒克.比较文学的名称和实质[G].刘象愚，译.//北京师范大学中文系比较文学研究组选编.比较文学研究资料.北京：北京师范大学出版社，1986：41.

到专论跨学科研究与影响研究关系问题的学术成果。从理论上厘清跨学科研究与影响研究之间的关系,不仅有利于全面完整地认识法国比较文学和美国比较文学及其相容性,而且有利于比较文学学科的科学建构与健康发展,无论从学科发展来看,还是从具体研究实践上看,都具有重要的理论借鉴价值和现实指导意义。

为了更好地说明问题,让我们重新回到比较文学美国学派的那个著名定义上。雷马克在《比较文学的定义和功用》一文中指出:

> 比较文学是超越一国范围之外的文学研究,并且研究文学与其它知识和信仰领域之间的关系,例如艺术(如绘画、雕刻、建筑、音乐)、哲学、历史、社会科学(如政治、经济、社会学)、自然科学、宗教等等。简言之,比较文学是一国文学与另一国文学或多国文学的比较,是文学与人类其它表现领域的比较。①

这个定义"被美国大多数比较文学研究者们所接受,但在很重要的一部分比较学者当中却可能引起争议,我们姑且把这部分学者概称为'法国学派'"。雷马克认为美国学派和法国学派对于比较文学的看法"有些是根本性的,还有些是强调的重点不同"②。那么,哪些属于"强调的重点不同",哪些属于"根本性"的不同呢?雷马克对自己定义的两个部分分别做了阐释,明确指出了美国学派与法国学派的显著区别。

首先,就定义的第一部分而言,雷马克认为,美国学派和法国学派虽然都赞同"比较文学是超出国界的文学研究,但在实际应用当中,他们各自强调的重点却有一些重要差别。法国人较为注重可以依靠事实根据加以解决的问题(甚至常常要依据具体的文献),他们基本上把文学批评排斥在比较文学领域之外。他们颇为蔑视'仅仅'作比较、'仅仅'指出异同的研究"③。众所周知,法国比较文学学者对比较文学的界定是:"比较文学是文学史的一个分支:它研究在拜伦与普希金、歌德与卡莱尔、瓦尔特、司各特与维尼之间,在属于一种以上文学背景的不同作品、不同构思以至不同作家的生平之间所曾存在过的跨国度的精神交往与实际联系。"④法国学派注重不同国家文学之间的"精神交往"和"实际联系",即明显存在联系的影响关系的研究。然而,美国学者对此不以为然。雷马克所谓"超出国界"的比较文学研究,虽然包含了法国学派的"精神交往"和"实际联系"的比较研究,但显然更关注"异同的研究",更强调"类比分析"和"平行比较",因为:

> 影响研究如果主要限于找出和证明某种影响的存在,却忽略更重要的艺术理解和评价的问题,那么对于阐明文学作品的实质所做的贡献,就可能不及比较互

---

① [美]亨利·雷马克.比较文学的定义和功用[G].张隆溪,译.//北京师范大学中文系比较文学研究组选编.比较文学研究资料.北京:北京师范大学出版社,1986:1.
② [美]亨利·雷马克.比较文学的定义和功用[G].张隆溪,译.//北京师范大学中文系比较文学研究组选编.比较文学研究资料.北京:北京师范大学出版社,1986:1.
③ [美]亨利·雷马克.比较文学的定义和功用[G].张隆溪,译.//北京师范大学中文系比较文学研究组选编.比较文学研究资料.北京:北京师范大学出版社,1986:1.
④ [法]J-M·伽列.《比较文学》初版序言[G].李清安,译.//北京师范大学中文系比较文学研究组选编.比较文学研究资料.北京:北京师范大学出版社,1986:43.

相并没有影响或重点不在于指出这种影响的各种对作家、作品、文体、倾向性、文学传统等等的研究。纯比较性的题目其实是一个不可穷尽的宝藏，现代学者们几乎还一点也没有碰过，他们似乎忘记了我们这门学科的名字叫"比较文学"，不是"影响文学"。①

雷马克认为"法国人对文学研究'可靠性'的要求现在已经显得陈腐了"，而"这种保守态度的根子显然在实证主义"。② 韦勒克在《比较文学的危机》一文中也认为，比较文学学科的处境之所以岌岌可危，就是因为它没有"明确的研究内容和专门的方法论"。法国学者"把陈旧过时的方法论包袱强加于比较文学研究，并压上十九世纪事实主义、唯科学主义和历史相对主义的重荷"，这样，比较文学"只能研究渊源与影响、原因与结果，而无法从总体上研究单独一部艺术作品"。③ 在《今日之比较文学》这篇文章中，韦勒克又明确指出，《比较文学的危机》"所针对的不是一个国家而是一种方法"④。可见，美国学派反对影响研究，反对实证方法。

其次，就定义的第二部分即文学与其他学科领域之间的关系而言，雷马克认为："在这个问题上，我们遇到的不是强调重点的不同，而是'美国学派'与'法国学派'之间阵线分明的根本分歧。"⑤ 因为"梵·第根、基亚、艾金昂伯尔和冉纳都没有在书中讨论文学与其他领域的关系"，而且他们也"不认为这类研究属于比较文学的范围"。⑥ 在雷马克看来，跨学科研究才是比较文学美国学派的最大亮点，因为这是法国学派不曾关注的领域，故成为两个学派之间的"根本分歧"所在。雷马克如此看重跨学科研究，是因为它"能更好、更全面地把文学作为一个整体来理解，而不是看成某部分或彼此孤立的几部分文学"⑦。

需要指出的是，雷马克所说的"梵·第根、基亚、艾金昂伯尔和冉纳都没有在书中讨论文学与其他领域的关系"的话，容易让人产生法国学者没有谈论过跨学科问题的误解。事实上，跨学科问题研究也并非美国学者的专利，梵·第根、基亚、艾金昂伯尔和冉纳没有谈论的话题，不等于其他法国学者没有谈论过。例如，早在19世纪末，法国著名文学批评家和文学史家朗松就写过一篇名为《文学与科学》（1895）的长文，专门提出了"文

---

① [美] 亨利·雷马克. 比较文学的定义和功用 [G]. 张隆溪，译.//北京师范大学中文系比较文学研究组选编. 比较文学研究资料. 北京：北京师范大学出版社，1986：2.
② [美] 亨利·雷马克. 比较文学的定义和功用 [G]. 张隆溪，译.//北京师范大学中文系比较文学研究组选编. 比较文学研究资料. 北京：北京师范大学出版社，1986：2.
③ [美] 韦勒克. 比较文学的危机 [G]. 黄源深，译.//干永昌，廖鸿钧，倪蕊琴选编. 比较文学研究译文集. 上海：上海译文出版社，1985：122-123.
④ [美] 韦勒克. 今日之比较文学 [G]. 黄源深，译.//干永昌，廖鸿钧，倪蕊琴选编. 比较文学研究译文集. 上海：上海译文出版社，1985：164.
⑤ [美] 亨利·雷马克. 比较文学的定义和功用 [G]. 张隆溪，译.//北京师范大学中文系比较文学研究组选编. 比较文学研究资料. 北京：北京师范大学出版社，1986：4.
⑥ [美] 亨利·雷马克. 比较文学的定义和功用 [G]. 张隆溪，译.//北京师范大学中文系比较文学研究组选编. 比较文学研究资料. 北京：北京师范大学出版社，1986：2.
⑦ [美] 亨利·雷马克. 比较文学的定义和功用 [G]. 张隆溪，译.//北京师范大学中文系比较文学研究组选编. 比较文学研究资料. 北京：北京师范大学出版社，1986：7.

学与科学之间的关系问题",认为"没有什么问题比这问题在今天重新提出更加有益的了,假如我们能利用我们最近的经验来予以解决,我们也许就有可能使文学摆脱某些偏见,摆脱某些迷信"。文章指出:"文学受科学的影响不自今日始。近三百年以前,文学发展就因科学发展而有所改变。"① 朗松还以古典主义文学和自然主义文学等为例,详细探讨了科学对文学的影响。

不过,话又说回来,美国学派的比较文学定义大大扩展了法国学派的研究视野,不仅把研究引向了有影响关系以外的无影响的领域,而且把文学与人类知识和活动的其他领域更为系统、更为自觉地联系了起来,使跨学科研究正式成为比较文学研究的一个独立的领域,体现了美国学派的学术开拓精神,这也是美国学派对比较文学学科做出的贡献。

问题在于,美国跨学科研究具体展开的路径是什么?是平行的异同对照和类比分析,还是实证的影响研究?跨学科研究与影响研究之间真是只有"根本分歧"而没有相通之处吗?

如果从雷马克的比较文学定义表述本身看,我们发现,美国学派并没有排斥影响研究,它与法国学派之间有相融合性和共通性。第一,"比较文学是超越一国范围之外的文学研究",或者"比较文学是一国文学与另一国文学或多国文学的比较"的表述,说明美国学派没有为比较文学研究设限,只要跨越国家界限的文学都可以进行比较。也就是说,这种比较既可以在有"精神交往"和"实际联系"的文学之间进行,也可以在没有"精神交往"和"实际联系"的文学之间进行。在前一个层面,美国学派与法国学派有相融合性。第二,"研究文学和其他知识及信仰领域之间的关系"或"文学与人类其他表现领域的比较"同样显示,跨学科研究既可以在有实际联系的影响层面进行,也可以在无影响关系的平行层面进行。这一点也可以在雷马克的另一篇文章《比较文学的法国学派和美国学派》中的一段话里得到印证:

> 在美国占统治地位的比较文学观念在大体上一直包括"比较艺术"研究或与这类研究紧密相关,它甚至还和文学与科学、文学与心理学、文学与政治、文学与宗教等课题联系在一起,因为即便撇开相互影响的问题,这些通过类比和对照进行的比较也一定会生动地显示出上述各领域特殊的本质和作用。②

雷马克在这里明确指出,跨学科研究可以"通过类比和对照"的方法进行,也可以采用影响研究的方法进行。他所说的"即便撇开相互影响的问题",并不是要否定影响方法,而是强调如果不从影响的层面而是从类比和对照的层面进行研究同样有价值,不是只有影响研究一条途径可供选择。从影响的角度说,法国学派和美国学派都关注影响关系,所不同的是,法国学派关注跨国界文学之间的影响关系,美国学派看重的则是文学学科与非文学学科之间的影响关系。这样看来,应该说,美国学者提出的比较文学研究特别是跨学科研究,从一开始就不是在完全推翻或摆脱法国影响研究的基础上进行的,而是在既有认同

---

① [法]朗松. 朗松文论选[M]. 徐继曾,译. 天津:百花文艺出版社,2009:85.
② [美]亨利·雷马克. 比较文学的法国学派和美国学派[G]. 郭建,译.//北京师范大学中文系比较文学研究组选编. 比较文学研究资料. 北京:北京师范大学出版社,1986:73.

又有批评基础上的拓展研究,其间兼具平行比较与审美批评。不过,值得一提的是,研究成果表明,跨学科研究多是沿着影响研究的思路进行,这也是跨学科研究与影响研究共通性之所在。

例如,美国学者玛丽·盖塞的《文学与艺术》是一篇探讨文学和艺术之间关系的经典论文。她认为:"进行文学与艺术的比较研究似乎有三种基本途径:形式与内容的关系、影响以及综合。"① 在这三种基本途径中,我们特别需要注意"影响"和"综合",因为它们实际上是跨学科研究的重要方法。玛丽·盖塞不仅重视综合,而且重视影响。重视综合,体现了美国学派的主张。雷马克认为:"我们必须综合,除非我们宁愿让文学研究永远支离破碎。只要我们有雄心加入人类的精神生活和情感生活,我们就必须随时把文学研究中得出的见解和成果集中起来,把有意义的结论贡献给别的学科,贡献给全民族和全世界。"② 要综合,自然离不开分析类比,"这种分析类比研究不仅象对属于不同国度的两部或多部杰作进行平行比较可能做到的那样有助于认识作品的美学价值和提供一般性解释,而且有助于从文学史的角度进行研究并做出结论"③。重视影响则是法国学派精神的体现。"严肃的艺术家和批评家都随时意识到,文学与艺术间存在着'天然的姻缘',而且几乎毫无例外地承认,这种姻缘本身就包含着构成比较分析之基础的对应、影响和互相借鉴。"④ 玛丽·盖塞十分清楚,跨学科影响关系的梳理离不开实证,没有实证一切无从谈起。

美国学者里恩·艾德尔的《文学与心理学》也是一篇经典的跨学科研究论文,体现了影响研究的思路和实证的方法。论文开篇就指出文学与心理学尤其是精神分析学有着共同的基础,"它们均涉及人的动机和行为,以及人创造和利用象征的能力。在这一过程中,两者都进入了对人的主观方面的研究"。但他更看重的是精神分析学对文学的影响,认为"随着心理学中精神分析学的渗入,文学对这方面知识的需要也日渐增长",因此,"考察文学与心理学,一方面必须探讨精神分析如何直接影响了运用想象的创作,另一方面又必须讨论文学批评和传记写作对心理学方法及精神分析方法的应用"。⑤ 他认为:"要把精神分析运动对现代文学的全部影响记录下来将会是一个可观的任务。名作家中极少人能真正避开精神分析观念直接或间接的影响。有些作家亲身经历过精神分析。然而大多数作家还是通过阅读主要理论家的著作、大量的评论和普及读物而濡染了精神分析学的思想。"而且他认为,精神分析学在三个方面对文学研究"作出了重要贡献:一是批评,二是创作过

---

① [美] 玛丽·盖塞. 文学与艺术 [G]. 张隆溪,译.//张隆溪选编. 比较文学译文集. 北京:北京大学出版社,1982:121.
② [美] 亨利·雷马克. 比较文学的定义和功用 [G]. 张隆溪,译.//北京师范大学中文系比较文学研究组选编. 比较文学研究资料. 北京:北京师范大学出版社,1986:3.
③ [美] 亨利·雷马克. 比较文学的法国学派和美国学派 [G]. 郭建,译.//北京师范大学中文系比较文学研究组选编. 比较文学研究资料. 北京:北京师范大学出版社,1986:71.
④ [美] 玛丽·盖塞. 文学与艺术 [G]. 张隆溪,译.//张隆溪选编. 比较文学译文集. 北京:北京大学出版社,1982:134.
⑤ [美] 里恩·艾德尔. 文学与心理学 [G]. 韩敏中,译.//北京师范大学中文系比较文学研究组选编. 比较文学研究资料. 北京:北京师范大学出版社,1986:579.

程的研究,三是传记写作"①。

上述两篇文章正如雷马克所言:"在美国发表的比较文学研究著作中有许多实际上是符合法国派的观念的。"② 雷马克虽然批评法国学派,却也能客观、公正、清醒地评价它,劝告美国学者"必须注意"不要"随便地放弃法国人喜欢研究的那些问题"。③ 虽然他认为法国人对文学研究"可靠性"的要求现在已经显得有些陈腐,但是,包括美国学者在内的跨学科研究实践都无法回避"可靠性",离不开确凿的事实以及这些事实之间实际存在着的关系这一基础。我们无法想象,不找寻文学与哲学、宗教、艺术、心理学等学科之间的实际联系,不对实证方法加以运用,这种跨学科研究将何以展开?审美批评的基础将何以建立?毕竟"美学的一切都要从确凿的研究那儿获得"④,"任何适当的比较文学研究都要求同时应用分析方法和关系方法"⑤。

我们再来看看国内比较文学教材对跨学科研究的介绍情况。目前国内通行的比较文学教材在介绍跨学科研究时,基本上都侧重于影响关系的梳理。例如乐黛云主编的《中西比较文学教程》,陈惇、刘象愚所著《比较文学概论》,曹顺庆所著《比较文学教程》,张铁夫、季水河主编的《新编比较文学教程》,杨乃乔主编的《比较文学概论》,高旭东主编的《比较文学实用教程》,等等。我们以陈惇、刘象愚所著《比较文学概论》中的"跨学科的文学研究"一章和张铁夫、季水河主编的《新编比较文学教程》中的"跨学科研究"一章为例说明这一事实。

《比较文学概论》中的"跨学科的文学研究"分为若干节,分别是"文学和艺术""文学和宗教""文学和语言学""文学和心理学""文学和哲学"和"文学和科学"。在谈到文学与艺术的关系时,作者认为:"文学与绘画、雕塑、音乐等艺术门类之间存在着天然的姻缘联系,人们往往把它们称为姊妹艺术。尽管它们各有其特殊的表现形式和独特的艺术规律,但它们之间存在着互相孕育、互相阐发、互相影响、互相借鉴等密切的联系。比较它们的异同,研究它们相互之间的密切联系,早已成为学者们感兴趣的课题。"⑥ 然后,作者从四个方面以大量实例说明了文学和艺术之间的密切联系。在"文学和宗教"一节中,作者认为两者具有密切的内在联系,特别是在文学的产生和发展过程中,宗教起过重要的作用,并分别以丰富的实例介绍了《圣经》对西方文学的影响及佛教对中国古典文学的影响。在"文学和语言学"一节中,作者主要讨论了两个问题:第一,文学创作、文学运动

---

① [美]里恩·艾德尔. 文学与心理学[G]. 韩敏中,译.//北京师范大学中文系比较文学研究组选编. 比较文学研究资料. 北京:北京师范大学出版社,1986:586.

② [美]亨利·雷马克. 比较文学的法国学派和美国学派[G]. 郭建,译.//北京师范大学中文系比较文学研究组选编. 比较文学研究资料. 北京:北京师范大学出版社,1986:70.

③ [美]亨利·雷马克. 比较文学的定义和功用[G]. 张隆溪,译.//北京师范大学中文系比较文学研究组选编. 比较文学研究资料. 北京:北京师范大学出版社,1986:4.

④ [法]艾金伯勒. 比较文学的目的,方法,规划[G]. 戴耘,译.//干永昌,廖鸿钧,倪蕊琴选编. 比较文学研究译文集. 上海:上海译文出版社,1985:108.

⑤ [美]勃洛克. 比较文学的新动向[G]. 施康强,译.//干永昌,廖鸿钧,倪蕊琴选编. 比较文学研究译文集. 上海:上海译文出版社,1985:193-194.

⑥ 陈惇,刘象愚. 比较文学概论[M]. 北京:北京师范大学出版社,2000:257.

与语言研究的关系,认为它们之间互相影响,互为因果;第二,文学研究与语言学的关系,特别强调了语言学对文学研究的巨大影响,"从俄国形式主义、布拉格学派到结构主义等,都在现代语言学的影响下兴起,一度占领了西方文学批评的主导地位"①。在"文学和心理学"一节中,作者认为文学与心理学关系的论述可以追溯到柏拉图和亚里士多德,到现代,"弗洛伊德关于无意识、泛性欲的心理分析学说和对梦的解析的问世,以及荣格关于种族记忆、集体无意识和原型理论的建立,把文学和心理学的关系变得格外密切"②。因此,"比较学者对文学与心理学关系的研究主要从以下四方面入手:对作家的个性和心理的研究;对创作过程的研究;对文学作品中表现的心理学类型和法则的研究;对读者心理的研究"③。接着,作者对上述四个方面做了细致梳理。"文学和哲学"一节的立足点也是两者的相互关系,作者认为,一方面,文学家的创作可以为哲学提供条件;另一方面,哲学总是作为一种世界观和方法论的理论体系对文学产生影响。"文学与哲学相互联系的最直接的最显而易见的方式是哲学内容与文学形式的结合。哲学家利用文学形式来表达他的哲学理论;文学家在自己的创作中表现了某种哲学思想。"④"文学和科学"一节同样主要着眼于两者的相互影响和启发,认为"文学不仅可以像科学那样在本原上来自'思想实验',而且可以在创作观念或过程中采用实验的方法,或者直接借用,或者加以发展。五四新文学中的一大批作家深受弗洛伊德主义的影响,写白日梦、变态性心理,表现了鲜明的实验色彩"⑤。而且,两者的紧密联系"还表现在二者杂交产生的一些混合文类上,比较典型的有前科学时代的种种炼金术文本和现代科学诞生之后出现的科幻小说,此外还有科学诗、科学散文等等"⑥。

《新编比较文学教程》的"跨学科研究"一章中的两节"文学与人文科学""文学与自然科学",同样是从相互影响的层面来探讨其关系,而且小标题提示得十分清楚。例如在"文学与哲学"部分,清楚地显示出"哲学对文学的影响"和"文学对哲学的影响"的小标题;在"文学与宗教"部分,标出"宗教对文学的影响"和"文学对宗教的影响";在"文学与心理学"部分,标明"心理学对文学的影响"和"文学对心理学的影响";在"文学与艺术"部分,标出"艺术对文学的影响"和"文学对艺术的影响"。在"文学与自然科学"一节,依然体现了双向影响探讨的思路。例如,"自然科学对文学的影响":1. 自然科学的进步与文学的发展;2. 自然科学成果在文学中的应用;3. 自然科学方法对文学创作的影响;4. 自然科学方法对文学批评的影响。又如,"文学对自然科学的影响":1. 文学心理对科学创造的影响;2. 文学成果对科学创造的启迪;3. 文学批评标准在科学评价中的运用。

国内比较文学教材中跨学科研究内容的介绍之所以呈现出如此集中而清晰的影响研究的理路与方法,一方面得益于丰富的跨学科研究学术成果,这些学术成果具体而深入地展

---

① 陈惇,刘象愚. 比较文学概论[M]. 北京:北京师范大学出版社,2000:296.
② 陈惇,刘象愚. 比较文学概论[M]. 北京:北京师范大学出版社,2000:305.
③ 陈惇,刘象愚. 比较文学概论[M]. 北京:北京师范大学出版社,2000:307-308.
④ 陈惇,刘象愚. 比较文学概论[M]. 北京:北京师范大学出版社,2000:314.
⑤ 陈惇,刘象愚. 比较文学概论[M]. 北京:北京师范大学出版社,2000:331.
⑥ 陈惇,刘象愚. 比较文学概论[M]. 北京:北京师范大学出版社,2000:333.

示了不同国家众多的作家作品与相关学科之间的相互影响及其意义,例如《超学科比较文学研究》《基督教与文学》《佛教与中国古代文学的关系》《中西文学与哲学宗教》《莎士比亚与〈圣经〉》《西方现代派文学与〈圣经〉》等;另一方面,究其根本,还在于跨学科自身的特征与规律所致,"人类各种艺术、各学科之间,曾经具有一种同源共生的关系,而在人类知识进化的过程中,它们逐渐拥有了自己独立的领域,相互间具有了异质性,但仍然保持着千丝万缕的联系,它们相互影响、促进。对这种复杂关系的发掘、清理,便成了比较文学的跨学科研究的起点"①。

综上所述,我们认为,比较文学美国学派倡导的跨学科研究超越了法国学派影响研究的疆域,却未能也无法从根本上绕过影响研究的范式及其实证方法。跨学科研究成果和国内通行的比较文学教材显示,跨学科研究更多的是关注文学学科和哲学、宗教、艺术、心理学、语言学等非文学学科之间的相互启发和影响,而不是类似于平行比较研究,纯粹无影响。因此,美国学派的跨学科研究不仅与影响研究相互关联,而且从方法论上讲仍然是一种影响研究,或者说是一种跨学科的影响研究。长期以来,学界把比较文学美国学派习惯地笼统冠以"平行研究",而跨学科研究作为美国学派标志性的研究内容,也自然而然、理所应当地被涵括在"平行研究"内,无形中遮蔽了跨学科"影响研究"的特点,有以偏概全的不足,的确值得我们做认真系统的梳理和辩证缜密的思考。

◇ 论著导读

《西方文学经典与比较文学研究》(复旦大学出版社,2016年版)为李伟昉教授的论文汇编,共分三辑:文学经典文本与流派阐释;哥特式小说研究;比较文学研究与理论思考。特别是"比较文学研究与理论思考"一辑,是他多年来比较文学研究及理论思考的汇编,他针对法国学派影响研究与美国学派平行研究的相关考察,厘清了困扰当今学界以及亟待解决的一些问题,很有启示性价值。

◇ 阅读实践

阅读实践5　论朗松对比较文学影响研究的
奠基性贡献——以《文学史方法》为中心

---

① 曹顺庆主编. 比较文学教程 [M]. 北京:高等教育出版社,2006:203.

◇ **文化拓展**

　　本章内容的讲解将使学生学会如何辩证地看待比较文学法国学派与美国学派之间的继承与批判关系，从而摆脱传统的错误观点，进一步深化比较文学理论的学习。这无疑有利于学生们辩证地看待事物与问题的科学世界观的培养，亦会促进他们大局观、责任观、整体观等科学人生观的确立。可通过推荐相关书目等阅读资料，比如通过体认中国比较文学学者筚路蓝缕开创具有中国特色的比较文学事业——中国学派——的艰辛历程，培养学生在新时期的责任与担当意识，鼓励他们勇于创新、敢争天下先！

◇ **本章小结**

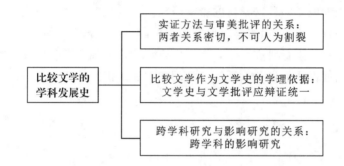

◇ **思考与练习**

1. 如何理解比较文学研究中实证方法与审美批评的关系？
2. 法国学者为何认为比较文学是文学史的分支？
3. 如何辩证认识跨学科研究与影响研究的关系？

参考文献

［1］巴金．真话集［M］．香港：生活·读书·新知三联书店，1982．

［2］北京大学比较文学研究所《中国比较文学年鉴》编委会．中国比较文学年鉴［G］．北京：北京大学出版社，1987．

［3］北京大学哲学系美学教研室．中国美学史资料选编［G］．北京：中华书局，1981．

［4］北京大学哲学系外国哲学史教研室．西方哲学原著选读［M］．北京：商务印书馆，1981．

［5］北京师范大学中文系比较文学研究组．比较文学研究资料［G］．北京：北京师范大学出版社，1986．

［6］曹顺庆．比较文学概论［M］．北京：高等教育出版社，2015．

［7］曹顺庆．比较文学教程［M］．北京：高等教育出版社，2006．

［8］曹顺庆．比较文学平行研究中的变异问题［J］．中山大学学报（社会科学版），2014，54（03）：24-29．

［9］曹顺庆．比较文学学［M］．成都：四川大学出版社，2005．

［10］曹顺庆．比较文学学科理论发展的三个阶段［J］．中国比较文学，2001（03）：1-17．

［11］曹顺庆．比较文学中国学派基本理论特征及其方法论体系初探［J］．中国比较文学，1995（01）：18-40．

［12］曹顺庆．东西方不同文明文学比较的合法性与比较文学变异学研究［J］．外国文学研究，2013，35（05）：54-60．

［13］曹顺庆．建构比较文学的中国话语［J］．当代文坛，2018（06）：4-11．

［14］曹顺庆．文论失语症与文化病态［J］．文艺争鸣，1996（02）：50-58．

［15］曹顺庆．中国文论话语及中西文论对话［J］．浙江大学学报（人文社会科学版），2008（01）：123-130．

［16］曹顺庆．中西比较诗学［M］．北京：中国人民大学出版社，2010．

［17］曹顺庆．中外比较文论史：上古时期［M］．济南：山东教育出版社，1998．

［18］曹顺庆，等．比较文学论［M］．成都：四川教育出版社，2002．

［19］曹顺庆，等．比较文学学科理论研究［M］．成都：巴蜀书社，2001．

［20］曹顺庆，李斌．近年中国比较文学研究概述［J］．中州学刊，2013（08）：166-171．

[21] 曹顺庆，李思屈．再论重建中国文论话语［J］．文学评论，1997（04）：43-52．
[22] 曹顺庆，曾诣．平行研究与阐释变异［J］．中国比较文学，2018（01）：20-31．
[23] 曹顺庆，张雨．比较文学变异学的学术背景与理论构想［J］．外国文学研究，2008（03）：142-149．
[24] 曹顺庆，庄佩娜．国内比较文学变异学研究综述：现状与未来［J］．中南民族大学学报（人文社会科学版），2015，35（01）：136-140．
[25] 陈惇，刘象愚．比较文学概论［M］．北京：北京师范大学出版社，1988．
[26] 陈惇，孙景尧，谢天振．比较文学［M］．北京：高等教育出版社，1997．
[27] 陈鹏翔．主题学研究论文集．台北：台湾东大图书有限公司，1983．
[28] 陈思和．谈虎谈兔［M］．桂林：广西师范大学出版社，2001．
[29] 陈寅恪．陈寅恪集［M］．北京：生活·读书·新知三联书店，2001．
[30] 董首一．在中国"底色"与他者视野之间——戴尔·里斯·黑尔斯的《〈拍案惊奇〉考评》研究［J］．中国语言文学研究，2023，34（01）：68-78．
[31] 方汉文．比较文学学科理论［M］．北京：北京师范大学出版社，2011．
[32] 冯至．外来的养分［J］．外国文学评论，1987（02）：7．
[33] 干永昌，廖鸿钧，倪蕊琴．比较文学研究译文集［G］．上海：上海译文出版社，1985．
[34] 高旭东．比较文学实用教程［M］．北京：北京大学出版社，2011．
[35] 高旭东．文学与哲学的比较研究概观［N］．中华读书报，2004-09-08．
[36] 高旭东．中西文学与哲学宗教——兼评刘小枫以基督教对中国人的归化［M］．北京：北京大学出版社，2004．
[37] 高旭东．走向文学与哲学的跨文化对话［N］．中国社会科学报，2010-01-07．
[38] 古添洪，陈慧桦．比较文学的垦拓在台湾［M］．台北：台湾东大图书公司，1976．
[39] 郭绍虞．中国历代文论选［G］．上海：上海古籍出版社，1979．
[40] 胡适．白话文学史［M］．上海：商务印书馆，1928．
[41] 胡亚敏．比较文学教程［M］．武汉：华中师范大学出版社，2011．
[42] 黄维樑．中为洋用：以刘勰理论析莎剧《铸情》［J］．中国比较文学，2012（04）：82-92．
[43] 黄维樑，曹顺庆．中国比较文学学科理论的垦拓——台湾学者论文选［G］．北京：北京大学出版社，1998．
[44] 季羡林．比较文学与民间文学［M］．北京：北京大学出版社，1991．
[45] 季羡林．季羡林文集［M］．南昌：江西教育出版社，1996．
[46] 乐黛云．比较文学发展的第三阶段［J］．社会科学，2005（09）：170-175．
[47] 乐黛云．比较文学研究的新视野［N］．瞭望新闻周刊，1994-04-18．
[48] 乐黛云．中西比较文学教程［M］．北京：高等教育出版社，1988．
[49] 乐黛云，陈惇．中外比较文学名著导读［G］．杭州：浙江大学出版社，2006．
[50] 乐黛云，陈跃红，王宇根，等．比较文学原理新编［M］．北京：北京大学出版社，1998．

[51] 乐黛云，勒·比雄．独角兽与龙——在寻找中西文化普遍性中的误读［M］．北京：北京大学出版社，1995.

[52] 李达三．比较文学研究之新方向［M］．台北：台湾联经出版社，1984.

[53] 李红，张景华．形象学视角下美国华裔文学的汉译问题［J］．安徽工业大学学报（社会科学版），2012，29（02）：77-79.

[54] 李剑亮．民国诗词中的爱因斯坦［J］．浙江工业大学学报（社会科学版），2016，15（01）：51-57.

[55] 李琳．近二十年来古典文学主题学研究法述要［J］．学术交流，2004（09）：143-147.

[56] 李伟昉．比较文学［M］．北京：北京师范大学出版社，2017.

[57] 李伟昉．简明比较文学教程［M］．北京：高等教育出版社，2014.

[58] 李伟昉．英国哥特小说与中国六朝志怪小说比较研究［M］．北京：中国社会科学出版社，2004.

[59] 梁启超．译印政治小说序［N］．清议报（第1册），1898-12-23（54）.

[60] 梁启超．饮冰室合集．北京：中华书局，1989.

[61] 刘锋杰．想像张爱玲：关于张爱玲的阅读研究［M］．合肥：安徽教育出版社，2004.

[62] 刘洪涛．对比较文学形象学的几点思考［J］．北京师范大学学报（社会科学版），1999（03）：69-73.

[63] 刘介民．中国比较诗学［M］．广州：广东高等教育出版社，2004.

[64] 柳鸣九．未来主义·超现实主义·魔幻现实主义［M］．北京：中国社会科学出版社，1987.

[65] 卢康华，孙景尧．比较文学导论［M］．哈尔滨：黑龙江人民出版社，1984.

[66] 鲁迅．鲁迅全集［M］．北京：人民文学出版社，2005.

[67] 陆侃如，牟世金．文心雕龙译注［M］．济南：齐鲁书社，1995.

[68] 陆扬．论新历史主义批评［J］．人文杂志，2020（08）：79-85.

[69] 罗芃，冯棠，孟华．法国文化史［M］．北京：北京大学出版社，1997.

[70] 孟华．比较文学形象学［G］．北京：北京大学出版社，2001.

[71] 孟昭毅．比较文学主题学［M］．北京：北京大学出版社，2022.

[72] 江枫．江枫论文学翻译及汉语汉字［M］．北京：华文出版社，2009.

[73] 姜智芹．当东方与西方相遇——比较文学专题研究［M］．济南：齐鲁书社，2008.

[74] 钱钟书．管锥编［M］．北京：中华书局，1979.

[75] 饶芃子．中西小说比较研究［M］．合肥：安徽教育出版社，1994.

[76] 人民文学出版社编辑部，中国近代文论选编选小组．中国近代文论选［G］．北京：人民文学出版社，1959.

[77] 司空图．诗品集解［M］．郭绍虞，集解．北京：人民文学出版社，1963.

[78] 舒芜，陈迩冬，周绍良，等．中国近代文论选［M］．北京：人民文学出版社，1959.

[79] 孙景尧．简明比较文学教程［M］．南京：江苏教育出版社，2007．

[80] 孙景尧．略论中国比较文学的理论基础［J］．广西大学学报（哲学社会科学版），1983（01）：8-12，19．

[81] 孙周兴．海德格尔选集［G］．上海：生活·读书·新知上海三联书店，1996．

[82] 王超．比较文学变异学研究［M］．北京：中国社会科学出版社，2019．

[83] 王超．比较文学变异学中的阐释变异研究——以弗朗索瓦·于连的"裸体"论为例［J］．当代文坛，2018（06）：41-46．

[84] 王福和，郑玉明，岳引弟．比较文学原理的实践阐释［M］．杭州：浙江大学出版社，2007．

[85] 王克非．中日近代对西方政治哲学思想的摄取——严复与日本启蒙学者［M］．北京：中国社会科学出版社，1996．

[86] 王季思．中国十大古典悲剧集［M］．上海：上海文艺出版社，1982．

[87] 王晓路．中西诗学对话——英语世界的中国古代文论研究［M］．成都：巴蜀书社，2000．

[88] 温儒敏，李细尧．寻求跨中西文化的共同文学规律——叶维廉比较文学论文选［G］．北京：北京大学出版社，1987．

[89] 吴文祺．文学革命的先驱者——王静安先生［J］．小说月报，1926，17卷号外下．

[90] 伍蠡甫．西方文论选［G］．上海：上海译文出版社，1979．

[91] 习近平．在联合国教科文组织总部的演讲［N］．人民日报，2014-03-28（3）．

[92] 萧无陂．庄子［M］．长沙：岳麓书社，2019．

[93] 谢天振．国内翻译界在翻译研究和翻译理论认识上的误区［J］．中国翻译，2001（04）：2-5．

[94] 严绍璗．比较文学与文化"变异体"研究［M］．上海：复旦大学出版社，2011．

[95] 杨宪益．试论欧洲十四行诗及波斯诗人莪默凯延的鲁拜体与我国唐代诗歌的可能联系［J］．文艺研究，1983（04）：23-26．

[96] 姚淦铭，王燕．王国维文集［M］．北京：中国文史出版社，1997．

[97] 叶维廉．比较诗学［M］．台北：台湾东大图书公司，1983．

[98] 叶维廉，杨牧，陈世骧，等．中国古典文学比较研究［M］．台北：黎明文化事业股份有限公司，1978．

[99] 张大为，胡德熙，胡德焜．胡先骕文存［M］．南昌：江西高校出版社，1995．

[100] 张隆溪．比较文学译文集［G］．北京：北京大学出版社，1982．

[101] 张隆溪．钱钟书谈比较文学与"文学比较"［J］．读书，1981（10）：132-138．

[102] 张荣翼，李松．文学史哲学［M］．武汉：武汉大学出版社，2014．

[103] 张铁夫．新编比较文学教程［M］．长沙：湖南人民出版社，1997．

[104] 张晓芸．翻译研究的形象学视角——以凯鲁亚克《在路上》汉译为个案［M］．上海：上海译文出版社，2011．

[105] 张中行．佛教与中国文学［M］．哈尔滨：北方文艺出版社，2011．

[106] 赵敦华．西方哲学简史［M］．北京：北京大学出版社，2001．

[107] 赵一凡，张中载，李德恩．西方文论关键词［M］．北京：外语教学与研究出版社，2017.

[108] 郑振铎．中国俗文学史［M］．北京：作家出版社，1954.

[109] 中国社会科学院外国文学研究所《世界文论》编辑委员会．小说的艺术——小说创作论述［G］．北京：社会科学文献出版社，1995.

[110] 中国社会科学院文学研究所科研处《文学研究动态》编辑组．比较文学论文选集［G］．北京：中国社会科学院自版，1982.

[111] 周宁．跨文化研究：以中国形象为方法［M］．北京：商务印书馆，2011.

[112] 朱狄．当代西方美学［M］．北京：人民出版社，1984.

[113] 朱光潜．悲剧心理学——各种悲剧快感理论的批判研究［M］．张隆溪，译．北京：人民文学出版社，1983.

[114] 朱光潜．诗论［M］．北京：生活·读书·新知三联书店，1998.

[115] 朱维之．中外比较文学［M］．天津：南开大学出版社，1992.

[116] 卓如．冰心全集［M］．福州：海峡文艺出版社，1994.

[117] 艾柯，等．诠释与过度诠释［M］．王宇根，译．北京：生活·读书·新知三联书店，1997.

[118] 爱克曼．歌德谈话录［M］．朱光潜，译．北京：人民文学出版社，1978.

[119] 巴尔扎克．人间喜剧（前言）［J］．文艺理论译丛，1957（02）：5-6.

[120] 巴赫金．陀思妥耶夫斯基诗学问题［M］．白春仁，顾亚铃，译．北京：生活·读书·新知三联书店，1988.

[121] 勃兰兑斯．十九世纪文学主流［M］．张道真，译．北京：人民文学出版社，1988.

[122] 布吕奈尔，比叔瓦，卢梭．什么是比较文学［M］．葛雷，张连奎，译．北京：北京大学出版社，1989.

[123] 大塚幸男．比较文学原理［M］．陈秋峰，杨国华，译．西安：陕西人民出版社，1985.

[124] 但丁·亚利基利．神曲［M］．王维克，译．北京：人民文学出版社，1980.

[125] 狄德罗．狄德罗美学论文选［M］．徐继曾，宋国枢，译．北京：人民文学出版社，1984.

[126] 厄尔·迈纳．比较诗学［M］．王宇根，宋伟杰，等，译．北京：中央编译出版社，1998.

[127] 梵·第根．比较文学论［M］．戴望舒，译．长春：吉林出版集团有限责任公司，2010.

[128] 弗朗西斯·约斯特．比较文学导论［M］．廖鸿钧，等，译．长沙：湖南文艺出版社，1988.

[129] 哈钦森·麦考莱·波斯奈特．比较文学［M］．姚建彬，译．中国社会科学出版社，2015.

[130] 贺拉斯．诗艺［M］．杨周翰，译．北京：人民文学出版社，1962.

[131] 亨利·雷马克. 比较文学: 再次处于十字路口 [J]. 姜源, 译. 中国比较文学, 2000 (01): 17-30.

[132] 朗松. 朗松文论选 [M]. 徐继曾, 译. 天津: 百花文艺出版社, 2009.

[133] 勒内·韦勒克, 奥斯汀·沃伦. 文学理论 [M]. 刘象愚, 邢培明, 陈圣生, 等, 译. 杭州: 浙江人民出版社, 2017.

[134] 康德. 任何一种能够作为科学出现的未来形而上学导论 [M]. 庞景仁, 译. 北京: 商务印书馆, 1978.

[135] 莱昂纳多·达·芬奇. 达·芬奇谈艺录 [M]. 兰沙河, 译. 北京: 金城出版社, 2010.

[136] 莱辛. 汉堡剧评 [M]. 张黎, 译. 上海: 上海译文出版社, 1981.

[137] 莱辛. 拉奥孔 [M]. 朱光潜, 译. 北京: 人民文学出版社, 1984.

[138] 雷·韦勒克, 奥·沃伦. 文学理论 [M]. 刘象愚, 邢培明, 陈圣生, 等, 译. 北京: 生活·读书·新知三联书店, 1984.

[139] 卢梭. 忏悔录 [M]. 范希衡, 译. 北京: 商务印书馆, 1986.

[140] 罗贝尔·埃斯卡皮. 文学社会学 [M]. 于沛, 选编. 杭州: 浙江人民出版社, 1987.

[141] 罗杰·法约尔. 法国文学评论史 [M]. 怀宇, 译. 成都: 四川文艺出版社, 1992.

[142] 马克·布洛赫. 历史学家的技艺 [M]. 张和声, 程郁, 译. 上海: 上海社会科学院出版社, 1992.

[143] 迈克尔·海姆. 从界面到网络空间——虚拟实在的形而上学 [M]. 金吾伦, 刘钢, 译. 上海: 上海科技教育出版社, 2000.

[144] 米·贝京. 艺术与科学——问题·悖论·探索 [M]. 任光宣, 译. 北京: 文化艺术出版社, 1987.

[145] 纳尔基里耶尔. 传记大师莫洛亚 [M]. 靳建国, 杨德娟, 译. 北京: 新华出版社, 1988.

[146] 皮埃尔·布律内尔, 安德烈·米歇尔·卢梭, 克洛德·皮舒瓦. 何谓比较文学 [M]. 黄慧珍, 王道南, 译. 上海: 上海社会科学院出版社, 1991.

[147] 乔治·卢卡契. 审美特性 [M]. 徐恒醇, 译. 北京: 中国社会科学出版社, 1986.

[148] 乔治·让. 文字与书写——思想的符号 [M]. 曹锦清, 马振聘, 译. 上海: 上海书店出版社, 2001.

[149] 马·法·基亚. 比较文学 [M]. 颜保, 译. 北京: 北京大学出版社, 1983.

[150] 马克思, 恩格斯. 马克思恩格斯选集 [M]. 北京: 人民出版社, 1995.

[151] 荣格. 荣格文集 [M]. 冯川, 译. 北京: 改革出版社, 1997.

[152] 赛义德. 赛义德自选集 [M]. 谢少波, 韩刚, 等, 译. 北京: 中国社会科学出版社, 1999.

[153] 苏珊·巴斯奈特. 比较文学批评导论 [M]. 查明建, 译. 北京: 北京大学出版社, 2015.

[154] 提格亨. 比较文学论 [M]. 戴望舒, 译. 上海: 商务印书馆, 1937.

[155] 卫姆塞特,布鲁克斯. 西洋文学批评史 [M]. 颜元叔,译. 北京:中国人民大学出版社,1987.

[156] 沃尔夫冈·凯塞尔. 语言的艺术作品——文艺学引论 [M]. 陈铨,译. 上海:上海译文出版社,1984.

[157] 沃拉德斯拉维·塔塔科维兹. 古代美学 [M]. 杨力,耿幼壮,龚见明,等,译. 北京:中国社会科学出版社,1990.

[158] 乌尔利希·韦斯坦因. 比较文学与文学理论 [M]. 刘象愚,译. 沈阳:辽宁人民出版社,1987.

[159] 吴锡民. 比较不是自由——比较文学论稿 [M]. 北京:北京师范大学出版社,2011.

[160] 西塞罗. 西塞罗全集·修辞学卷 [M]. 王晓朝,译. 北京:人民出版社,2007.

[161] 亚里斯多德. 诗学 [M]. 罗念生,译. 北京:人民文学出版社,1962.

[162] 亚里士多德. 诗学 [M]. 陈中梅,译. 北京:商务印书馆,1996.

[163] 亚历山大·迪马. 比较文学引论 [M]. 谢天振,译. 上海:上海译文出版社,1991.

[164] Allan Ingramed, Joseph Conrad. *Selected Literary Criticism and the Shadow-Line* [G]. London:Methuen&Co. Ltd. ,1986.

[165] Douwe W. Fokkema, Foreword, Shunqing Cao. *The Variation Theory of Comparative Literature* [M]. Heidelberg:Springer Press,2013.

[166] Edward W. Said. *The World, the Text, and the Critic* [M]. Cambridge, Mass:Havard University Press,1983.

[167] Harry Levin. *Grounds for* Comparison(*Study in Comparative Literature*)[M]. Cambridge, Mass:Harvard University Press,1972.

[168] Humphry House. *The Dickens World* [M]. London:Oxford University Press,1941.

[169] J. A. V. Chapple. *Science and Literature in Nineteenth Century* [M]. London:Macmillan Education Ltd. ,1986.

[170] Joseph Conrad. *A Personal Record* [M]. New York:Harper,1912.

[171] Julie T. Klein. *Interdisciplinary:History, Theory, and Practice* [M]. Detroit:Wayne State University Press,1990.

[172] Mattew Beaumonted. *Adventures in Realism* [G]. Malden, Mass and Oxford:Blackwell Publishing,2007.

[173] Michael Ferber. *Romanticism:A Very Short Introduction* [M]. Oxford:Oxford University Press,2010.

[174] S. Bassnett. & A. Lefevere. *Constructing Cultures:Essayson Literary Translation* [G]. Shang-hai:Shanghai Foreign Language Education Press,2001.

[175] Susan Bassnett. *Comparative Literature：A Critical Introduction* [M]. Oxford and Cambridge：Blackwell Publishers，1993.

[176] Ulrich Weisstein. *Comparative Literature and Literary Theory* [M]. Bloomington and London：Indiana University Press，1973.

后 记

本教材由国内五所高校从事相关专业教学和研究的老师、同人通力合作共同完成，在此谨向他们表示衷心的感谢。

教材各章节编写具体分工如下：

李伟昉（河南大学文学院）：导论，第一章第一节、第五节，第五章；

李安光（河南大学文学院）：第一章第二节、第三节、第四节；

宋虎堂（兰州财经大学商务传媒学院）：第二章第一节、第二节、第三节、第四节、第五节；

王超（海南师范大学文学院）：第二章第六节，第三章第四节；

董首一（西南交通大学人文学院）：第三章第一节、第二节、第三节；

蔡熙（湘潭大学文学与新闻学院）：第四章。

在教材编写过程中，李安光主要负责校对全书文字与规范编排，以及书中的阅读选文、网课资源的搜集与数字化处理等事宜，李伟昉负责通审全书。非常感谢张福贵教授推荐该教材纳入"新时代大学文科简明教材"系列出版，非常感谢华中科技大学出版社人文社科分社社长周晓方老师、策划编辑宋焱老师对我们的信任，也非常感谢责任编辑黄军老师为本教材的顺利出版所付出的辛勤劳动。期待学界专家和广大读者批评指正，我们会在以后教材修订时不断完善。谢谢！

编　者

2024 年 9 月

图书在版编目(CIP)数据

比较文学简明教程 / 李伟昉主编. -- 武汉：华中科技大学出版社，2024.11. --（新时代大学文科简明教材）. -- ISBN 978-7-5772-1479-5

Ⅰ. I0-03

中国国家版本馆 CIP 数据核字第 2024X1Z996 号

比较文学简明教程

Bijiao Wenxue Jianming Jiaocheng

李伟昉　主编

策划编辑：周晓方　宋　焱	
责任编辑：黄　军	
封面设计：原色设计	
版式设计：赵慧萍	
责任监印：周治超	
出版发行：华中科技大学出版社（中国·武汉）	电话：(027) 81321913
武汉市东湖新技术开发区华工科技园	邮编：430223
录　　排：华中科技大学出版社美编室	
印　　刷：武汉科源印刷设计有限公司	
开　　本：787mm×1092mm　1/16	
印　　张：13.75　　插页：2	
字　　数：338 千字	
版　　次：2024 年 11 月第 1 版第 1 次印刷	
定　　价：59.90 元	

本书若有印装质量问题，请向出版社营销中心调换
全国免费服务热线：400-6679-118　竭诚为您服务
版权所有　侵权必究